〔宋〕釋惠洪 撰
周裕鍇 校注

石門文字禪校注

七

上海古籍出版社

卷十八

贊

釋迦出山畫像贊 并序〔一〕

秦越人之於醫，望見知死生㊀〔二〕；老潘之於墨，摸索知精粗〔三〕。蓋其不傳之妙，無地寄語默也。歐陽文忠公曰：「小字遺教經，雖不著書者之名，然非羲之莫能作也〔四〕。」予閱錢樂道家所蓄釋迦文佛出山像〔五〕，雖不主名，然非道子莫能作也〔六〕，以其筆意之著也。樂道人品甚高，鐵書血食之後〔七〕，其忱（沉）信痛敬㊁〔八〕，所致像之寄寓，決非苟然。拜手稽首，贊曰：

偏大海味，具於一滴〔九〕；盡法界身，足於纖埃。佇思則燈王之座，不能入毗耶之室〔一〇〕；歛念則彌勒之門，彈指即開〔一一〕。惟我鼻祖〔一二〕，釋迦和尚，初出雪山，即示此像。以百千億微塵數身，九十七大人之相〔一三〕，頓入毫端三昧，而幻此幅紙（一幅）之上㊂〔一四〕。垂手跣足〔一五〕，頂螺頷絲〔一六〕。超然靜深，出三界癡。如浩蕩春，寄於纖枝。如清涼月，印於盆池〔一七〕。鏤冰琢雪，我作贊詞〔一八〕。闕空鎖夢，夫子其牢蓄之〔一九〕。

【校記】

㊀死生：林間録後集作「生死」。

㊁忱：原作「沉」，今從林間録後集。

㊂幅紙：原作「一幅」，今從林間録後集。

【注釋】

〔一〕作年未詳。釋迦出山畫像：釋迦牟尼年十九入雪山，苦行六年。出山後，在伽倻山菩提樹下，得悟世間無常和緣起諸理，以成佛道。唐宋間畫家多以此爲題材。蘇軾文集校注卷二二有題王靄畫如來出山相贊，可參見。

〔二〕「秦越人之於醫」二句：史記扁鵲倉公列傳：「扁鵲者，勃海郡鄚人也，姓秦氏，名越人。少時爲人舍長。舍客長桑君過，扁鵲獨奇之，常謹遇之。長桑君亦知扁鵲非常人也。出入十餘年，乃呼扁鵲私坐，閒與語曰：『我有禁方，年老，欲傳與公，公毋泄。』扁鵲曰：『敬諸。』乃出其懷中藥予扁鵲：『飲是以上池之水，三十日當知物矣。』乃悉取其禁方書盡與扁鵲。忽然不見，殆非人也。扁鵲以其言飲藥三十日，視見垣一方人。以此視病，盡見五藏癥結，特以診脈爲名耳。……扁鵲過齊，齊桓侯客之，入朝見，曰：『君有疾在腠理，不治將深。』桓侯曰：『寡人無疾。』扁鵲出，桓侯謂左右曰：『醫之好利也，欲以不疾者爲功。』後五日，扁鵲復見，曰：『君有疾在血脈，不治恐深。』桓侯曰：『寡人無疾。』扁鵲出，桓侯不悦。後五日，扁鵲復見，曰：『君有疾在腸胃間，不治將深。』桓侯不應。扁鵲出，桓侯不悦。後五日，扁鵲復見，望見桓侯而退走。桓侯使人問其故。扁鵲曰：『疾之居腠理也，湯熨之所及也；在血脈，鍼石之所及也；其在腸胃，酒醪之所及也；其在骨髓，雖司命無奈之何。今在骨髓，臣是以無請也。』後五日，桓侯體病，使人召扁鵲，扁鵲已逃去。桓侯遂死。」

〔三〕「老潘之於墨」二句：老潘，即墨工潘谷，元祐間人。蘇軾有贈潘谷詩，又仇池筆記卷下潘谷墨：「潘谷墨既精妙，而價不二。一日，忽取欠墨錢券焚之，飲酒三日，發狂，赴井死。人下視之，趺坐井中，尚持數珠也。」黄庭堅山谷集外集卷九雜書：「潘谷驗墨，摸索便知精粗。凡百工各妙於一物，與極深研幾者，同一關捩耳。魏晉間士大夫往往有人材風鑒，至於反照，便如漆墨。亦潘谷之流耳。」何薳春渚紀聞卷九潘谷墨仙揣囊知墨：「山谷道人云：『潘生一日過余，取所藏墨示之。谷隔錦囊揣之曰：「此李承宴軟劑，今不易得。」又揣一曰：「此谷二十年造者，今精力不及，無此墨也。」取視果然。』」

〔四〕「歐陽文忠公曰」四句：歐陽修集古録卷一〇遺教經：「右遺教經。相傳云羲之書，僞也，蓋唐世寫經手所書。唐時佛書今在者，大抵書體皆類此，第其精麤不同爾。」羲之，即王羲之，晉著名書法家。　鍇按：惠洪此言與歐陽修本意相左，蓋誤記。

〔五〕錢樂道：名不可考，當爲吴越王錢氏之後。參見注〔七〕。　釋迦文佛：即釋迦牟尼佛。太子瑞應本起經卷上：「汝自是後，九十一劫，劫號爲賢，汝當作佛，名釋迦文。」注：「天竺語，釋迦爲能，文爲儒，義名能儒。」

〔六〕道子：唐名畫家吴道子，陽翟人。開元中召入供奉，爲内教博士，玄宗爲改名道玄。其畫筆法超妙，尤擅道釋人物及山水，有畫聖之稱。事具唐張彦遠歷代名畫記。唐朱景玄唐朝名畫録列其爲「神品上」，稱其「凡畫人物、佛像、神鬼、禽獸、山水、臺殿、草木，皆冠絶於世，國朝第一」。

〔七〕鐵書：即丹書鐵券，帝王頒賜功臣使之世代享受免罪特權之契券。漢書高帝紀下：「又與功臣剖符作誓，丹書鐵契，金匱石室，藏之宗廟。」　血食：殺牲取血以祭，故稱。此指功臣後代延續傳承，故祖先享受祭祀。史記陳涉世家：「高祖時，爲陳涉置守冢三十家碭，至今血食。」　鍇按：「鐵書血食」代指功臣，此指忠懿王錢俶，五代時吴越國王。宋太平興國三年五月，錢俶上表歸順，以所管十三州歸於有司，國除。事具宋史吴越錢氏世家。參見蘇軾文集校注卷一七表忠觀碑。

〔八〕忱信痛敬：底本「忱」作「沉」。廓門注：「有人曰：『沉，忱字筆誤也。』」其説甚是。鍇按：

本集卷二六題淳上人僧寶傳：「使忱信而虔敬者，一洗其矯誣宗旨之氣。」宋釋道謙編大慧普覺禪師宗門武庫：「右丞之子用中，元日發佛照杲禪師書。其家世忱信痛敬，抑有自來矣，故録之以警後世。」

〔九〕「偏大海味」二句：華嚴經合論卷二：「如大海中，一毫之滴，乃至多滴，一一滴中皆得大海。」

〔一〇〕「佇思則燈王之座」二句：維摩詰經卷中不思議品：「文殊師利言：『居士！東方度三十六恒河沙國，有世界名須彌相，其佛號須彌燈王，今現在。彼佛身長八萬四千由旬，其師子座高八萬四千由旬，嚴飾第一。』於是長者維摩詰現神通力，即時彼佛遣三萬二千師子座，高廣嚴淨，來入維摩詰室。諸菩薩、大弟子、釋、梵、四天王等，昔所未見。其室廣博，悉皆包容三萬二千師子座，無所妨礙。於毗耶離城，及閻浮提四天下，亦不迫迮，悉見如故。」

〔一一〕「斂念則彌勒之門」二句：華嚴經卷七九入法界品：「爾時，善財童子恭敬右遶彌勒菩薩摩訶薩已，而白之言：『唯願大聖開樓閣門，令我得入！』時彌勒菩薩前詣樓閣，彈指出聲，其門即開，命善財入。善財心喜，入已還閉，見其樓閣廣博無量同於虛空。」

〔一二〕鼻祖：有世系可考之最初祖先。方言第十三：「鼻，始也。獸之初生謂之鼻，人之初生謂之首。梁益之間，謂鼻爲初，或謂之祖。」

〔一三〕「以百千億微塵數身」二句：據華嚴經卷四八如來十身相海品描述，如來從頭到足身體各部位共有九十七大人之相，且云：「毗盧遮那如來有如是等十華藏世界海微塵數大人相，一一身分衆寶妙相，以爲莊嚴。」

〔一四〕「頓入毫端三昧」二句：本集常以藝術品爲三昧力所幻出之産物，如卷一仁老以墨梅遠景見寄作此謝之二首之二：「道人三昧力，幻出隨意現。」

〔一五〕跣足：赤脚，光脚。法演禪師語録卷上次住太平語録：「問：『如何是佛？』師云：『露胸跣足。』」

〔一六〕頂螺：佛之頂上有肉髻如青螺，故稱。

〔一七〕「如浩蕩春」四句：喻佛之分身，如春在花枝，如月在盆池，無處不現。禪林僧寶傳卷二韶州雲門大慈雲弘明禪師傳：「公之全機大用，如月臨衆水，波波頓見，而月不分；如春行萬國，處處同至，而春無迹。蓋其妙處，不可得而名狀。所可知而言者，春容月影耳。」用喻相同。此即「全花是春，全春是花」之意，本集贊佛、菩薩、高僧屢用此喻，如卷一五讀法華五首其三：「寶書讀罷驚清晝，葉葉花花總是春。」卷一七述古德遺事作漁父詞八首其七靈雲：「急雨顛風花信早，枝枝葉葉春俱到。」本卷漣水觀音畫像贊：「應諸衆生心所求，譬如春色花萬卉。」旃檀四十二臂觀音贊：「譬如青春，藏於花身。隨其枝葉，疏密精神。」

〔一八〕「鏤冰琢雪」二句：戲謂我之贊詞徒費心力，如雕刻冰雪，華而不實，勞而無功。山谷詩集注卷一送王郎：「炒沙作糜終不飽，鏤冰文章費功巧。」任淵注：「鹽鐵論曰：『内無其質而外學其文，若畫脂鏤冰，費日損功。』」

〔一九〕「關空鎖夢」二句：戲謂錢樂道蓄此畫像，亦如欲關鎖空無夢幻之類，勞而無功。宋釋思坦楞嚴經集注卷六引竹庵可觀補遺云：「音性圓銷，六用返入，言觀、聽者，且舉其二耳。六用返入，六塵俱消，塵縛已超，則禁繫之事成鎖夢關空耳。」廓門注：「馬郎婦頌曰：『鎖夢關空天似洗。』」

漣水觀音畫像贊 并序㊀〔一〕

大觀四年春二月戊子之夕〔二〕，病比丘慧（德）洪纍然臥縲絏之中㊁〔三〕，夢至一處，庭宇閴然〔四〕，有僧導入室中㊂。舉燭視壁間，有鍾山寶公菩薩之像〔五〕，意欣然㊃，欲得之，而像輒自墮手中。復展視之，則化爲十二面觀音慈嚴之相〔六〕。心大驚異，遂覺。已三鼓矣㊄〔七〕。三月甲辰〔八〕，南州德逢上人以書來訊〔九〕，且曰：「吾以衣鉢遺僧詣漣水，畫觀音像，至其莊嚴，妙天下之手。」慧（德）洪追憶前事，問其遺僧之日㊅，乃其得夢之夕。因自感歎，菩薩以大悲等慈，哀憐照臨，如是昭著，其恩何德以報之㊆。惟以筆舌言詞，喻海之深，誇日之明耳。謹稽首爲之贊曰：

稽首淨聖甘露門〔一〇〕，無量勝身徧沙界。應諸衆生心所求，譬如春色花萬卉。西方肅殺憂愁地，故住寶陀落伽山㊇〔一一〕。此方教體在音聞，故稱名者得解脱〔一二〕。一切衆生殺心盛，癡暗不見不發心。故現鷹巢蚌蛤中〔一三〕，亦作畫師畫其像〔一四〕。菩薩豈有種種心，皆其悲願力如是。何人毫端寄逸想，幻出百福莊嚴身〔一五〕。屹然欲動千光集，譬如將回紫金山〔一六〕。瞭然欲瞬衆生好㊈，譬如欲拆（坼）青蓮花㊉〔一七〕。蠻奴水王來獻誠〔一八〕，想見細雨天花落〔一九〕。衆生五濁熱惱中，色欲愛見所熏炙⑪。忽然覩此寶月相〔二〇〕，一切毛孔皆清淨⑫。成此不思議功德，皆因上人心所獻。願我早熏知見香〔二一〕，願我常披慈忍服⑬〔二二〕。願魔障山速崩裂，願大智慧常現前。心精遺聞證圓通〔二三〕，自然靜極光通達〔二四〕。我當定如觀世音，一切衆生願如我。

【校記】

㊀林間録後集題爲「觀音菩薩畫像贊并序」。

㊁慧：原作「德」，今從林間録後集、佛祖綱目卷三七。下同。

㊂室：林間録後集、佛祖綱目作「密室」。

㊃欣：林間録後集、佛祖綱目作「忻」。

㊄已：林間録後集、佛祖綱目無此字。

㊅僧：林間録後集、佛祖綱目作「像」。

⑦恩：林間録後集、佛祖綱目作「何恩」。

⑧落伽：林間録後集、佛祖綱目作「洛迦」。

⑨瞭：林間録後集、佛祖綱目作「湛」。生好：林間録後集、佛祖綱目作「好生」。

⑩坼：原作「圻」，廓門本作「拆」，林間録後集、佛祖綱目作「折」，今從四庫本。

⑪炙：林間録後集、佛祖綱目作「炱」。

⑫淨：林間録後集、佛祖綱目作「涼」。

⑬常披：林間録後集、佛祖綱目作「恒被」。

【注釋】

〔一〕大觀四年三月六日作於江寧府制獄。漣水：漣水軍，治漣水縣，宋屬淮南東路。熙寧五年廢漣水軍，以漣水縣隸楚州，元祐二年復爲漣水軍。參見宋史地理志四。此代指漣水人賀生，善畫觀音像。本卷漣水觀音像贊序曰：「世傳漣水賀生所畫觀世音像，不減唐吴道子。」諸畫史失載，此可補其闕。

〔二〕大觀四年春二月戊子：據陳垣二十史朔閏表，大觀四年二月庚午朔，則戊子爲二月十九日。

〔三〕病比丘慧洪：本集卷二三昭默禪師序：「大觀三年秋，余以弘法嬰難。越明年，春，病卧獄中。」錯按：「慧」同「惠」。底本作「德」。據僧寶正續傳卷二明白洪禪師傳，惠洪十九試經東都，假天王寺舊籍惠洪名爲大僧。後坐冒名，著逢掖，走京師。見丞相張商英，特奏得度，改名德洪。郡齋讀書志卷一九、佛祖歷代通載卷二九所載同。此贊作於江寧府制獄中，尚未特奏得度，故當仍名惠洪。底本作「德洪」，不確。　纍然：羸憊貌。大戴禮記文王官人：「懼色薄然以下，憂悲之色纍然而靜。」　縲絏：亦作「縲紲」，本指捆綁犯人之繩索，引申爲囚禁。後漢書朱景王杜（略）傳論：「蕭樊且猶縲紲，信越終見葅戮，不其然乎！」

〔四〕闃然：空無寂靜貌。

〔五〕鍾山寶公菩薩：即南朝梁金陵高僧寶誌，亦作保誌，因葬鍾山獨龍之阜，故稱。已見前注。高僧傳卷一〇釋保誌傳：「有陳御虜者，舉家事誌甚篤。誌嘗爲其現真形，光相如菩薩像焉。誌知名顯奇四十餘載，士女恭事者數不可稱。至天監十三年冬，於臺後堂謂人曰：『菩薩將去。』未及旬日無疾而終，屍骸香軟形貌熙悦。」

〔六〕化爲十二面觀音慈嚴之相：本集卷三〇鍾山道林真覺大師傳：「舍於陳征虜之家，輒自釐其面，分披之出十二首觀世音，慈嚴妙麗，傾都聚觀，欲爭尊事之。」隆興編年通論卷六：「嘗詔畫工張僧繇寫誌像，僧繇下筆輒不自定。既而以指釐面門，分披出十二面觀音，妙相殊麗，或慈或威，僧繇竟不能寫。」佛祖統紀卷三七梁武帝：「嘗詔張僧繇寫誌真，誌以指剺破面門，出十二面觀音相，或慈或威，僧繇竟不能寫。」鍇按：佛經本有十一面觀音。唐釋玄奘譯十一面神咒心經：「世尊若欲成立此神呪者。應當先以堅好無隙白栴檀香。刻作觀自在菩薩像。長一搩手半。左手執紅蓮花軍持。展右臂以挂數珠。及作施無畏手。其像作十一面。當前三面作慈悲相。左邊三面作瞋怒相。右邊三面作白牙上出相。當後一面作暴惡大笑相。頂上一面作佛面像。諸頭冠中皆作佛身。其觀自在菩薩身上。具瓔珞等種種莊嚴。」唐釋慧沼十一面神咒心經義疏：「各爾三方三面爲化三有故現三面，若合本面，應十二面。而十一面是方便面。本體常面是真實面。」

〔七〕三鼓：猶三更。顔氏家訓書證：「漢魏以來，謂爲甲夜、乙夜、丙夜、丁夜、戊夜；又云鼓，一鼓、二鼓、三鼓、四鼓、五鼓；亦云一更、二更、三更、四更、五更。皆以五爲節。」

〔八〕三月甲辰：據二十史朔閏表，大觀四年三月己亥朔，甲辰爲三月六日。

〔九〕南州：本集指洪州。　德逢上人：德逢（一〇七三～一一三〇），俗姓胡氏，洪州靖安人。靈源惟清法嗣，宣和中住寺黄龍，有詔移京師報恩寺，賜號通照禪師。事具僧寶正續傳卷三黄龍逢禪師傳。五燈會元卷一八臨濟宗黄龍派南嶽下十四世有黄龍德逢禪師，即此僧。黄龍逢禪師傳曰：「宣和初，江西帥徐任道請居天寧。閲三年，尚書胡少汲遷任黄龍。時黄龍自老南、晦堂、靈源、死心三世授道，天下目爲法窟。師以曾孫繼席，叢林至今稱之，以爲能世其家者。」

〔一〇〕淨聖甘露門：法華經卷七觀世音菩薩普門品：「澍甘露法雨，滅除煩惱焰。……觀世音淨聖，於苦惱死厄，能爲作依怙。」

〔一一〕「西方肅殺憂愁地」二句：華嚴經卷六八入法界品：「善男子！於此南方有山，名補怛洛迦。

彼有菩薩，名觀自在。……（善財童子）漸次遊行，至於彼山，處處求覓此大菩薩。見其西面巖谷之中，泉流縈映，樹林蓊鬱，香草柔軟，右旋布地。」唐釋澄觀華嚴經疏卷五七：「在西面者，西方主殺，顯悲救故。」楞嚴經合論卷七：「西方肅殺苦惱也，而觀世音拯救之。」寶陀落伽山：即補陀洛迦山，亦稱普陀山，梵文音譯，異名甚多。遼釋希麟續一切經音義卷三：「補陁落迦，亦云補怛洛迦，舊云寶陀羅，皆梵語楚夏也。此云小花樹山，謂此山中多有此花樹，其花甚香。即南海此岸孤絶山，觀自在菩薩所居宮也。」其山本在印度。宋高僧傳卷一唐洛陽廣福寺金剛智傳：「釋跋日羅菩提，華言金剛智，南印度摩賴耶國人也，華言光明。其國境近觀音宮殿補陀落迦山。」後亦附會爲東土之山。明一統志卷四六寧波府：「補陀落迦山，在定海縣東北故昌國縣海中。佛書所謂『海岸孤絶處』也。往時高麗、日本、新羅諸國皆由此取道，以候風信。一名梅岑山。」

〔二〕「此方教體在音聞」二句：楞嚴經卷六：「我今白世尊，佛出娑婆界，此方真教體，清淨在音聞。欲取三摩提，實以聞中入，離苦得解脱，良哉觀世音。」錯按：宋鄭樵通志卷三五六書略第五論華梵下：「梵人別音，在音不在字；華人別字，在字不在音。故梵書甚簡，只是數個屈曲耳，差別不多，亦不成文理，而有無窮之音焉。華人苦不別音，而切韻之學，自漢以前，人皆不識，實自西域流入中土。所以韻圖之學，釋子多能言之，而儒者皆不識起例，以其源流出於彼耳。……梵人長於音，所得從聞入，故曰『此方真教體，清淨在音聞。我昔三摩提，盡從聞中入』，有『目根功德少，耳根功德多』之說。」

〔一三〕故現鷹巢蚌蛤中：謂觀音菩薩化身於鷹巢、蛤蜊之中，甚爲神異。神僧傳卷四寶誌傳：「釋寶誌，本姓朱氏，金城人。初，朱氏婦聞兒啼鷹巢中，梯樹得之，舉以爲子。」本集卷三〇鍾山道林真覺大師傳：「梁大菩薩僧寶公，以宋元嘉中生於金陵之東陽。民朱氏之婦，上巳日聞兒啼鷹巢中，梯樹得之，舉以爲子。面方瑩徹如鏡，手足皆鳥爪。」廓門注：「寶誌生鷹巢中，即觀音化身也。」景德傳燈録卷四終南山惟政禪師：「唐大和中，文宗嗜蛤蜊，沿海官吏先時遞進，人亦勞止。一日，御饌中有擘不張者，帝以其異，即焚香禱之。俄變爲菩薩形，梵相具足。即貯以金粟檀香合，覆以美錦，賜興善寺，令衆僧瞻禮。因問羣臣：『斯何祥也？』或言：『太一山有惟政禪師，深明佛法，博聞彊識。』帝即令召至，問其事。師曰：『臣聞物無虚應，此乃啓陛下之信心耳。故契經云：應以此身得度者，即現此身而爲説法。』帝曰：『菩薩身已現，且未聞説法。』師曰：『陛下覩此爲常非常耶？信非信耶？』帝曰：『希奇之事，朕深信焉。』師曰：『陛下已聞説法了。』時皇情悦豫，得未曾有，詔天下寺院各立觀音像，以答殊休。」宋高僧傳卷一一唐京師聖壽寺恒政傳亦載其事。

〔一四〕亦作畫師畫其像：指張僧繇畫寶誌像之事。見前注。

〔一五〕「何人毫端寄逸想」二句：謂觀音畫像爲畫家逸想所寄託，由筆端幻化而出。蘇軾洞庭春色賦：「宜賢王之達觀，寄逸想於人寰。」此借用其語。本集屢用以寫佛教藝術創作，如本卷華藏寺慈氏菩薩贊：「何人寄逸想，遊戲浮漚間。」卷一九東坡畫應身彌勒贊：「偶寄逸想，幻此沙門。」

〔一六〕譬如將回紫金山：楞嚴經卷九：「即時如來將罷法座，於師子床攬七寶几，迴紫金山，再來凭倚。」此借用其事贊觀音畫像之光彩。紫金山，佛書常用以喻佛相、菩薩相之光明。如大方便佛報恩經卷五慈品：「我見佛身相，喻如紫金山。」師子月佛本生經：「遥見世尊在重閣上，身紫金色，方身丈六，坐七寶花，三十二相，八十種好，皆放光明，如紫金山。」

〔一七〕坼：裂開，指花瓣開放。景德傳燈録卷二五天台般若敬遵禪師：「僧問：『優曇華坼人皆覩，般若家風賜一言。』師曰：『不因上座問，不曾舉似人。』」釋重顯祖英集卷下答天童新和尚：「松凋不死枝，花坼未萌草。」參見本集卷一二十日偶書二首注〔二〕。

〔一八〕蠻奴：指婢僕。蘇軾十八大阿羅漢頌：「第一尊者結跏正坐，蠻奴側立，有鬼使者，稽顙于前，侍者取其書通之。」李綱龍眠居士畫十六大阿羅漢贊：「第七尊者反掌叉指，跣足而立，仰視空中。一珠侍者捧香爐，蠻奴佩刀捧盤，盛鐸杵隨之。」可知宋之佛像畫常以蠻奴爲背景人物。　水王：猶言水神。本集卷二一潭州大潙山中興記：「且天章宸翰之所在，山君水王之所宜謹藏而衛護之。」

〔一九〕想見細雨天花落：法華經序品：「佛説此經已，結跏趺坐，入於無量義處三昧，身心不動。是時天雨曼陀羅華、摩訶曼陀羅華、曼殊沙華、摩訶曼殊沙華，而散佛上及諸大衆。」此借用其事。

〔二〇〕寶月相：喻指觀音畫像。廓門注：「月，當作『日』。」其説殊誤。錯按：前文言衆生於熱惱中受熏炙，故此處覩寶月相而毛孔得清淨。若言「寶日」，則熱上加熱也。佛書多以清淨寶月爲喻，如念佛三昧寶王論卷中：「所觀之理，如毗嵐猛風吹散重雲，顯明法身清淨寶月，破逼惱障也。」楞嚴經卷八：「十方國土皎然清淨，譬如琉璃内懸寶月。」

〔二一〕願我早熏知見香：山谷内集詩注卷五賈天錫惠寶薰乞詩予以兵衛森畫戟燕寢凝清香十字作詩報之其十：「當念真富貴，自薰知見香。」任淵注：「圓覺經：『自薰成種。』佛書有解脱知見香。」

〔二二〕願我常披慈忍服：四分律行事鈔卷五受戒緣集篇第八：「袈裟名慈悲忍辱服，外既披之，内心應懷忍辱之德也。」本集卷七次韻游南嶽：「小庵自披慈忍服，十方普熏知見香。」

〔二三〕心精遺聞證圓通：楞嚴經卷六觀世音菩薩曰：「世尊！我又獲是圓通修證無上道故，又能善獲四不思議無作妙德。一者由我初獲妙妙聞心，心精遺聞，見聞覺知不能分隔，成一圓融清淨寶覺。」

〔二四〕自然靜極光通達：楞嚴經卷六：「靜極光通達，寂照含虚空。却來觀世間，猶如夢中事。」

旃檀四十二臂觀音贊 并序〔一〕

予蓄四十二臂觀音菩薩之像㊁，如護目睛㊂，今以授其友李天輔〔二〕，又爲之贊曰㊃：

汝意有言，枯杌作鬼〔三〕。我心不生，髑髏則水㊄〔四〕。乃知妄覺，一法成二。湛然圓明，百千一耳。稽首大士，應物而形〔五〕。隨其小大，如谷答聲〔六〕。千臂執持，千眼觀照㊅。以無心故，受用俱妙〔七〕。譬（臂）如青春㊆，藏於花（化）身㊇。隨其枝葉，疏密精神〔八〕。唯此瑞相，四十二臂，不越徑寸，莊嚴畢備。清淨（涼）寶目（月）㊈，或慈或威〔九〕。如欲舉足，花輪乘之。碧螺之間〔一〇〕，有佛儼容〔一一〕。如蟭螟蟲㊉，巢蚊睫中〔一二〕。隱于石間，顯出蚌蛤〔一三〕。以無礙慈〔一四〕，不擇清濁。我觀震旦〔一五〕，種性猛利〔一六〕。由聞思入⑪〔一七〕，甘露滅地〔一八〕。願加被我，障盡心開。如觀世音，無礙辯才。我説此偈，萬象合掌。何以無礙，敲空作響〔一九〕。

【校記】

㊀林間録後集題爲「旃檀大悲讚并序」。

㊁蓄：林間録後集作「畜」。

㊂目睛：林間録後集後有「每戴以行道」五字。

㊃又：林間録後集無。

㊄則：林間録後集作「即」。

㊅眼：林間録後集作「目」。

㈦譬：原作「臂」，誤，今從林間録後集。

㈧花：原作「化」，誤，今從林間録後集。

㈨清淨寶目：原作「清涼寶月」，今從林間録後集。參見注〔八〕。

㈩蟭：林間録後集作「焦」。

⑪思：林間録後集作「慧」。

【注釋】

〔一〕作年未詳。　旃檀：檀香木。　四十二臂觀音：宋高僧傳卷二六唐朔方靈武龍興寺增忍傳：「（大中）九年，因讀大悲經，究尋四十二臂，至無畏手，疑而結壇，浹旬禱請，自空中現其王印，雙拳歷歷可觀，遂命畫工繪寫此臂焉。或有譏謗者，忍再精懇虔告，畫工濯筆銅椀中，忽感寶性花一朵，枝趺髻葉，一皆鮮明，覩者驚歎。」

〔二〕李天輔：名未詳，生平不可考。

〔三〕「汝意有言」二句：大方便佛報恩經卷三論議品：「諸夫人者自生惱害，譬如有人夜行見杌，便起賊想，或起惡鬼之想。尋時驚怖，四散馳走，或投高巖，或覆水火，荊棘叢林，傷壞身體。因妄想故，禍害如是。」宗鏡録卷八二：「古德云：『覺非始終，以迷故執我，以悟故見性。』如闇中迷杌爲鬼，至明杌有鬼無。迷杌爲鬼，見杌非新有；了鬼本無，悟鬼非始無。既唯得杌，不得鬼者。故知鬼不新無，杌非新有。無取捨也。」杌：樹木無枝。

〔四〕「我心不生」二句：林間録卷上：「唐僧元曉者，海東人。初航海而至，將訪道名山。獨行荒陂，夜宿冢間，渴甚，引手掬水于穴中，得泉甘涼。黎明視之，髑髏也。大惡之，盡欲嘔去。忽猛省，嘆曰：『心生則種種法生，心滅則髑髏不二。如來大師曰：三界唯心。豈欺我哉！』遂不復求師，即日還海東，疏華嚴經，大弘圓頓之教。」參見本集卷一五讀古德傳八首注〔六〕。

〔五〕應物而形：後秦僧肇肇論涅槃無名論：「經曰：『法身無象，應物而形；般若無智，對緣而照。』」金光明經卷二四天王品：「佛真法身，猶如虛空，應物現形，如水中月。」

〔六〕「隨其小大」二句：宋釋知禮觀無量壽佛經疏妙宗鈔卷二：「如谷答響，大小隨聲。如鑑現形，端醜在質。」

〔七〕「千臂執持」四句：蘇軾成都大悲閣記：「菩薩千手目，與一手目同。物至心亦至，曾不作思慮。隨其所當應，無不得其當。」此化用其意。

〔八〕「譬如青春」四句：喻觀世音無處不見，如春色顯現於花木枝葉之間。本集頗多此喻，參見本卷釋迦出山畫像贊注〔一七〕。

〔九〕「清淨寶目」二句：底本作「清涼寶月」，廓門注：「『涼』當作『淨』，『月』作『目』。」其説甚是。鍇按：楞嚴經卷六觀世音菩薩曰：「八萬四千清淨寶目，或慈或威，或定或慧，救護衆生得大自在。」此用其語。又楞嚴經合論卷六：「成一圓融清淨寶覺者，離法執相，依他盡矣。如是則豈一首至八萬四千爍迦羅首，二臂至八萬四千母陀羅臂，二目至八萬四千清淨寶目哉？雖無量首、無量臂、無量目可也。」

〔一〇〕碧螺：佛頂之螺狀髮髻。參見本集卷一〇余居百丈天覺方注楞嚴以書見邀作此寄之二首注〔七〕。

〔一一〕儼容：莊嚴莊重之容。

〔一二〕「如蟭螟蟲」二句：晏子春秋外篇下：「公曰：『天下有極細乎？』晏子對曰：『有。東海有蟲，巢於蟁睫，再乳再飛，而蟁不爲驚。臣嬰不知其名，而東海漁者命曰焦冥。』」

〔一三〕顯出蚌蛤：謂觀音菩薩化身於蛤蜊之中。見前漣水觀音畫像贊注〔一三〕。

〔一四〕無礙慈：隋釋智顗摩訶止觀卷四：「今念十方佛，念無礙慈，作不請友；念無礙智，作大導師。」

〔一五〕震旦：古印度稱中國，梵文Cina之譯音，亦作真丹。翻譯名義集卷三諸國：「震旦，或曰真丹、旃丹。琳法師云：『東方屬震，是日出之方，故云震旦。』華嚴音義：『翻爲漢地，此不善華言。』樓炭經云：『蔥河以東名爲震旦，以日初出，耀於東隅，故得名也。』」

〔一六〕種性猛利：謂根性勇猛精進，修持佛道，志願無倦。法華經合論卷三：「師子生三歲，即能哮吼，百獸怖懾。其種性猛利，而無所畏也。佛號人中師子者，以於諸法得無所畏故。」

〔一七〕由聞思入：楞嚴經卷六觀世音菩薩曰：「憶念我昔無數恒河沙劫，於時有佛出現於世，名觀世音。我於彼佛發菩提心，彼佛教我從聞思修入三摩地。初於聞中入流亡所，所入既寂，動靜二相，了然不生。如是漸增，聞所聞盡；盡聞不住，覺所覺空；空覺極圓，空所空滅。生滅既滅，寂滅現前，忽然超越世出世間，十方圓明獲二殊勝：一者上合十方諸佛本妙覺心，與佛如來同一慈力；二者下合十方一切六道衆生，與諸衆生同一悲仰。」

〔一八〕甘露滅地：覺悟之境界。維摩詰經卷上佛國品：「得甘露滅覺道成。」

〔一九〕敲空作響：宋釋思坦楞嚴經集注卷六引可觀補遺云：「鐘聲爲音，震物曰響。生法師曰：『敲空作響，擊木無聲。』」林間録卷上：「生法師曰：『敲空作響，擊木無聲。』法眼禪師忽聞齋魚聲，謂侍者曰：『還聞麼？適來若聞，如今不聞。如今若聞，適來不聞。會麼？』」此借用其語。錯按：生法師即竺道生，此語又見雲門匡真禪師廣録、金陵清涼院文益禪師語録等引用，然出處未詳。

華藏寺慈氏菩薩贊 并序㊀〔一〕

金陵華藏禪院旃檀慈氏菩薩像㊁，相好之工妙天下〔二〕，而神異靈感，未易以一二數。居景德寺之後殿〔三〕，王文公（舒王）嘗夢像求易居甚切㊂〔四〕，既覺而忘之。已而復夢，理前事。公夢中固留之，像則泣下。起而視之，真有淚零㊃。因大驚異，即迎至華藏之大殿㊄。俄景德寺火㊅，一夕而燼。嗚呼！三災彌淪㊆〔五〕，大千滅壞，像豈得久留人間世？而痛自鞞免㊇〔六〕，爲此兒戲狹劣相耶〔七〕？是蓋護法諸天以像之靈瑞佑之則然〔八〕，非菩薩意也。其不可以不辨，稽首爲之贊曰：

何人寄逸想，游戲浮漚間。以如幻之力，刻此旃檀像。坐令衆妙好㊈，秀發千花中㊉。天冠束紺髮〔九〕，銖衣絡華鬘〔一〇〕。種種妙莊嚴，成此功德聚。當時億萬種⑪，感極則悲號。樓觀出談笑，祕護百寶攢。如登覩史天〔一一〕，如集龍華會〔一二〕。嗟哉像教末〔一三〕，羽嘉成百鳥〔一四〕。棘生薝蔔林〔一五〕，龍神爲悲慟⑫〔一六〕。王臣寔外護〔一七〕，異夢非意思。顧推明月輪，出此蓬勃煙〔一八〕。顧回紫金山〔一九〕，安置清涼處。至今百福相，儼然臨人天⑬。神力吁莫測〔二〇〕，拜起涕汍瀾⑭〔二一〕。我諦觀十方，寔無心外境。自然離依他，及與徧計執〔二二〕。即今目所見，非有亦非無。如像現鏡中，非鏡亦非像⑮〔二三〕。願入此三昧，識心自然明。於十方國土，而作大佛事。稽首大慈尊⑯，證我如是說。

【校記】

㊀ 林間録後集題爲「慈氏菩薩旃檀像讚并序」。

㊁ 院旃檀慈氏菩薩：林間録後集作「寺慈氏菩薩旃檀」。

㈢王文公：原作「舒王」，不確，今從林間録後集。參見注〔四〕。

㈣零：林間録後集作「處」。

㈤至：林間録後集作「置」。

㈥火：林間録後集無此字。

㈦淪：林間録後集作「綸」。

㈧軃：林間録後集作「⿰革單」，廓門本作「躲」。

㈨好：林間録後集作「相」。

㈩花：林間録後集作「光」。

⑪種：林間録後集作「衆」。

⑫慟：林間録後集作「動」。

⑬人天：林間録後集作「天人」。

⑭起：林間録後集作「瞻」。

⑮像：林間録後集作「面」。

⑯慈：林間録後集作「悲」。

【注釋】

〔一〕約大觀三年作於江寧府。鍇按：此贊爲江寧華藏寺慈氏菩薩而作，考惠洪自大觀四年入京直至建炎二年示寂，未再回江寧，故此贊必作於大觀四年之前。因惠洪大觀二、三年間嘗寓居江寧，姑繫於此。　華藏寺：輿地紀勝卷一七江南東路建康府：「建康志：華藏寺，僞吴武義二年建，在斗門西街北，初爲報先寺，國朝改今額。」　慈氏菩薩：即彌勒菩薩。梵語 Maitreya，音譯爲彌勒，意譯爲慈氏，爲將繼承釋迦佛位之未來佛。

〔二〕相好：佛像之敬稱。佛經謂釋迦牟尼佛有三十二種相，八十二種好，故稱。

〔三〕景德寺：景定建康志卷四六祠祀志三寺院：「景德寺，在城内嘉瑞坊，舊崇孝寺也。僞吴置，國朝景德中改今額。建炎初，其地爲太廟，徙城隍廟於旁。今廟側小巷中有僧舍數間，仍用寺額。」

〔四〕王文公：紹聖元年，王安石謚曰文，世稱王文公，政和三年追封舒王。比贊既作於大觀四年之前，則不可預知王安石追封舒王之事。底本作「舒王」，或爲編集時所改，不確，今從林間録後集改。

〔五〕三災彌淪：肇論物不遷論：「故經云：『三災彌淪，而行業湛然。』」　三災：指火災、水災、風災。

〔六〕嚲免：躲避，避免。

〔七〕狹劣：淺陋卑劣。法華經卷二信解品：「長者知子，愚癡狹劣，不信我言，不信是父。」

〔八〕護法諸天：指大梵天、帝釋天及四大天王等，爲寺院中常供奉之護法神。隋釋灌頂國清百録卷一敬禮法：「爲梵釋四王八部官屬持國護法諸天神等，願威權自在，顯揚佛事，敬禮常住諸佛。」

〔九〕紺髮：紺青色頭髮。賢愚經卷二波斯匿王女金剛品：「佛知其志，即到其家，於其女前，地中踊出，現紺髮相，令女見之。」祖庭事苑卷四：「釋名曰：『紺，含也，謂青而含赤色也。』内教多稱紺目、紺髮，取此義也。」

〔一〇〕銖衣：護法諸天之衣。唐釋法崇佛頂尊勝陀羅尼經教跡義記卷上：「上界諸天著三銖衣。」大智度論卷三四：「四天王衣重二兩，忉利天衣重一兩，夜摩天衣重十八銖，兜率天衣重十二銖，化樂天衣重六銖，他化自在天衣重三銖，色界天衣無重相。」　華鬘：即瓔珞。一切經音義卷五九：「華鬘，梵言摩羅，此云鬘，音蠻。案：西域結鬘師多用蘇摩那花行列結之，以爲條貫，無問男女貴賤，皆此莊嚴。　諸經中天鬘、寶鬘、花鬘等皆是也。」祖庭事苑卷四：「西域記云：『國中人物，首冠華鬘，身佩瓔珞。』梵云俱蘇摩，此云花。梵云摩羅，此云鬘。西域結鬘師多用蘇摩那花行列結之，以爲長貫，無問男女貴賤，皆以莊嚴，或首或身，以爲飾好。　在頭曰瓔，在身曰珞。　鬘，音蠻。」

〔一一〕覩史天：即兜率天。佛教天分多層，第四層爲兜率天，其内院爲彌勒淨土，外院爲天上衆生所居之處。一切經音義卷七二：「兜率哆：經中或作兜駛多，或言兜率陀，皆訛也。正言覩史多，此知足天，又云妙足也。」參見本集卷一七次韻李商老送杲上人還石門注〔四〕。

〔一二〕龍華會：彌勒菩薩今在兜率天内院，經當來五十六億七千萬年於此土出世，在華林園中龍華樹下開法會，普度人天，謂之龍華會。大乘本生心地觀經卷三報恩品：「彌勒菩薩法王子，從初發心不食肉。以是因緣名慈氏，爲欲成熟諸衆生。處於第四兜率天，四十九重如意殿。晝夜恒説不退行，無數方便度人天。八功德水妙華池，諸有緣者悉同生。我今弟子付彌勒，龍華會中得解脱。」又南朝梁宗懔荆楚歲時記曰：「四月八日，諸寺各設齋，以五香水浴佛，作龍華會，以爲彌勒下生之徵。」

〔一三〕像教末：指像法之末季，或直指末法。佛教稱佛滅後五百年爲正法時，次一千年爲像法時，後一萬年爲末法時。參見本集卷一懷慧廓然注〔一三〕。

〔一四〕羽嘉戎百鳥：淮南子墜形：「羽嘉生飛龍，飛龍生鳳凰，鳳凰生鸞鳥，鸞鳥生庶鳥。凡羽者生於庶鳥。」高誘注：「飛龍、羽嘉，飛蟲之先。飛龍有翼。」此喻佛法之每況愈下，由正法而至像法、末法，如羽嘉等而下之爲庶鳥。

〔一五〕棘生薝蔔林：薝蔔本爲香花，今爲荆棘所掩，喻佛教正法爲浮淺之像法末法所掩。維摩詰經卷中觀衆生品：「如人入瞻蔔林，唯嗅瞻蔔，不嗅餘香。」薝蔔本梵語，亦譯作「瞻蔔」，同音而異字。

〔一六〕龍神：龍能具不測之力，以故稱爲神。天龍八部之一。法華經卷一序品：「四衆龍神，瞻查仁者。」

〔一七〕王臣寔外護：謂王安石實爲佛教之外護。楊億武夷新集卷六故河中府開元寺壇長賜紫僧重宣塔記：「處六和之衆，而天子知名；介三法之微，而王臣外護。」

〔一八〕蓬勃煙：指景德寺火災之事。語本法華經卷二譬喻品：「臭煙熢㶿，四面充塞。」

〔一九〕紫金山：喻指光彩奪目之彌勒像。楞嚴經卷九：「即時如來將罷法座，於師子床攬七寶几，迴紫金山，再來凭倚。」參見前漣水觀音畫像贊注〔一五〕。

〔二〇〕神力吁莫測：感歎其神力深不可測。蘇軾次韻秦觀秀才見贈秦與孫莘老李公擇甚熟將入京應舉：「故人坐上見君文，謂是古人吁莫測。」此借用其語。

〔二一〕涕汍瀾：涕淚縱横貌。文選卷二三歐陽建臨終詩：「執紙五情塞，揮筆涕汍瀾。」李善注：「漢書息夫躬絶命辭曰：『涕泣流兮萑蘭。』瓚曰：『萑蘭，涕泣闌干也。』萑與汍同。」李周翰注：「汍瀾，涕流貌也。」

〔二二〕「我諦觀十方」四句：楞嚴經卷五彌勒菩薩白佛言：「我以諦觀，十方唯識，識心圓明，入圓成實，遠離依他，及遍計執，得無生忍，斯爲第一。」此化用其意。

〔二三〕「即今目所見」四句：大智度論卷六：「若法因緣生，是法性實空。若此法不空，不從因緣有。譬如鏡中像，非鏡亦非面，亦非持鏡人，非自非無因。非有亦非無，亦復非有無。此語亦不受，如是名中道。」此化用其意。

泗州院旃檀白衣觀音贊 并序㊀〔一〕

鈞州太平泗州院僧元鑒所蓄觀音菩薩之相㊁〔二〕，慈嚴妙麗，靈異殊勝，如上天竺所見者〔三〕。問何自得之，鑒曰：「始有客舟載而至，傳數家，家輒禍至滅亡者，皆畏不敢迎。獨吾迎事之，而無異焉。」余曰㊂：「昔廬山文殊師利之像，不肯留寒谿，而喜隨遠公歸東林〔四〕。金陵彌勒像，不肯住景德㊃，而現夢於舒王㊄，永居華藏〔五〕。今此像乃獨樂寓於鑒㊅，是皆與菩薩有大因緣㊆。不然，聖心豈有所擇而避就之耶？」爲之贊曰：

我聞菩薩昔因地，所供養佛名觀音，從聞思修入悟心㊇，心精遺聞而得道。見聞覺知不可易〔六〕，譬如西北與東南。而此乃曰聞可遺，令人罔然墮疑網㊈〔七〕。龍本無耳聞以神〔八〕，蛇亦無耳聞以眼〔九〕，牛無耳故聞以鼻〔一〇〕，螻蟻無耳聞以身〔一一〕。六根互用乃如此〔一二〕，聞不可遺豈理哉？彼於異類昧劣中〔一三〕，而亦精妙不間斷。況我自在慈忍力，無畏解脱獨不然。鐘鼓俱擊聲不同，知其不同是生滅。而二種聲不相參，即是同時寂滅法〔一四〕。稽首淨智功德聚〔一五〕，廣大莊嚴悲願海。憫我心明力不逮，時時種子發現行。如人因酒而發狂，戒飲輒復逢佳醖⑩〔一六〕。願滅顛倒癡暗障，願獲辯才智慧藏，游戲十方微塵刹，亦施無畏利衆生。凡曰有心能聞者，同入圓通三昧海。

【校記】

① 林間録後集題爲「旃檀白衣觀世音像讚并序」。
② 太平：林間録後集作「太平寺」。
③ 余：林間録後集作「予」。
④ 住：林間録後集作「留」。
⑤ 現：林間録後集作「見」。
⑥ 樂：林間録後集無此字。
⑦ 有大：林間録後集作「大有」。
⑧ 入：林間録後集作「而」。
⑨ 罔：林間録後集作「惘」。
⑩ 戒：林間録後集作「誡」。

【注釋】

〔一〕約政和五年作於筠州。　泗州院：屬筠州太平寺。　白衣觀音：梵名Pāndaravāsini，音譯半拏囉嚩悉寧，意譯白處觀音，又名白衣觀音，胎藏界觀音院之一尊。此尊常著白衣在白蓮中，故就其被服名爲白衣，以其住處名爲白處。唐釋辯弘頂輪王大曼荼羅灌頂儀軌：「白衣觀音菩薩，以蓮花鬘莊嚴身，用寶繒角絡被，右手持真多摩尼寶，左手施願，坐蓮花上。此是一切蓮花族母。」

〔二〕僧元鑒：生平法系不可考。

〔三〕如上天竺所見者：指杭州上天竺寺靈感觀音院白衣觀音像。咸淳臨安志卷八〇寺觀六：「上天竺靈感觀音寺：後晉天福四年，僧道翊結廬山中，夜有光，就視，得奇木，命孔仁謙刻觀音像。會僧勳從洛陽持古佛舍利來，因納之頂間，妙相具足。錢忠懿王夢白衣人求治其居，王感悟，乃即其地創佛廬，號天竺看經院。咸平初，郡守張去華以旱迎大士至梵天寺致禱，即日雨。自是遇水旱必謁焉。天聖中，僧説夢像浮空而行，出小山，曰：『吾欲憩此。』明日僧寂至，語夢協，乃謀徙今處。乳竇峰矗其前，白雲、獅子、中印諸峰左右環拱。嘉祐末，守沈禮部文通以爲天竺起于司馬晉，時逾七百載，而觀音發跡西峰，甫及百年，遂分爲二，所謂上天竺也。大士以聲音爲佛事，非禪那所居，即謝去住持智月，以辯才法師元淨爲其主，仍請于朝，以教易禪，賜名靈感觀音院。」

〔四〕「昔廬山文殊師利之像」三句：高僧傳卷六釋慧遠傳：「昔潯陽陶侃經鎮廣州，有漁人於海中見神光每夕艷發，經旬彌盛，怪以白侃。侃往詳視，乃是阿育王像，即接歸，以送武昌寒溪寺。寺主僧珍嘗往夏口，夜夢寺遭火，而此像屋獨有龍神圍繞。珍覺，馳還寺，寺既焚盡，唯像屋存焉。侃後移鎮，以像有威靈，遣使迎接。數十人舉之至水，及上船，船又覆没。使者懼而反之，竟不能獲。侃幼出雄武，素薄信情，故荆楚之間爲之謡曰：『陶惟劍雄，像以神標。雲翔泥宿，邈何遥遥。可以誠致，難以力招。』及遠創寺既成，祈心奉請，乃飄然自輕，往還無梗。方知遠之神感，證在風諺矣。於是率衆行道，昏曉不絶，釋迦餘化，於斯復興。」蘇軾菩薩泉銘叙：「陶侃爲廣州刺史，有漁人每夕見神光海上，以白侃，侃使迹之，得金像，視其款識，阿育王所鑄文殊師利像也。初送武昌寒溪寺，及侃遷荆州，欲以像行，人力不能動，益以牛車三十乘乃能。至船，船復没，遂以還寺。其後惠遠法師迎像歸廬山，了無艱礙。山中世以二僧守之。會昌中，詔毁天下寺，二僧藏像錦繡谷。比釋教復興，求像不可得，而谷中至今有光景，往往發見，如峩眉、五臺所見。」

〔五〕「金陵彌勒像」四句：事見前華藏寺慈氏菩薩贊序。

〔六〕「從聞思修入悟心」三句：楞嚴經卷六觀世音菩薩曰：「彼佛教我從聞思修入三摩地。」又曰：「由我初獲妙妙聞心，心精遺聞，見聞覺知不能分隔，成一圓融清淨寶覺。」

〔七〕罔然：惘然，迷惑貌。罔，通「惘」。　疑網：謂衆多疑念，致人困惑不能解脱，如遭羅網。

〔八〕龍本無耳聞以神：楞嚴經卷四：「今此會中，阿那律陀無目而見，跋難陀龍無耳而聽，殑伽神女非鼻聞香，驕梵鉢提異舌知味，舜若多神無身有觸。」楞嚴經合論卷四：「凡龍皆無耳，而聾於文，從龍從耳，非止跋難陀河中之龍無耳，適指以示其事也。」

〔九〕蛇亦無耳聞以眼：蛇爲龍之屬，亦無耳，故連類而及之。此謂蛇之眼根與耳根互用。

〔一〇〕牛無耳故聞以鼻：宋劉延世編孫公談圃卷中：「然荆公亦有所失，如周官言『贊牛耳』，荆公言『取其順聽』。不知牛有耳而無竅，本以鼻聽。」此謂牛之鼻根與耳根互用。

〔一一〕螻蟻無耳聞以身：此謂螻蟻之身根與耳根互用。

〔一二〕六根互用：謂眼、耳、鼻、舌、身、意六根彼此相通，可相互爲用。此爲大乘佛教重要思想之一。楞嚴經卷一〇：「識陰若盡，則汝現前諸根互用，從互用中能入菩薩金剛乾慧，圓明精心於中發化。」又曰：「非汝六根互用合開，此之妄想無時得滅？」成唯識論卷五：「若得自在，諸根互用。」隋釋智顗法華經文句卷七上：「諸根者，六根也。六根清淨，故言通利。又六根互用故言通，入佛境界故言利。」

〔一三〕異類昧劣：指龍、蛇、牛、螻蟻等，以其與人類相異，故曰異類；以其見識不明，故曰昧劣。成唯識論卷三：「此識昧劣，不能明記。」

〔一四〕「鐘鼓俱擊聲不同」四句：禪林僧寶傳卷七南康雲居齊禪師傳：「或又問：『龍濟曰：「一切鐘鼓本無聲。」如何信之無聲？』齊曰：『祖師曰：「如鼓聲，無有作者，無有住處，畢竟空故，但誑凡夫耳。」若鼓聲是實有，鐘聲俱擊，應不相參。所以玄沙曰：「鐘中無鼓響，鼓中無鐘聲。鐘鼓不交參，句句無前後。」若不當體寂滅，如何得句句無前後耶？』」智證傳：「玄沙曰：『鐘中無鼓響，鼓中無鐘聲。鐘鼓不交參，句句無前後。』此真緣起無生之旨也。」此化用其意。

〔一五〕淨智功德聚：浴佛之慣用贊語，此指白衣觀音像。佛説浴像功德經：「初於像上下水之時，應誦以偈：『我今灌沐諸如來，淨智功德莊嚴聚。五濁衆生令離垢，願證如來淨法身。』」

〔一六〕「憫我心明力不逮」四句：元釋行秀評唱天童覺和尚頌古從容庵録卷五第七十則進山問性：「脩山主答：『筍畢竟成竹去，而今作篾使得麼？』篾，竹皮，束物竹索也。筍嫩無力，蒼竹有力。筍力未充，不堪作蔑。覺範觀音贊：『憫我心明力不迨，時時種子發現行。如人因酒而發狂，戒飲輒復逢嘉醞。』此亦言其力未充也。」

【集評】

明釋真可云：夫言清行濁，開眼説律，合眼行婬，醒夢雖殊，婬根無二。故此根未拔，生死難逃，今世後世，眼合眼開，根塵主客，授受無窮。苟能一念不起，婬機自枯。於衆生分中，念起是常，不起是變。於菩薩日用，不起是常，念起是變。常變無根，隨習所熏，熟則名常，生則名變，名雖有換，初無異同。故能以戒定慧之香，熏而不斷，則淨用現前；以貪瞋癡之水潤之，則染用力猛。故寂音尊者觀音贊有曰：「憫我心明力不逮，時時種子發現行。」此我尊者踢翻好醜窠臼，而能吐言真實，如雲盡長空，明月顯露，清淨光潔如此也。（紫柏老人集卷二〇斷婬偈引）

靖安胡氏所蓄觀音贊〔一〕

稽首淨智甘露門，稽首無礙悲願海，稽首紫金光聚山〔二〕，稽首心精遺聞地。願賜威光加被我，摧滅一切夙障山。令我一切刹塵中，見此百福如月面。菩薩常念諸衆生，譬如慈母憶憐子。子若晝夜常念母，母子百劫必相見〔三〕。如針之契諸磁石〔四〕，如雷之文於象牙〔五〕。皆即自然如是應，非諸心識可思量。鷹巢現形蚌中出〔六〕，化爲晝女并魚舫〔七〕。皆隨衆生心所變，一一成辦無遺餘。妙哉三十二應身〔八〕，一十四種無畏力〔九〕。願於一念淨心現，譬如秋月現止水，一切衆生見者聞，皆入圓通三昧海。

【注釋】

〔一〕作年未詳。靖安胡氏：僧寶正續傳卷三黄龍逢禪師傳：「禪師名德逢，豫章靖安胡氏子。」德逢嗣法靈源惟清禪師，爲惠洪法姪，此靖安胡氏當爲其家族中人。廓門注：「靖安縣在南昌府。」

〔二〕紫金光聚山：喻佛菩薩像之光明。師子月佛本生經：「遥見世尊在重閣上，身紫金色方身丈六坐七寶花，三十二相八十種好，皆放光明如紫金山。」

〔三〕「菩薩常念諸衆生」四句：楞嚴經卷五：「十方如來憐念衆生，如母憶子，若子逃逝，雖憶何爲？子若憶母，如母憶時，母子歷生，不相違遠。若衆生心，憶佛念佛，現前當來，必定見佛，去佛不遠，不假方便，自得心開。」此化用其意。

〔四〕如針之契諸磁石：蘇軾朱壽昌梁武懺贊偈：「母子天性，自然冥契，如磁石針，不謀而合。」參見本集卷二次韻見寄二首注〔八〕。

〔五〕如雷之文於象牙：大般涅槃經卷八如來性品：「譬如虚空震雷起雲，一切象牙上皆生花。若無雷震，花則不生，亦無名字。衆生佛性亦復如是，常爲一切煩惱所覆，不可得見。是故我説衆生無我，若得聞是大般涅槃微妙經典，則見佛性，如象牙花。雖聞契經一切三昧，不聞是經，不知如來微妙之相，如無雷時，象牙上花不可得見。聞是經已，即知一切如來所説祕藏佛性，喻如天雷見象牙花。」隋釋灌頂大般涅槃經疏卷一一如來性品：「虚空譬法身，雷震譬説法，起雲譬慈悲，象牙譬衆生，華譬佛性。有三解，一云：別有象牙草，聞雷生華。二云：是象牙生華。經云：『四象優鉢羅等，聞天雷時牙上有華。』三云：此象牙非別生華，直是牙上有文彩如華。」此化用其意。

〔六〕鷹巢現形蚌中出：謂觀音菩薩化身於鷹巢、蛤蜊之中，甚爲神異。參見前漣水觀音畫像贊注〔一一〕。

〔七〕化爲畫女并魚師：謂觀音菩薩化爲畫上女人與捕魚師。華嚴經卷六六入法界品叙善財童子見不動優婆夷：「爾時，善財童子曲躬合掌，正念觀察，見此女人，其身自在不可思議，色相顏容世無與等。」又叙優婆夷言：「又如漁師，持正法網，入生死海，於愛水中漉諸衆生。」不動優婆夷，指觀音菩薩。故元釋行純等集海印昭如禪師語録之觀音贊序曰：「菩薩漁師，持正法網，入生死海，漉諸衆生，達大覺岸。」

〔八〕三十二應身：楞嚴經卷六觀世音菩薩白佛言：「由我供養觀音如來，蒙彼如來授我如幻聞薰聞修金剛三昧，與佛如來同慈力故，令我身成三十二應，入諸國土。」楞嚴經合論卷一：「觀世音菩薩自叙三十二應身説法。」

〔九〕一十四種無畏力：楞嚴經卷六觀世音菩薩言：「我復以此聞薰聞修金剛三昧無作妙力，與諸十方三世六道一切衆生同悲仰故，令諸衆生於我身心，獲十四種無畏功德。」

潭州東明石觀音贊 并序〔一〕

長沙馬氏時〔二〕，一夕，東城雉堞間光屬天〔三〕，達旦不滅。州人按其處，有石卧古井旁，半爲土所吞，其色青瑩。相與發之，即大悲觀音之像。挹水灌沐，妙容慈相忽然顯露，如蓮花之出泥。大衆歡呼，愛慕之極，又如嬰兒之見母。於是建寺，號東明。初以律興〔四〕，餘百年，民恃以爲福田〔五〕。元祐初，長老遷公以禪易之〔六〕。

未幾，棄去。今海禪師自潙山來〔七〕，宴坐於室，不蓄粒米，倚此像以飯四方來者。崇堂邃宇，又加麗焉。余聞菩薩之悲願，於濁惡世一切衆生之用處，化身爲魚米，爲肉山，以足其欲心〔八〕。今夜半光耀，乃其一戲，遂與無窮之衆，園林花觀、飲食卧具充足耶？謹拜手稽首，對像説偈曰：

大悲智光本無礙，於一切處常發現〔九〕。豈特夜半瓦礫間，始復爛然上霄漢。此邦衆生共勝業，時節成熟故如是。譬如日月行虚空，水無穢潔皆照臨。灰沙若沉波自寒，圜影於中迴殊特〔一〇〕。稽首妙智光世音〔一一〕，是娑婆界真教體〔一二〕，應機而現爲説法，信心起處説法竟。我今見境得成就，亦同音聞獲圓通〔一三〕。六根遲速雖不齊，要是一精明所現〔一四〕。我知暗相不能昏，與彼心精遺聞處〔一五〕。衆塵隔越妄分别，常真實中無是事。死生之變尚不改，豈有根塵乃能蔽。願令持此妙法門，於此刹土爲佛事。一切聲色熱惱中，與衆生作清涼處。皈命救世大悲者〔一六〕，願賜威光加被我。令我獲無作妙力，令我亦名無所畏，令我具無礙辯才，令我入一切種智。我及一切諸有情，皆如觀音得自在〔一七〕。

【注釋】

〔一〕約崇寧二年作於潭州長沙。東明：即長沙城東之東明寺。嘉靖長沙府志卷六方外紀：「東明寺，在縣東門外二里。」宋費衮梁谿漫志卷一〇蜀僧東明寺題詩：「蔡元長南遷，道出長沙，卒於城南五里東明寺。」宋周煇清波雜志卷二：「徽宗召天下道術之士，海陵徐神翁亦至。神翁好寫字與人，多驗。蔡京得『東明』二字，皆謂東明乃向日之方，可卜富貴未艾。後蔡京貶死潭州城南五里外東明寺。」

〔二〕馬氏：指五代時期十國之一楚國，後梁太祖開平元年（九〇七），封馬殷爲楚王，建都長沙。史稱南楚、馬楚。馬殷死，諸子爭位，政局混亂，後周太祖廣順元年（九五一）爲南唐所滅。詳見清吴任臣編撰十國春秋卷六七至卷七六楚。

〔三〕雉堞：城上短牆。文選卷一一鮑明遠蕪城賦：「是以板築雉堞之殷，井幹烽櫓之勤。」參本集卷四金陵吴思道居都城面城開軒名曰横翠作此贈之注〔三〕。

〔四〕律：指律宗。律宗，唐釋道宣所創，以持戒律爲主，故稱。

〔五〕福田：佛教以供養布施，行善修德，能得福報，猶如播種田畝，有秋收之利，故云。隋釋慧遠無量壽經義疏卷上：「生世福善，如田生物，故名福田。」

〔六〕長老遷公：東明遷禪師，大潙真如慕喆法嗣，屬臨濟宗南嶽下十三世。釋曉瑩羅湖野録卷上：「潭州東明遷禪師乃真如喆公之嗣，天資雅淡，知見甚高。晚年逸居潙山真如菴，有志于道者，多往親炙之。一日，閲楞嚴經，至『如我按指。海印發光』，有僧侍傍，指以問曰：『此處佛意如何？』遷曰：『釋迦老子好與三十棒。』僧曰：『何故？』遷曰：『用按指作甚麽？』僧又曰：『汝暫舉心，塵勞先起，又作麽生？』遷曰：『亦是海印發光。』僧當下欣然曰：『許多時蹉過，今日方得受用也。』忠道者住山時，遷尚無恙，相得歡甚。然距今未久，叢林幾不聞名矣。觀其言論若此，則意氣高閑之韻可想見也。」嘉泰普燈録卷八東明遷禪師：「久侍真如，晚居潙山真如庵。忠道者高其風，每叩之。一日，閲首楞嚴次，忠問：『如我按指，海印發光，佛意如何？』曰：『釋迦老子好與二十棒。』云：『爲甚麽如此？』曰：『用按指作麽？』云：『汝暫舉心，塵勞先起，又作麽生？』曰：『亦是海印發光。』」以禪易之：指東明寺以禪宗取代原有之律宗。錯按：宋代寺院分爲甲乙寺與十方寺二種，前者以親而授，屬律宗；後者以德而選，屬禪宗。余靖武溪集卷九筠州洞山普利禪院傳法記：「近世分禪、律爲二學，其所居之長，禪以德、律以親而授之。以德者選於衆，而歸之者亦衆。」故此處「以禪易之」，一指其宗派歸屬由律宗而變爲禪宗，一指其傳承性質由甲乙寺而改爲十方寺。

〔七〕今海禪師自潙山來：海禪師即嶽麓智海，亦大潙真如慕喆法嗣。本集卷二九嶽麓海禪師塔銘：「經行湘南諸山，依止大潙十年。真如門風，號稱壁立，學者皆望崖而退。師獨受印可，輩流下之。真如赴詔住上都相國寺，師雅志不欲西。首衆衲於衡陽花藥山，分座説法。元符己卯，開法於城東之東明。崇寧乙酉，遷居於湘西之嶽麓。」智海住持東明寺，在元符二年至崇寧三年期間，惠洪拜東明石觀音像之事，姑繫於此。

〔八〕「余聞菩薩之悲願」五句：悲華經卷九：「如我自捨，所有身命，爲大悲心，不求果報，但爲利益，諸天及人，願作肉山，給施衆生。」唐釋栖復法華經玄贊要集卷九：「二利他大悲爲先者，飢饉劫中，化爲魚米等，濟益衆生；疾病劫中，化身爲藥樹，救衆生病；於險道中，能化橋梁等，及以説百千法門，利益衆生，皆名大悲。唯取後得智一分，利益衆生者。名大悲門也。」同書卷三五：「觀音菩薩飢饉劫中爲魚米。」

〔九〕「大悲智光本無礙」二句：華嚴經卷二八十迴向品：「願一切衆生於一切處常見諸佛。」

〔一〇〕圓影：即圓影，指日月之影。觀音菩薩造型有水月觀音者，故此借水中月影爲喻。

〔一一〕光世音：觀世音之舊譯名。華嚴經合論卷四八：「又依梵云光世音菩薩，明以教光、行光、大慈悲之光等衆生而利物。」法華經合論卷七：「觀世音亦名光世音，能以智慧破諸結業之暗，故經偈曰：『無垢清淨光，慧日破諸暗。』」

〔一二〕娑婆界：即娑婆世界，又名忍土。娑婆，梵語 Sahā，意譯堪忍。隋釋智顗法華經文句卷二下：「娑婆，此翻忍，其土衆生安於十惡不肯出離，從人名土，故稱爲忍。」唐釋窺基法華經玄贊卷二：「乃是三千大千世界，號爲娑婆世界也。」

〔一三〕亦同音聞獲圓通：楞嚴經卷六：「因果今殊感，云何得圓通？我今白世尊，佛出娑婆界，此方真教體，清淨在音聞。欲取三摩提，實以聞中人，隨苦得解脱，良哉觀世音。」已見前注。

〔一四〕「六根遲速雖不齊」二句：楞嚴經卷六：「元依一精明，分成六和合。一處成休復，六用皆不成。」

〔一五〕心精遺聞：楞嚴經卷六：「由我初獲妙妙聞心，心精遺聞，見聞覺知不能分隔，成一圓融清淨寶覺。」已見前注。

〔一六〕皈命：即皈依，謂身心歸向之。

〔一七〕觀音得自在：觀世音亦名觀自在或觀世自在。觀世音者，觀世人稱彼菩薩名之音而垂救；觀世自在者，觀世界而自在拔苦與樂。翻譯名義集卷一：「西域記云：阿縛盧枳多伊濕伐羅，唐言觀自在。合字連聲，梵語如上。分大散音，即『阿縛盧枳多』譯曰『觀』，『伊濕伐羅』譯曰『自在』。舊譯爲光世音，或世自在，皆訛謬也。」

空生真贊 并序㊀〔一〕

漳南僧慎修游吴中〔二〕，得此畫於敗垣破壁間，拂除埃翳，神觀靜深㊁，如從維摩大士得心解脱時㊂〔三〕。出以示余㊃，爲之贊曰：

以空寂身，無所倚依㊄，而捉杖藜〔四〕。以靈知心，不在散攝〔五〕，而玩貝葉〔六〕。不舍色聲㊅，而證真空〔七〕。與我日用，能所心同〔八〕。於一切處，寂入法海。如風行空，無所妨礙㊆〔九〕。但離二執㊇〔一〇〕，圓成普會。當慎以修〔一一〕，入此三昧。

【校記】

㊀林間録後集題爲「空生讚并序」。

㊁靜：林間録後集作「靖」。

㊂如從：原作「如」，今從林間録後集。

㊃余：林間録後集作「予」。

㊄倚依：林間録後集作「依住」。

㊅舍：林間録後集作「捨」。

㊆所：林間録後集作「有」。

㊇離：林間録後集作「兑」。

【注釋】

〔一〕崇寧二年作於長沙道林寺。繫年參見本集卷二四送脩彦通還西湖序注〔一〕。　空生：即須菩提，釋迦牟尼十大弟子之一，得大智慧，稱解空第一。法華經文句卷二：「須菩提，此翻空生。生時家中倉庫筐篋器皿皆空。問占者，占者言吉。因空而生，字曰空生。」

〔二〕漳南：代指洪州南昌。　僧慎修：「修」同「脩」。據宋僧法名表字連稱之習慣，惠洪送脩彦通還西湖序中之僧，此僧法名第二字爲脩，字彦通，其游東吴事與漳南僧慎修合，當爲同一人。可知慎修爲大通善本禪師法嗣，思睿同門法弟，屬雲門宗青原下十三世。

〔三〕如從維摩大士得心解脱時：維摩詰經卷上弟子品須菩提白佛言：「維摩詰言：『唯，須菩提！取鉢勿懼，於意云何？如來所作化人，若以是事詰，寧有懼不？』我言：『不也。』維摩詰言：『一切諸法，如幻化相，汝今不應有所懼也。所以者何？一切言説不離是相；至於智者，不著文字，故無所懼。何以故？文字性離，無有文字，是則解脱；解脱相者，則諸法也。』維摩詰説是法時，二百天子得法眼淨，故我不任詣彼問疾。」

〔四〕「無所依倚」二句：禪林僧寶傳卷一九餘杭政禪師傳載惟政禪師自贊曰：「貌古形疏倚杖梨，分明畫出須菩提。」可知宋畫中須菩提乃爲倚杖藜形象。

〔五〕散攝：唐釋窺基法華經玄贊卷二：「陀羅尼者，此云總持。總持有二：一攝二散。攝者，持也。此即聞持，聞於文義，任持不忘，即所聞之能持，名之爲攝。聞即總持，體念慧也。十地經云：『八地以上菩薩於一切法能堪，能思，能持。』彼論解云：『堪謂聞慧，思謂思慧，持謂修慧。』於一修慧分三用故。散者施也。此有四種：一法，二義，三能得菩薩忍，四明呪。施與衆生故。」

〔六〕貝葉：佛經之代稱。貝多羅樹葉可裁爲梵夾，用以寫經，故以貝葉代指佛經。

〔七〕「不舍色聲」二句：謂須菩提之解空，乃不離色聲而得證悟。其事詳見摩訶般若波羅蜜經卷七無生品須菩提語舍利弗諸條。唐釋宗密述、宋釋子璿治金剛般若經疏論纂要卷下：「須菩提，汝若作是念，如來不以具足相故，得阿耨多羅三藐三菩提。須菩提，莫作是念，如來不以具足相故，得阿耨多羅三藐三菩提。華嚴經云：『色身非是佛，音聲亦復然。亦不離色聲，見佛神通力。』肇云：『不偏在色聲，故言非。非不身相，故復言是。』」禪林僧寶傳載惟政禪師自贊曰：「解空不許離聲色，似聽孤猿月下啼。」本集卷二〇解空閣銘：「石屏玉立，泉以珮鳴。乃知解空，不離色聲。」

〔八〕「與我日用」二句：謂須菩提之解空，與我日用之心相同，不分主觀之能與客觀之所。蓋佛教以自動之法謂之能，不動之法謂之所。參見本集卷一一金陵初入制院注〔六〕。

〔九〕「如風行空」二句：大智度論卷五三：「舍利弗見須菩提所問皆能答，如風行空中，無所罣礙。」

〔一〇〕二執：指我執與法執。我執又名人執，以五蘊假和合而有見聞覺知之作用，固執此中有常一主宰之人我者，一切煩惱障從此我執而生。法執是指不明五蘊等法由因緣而生，如幻如化，固執法有實性者，一切所知障從此法執而生。成唯識論卷一：「由我法執，二障具生。」

〔一一〕當慎以修：此釋慎修之法名，并勉勵之。

祐勝菩薩贊 并序〔一〕

祐勝聖容，菩薩僧也〔二〕。航海而至，自北天竺頓息此山〔三〕，爲邦人福田。其靈感如呼谷，響應捷而至〔四〕，是其善慈力。稽首爲之贊曰：

雷發春曉，象牙有花〔五〕。是何因緣，而使然耶？一切幻物，感以無心。不思而合，如磁石針〔六〕。況我大士，慈善根力。不起於座，沛然甘澤。千峰青碧，環如長城。經今幾時，殿閣崇成。咨爾邦士，時朔薦拜。稽首真慈，是甘露海。

【注釋】

〔一〕作年未詳。祐勝菩薩：即祐勝聖容，以其爲菩薩僧，故稱。廓門注：「唐段成式酉陽雜俎第四卷六葉曰：『梵僧菩薩勝。』稽古略唐德宗下：『天竺三藏勝持編次寶林傳。』不知是也。」輿地紀勝卷二六江南西路隆興府景物下：「佑勝院，在靖安，聖容菩薩道場也。徐東湖有詩云：『青干霄外山千丈，碧入林間水一條。』」

〔二〕菩薩僧：宋釋贊寧大宋僧史略卷下菩薩僧：「後周太武皇帝廢釋、道二教。建德三年，詔擇釋、道有名德者，别立道觀，改形服爲學士。帝賜小道安牙笏，位以朝列，不就。尋武帝崩，天元宣帝立，意欲漸興佛教，未便除先帝之制。大象元年敕曰：『太武皇帝爲嫌濁穢，廢而不立。朕簡耆舊學業僧二百二十人，勿翦髮毁形，於東西二京陟岵寺，爲國行道所資公給。』時有高僧智藏，姓荀氏，建德二年，隱終南紫閣峰，至宣帝時出謁。敕令長髮，爲菩薩僧，作陟岵寺主。大象二年，隋文作相，藏謁之，因得落髮。又釋彥琮不願爲通道觀學士，以其菩薩僧須戴花冠衣瓔珞，像菩薩相，高僧惡作此形，非佛制也。初立通道觀，員置百二十人，選釋、李門人有當代名行者，著衣冠笏履，爲通道觀學士。」

〔三〕北天竺：印度古稱天竺，分爲東、南、西、北、中五區域，北天竺爲其一。　頓息：停留止息。

〔四〕「其靈感如呼谷」二句：書大禹謨：「惠迪吉，從逆凶，如影響。」孔傳：「迪，道也。順道，吉；從逆，凶。吉凶之報，若影之隨形，響之應聲。」本集好用此喻，如卷二仇彥和佐邑崇仁有白蓮雙葩並幹芝草叢生於縣齋之旁作堂名曰瑞應且求詩敬爲賦之：「耿泉豈知忠，元乳豈知義。應之捷影響，物有固然理。」卷二三連瑞圖序：「夫忠義孝慈之應，如形附影，如聲赴響。」

〔五〕「雷發春曉」二句：大般涅槃經卷八如來性品：「譬如虛空震雷起雲，一切象牙上皆生花。若無雷震，花則不生，亦無名字。衆生佛性亦復如是，常爲一切煩惱所覆，不可得見。是故我說衆生無我，若得聞是大般涅槃微妙經典，則見佛性，如象牙花。雖聞契經一切三昧，不聞是經，不知如來微妙之相，如無雷時，象牙上花不可得見。聞是經已，即知一切如來所說祕藏佛性，喻如天雷見象牙花。」已見前注。

〔六〕「不思而合」二句：蘇軾朱壽昌梁武懺贊偈：「母子天性，自然冥契，如磁石針，不謀而合。」此借用其語。已見前注。

繡釋迦像并十八羅漢贊 并序〔一〕

吾友羅彦勝之室鄒氏〔二〕，嘗得重疾，幾死。夢群沙門來慰之，已而少瘳。乃發心繡十八大士像，則頓愈。彦勝以武洞清模本爲之格〔三〕，凡五年而成。夫人精思天巧，曲盡其妙，可以目識，不可以言論也。政和五年秋七月，余卧痾石門〔四〕，彦勝室攜十八軸并釋迦如來像來求贊。余自顧貧，無以爲世尊諸大士供，乃以筆語爲之供，名曰筆供養云〔五〕：

釋迦佛

指以心運，茸以針通〔六〕。針針是佛，佛佛皆茸。十分月滿，萬國春同〔七〕。稽首真慈，生女巧中。

第一賓度羅跋囉墮闍尊者

霜筠雪竹，石磴下安。青猊妥尾〔八〕，徐行仰看。師則跏趺，顧視空几。吐詞如雷，侍者無耳。

第二迦諾迦伐蹉尊者

蒼髯紫鱗〔九〕，上有懸錫〔一〇〕。玉像金瓶，層置立石。蠻王跪看〔一一〕，鑪煙上直。手掐珠輪，心境俱寂。

第三跋釐墮闍尊者〔一二〕

神觀靜深，合爪欽視〔一三〕。誰設華輪？前置淨几。髯王捧塔，自何而至？中有全身，勿安舍利。

第四蘇頻陁尊者

石牀之外，老松挺拔。玉瓶之中，山花自發。手持如意〔一四〕，默而説似。梵帙不看〔一五〕，知離文字。

第五諾距羅尊者

樹亦求法，身當牀坐。鹿有施心，供以山果。雪眉許長，舒縮在我。默而識之〔一六〕，未用驚破。

第六跋陁羅尊者

兩鬼投書，與僧聚語。師竊聞之，抱膝回顧。我心均平，等視諸趣。一念捨心，即離五怖〔一七〕。

第七迦理迦尊者

身如蕉虛〔一八〕，心如兔止。師慈如和，侍者笑視。毒龍難降〔一九〕，我試彈指。便升鉢中，喜見脊尾。

第八闍羅弗多羅尊者〔二〇〕

坐依胡牀，手把筇竹。偏袒右肩，而收一足。小僧滌器，師視而笑。主伴則殊，日用同妙。

第九戍博迦尊者

此瑠璃瓶，中迸五色。是功德聚，善慈根力。僧俗儼然，蹤跡同道。即事之理，一體三寶〔二一〕。

第十半託迦尊者

手雖有拂，境以無塵。出三毒夢〔二二〕，乘五色雲〔二三〕。霜露果熟〔二四〕，慈忍現身。以空爲地〔二五〕，立處皆真〔二六〕。

第十一羅怙羅尊者〔二七〕

閑提數珠，背坐危石。捉錫山童，越樹而劇。象銜藕花，來獻法供。六根妙同，鼻能致用。

第十二那迦犀那尊者〔二八〕

苾芻捧塔〔二九〕，示空寂身。於菟對我〔三〇〕，示心境真。手把寶書，而不展玩。又示解空，文字不斷〔三一〕。

第十三因羯陁尊者〔三二〕

情無住著，袒而憑几。侍僧擊磬，狻猊卧戲〔三三〕。石屏倚天，下迸流水。水聲觸眼，石光到耳〔三四〕。

第十四伐那波斯尊者〔三五〕

縱倚箕踞〔三六〕，莫不是定。毒既止息，邪亦自正。鉢花自香，蒲扇閑把。目視雲霄〔三七〕，我相未捨。

第十五阿氏多尊者

蠻(巒)奴鶴立[一][三八]，盆花置前。倚杖屈足，頷髭虯然[三九]。了世間空，獨游理窟[四〇]。石上軍持[四一]，是吾長物[四二]。

第十六注荼半託迦尊者

心花開敷[四三]，行象明潔。倏然宴坐，秀目豐頰。萬象之語，六根之功。以手搏取，置不言中。

第十七難提蜜多羅慶友尊者[四四]

風度凝遠[四五]，支頤而倦。看此寶塔，至身出現。戲蠻弄毬，引此稚獸。萬用不藏，如日之晝[二]。

第十八賓頭盧尊者

夷奴碾茶〔四六〕，愚中有慧。走鹿卧地，動中有止。而師持塵，閒坐俯視。曾見佛來，法法如是〔四七〕。

【校記】

㊀ 鑾：原作「巒」，誤，今據武林本改。参見注〔三八〕。

㊁ 晝：武林本作「畫」，誤。

【注釋】

〔一〕政和五年七月作於筠州新昌縣石門寺。廓門注：「按：十六羅漢加難提蜜多羅與賓頭盧，即十八也。」鍇按：法住記：「時諸大衆聞是語，已少解憂悲，復重請言：『所説十六大阿羅漢，我輩不知其名何等。』慶友答言：『第一尊者名賓度羅跋囉惰闍，第二尊者名迦諾迦伐蹉，第三尊者名迦諾迦跋釐墮闍，第四尊者名蘇頻陀，第五尊者名諾距羅，第六尊者名跋陀羅，第七尊者名迦理迦，第八尊者名伐闍羅弗多羅，第九尊者名戍博迦，第十尊者名半託迦，第十一尊者名囉怙羅，第十二尊者名那伽犀那，第十三尊者名因揭陀，第十四尊者名伐那婆斯，第十五尊者名阿氏多，第十六尊者名注荼半託迦。如是十六大阿羅漢，一切皆具三明、六通、八解脱等無量功德，離三界染，誦持三藏，博通外典。承佛敕故，以神通力延自壽量，乃至世尊正法應住，常隨護持，及與施主作真福田，令彼施者得大果報。』」宋人以訛傳訛，加慶友尊者與賓頭盧尊者，合計十八羅漢。然慶友爲大阿羅漢難提蜜多羅之譯名，即法住記之説者；賓頭盧即第一尊者賓度羅跋囉惰闍，實不當在其列。

〔二〕羅彥勝：名未詳，當爲筠州人，然生平不可考。　室：妻子。禮記曲禮上：「三十曰壯，有室。」鄭玄注：「有室，有妻也。妻稱室。」孔穎達疏：「壯有妻，妻居室中，故呼妻爲室。」

〔三〕以武洞清模本爲之格：以武洞清畫之模本爲繡像格式。圖畫見聞志卷三：「武洞清，長沙人，工畫佛道人物，特爲精妙。有雜功德、十一曜、二十八宿、十二真人等像傳於世。」宣和畫譜卷四道釋四：「武洞清，長沙人也。工畫人物，最長於天神道釋等像。布置落墨，廣狹大小，横斜曲直，莫不合度。而坐作進退，向背俛仰，皆有思致。尤得人物名分尊嚴之體。獲譽於一時，至有市鄽人以刊石著洞清姓名而求售者。然其它畫則未聞，傳於世者亦少，獨十一曜具在，今御府所藏二十有一。」

〔四〕石門：新昌縣石門寺。

〔五〕筆供養：以筆墨文字供養佛像。陳淵默堂集卷二二書了齋筆供養發願文：「右筆供養發願文，乃了翁謫官合浦過長沙時爲興化平禪師作也。」此借用了翁陳瓘語。參見本集卷七和游南臺注〔一一〕。

〔六〕茸：刺繡用絲線。

〔七〕「十分月滿」二句：景德傳燈録卷二〇韶州龍光和尚：「問：『賓頭盧一身，爲什麽赴四天供？』師曰：『千江同一月，萬户盡逢春。』」此化用其意。錯按：本集好用此語，如卷二四送嚴修造序：「使蓬萊道山，萬國春回；香積城頭，十分月滿。」卷二八化藏：「菩提園内，共輪一雨春回；香積臺前，果見十分月滿。」

〔八〕青猊：青色狻猊。狻猊，亦作「狻麑」。爾雅釋獸：「狻麑如虦貓，食虎豹。」郭璞注：「即師子也，出西域。」　妥尾：垂下尾巴。王安石石虎圖：「横行妥尾不畏逐，顧盼欲去仍躊躇。」

〔九〕蒼髯紫鱗：代指松。白居易題流溝寺古松：「煙葉葱蘢蒼麈尾，霜皮駁落紫龍鱗。」石延年古松：「直氣森森恥屈盤，鐵衣生澀紫鱗乾。」

〔一〇〕懸錫：指懸挂之錫杖。

〔一一〕蠻王：南方民族之首領。

〔一二〕第三跋釐墮闍尊者：法住記稱「第三尊者名迦諾迦跋釐墮闍」。

〔一三〕合爪：合掌。　欽視：莊嚴注視。

〔一四〕如意：僧用器物。釋氏要覽卷中道具：「如意，梵云阿那律，秦言如意。指歸云：『古之爪杖也。』或骨角竹木，刻作人手指爪，柄可長三尺許。或脊有痒，手所不到，用以搔抓，如人之意，故曰如意。誠嘗問譯經三藏通梵大師清沼、字學通慧大師雲勝，皆云：『如意之制，蓋心之表也，故菩薩皆執之。狀如雲葉，又如此方篆書心字故。若局爪杖者，只如文殊亦執之，豈欲搔痒也。』又云：『今講僧尚執之，多私記節文祝辭於柄，備於忽忘。要時手執目對，如人之意，故名如意。若俗官之手版，備於忽忘，名笏也。』」

〔一五〕梵帙：佛書。宋庠元憲集卷一七維摩經諸品頌序：「每閉户焚香，呻吟梵帙。」

〔一六〕默而識之：論語述而：「子曰：『默而識之，學而不厭，誨人不倦，何有於我哉？』」此借用其語。

〔一七〕五怖：即五怖畏。佛地經論：「五怖畏者：一不活畏，二惡名畏，三死畏，四惡趣畏，五怯衆畏。」

〔一八〕身如蕉虛：維摩詰經卷上方便品：「是身如芭蕉，中無有堅。」

〔一九〕毒龍難降：大般涅槃經卷二九師子吼菩薩品：「但我住處，有一毒龍，其性暴急，恐相危害。」王維過香積寺：「薄暮空潭曲，安禪制毒龍。」

〔二〇〕第八闍羅弗多羅尊者：法住記稱「第八尊者名伐闍羅弗多羅」。疑此脱一「伐」字。

〔二一〕「即事之理」二句：隋釋智顗法華經玄贊卷五上：「九類通一體三寶者，真性即法寶，觀照即佛寶，資成即僧寶。故法性不動，名不覺；佛智契理，故佛名爲覺；事和理和，故僧名和合。思益云：『知覺名爲佛，知離名爲法，知無名爲僧，此是一體三寶。』故下文云『佛自住大乘』

佛是佛寶，大乘是法寶。『如其所得法，以此度衆生』，即是與理和，復與衆生和，即是僧寶。世間相常住，名法寶；於道場知已，名佛寶；導師方便説，上與理和，下與衆生和，名僧寶。一體三寶，非一之一，不三之三。此之三一，不縱不横，稱之爲妙歷七位云云。」

〔二二〕三毒：即貪、嗔、癡。

〔二三〕乘五色雲：太平廣記卷四五一長孫甲引廣異記：「舉家見文殊菩薩乘五色雲從日邊下。」宋高僧傳卷二一漢州開化寺釋亡名傳：「俄覩地屋皆爲瑠璃色，有菩薩乘五色雲下庭中。」此借以寫羅漢。

〔二四〕霜露果熟：黄庭堅山谷集卷一六翠巖真禪師語録序：「林棲谷隱，堅密深静。霜露果熟，諸聖推出。枯木朽株，雲行雨施。」此借用其語。

〔二五〕以空爲地：修行道地經卷七菩薩品：「菩薩修道，譬如飛鳥，飛行空中，無所觸礙，以空爲地，不畏於空。」

〔二六〕立處皆真：鎮州臨濟慧照禪師語録：「古人云：向外作工夫，總是癡頑漢。爾且隨處作主，立處皆真。」

〔二七〕第十一羅怙羅尊者：法住記稱「第十一尊者名囉怙羅」。

〔二八〕第十二那迦犀那尊者：法住記稱「第十二尊者名那伽犀那」。

〔二九〕苾芻：梵語，比丘之異譯，已見前注。

〔三〇〕於菟：虎之別稱。左傳宣公四年：「楚人謂乳穀，謂虎於菟。」釋文：「於音烏，菟音徒。」

〔三一〕「又示解空」二句：維摩詰經卷上弟子品維摩詰語須菩提言：「一切諸法，如幻化相，汝今不應有所懼也。所以者何？一切言説不離是相；至於智者，不著文字，故無所懼。何以故？文字性離，無有文字，是則解脱；解脱相者，則諸法也。」須菩提爲佛十大弟子之一，稱解空第一。已見前注。

〔三二〕第十三因羯陁尊者：法住記稱「第十三尊者名因揭陀」。

〔三三〕狻猊：即獅子。見前注〔八〕。

〔三四〕「水聲觸眼」二句：謂眼可聞水聲，耳可視石光，此即「六根互用」之例。

〔三五〕第十四伐那波斯尊者：法住記稱「第十四尊者名伐那婆斯」。

〔三六〕箕踞：張兩腿而膝微曲之坐姿，狀如箕，故云。此爲隨意不拘禮節之坐法。莊子至樂：「莊子妻死，惠子弔之，莊子則方箕踞鼓盆而歌。」

〔三七〕目視雲霄：景德傳燈録卷三〇蘇溪和尚牧護歌：「披麻目視雲霄，遮莫王侯不顧。」山谷集別集卷七請黄龍慶老疏：「竊惟長老慶公，提諸佛正印，是衆生醫王。而目視雲霄，陸沉丘壑。」此借用其語。

〔三八〕蠻奴：釋貫休禪月集卷二四送鄭使君：「視事蠻奴磨玉硯，邀賓海月射金盃。」蘇軾十八大阿羅漢頌亦頗叙畫中蠻奴形象，當爲此贊所本。底本作「巒奴」，不辭，當涉形近而誤，今據改。參見本卷前漣水觀音畫像贊注〔一七〕。

〔三九〕蚪然：鬅鬙蜷曲貌。蚪，同「虬」。

〔四〇〕理窟：義理之淵藪。世説新語文學：「（張憑）既前，撫軍與之話言，咨嗟稱善，曰：『張憑勃窣爲理窟。』」

〔四一〕軍持：亦作「軍遲」，梵語音譯，意謂淨瓶，僧人游方時隨身攜帶以貯水。翻譯名義集卷七：「軍遲，此云瓶。寄歸傳云：『軍持有二，若甆瓦者是淨用，若銅鐵者是觸用。』西域記云：『捃稚迦，即澡瓶也。舊云軍持，訛略也。』西域尼畜軍持，僧畜澡灌，謂雙口澡灌。事鈔云：『應法澡灌。』資持云：『謂一斗已下。』」

〔四二〕長物：剩餘之物。世説新語德行：「王恭從會稽還，王大看之。見其坐六尺簟，因語恭：『卿東來，故應有此物，可以一領及我。』恭無言，大去後，即舉所坐者送之。既無餘席，便坐薦上。後大聞之，甚驚曰：『吾本謂卿多，故求耳。』對曰：『丈人不悉恭，恭作人無長物。』」

〔四三〕心花開敷：唐李通玄新華嚴經論卷三九：「中有道場，名爲寶花，表以行利生，心花開敷故。」此借用其語。　開敷，指花朵開放，佛書常用之。

〔四四〕第十七難提蜜多羅慶友尊者：慶友乃爲大阿羅漢難提蜜多羅之譯名，即法住記之説者。參見注〔一〕。

〔四五〕風度凝遠：風度凝重深遠，不苟言笑。陳書蕭允傳：「允少知名，風神凝遠，通達有識鑒，容止醞藉，動合規矩。」林間録卷下：「南禪師風度凝遠，人莫涯其量，故其門下客多光明偉傑，名重叢林，有終身未嘗見其破顔者。」本集好用此詞，如卷一九靈源清禪師贊五首之四：「風度凝遠，杳然靖深。」夢蝶居士贊二首之一：「風度凝遠，霽月洗雲。」李運使贊：「風度凝遠，和氣如春。」

〔四六〕夷奴：猶蠻奴。

〔四七〕「曾見佛來」二句：阿育王經卷三供養菩薩樹因緣品：「又説言：『大德，有比丘見佛未入涅槃，今猶在者不？』長老答言：『有。姓頗羅墮名賓頭盧，其人見佛。』……復次：『大德，見世尊不？』是時賓頭盧以兩手舉其眉毛視阿育王，便説偈言：『我數見如來，無等無譬類。有三十二相，面如秋滿月。梵音除煩惱，入無諍三昧。』阿育王復問：『大德於何處云何見？』長老答言：『大王，世尊與五百漏盡阿羅漢隨從，最初於王舍城安居，是時在此衆中得具足見佛。』便説偈言：『無欲無欲從，摩訶牟尼尊。是時此安居，我具足見佛。如汝今見我，如是我見佛。』」

【集評】

明董斯張云：蘇、黄俱有羅漢頌，妙絶當世，予恒喜書之。寂音從雲庵學出世法，忽得語言三昧，嘗自叙云：「下筆千言，跬步可待。」當時號僧中班、馬。其爲文合處，直不減蘇、黄兩先生。兩先生偈頌久膾炙人間，乃石門文字逢掖家少有蓄者，予故爲手録以遺好事。（靜歗齋遺文卷四書

覺範阿羅漢頌後)

放光二大士贊 并序〔一〕

高安龔德莊出晝軸〔二〕，有二比丘像，皆梵帔相好〔三〕，上有化佛，下布兩花㊀。熟視之，有光影滅没，如日在蒼蒼涼涼之間〔四〕，於是大驚自失。德莊曰：「始僧繇畫於漢州德陽善寂寺之東壁，自是有光，世傳神異。唐麟德中，有僧摸之㊁，亦有光〔五〕，以授資州牧王紀〔六〕。紀奉之舟行，風濤覆他舟，而紀舟進止自若。夜泊津次，舟人聚語嗟異。有商婦孕，逾兩年不乳〔七〕，聞之，從紀求摹像，禱之，一昔而乳。垂拱三年〔八〕，則天迎置内道場，光尤猖狂〔九〕。中宗嘉歎〔一〇〕：『此爲我家瑞，唐祚其昌乎！』今朝治平丁未〔一一〕，嘉禾陳舜俞令舉爲湖州〔一二〕，獲之，作贊，藏爲家寶。政和六年春，獻于京師。有詔摸傳禁中，而光猶益奇變，京師爭售之，畫工致富者比屋〔一三〕。然傳以爲地藏、觀音之像〔一四〕，當有據耶？」余曰：「是觀世音、得大勢(至)像也㊂〔一五〕。受記經曰：過去金光師子遊戲佛時，有國王威德從禪定起，見二童子生蓮華中，一名寶意，二名寶上，説偈發願〔一六〕。而釋迦如來前身，威德王也。觀世音、得大勢，寶意、寶上也，於未來世成等正覺〔一七〕。則觀世音號普光功德寶如來，得大勢號善住功德寶王如來，皆以次補無量壽，故作雲間跏趺之像〔一八〕。僧谿殆非畫師也〔一九〕。」德莊撫手笑曰：「當爲我贊之。」

人趣可學道〔二〇〕，乃爲婬事苦。生那落迦中〔二一〕，方無婬欲樂。衆生如犛牛，愛此貪欲尾〔二二〕。異哉兩童子，藕花中化生。對天龍鬼神，作大師子吼。我若從今始，起於貪欲心，是則爲欺誑，十方一切佛。以是因緣故，證色身三昧〔二三〕。我亦於今日，復作師子吼。若從今日始，不斷貪欲心，是則爲滅絶，十方三世佛。願如二大士，持心等虛無。太虛有殞壞，衆生界有盡。我此願不盡。稽首平等慈，廣大同體悲〔二四〕。於刹刹塵塵〔二五〕，證我作是説。

【校記】

㊀兩：佛祖綱目卷三七作「雨」。

㊁摸：四庫本、武林本作「摹」。後「有詔摸傳禁中」之「摸」同。

㊂勢：原作「勢至」，今據佛祖綱目改。參見注〔一五〕。

【注釋】

〔一〕政和七年作於筠州新昌縣。

〔二〕高安：筠州治高安縣，此代指筠州。　龔德莊：龔端，字德莊，筠州新昌人，元符三年進士。爲惠洪同鄉好友。參見本集卷一次韻龔德莊顔柳帖注〔一〕。

〔三〕梵帔：佛衣披肩。　相好：佛像之敬稱。已見前注。

〔四〕蒼蒼涼涼：猶「滄滄涼涼」，微寒貌，涼貌。語本列子湯問：「孔子東游，見兩小兒辯鬭，問其故，一兒曰：『我以日始出時去人近，而日中時遠也。』一兒以日初出遠，而日中時近也。一兒曰：『日初出大如車蓋，及日中則如盤盂。此不爲遠者小而近者大乎？』一兒曰：『日初出滄滄涼涼，及其日中如探湯。此不爲近者熱而遠者涼乎？』孔子不能决也。」

〔五〕「始僧繇畫於」六句：其事見法苑珠林卷一四：「唐益州郭下法聚寺畫地藏菩薩，却坐繩床垂脚，高八九寸。本像是張僧繇畫。至麟德二年七月，當寺僧圖得一本，放光乍出乍没，如似金環，大同本光。如是展轉圖寫出者，類皆放光。當年八月，敕追一本入宫供養。現今京城内外道俗畫者供養，並皆放光。信知佛力不可測量。」然此言「漢州德陽善寂寺」，則事相近而寺名不同。今考唐王勃王子安集卷一五益州德陽縣善寂寺碑曰：「顯慶中，縣令蕭君道弘，理鈎繩於日用，憑藻繢於天成……時又於佛堂東壁畫二聖僧，丹青未畢，大啓神光。鄰玉塵之崇輝，發金龕之實相。」據此，則善寂寺放光二大士像畫於唐高宗顯慶年間，且未言爲僧繇畫摹本。蓋龔德莊所言得自傳聞，未必徵實，或有張冠李戴之誤。歷代名畫記卷七：「張僧繇，吴中人也。天監中，爲武陵王國侍郎、直祕閣、知畫事，歷右軍將軍、吴興太守。武帝崇飾佛寺，多命僧繇畫之。」明曹學佺蜀中廣記卷九名勝記德陽縣：「有善果寺，晉泰始中建。唐名善寂寺，王勃碑記以爲梁武帝所建矣。」　廓門注：「成都府漢州，在府城東北一百二十里。德陽縣在州北六十里。」　麟德：唐高宗年號，公元六六四至六六五年。　摸：同「摹」，模仿。

〔六〕資州：治資陽縣，唐屬劍南道成都府。　王紀：生平未詳。

〔七〕乳：産子，分娩。吕氏春秋音初：「天大風晦盲，孔甲迷惑，入于民室，主人方乳。」高誘注：「乳，産。」

〔八〕垂拱三年：公元六八七年。垂拱爲武則天年號。

〔九〕猖狂：形容氣焰猛烈，此指光焰强烈。

〔一〇〕中宗：唐中宗李顯，高宗第七子，其母則天武后。高宗崩，以皇太子即皇帝位，而武后臨朝稱制。嗣聖元年正月，廢居於均州，又遷於房州。武后聖曆二年復爲皇太子。武后老且病，神龍元年正月復位，景龍四年崩。事具新唐書中宗本紀。

〔一一〕治平丁未：宋英宗治平四年，公元一〇六七年。

〔一二〕嘉禾陳舜俞令舉爲湖州：陳舜俞（一〇二六～一〇七六）字令舉，湖州烏程人，徙居秀州。博學强記，慶曆六年舉進士，嘉祐六年又舉制科第一。熙寧三年，以屯田員外郎知山陰縣。青苗法行，舜俞不奉命，上疏自劾。奏上，責監南康軍鹽酒税。五年而卒。舜俞始嘗棄官，歸居秀州白牛村，自號白牛居士。有廬山記、都官集傳世。宋史有傳。嘉禾：即秀州，治嘉興縣，宋屬兩浙路。三國吴改由拳爲嘉禾，後改嘉興。宋政和間名爲嘉禾郡。方輿勝覽卷三嘉興府人物：「皇朝陳舜俞，嘉興人，應賢良第一。」湖州：治烏程縣，宋屬兩浙路。

〔一三〕比屋：屋舍相連，猶言家家户户，形容衆多普遍。漢徐幹中論譴交：「有策名於朝而稱門生於富貴之家者，比屋有之。」

〔一四〕地藏：即地藏菩薩。梵名 Ksitigarbha，在忉利天。以其安忍不動如大地，静慮深密如秘藏，故名地藏。受釋迦如來付囑，於彌勒出生前，自誓度盡六道衆生，始願成佛。常現身於地獄中以救苦難。地藏十輪經序品：「安忍不動猶如大地，静慮深密猶如秘藏。」鍇按：前注舉法苑珠林卷一四謂張僧繇於唐益州郭下法聚寺所畫爲地藏菩薩像，故世所傳亦頗有據。

〔一五〕得大勢：即大勢至菩薩，亦名得大勢至。阿彌陀三尊之一，侍於阿彌陀之右脇，主佛之智門者。此菩薩之大智至一切處，故名大勢至。觀無量壽經：「以智慧光普照一切，令離三塗，得無上力，是故號此菩薩名大勢至。」劉宋曇無竭譯觀世音菩薩受記經則稱作「得大勢」。鍇按：底本作「得大勢至」，然惠洪此明言據受記經，且後文皆作「得大勢」，故今從佛祖綱目改。

〔一六〕「受記經曰」七句：觀世音菩薩受記經：「金光師子遊戲如來法中有王，名曰威德王。……

彼威德王於其園觀，入于三昧。其王左右有二蓮花，從地踊出，雜色莊嚴，其香芬馥，如天栴檀。有二童子化生其中，加趺而坐。一名寶意，二名寶上。時威德王從禪定起，見二童子坐蓮華藏，以偈問曰：『汝爲天龍王，夜叉鳩盤荼，爲人爲非人？願説其名號。』時王右面童子以偈答曰：『一切諸法空，云何問名號？過去法已滅，當來法未生，現在法不住，仁者問誰名？空法亦非人，非龍非羅刹。人與非人等，一切不可得。』左面童子而説偈言：『名名者悉空，名名不可得。一切法無名，而欲問名字，欲求真實名，未曾所見聞。夫生法即滅，云何而問名？説名字語言，皆是假施設。我名爲寶意，彼名爲寶上。』」

〔一七〕「而釋迦如來前身」五句：觀世音菩薩受記經：「佛告華德藏：『於汝意云何？爾時威德王者豈異人乎？我身是也。時二童子，今觀世音及得大勢菩薩摩訶薩是也。善男子！是二菩薩於彼佛所，初發阿耨多羅三藐三菩提心。』」

〔一八〕「則觀世音號普光功德寶如來」四句：觀世音菩薩受記經：「阿彌陀佛正法滅後，過中夜分明相出時，觀世音菩薩於七寶菩提樹下，結加趺坐，成等正覺，號普光功德山王如來。……普光功德山王如來，隨其壽命，得大勢菩薩親覲供養，至於涅槃。般涅槃後，奉持正法，乃至滅盡。法滅盡已，即於其國，成阿耨多羅三藐三菩提，號曰善住功德寶王如來。」無量壽，即阿彌陀佛。　錯按：據受記經，觀世音當號「普光功德山王如來」，此作「普光功德寶如來」，當爲誤記或誤刻。

〔一九〕僧繇殆非畫師也：稱贊張僧繇非一般畫匠，而有高情遠韻，入神妙之境。鍇按：稱畫家爲「非畫師」，源於宋人關於藝術家高於普通畫匠之觀念。如司馬光縛虎圖：「孫生非畫師，趣尚頗奇偉。」蘇轍韓幹三馬：「伯時一見笑不語，告我韓幹非畫師。」黄庭堅子瞻寺壁作小山枯木：「海内文章非畫師，能回筆法作枯枝。」釋道潛過玉師室觀雪川范生梅花：「斯人非畫師，勢利不可鐫。」本集卷四大圓庵主以九祖畫像遺作此謝之：「知誰逸想寓此意，必也高人非畫師。」卷二七跋百牛圖：「意非畫師，殆高人韻士以寓其逸想耳。」

〔二〇〕人趣：衆生輪迴六趣之一，即六道中之人道。

〔二一〕那落迦：梵語音譯，即地獄，亦作「捺洛迦」。參見本集卷一七八月十六入南昌右獄作對治偈注〔二〕。

〔二二〕「衆生如犛牛」二句：法華經卷一方便品：「我以佛眼觀，見六道衆生，貧窮無佛慧，入生死嶮道，相續苦不斷，深著於五欲，如犛牛愛尾，以貪愛自蔽。」此化用其意。

〔二三〕色身三昧：法華經卷六藥王菩薩本事品：「我得現一切色身三昧，皆是得聞法華經力。」

〔二四〕同體悲：佛菩薩觀一切衆生之身與己身同體一身，而起拔苦與樂之心，謂之同體慈悲。唐釋良賁仁王護國般若波羅蜜多經疏卷一：「菩薩濟物，得同體悲。」

〔二五〕刹刹塵塵：亦作「塵塵刹刹」，佛教指每一刹那每一微塵之處，即在在處處之世界。參見本集卷一七過張家渡遇雲庵生辰注〔三〕。

杏殼觀音菩薩贊 并序〔一〕

龍舒演上人持鴨脚殼中銀杏木所刻觀音像〔二〕，莊嚴妙麗，如無邊春〔三〕，隨好光明〔四〕，塵塵具足〔五〕。稽首爲之贊曰：

對現色身，色身三昧〔六〕。如無邊春，透塵透海。使諸衆生，道與神會。知寂滅法，不以身礙。隨欲觀者，非小非大。此銀杏殼，纖穠向背。百福莊嚴，千花自在〔七〕。稽首大慈，如大地載。如皎空月，無所覆蓋。舍精進幢〔八〕，如堅剛鎧〔九〕。太虛殞潰，我願不退。

【注釋】

〔一〕元符二年秋作於舒州。　杏殼：指銀杏殼。

〔二〕龍舒：即舒州，治懷寧縣，宋屬淮南西路，故治在今安徽省潛山縣。　演上人：當指法演禪師，時住舒州太平寺。法演（？～一一〇四），綿州巴西人，俗姓鄧氏。白雲守端法嗣，初住四面，遷白雲，晚住太平，移東山（即五祖山），屬臨濟宗楊岐派南嶽下十三世。事具補禪林僧寶傳，有法演禪師語録傳世。　鴨脚：銀杏樹之别稱，以其葉似鴨掌狀，故稱。亦指銀杏之果實。黄庭堅送舅氏野夫之宣城二首之一：「霜林收鴨脚，春網薦琴高。」

〔三〕無邊春：蘇軾書鄢陵王主簿所畫折枝二首之一：「誰言一點紅，解寄無邊春。」

〔四〕隨好光明：指觀音菩薩形象之光明。華嚴經卷四八隨好光明功德品：「佛子！如來應正等覺有隨好，名圓滿王。此隨好中出大光明，名爲熾盛，七百萬阿僧祇光明而爲眷屬。」隨好：隨形好之略稱。佛身先具有幾多大人之相，隨其相一一復有幾許之好形，故曰隨形好。

〔五〕塵塵具足：無處不在，隨處具足。宗鏡録卷一〇：「故一理融通，十門具矣。故知此理，塵塵具足，念念圓融，無有一法而非所被。」

〔六〕「對現色身」二句：自四大、五塵等色法而成之身，謂之色身。宗鏡録卷九：「但以無依無住，無體無性，妙智能隨響應，對現色身，能以此理教化衆生，名爲大悲。」法華經合論卷五：「何名慈善根力？曰：以成熟心，不動本際，偏應十方，一切衆生之前，對現色身三昧。」參見本集卷一七讀十明論注〔六〕。

〔七〕「如無邊春」十二句：法華經合論卷一：「春在萬物，大如山川，細如毫忽，繁如草木，紗如葩葉，纖穠横斜、深淺背向雖不一，而其明秀艷麗之色，隨物具足，無有間限。一切衆生本來成佛之妙，見於日用，亦復如是。」此即其義。　透塵透海：穿透塵勞及苦海，解脱煩惱之謂。山谷集卷一五白蓮庵頌：「入泥出泥聖功，香光透塵透風。」此仿其句法。

〔八〕精進幢：以精進爲佛前石幢之旗幟。華嚴經卷二三兜率宫中偈讚品有精進幢菩薩名號。華嚴經合論卷四二：「精進幢菩薩者，此位是第七方便行，善能知根同事，處俗不迷，同塵不污，是精進幢義故。」

〔九〕堅剛鎧：即金剛鎧甲。大智度論卷一七：「禪爲金剛鎧，能遮煩惱箭。」

李伯時畫彌陁像贊 并序〔一〕〔一〕

政和八年五月十五日，宜春黄先之攜李伯時所畫阿彌陁像〔二〕，來東山爲示〔三〕。余觀伯時畫多矣，大率顧、陸之意〔四〕，意不盡態〔二〕，故不施五色，而伯時知之耳。問其所得，曰李沖（仲）元元中（仲）〔三〕〔五〕。元中爲袁法官〔六〕，以遺所厚善者，先之苦求得之。余諦視其筆跡，非今畫所能爲，其爲伯時之筆〔四〕，審矣。稽首爲之贊曰：

以慈爲室，以忍爲衣，法空爲座，示同體悲〔七〕。四十八願〔八〕，爲世所歸。如日没時，鳥接翅飛〔五〕。大哉甘露，妙法總持。令我觀門，洞開坦夷。諦見自心〔六〕，妙絶知思。是皈依處，真不思議。律我意馬〔九〕，使不妄馳。光明現前，見白蓮池。不假中陰〔一〇〕，屈伸頃時〔一一〕。欣然化生〔七〕，如八歲兒〔一二〕。何以至此？請審思之。皆我精進，想力所持〔八〕。稽首妙湛，不動巍巍。令一切衆，絶癡暗疑。有同願者，但瞻導師。脱然蟬蜕，出五濁泥〔一三〕。

【校記】

㊀ 樂邦文類卷二題爲「李伯時畫彌陀讚」。

㊁ 意不盡態：樂邦文類，作「畫意不畫態」。

㊂ 沖元元中：底本作「仲元仲」，誤，今改。參見注〔四〕。

㊃ 其爲：樂邦文類作「其」。

㊄ 鳥：樂邦文類作「烏」。

㊅ 見：樂邦文類作「觀」。

㊆ 欣：樂邦文類作「忻」。

㊇ 想：樂邦文類作「相」。

【注釋】

〔一〕政和八年五月十五日作於洪州新建縣。　李伯時：李公麟（一〇四九～一一〇六），字伯時，號龍眠居士，舒州舒城人。熙寧三年進士，官至朝奉郎。善書畫，尤工山水佛像，用白描，稱宋畫第一。事具宋史本傳、宣和畫譜卷七人物三。　彌陁：阿彌陀佛之省稱。梵語Amitābha，音譯阿彌陀佛，意譯無量壽佛，西方極樂世界之教化主。與釋迦、藥師並稱三尊。　陁，同「陀」。

〔二〕宜春：袁州宜春郡，治宜春縣，宋屬江南西路。　黄先之：名不可考，生平未詳。

〔三〕東山：指新建縣東山寺。江西通志卷一一一寺觀志一：「東山寺，在新建縣。唐建，宋大中祥符間僧修演重建。寺有卧如來像。明初併入永寧。」

〔四〕顧、陸：指東晉畫家顧愷之與南朝宋畫家陸探微。歷代名畫記卷一論畫六法：「上古之畫，迹簡意澹而雅正，顧、陸之流是也。」

〔五〕李沖元元中：李沖元，字元中，舒州舒城人。山谷集别集卷一二跋淨照禪師真贊：「龍眠，蓋廬江李伯時，頃與其弟德素、同郡李元中求志於龍眠山，淮南號爲龍眠三李者也。」黄罃山谷年譜卷一三元豐四年：「招隱寄李元中，元中名沖元。」宋周必大文忠集卷四九平園續稿九題鞠城銘：「李公麟字伯時，堂弟寀字德素，南唐李先主昪四世孫，並登科，隱舒城龍眠山。里人李沖元字元中，少年邁往，善論人物如璧，共爲山澤之遊，號龍眠三友。元祐三年亦登第，典獄宜春，作鞠城等十一銘，其賢可知。」宋王明清揮麈三録卷二所記「龍眠三李」略異：「元祐中，舒州有李亮工者，以文鳴薦紳間，與蘇黄游，兩集中有與其唱和。而李伯時以善丹青妙絶冠世，且好古博雅，多收三代以來鼎彝之類，爲考古圖。又有李元中，字畫之工，追蹤鍾、王。時號龍眠三李。同年登進士第，出處相若，約以先貴毋相忘，其後位俱不顯。」底本作「李仲元仲」，當有脱誤，今改。廓門注：「『李』當作『支』。圖繪寶鑑卷二：『五代支仲元，鳳翔人，畫人物極工。筆法師顧陸，緊細有力，人物清潤不俗。其畫神仙人物，多作弈棋之勢。宋高宗題作晉六朝者，多仲元所作。』」其注殊誤。

〔六〕元中爲袁法官：謂李沖元爲袁州司法參軍，即周必大所云「典獄宜春」。又山谷集卷一三李元中難禪閣銘序：「龍眠道人李元中爲宜春決曹掾，盡心於犴獄，忠信慈惠，於百度訟者，伏辜而即罪，如罪在己；治罪之器，人服而病焉，如傷在己。卹其寒飢疴癢，加以保惠教誨，使宥者涣然而悔，杖者自今而悔，流者在塗而悔，死者方來而悔。孔子曰：『子産，衆人之母也。而書言不盡其行事，未知其能若是乎？』獄事既飭，於是築閣以退聽，已無憾而後安禪，而乞名於其友山谷道人。」亦可證。廓門注：「韓文第四卷六葉：『勿嫌法官未登朝。』注：『法官，謂大理評事也。』」

〔七〕「以慈爲室」四句：法華經卷四法師品：「大慈悲爲室，柔和忍辱衣，諸法空爲座，處此爲説法。」此借用其語。

〔八〕四十八願：阿彌陀佛於因地爲法藏比丘時，在世自在王佛所建立之誓願。無量壽經上説之，是爲由二百一十億諸佛國土選擇攝取之大願，故謂之選擇本願。其一一願名，疏經諸師所説不同，難以詳舉，文繁不録。參見宋王日休校輯佛説大阿彌陀經卷上四十八願分第六。

〔九〕意馬：言人意驅逐於外境，不住於一處，猶如奔馬。雲門匡真禪師廣録卷下大師遺表：「困風霜於十七年間，涉南北於數千里外，始見心猿罷跳，意馬休馳。」

〔一〇〕中陰：佛教謂死此生彼兩身之間所受陰形，名爲中陰。陰者，五陰之陰，又稱五藴，指色、受、想、行、識。

〔一一〕屈伸頃時：喻時間極短暫。觀無量壽佛經：「若有善男子、善女人，孝養父母，行世仁慈。此人命欲終時，遇善知識，爲共廣説阿彌陀佛國土樂事，亦説法藏比丘四十八願。聞此事已，尋即命終。譬如壯士屈伸臂頃，即生西方極樂世界。」

〔一二〕「欣然化生」二句：佛經中多有禽獸因修福而得果報化生爲八歲兒之事。如三國吴支謙譯撰集百緣經卷六鸚鵡子王請佛緣：「值諸群鳥中有鸚鵡子王，遥見佛來，飛騰虚空，逆道奉迎：『唯願世尊及比丘僧，慈哀憐愍，詣我林中，受一宿請。』佛即然可。時鸚鵡王，知佛許已，還歸本林，敕諸鸚鵡各來奉迎。爾時世尊將諸比丘，詣鸚鵡林，各敷坐具，在於樹下，坐禪思惟。時鸚鵡王，見佛比丘寂然宴坐，甚懷喜悦，通夜飛翔，遶佛比丘，四向顧視。……時鸚鵡王，於其夜中，即便命終，生忉利天，忽然長大，如八歲兒，便作是念：『我造何福，生此天子？』尋自觀察，知從鸚鵡由請佛故一宿止住，得來生此。」同卷又有佛度水牛生天緣、五百雁聞佛説法緣，皆曰「即便命終，生忉利天，忽然長大，如八歲兒」。又賢愚經卷一二鳥聞比丘法生天品：「爾時於林樹間，有一比丘坐禪行道，食後經行，因爾誦經，音聲清雅，妙好無比。時有一鳥，敬愛其聲，飛在樹上，聽其音響。時有獵師，以箭射殺。緣兹善心，即生第二忉利天中，父母膝上，忽然長大，如八歲兒，面貌端正，殊異光相，昞然無有倫匹。」

〔一三〕「脱然蟬蜕」二句：史記屈原賈生列傳：「自疏濯淖汙泥之中，蟬蜕於濁穢，以浮游塵埃之外。」阿彌陀經：「釋迦牟尼佛能爲甚難希有之事，能於娑婆國土五濁惡世，劫濁、見濁、煩惱濁、衆生濁、命濁中，得阿耨多羅三藐三菩提。」此合其意而用之。

漣水觀音像贊　并序〔一〕

世傳漣水賀生所畫觀世音像〔二〕，不減唐吴道子〔三〕。晚以法授其壻陳守安〔四〕，守安遂以其畫名世。政和七年五月初吉〔五〕，佛鑑大師因公出其畫示余〔六〕。精深之工，曲盡其妙，可以目追心數其巧，要不可以言得也。謹拜手稽首贊曰：

聲音語言形體絶，何以稱爲光世音〔七〕？聲音語言生滅法，何以又稱寂静音〔八〕？凡有聲音語言法，是耳所觸非眼境。而此菩薩名觀音，是以眼觀聲音相〔九〕。聲音若能到眼處，則耳能見諸色法。若耳實不可以見，則眼觀聲是寂滅。見聞既不能分隔，清淨寶覺自圓融〔一〇〕。以無執故則有光，雖有千臂如兩手。以無分别故寂滅，雖有千手如一身。既無分别亦無執，雖有千眼兩目同。故稱光音寂静音，及觀世音三種異〔一一〕。稽首對現妙色身〔一二〕，偏一切處如虚空。妙哉此像非筆畫，厭足佛子欣慕心。藕絲銖衣春霧白，覆此隨好光明聚。一切衆生熱惱滅，我手方捨甘露枝。唯佛子因心清淨，如水澄澈月清亮。借於畫工百巧伎，如暗室眼以燈見〔一三〕。了知此畫非工有，謂燈能見其可哉？我無此像乃能贊，如眼見物不自見〔一四〕。自能説偈不蓄像，眼有見矣燈亦可。願持此大解脱門，施衆生作無所畏。世世得無礙辯才，稱讚觀世音功德。

【注釋】

〔一〕政和七年五月初一作於筠州新昌縣。漣水：漣水軍，治漣水縣。此代指漣水畫家賀生。

〔二〕漣水賀生：廓門注引圖繪寶鑑第六卷補遺：「宋賀六待詔，海州朐山人。家世畫觀音，其身於藝尤工。忽觀音化爲丐者求畫，遂得真相，其名益彰。」錙按：海州朐山與漣水相鄰，均屬淮南東路，疑漣水賀生與朐山賀六屬同一家族，家世畫觀音。

〔三〕吴道子：唐名畫家，玄宗改其名爲吴道玄，善畫佛道人物。已見前注。錙按：宣和畫譜卷二收吴道玄觀音菩薩像二。

〔四〕陳守安：諸畫史未載，生平不可考。

〔五〕初吉：朔日，即初一。詩小雅小明：「二月初吉，載離寒暑。」毛傳：「初吉，朔日也。」

〔六〕佛鑑大師因公：法名淨因，字覺先，賜號佛鑑大師。法雲惠杲禪師法嗣，惠洪法姪。本集卷二六題佛鑑僧寶傳：「宣和改元，夏於湘西之谷山，發其藏畜，得七十餘輩，因倣前史作贊，使學者概其爲書之意。書既成，有佛鑑大師淨因者曰：『噫嘻！此先德之懿也，願首傳以爲畢生之玩。』因以父事佛照，以大父事雲庵，而視余爲季父也。因生廬山之陽，游方飽叢林，參道有知見，恭謹孝友，蓋其天性，而醞藉雅尚，若出自然。與余游餘二十年，久而益敬，故余欣然授之。」參見本集卷八送因覺先注〔一〕。

〔七〕光世音：觀世音之舊譯。已見前注。

〔八〕寂靜音：宗鏡録卷二八：「妙音常寂，名寂靜音。如空谷響，有而即虚。若不即虚，非但失於一音，亦不得圓融自在。」華嚴經有寂靜音菩薩。

〔九〕「而此菩薩名觀音」二句：法華經卷七觀世音菩薩普門品：「若有無量百千萬億衆生受諸苦惱，聞是觀世音菩薩，一心稱名，觀世音菩薩即時觀其音聲，皆得解脱。」楞嚴經卷六：「一者由我不自觀音，以觀觀者，令彼十方苦惱衆生，觀其音聲，即得解脱。」鍇按：惠洪此將「觀其音聲」坐實爲「眼觀聲音」，欲以此申説眼耳互通、六根互用之意，故下文推演出「則耳能見諸色法」之句。

〔一〇〕「見聞既不能分隔」二句：楞嚴經卷六：「見聞覺知不能分隔，成一圓融清淨寶覺。」此化用其意。

〔一一〕「故稱光音寂靜音」二句：謂觀世音菩薩有光世音、寂靜音、觀世音三種不同名號。廓門注：「楞嚴經舉妙音、觀世音、梵音、海潮音，四音也。華嚴經第十五卷曰：『又放光明名妙音』云云；『恒出降魔寂靜音』；又『演暢微妙梵音聲』；又『於入道中海潮音』。」其注似未明白「三種異」之意。

〔二〕對現妙色身：宗鏡録卷九：「但以無依無住，無體無性，妙智能隨響應，對現色身，能以此理教化衆生，名爲大悲。」已見前注。

〔三〕如暗室眼以燈見：金剛三昧經：「猶如暗室，若遇明燈，暗即滅矣。」

〔四〕如眼見物不自見：中論卷一觀六情品：「是眼則不能，自見其己體。若不能自見，云何見餘物？是眼不能見自體。何以故？如燈能自照，亦能照他。眼若是見相，亦應自見，亦應見他，而實不爾。是故偈中説：『若眼不自見，何能見餘物。』」參見本集卷一五讀大智度論注〔二〕。

印上人持觀音像來乞贊余曰率伯時畫也爲作此贊〔一〕

稽首淨勝光明聚，無礙慈忍精進幢〔二〕。清淨圓滿萬星月，分身如影分千江〔三〕。佛子心如涔蹄水〔四〕，隨其清濁現影耳。從來但聞一月真，是影何從有非是〔五〕？寒松瑟瑟哀霜風，愛此贊辭章句同。佛子正當以身讀，即滿追求顛倒欲。

【注釋】

〔一〕作年未詳。印上人：生平法系不可考。伯時：李公麟，字伯時，號龍眠居士。已見前注。

〔二〕精進幢：以精進爲旗幟。已見前注。

〔三〕分身如影分千江：景德傳燈録卷二〇韶州龍光和尚：「問：『賓頭盧一身爲什麽赴四天供？』師曰：『千江同一月，萬户盡逢春。』」王安石記夢：「月入千江體不分，道人非復世間人。」

〔四〕涔蹄水：牛蹄印中所積之雨水。淮南子氾論：「夫牛蹏之涔，不能生鱣鮪。」高誘注：「涔，雨水也。滿牛蹏迹中，言其小也。」蹏，同「蹄」。

〔五〕「從來但聞一月真」二句：楞嚴經卷二：「但一月真，中間自無是月非月。」此化用其意。參見本集卷一四和珣上人八首注〔一一〕。

衡山南臺寺飛來羅漢贊　并序〔一〕

舊説太平興國初〔二〕，武牢沙門惠了游廬山〔三〕，宿于雲居寺〔四〕。中夜聞呻吟甚苦，及旦，視之，有僧雪眉而癯，卧腥臭中。見了涕泣，指其瘡曰：「當奈何？」了惻然憐之，爲留五日，洗摩傅(傳)藥〔一〕，甚有恩惠。逾年，瘡愈，謂了曰：「我家南嶽，子他日游湘中，當過我於石廩(崖)峰下〔三〕〔五〕。」探懷出紙裹，付了。了送至西嶺，訣別而還，視裹中乃瘡痂，爲屏除卧處，亦皆瘡痂也。心惡之，俄成熏陸〔六〕，投諸火中，有異香。了心駭異之。明年春，南來，果逢雪眉於國清山路間〔七〕。倚杖而笑曰：「來何暮也。」相與坐青林之下，語笑歡甚。了問石廩(崖)峰安在，雪眉以手指之，俄失所在。於是了乃悟其爲聖賢也，悵恨彌日。至方廣寺〔八〕，入羅漢堂，而雪眉乃在十六像中〔九〕。了殊大驚，喜躍，逗留久之。後至南臺，見昔同學道普者〔一〇〕，爲叙說其事。有童子方掃除，聞之，停箒參立曰：「今日添香殿廡間，羅漢輒剩一身。」了亟往視之，即方廣所見雪眉塑像。自是，號飛來羅漢。了後還雲居，以瘡痂葬西嶺，爲壇其上，今號羅漢壇。如來世尊曰：「如今世間，曠野深山，聖道場地，皆羅漢所住持，故世間麤人所不能見〔一一〕。」夫豈不然哉？皇祐間〔一二〕，泉南僧谷泉隱居芭蕉庵，有異跡，嘗自後洞負石僧像至南臺，而像無慮數百斤。後人誣此僧爲飛來羅漢，非也，余不可以不辨〔一三〕。宣和元年春，余與大梁郭中復彥從來游〔一四〕，彥從問像所從得，因爲叙之。而長老昭公請爲書之〔一五〕，贊曰：

惟毗尼藏〔一六〕，稱性之印。印一切法，無有少賸。而此尊者，跏趺不瞬。外寂中空，幻滅都盡〔一七〕。諸佛子等，勿故起妄。於是像中，作去來想。昔本不來，今亦焉往〔一八〕。即一切法，離一切相〔一九〕。如一月真，無二無別〔二〇〕。於衆水中，同時見月〔二一〕。像非異同，月豈生滅？以應緣故，光影清絕。鍾山衆泉，石井異味〔二二〕。靈隱衆山，小嶺異翠〔二三〕。此嶺此泉，皆飛而至。示根境法，其實同體。如此大士，諸法成就。南嶽廬山，宴坐馳走。而事藏界，隨處而有。雖證無生，亦不滅受〔二四〕。

【校記】

㈠ 傳：原作「傅」，誤，今從廓門本、四庫本、武林本改。

㈡ 廩：原作「崖」，誤，今改。後「石廩峰」之「廩」同。參見注〔七〕、〔八〕。

【注釋】

〔一〕宣和元年春作於南嶽衡山。　南臺寺飛來羅漢：南嶽總勝集卷中：「南臺禪寺，在廟之北，登山十里。梁天監中，高僧海印尊者喜其山秀地靈，結庵而居，號曰南臺。又至唐天寶初，有六祖之徒希遷禪師游南寺，見有石狀如臺，乃庵居其地，故寺號南臺。……又有石號飛羅漢。」

〔二〕太平興國：宋太宗年號，公元九七六至九八三年。

〔三〕武牢：代指鄭州。太平寰宇記卷九河南道九鄭州：「唐武德四年，平王充，置鄭州於武牢，領氾水、滎陽、成皋、密、滎澤五縣。」　惠了：生平法系未詳。

〔四〕雲居寺：在南康軍建昌縣。方輿勝覽卷一七江南西路南康軍：「雲居寺：在山之顛。諺云：『天上雲居，地下歸宗。』言其相亞云。」已見前注。

〔五〕石廩峰：南嶽七十二峰之一。南嶽總勝集卷上：「石廩峰，高四千五百餘丈。湘中記云：『其峰聳峙，遠望如倉廩之形。』」　底本「廩」作「崖」，考南嶽七十二峰，實無石崖峰，「崖」當作「廩」，涉形近而誤，後文同誤，今改。參見注〔八〕。

〔六〕熏陸：即薰陸香。法苑珠林卷三六：「魏略曰：『大秦出薰陸。』南方草物狀曰：『薰陸香出大秦國。云在海邊，自有大樹生於沙中。盛夏時樹膠流出沙上，夷人採取賣與人。』」

〔七〕國清：寺名。南嶽總勝集卷中：「國清禪寺，在後洞石廩峰西下，高臺之前山也。與靈川密隣，鐘磬相交。」

〔八〕方廣寺：南嶽總勝集卷中：「方廣崇壽禪寺，在嶽之西後洞四十里。與高臺比近，在蓮花峰下。前照石廩，旁倚天堂。」　鍇按：國清寺、方廣寺均在石廩峰近旁，故知底本「石崖峰」必爲「石廩峰」之誤。

〔九〕十六像：指十六羅漢，其名號見法住記。參見本卷繡釋迦像並十八羅漢贊注〔一〕。

〔一〇〕道普：生平法系未詳。

〔一一〕「如來世尊曰」六句：如來世尊語見楞嚴經卷九，「羅漢」作「阿羅漢」。

〔一二〕皇祐：宋仁宗年號，公元一〇四九至一〇五三年。

〔一三〕「泉南僧谷泉」七句：林間録卷下：「（谷泉）又自後洞負一石羅漢像至南臺，像無慮數百斤，衆僧驚駭，莫知其來。後洞僧亦莫知其去。遂相傳至今，號飛來羅漢。」其事又見南嶽總勝集卷下。　無慮：廓門注：「漢書食貨志曰：『無慮。』注：『無慮，亦謂大率，無小計慮耳。』漢書趙充國傳作『亡慮』。後漢書郭躬傳曰：『今死罪亡命，無慮萬人。』注：『廣雅曰：無慮，都凡也。』」　鍇按：谷泉禪師，泉南人，號泉大道。嗣法汾陽善昭，屬臨濟宗南嶽下十世。住南嶽芭蕉庵，移居保真庵。事具禪林僧寶傳卷一五衡嶽泉禪師傳。

〔一四〕大梁郭中復彦從：郭中復，字彦從，開封人。太尉郭天信之子。宋史郭天信傳：「其子中復爲閤門通事舍人，許陪進士徑試大廷，擢祕書省校書郎。」鍇按：宣和元年惠洪與郭中復同游衡山南臺寺。中復南行新州，迎其父郭天信之骨，歸葬京師，次年惠洪爲作祭文。參見本集卷三〇祭郭太尉文。

〔一五〕長老昭公：指南臺寺主持定昭禪師。本集卷二一潭州大潙山中興記稱潙山空印元軾禪師曰：「今嗣法者，自南臺定昭、了山法光而下，詵詵輩出，棊布名山，方進而未艾也。」據此可知南臺定昭嗣法空印元軾，屬雲門宗青原下十四世。僧傳、燈録失載。本集卷二〇一麟室銘即爲南臺定昭而作，可參見。

〔一六〕毗尼藏：即律藏，三藏之一。舊譯毗尼藏，新譯毗奈耶藏。善見律毗婆沙卷一序品：「毗尼藏者，是佛法壽。毗尼藏住，佛法亦住。」已見前注。

〔一七〕幻滅都盡：蘇軾書楞伽經後：「公（張方平）時年七十九，幻滅都盡，惠光渾圜。」此借用其語。

〔一八〕「昔本不來」二句：東坡詩集注卷二一聞辯才法師復歸上天竺以詩戲問：「道人笑不答，此意安在哉？昔年本不住，今者亦無來。」程縯注：「金剛經：『若心有住，則爲非住。』又云：『如來者無所從來，亦無所從去。』」此化用其意。

〔一九〕「即一切法」二句：楞嚴經卷八：「即一切法，離一切相，唯即與離，二無所著，名如相迴向。」

〔二〇〕「如一月真」二句：語本楞嚴經卷二，參見本集卷一四和珣上人八首注〔一一〕。又楞嚴經卷九：「有漏世界十二類生，本覺妙明覺圓心體，與十方佛無二無別。」此化用其意。

〔二一〕「於衆水中」二句：景德傳燈録卷三〇永嘉真覺大師證道歌：「一性圓通一切性，一法遍含一切法。一月普現一切水，一切水月一月攝。」

〔二二〕「鍾山衆泉」二句：其事俟考。

〔二三〕「靈隱衆山」二句：咸淳臨安志卷二三山川志二：「飛來峰，晏元獻公輿地志云：晉咸和元年，西天僧慧理登兹山，歎曰：『此是中天竺國靈鷲山之小嶺，不知何年飛來？佛在世日，多爲仙靈所隱，今此亦復爾邪？』因挂錫，造靈隱寺，號其峰曰飛來。」

〔二四〕「雖證無生」二句：維摩詰經卷中問疾品：「是有疾菩薩以無所受而受諸受，未具佛法，亦不滅受而取證也。」

無爲山十生觀音贊〔一〕

死生二法，了無實相。世駭異之，墮顛倒想。公獨不然，十生一念。化緣之跡，皆可考驗。一切聲音，當以眼聽〔二〕。俱不相參，以本寂靜。要如菩薩，色相對現〔三〕。何以必之，我有大願。

【注釋】

〔一〕作年未詳。　無爲山十生觀音：即唐釋惠寬，亦作慧寬，姓楊氏，益州綿竹孝水人。修行於綿竹無爲山，又以十世爲僧，皆出楊氏，故稱。本集亦稱十世觀音。事具續高僧傳卷二五益州淨惠寺釋惠寬傳、本集卷三〇十世觀音應身傳。參見本集卷一三十世觀音生辰六月二十六日二首注〔一〕。廓門注：「無爲，廬州府。今無爲州也。」殊誤。鍇按：十世觀音應身贊曰：「（慧寬）年三十，乃還綿竹，廬于無爲山。」宗鏡録卷八二：「昔有禪師在蜀地綿竹縣無爲山修道，時有三百餘家設齋，俱請和尚。」方輿勝覽卷五四成都府路漢州：「紫巖山，在綿竹縣，去無爲山十里，皆西北勝絶處。」嘉慶大清一統志卷四一四綿州：「無爲山，在綿竹縣西二十里。方輿勝覽：『去紫巖山十里。』名勝志：『宋淳熙間碑云：羣雁排空成無爲二字，因名。』」

〔二〕「一切聲音」二句：楞嚴經卷六：「一者由我，不自觀音，以觀觀者，令彼十方苦惱衆生，觀其音聲，即得解脱。」此化用其意。鍇按：此言以眼聽音，與以眼觀音意同，皆表眼耳互通、六根互用之意。參見前漣水觀音像贊注〔九〕。

〔三〕色相對現：猶言對現色身。見前杏殼觀音菩薩贊注〔六〕。

第十五祖真贊 并序〔一〕

迦那提婆尊者爲十五祖，傳佛心印，猶以衆生不能信受其言爲憂，乃訴于大自在天像曰㊀：「願神賜我，使言不虚設〔二〕。」嗟乎！道之難行，非獨今也。稽首贊曰：

石彪肉醉〔三〕，木駒夜嘶〔四〕。我此三昧，非識情知〔五〕。應緣而現〔六〕，不落思惟。是故鉢水㊁，以針投之〔七〕。如仲尼韶〔八〕，如子期琴〔九〕。又如蕭何，而識淮陰〔一〇〕。無言可寄，無跡可尋。粲然現前，傳之以心。穴像之目，我豈慢神㊂〔一一〕。指樹之耳，我知其因〔一二〕。物我如是㊃，所立皆真。隨其妙用，見我全身。稽首真慈，爲僧中王。如萬星月，見者清涼〔一三〕。尚以衆生，不信爲傷。蓋盲者咎，非光掩藏㊄〔一四〕。

【校記】

㊀天像：林間録後集作「天之像」。

㊁故：林間録後集作「荅」。

㊂豈：林間録後集作「不」。

㊃是：林間録後集作「故」。

㊄藏：林間録後集作「藏哉」。

【注釋】

〔一〕作年未詳。　第十五祖：禪宗以迦那提婆尊者爲天竺第十五祖，嗣法龍樹尊者。參見歷代法寶記、景德傳燈録卷一、傳法正宗記卷三等。

〔二〕「迦那提婆尊者爲十五祖」六句：事見後秦鳩摩羅什譯提婆菩薩傳：「提婆菩薩者，南天竺人，龍樹菩薩弟子，婆羅門種也。博識淵攬，才辯絶倫，擅名天竺，爲諸國所推。賾探胸懷，既無所愧，以爲所不盡者，唯以人不信用其言爲憂。其國中有大天神，鑄黄金像之座，身長二丈，號曰大自在天，人有求願，能令現世如意。提婆詣廟求入拜見，主廟者言：『天像至神，人有見者，既不敢正視，又令人退後，失守百日。汝但詣問求願，何須見耶？』提婆言：『若神必能如汝所説，乃但令我見之。若不如是，豈是吾之所欲見耶？』時人奇其志氣，伏其明正，追入廟者數千萬人。提婆既入於廟，天像摇動其眼，怒目視之。提婆問：『天神則神矣，何其小也。當以威靈感人，智德伏物，而假黄金以自多，動頗梨以熒惑，非所望也。』即便登梯，鑿出其眼。時諸觀者咸有疑意，大自在天何爲一小婆羅門所困，將無名過其實，理屈其辭也。提婆曉衆人言：『神明遠大，故以近事試我。我得其心，故登金聚，出頗梨，令汝等知，神不假質，精不託形。吾既不慢，神亦不辱也。』言已而出。……天神讚曰：『善哉摩納！真上施也。欲求何願，必如汝意。』提婆言：『我稟明於心，不假外也。唯恨悠悠童矇，不知信受我言。神賜我願，必當令我言不虚設。唯此爲請，他無所須。』神言：『必如所願。』」

〔三〕石彪：石雕虎子。彪爲虎子。肉醉：山谷内集詩注卷九題伯時畫揩痒虎：「猛虎肉醉初醒時，揩磨苛痒風助威。」參見本集卷一七送逸禪者歸荊南見無盡居士注〔二〕。

〔四〕木駒：木製馬駒。鍇按：石彪、木駒，猶石虎、木馬，特以其幼而言之。禪宗常以此類詞彙比喻非情識所能及之事。明覺禪師祖英集卷五酬行齋長老：「有言遺我千古奇：無人知石虎，吞却木羊兒。」參見本集卷一七十二月二十六日永明禪師生辰三首注〔四〕。

〔五〕非識情知：景德傳燈録卷三〇三祖大師信心銘：「非思量處，識情難測。」鍇按：雲巖寶鏡三昧：「木人方歌，石兒起舞。非情識到，寧容思慮。」此化用其意。

〔六〕應緣而現：僧肇肇論涅槃無名論：「放光云：『佛如虚空，無去無來，應緣而現，無有方所。』」

〔七〕「是故鉢水」二句：景德傳燈録卷二第十五祖迦那提婆：「初求福業，兼樂辯論。後謁龍樹大士，將及門，龍樹知是智人，先遣侍者以滿鉢水置於坐前。尊者覩之，即以一鍼投之而進，欣然契會。龍樹即爲説法。」

〔八〕如仲尼韶：論語述而：「子在齊聞韶，三月不知肉味，曰：『不圖爲樂之至於斯也！』」

〔九〕如子期琴：列子湯問：「伯牙善鼓琴，鍾子期善聽。伯牙鼓琴，志在高山。鍾子期曰：『善哉！峩峩兮若泰山！』志在流水。鍾子期曰：『善哉！洋洋兮若江河！』」

〔一〇〕「又如蕭何」二句：史記淮陰侯列傳：「(韓)信數與蕭何語，何奇之。至南鄭，諸將行道亡者數十人，信度何等已數言上，上不我用，即亡。何聞信亡，不及以聞，自追之。人有言上曰：『丞相何亡。』上大怒，如失左右手。居一二日，何來謁上，上且怒且喜，駡何曰：『若亡，何也？』何曰：『臣不敢亡也，臣追亡者。』上曰：『若所追者誰？』何曰：『韓信也。』上復駡曰：『諸將亡者以十數，公無所追，追信，詐也。』何曰：『諸將易得耳，至如信者，國士無雙。王必欲長王漢中，無所事信；必欲爭天下，非信無所與計事者。』」蘇軾擬進士對御試策：「惟知人之明不可學，必出於天資。如蕭何之識韓信，此豈有法而可傳者哉！」

〔一一〕「穴像之目」二句：即提婆菩薩傳所言「即便登梯，鑿出其眼」，「吾既不慢，神亦不辱」。見前注〔一〕。

〔一二〕「指樹之耳」二句：景德傳燈録卷二第十五祖迦那提婆：「尊者既得法，後至毗羅國，彼有長者曰梵摩淨德。一日，園樹生大耳如菌，味甚美，唯長者與第二子羅睺羅多取而食之。取已隨長，盡而復生。自餘親屬皆不能見。時尊者知其宿因，遂至其家。長者問其故，尊者曰：『汝家昔曾供養一比丘，然此比丘道眼未明，以虚霑信施，故報爲木菌。惟汝與子，精誠供養，得以享之，餘即否矣。』」

〔一三〕「如萬星月」二句：華嚴經卷六六入法界品：「如盛滿月，見者清涼。」此借用其語意。錯按：「萬星月」意爲萬星中之明月。禪林僧寶傳卷二三黄龍寶覺心禪師傳贊曰：「讀其陳迹，尚若雨霽之夕，望東南之月，皎然萬星之中，忘其身在唾霧間也。」

〔一四〕「蓋盲者咎」二句：維摩詰經卷上佛國品：「佛知其念，即告之言：『於意云何？日月豈不淨耶？而盲者不見。』對曰：『不也，世尊！是盲者過，非日月咎。』」此借用其語。

六世祖師畫像贊 并序㊀〔一〕

余竄海上㊁，三年而還，館于筠之石門寺㊂〔二〕。悲叢林之荒寒，念祖師之標致，不自知涕流也。作六世祖師贊㊃，録以寄昭默禪師㊄〔三〕，以見其志云：

初祖

妄想無性〔四〕，證不滅受〔五〕。前聖所知，轉相授手〔六〕。風煙花開，器界以形〔七〕。霜露果熟〔八〕，王子乃生〔九〕。護持佛乘，指示心體。但遮其非，不言其是〔一〇〕。嬰兒索物，意正語偏。哆啝之中，語意俱捐〔一一〕。

二祖

頂峰朝露，神光夜生㊅〔一二〕。堪任單傳〔一三〕，荷擔上乘㊆。自尋其心，不見歸宿〔一四〕。如視環輪，求其斷續〔一五〕。用獄除間〔一六〕，履瘦知肥〔一七〕。婬坊酒肆，盡其塵機〔一八〕。雪中斫臂，願續佛壽〔一九〕。兒孫聞之㊇，豎毛呵手〔二〇〕。

三祖

六道暗昏〔二一〕，不礙明潔。毫釐弗差〔二二〕，證甘露滅〔二三〕。但赤頭顱，特諱名氏㊈〔二四〕。離見超情，欲盡世累。潛谿海山，麻衣風帽〔二五〕。翩然往來，被褐懷寶〔二六〕。精一其誠〔二七〕，聲名俱捨㊉。後世丘墳，猶無知者〔二八〕。

四祖

破頭峰下，龍象雜遝〔二九〕。衣付小兒〔三〇〕，道傳懶衲〔三一〕。乃爾相違，求人爲法〔三二〕。天書至門，堅卧不答〔三三〕。念諸衆生，捕風捉影〔三四〕。十地治之〔三五〕，猶未蘇醒⑪。師發笑曰⑫：何必眩瞑〔三六〕。但勿强名，自然無病〔三七〕。

五祖

觀前後身，兩鏡一面。左右對之，三者頓現〔三八〕。今非昔是，增金以黄〔三九〕。昔非今是，謗沉無香〔四〇〕。已絶死生，豈纏老少〔四一〕。全機現前，常明而妙⑬〔四二〕。夜江佐舟，吾今渡汝⑭〔四三〕。句中之眼，如水有乳〔四四〕。

六祖

是風旛動，眼自遮護。非風旛動，心則顯露⑮〔四五〕。是謂曹谿⑯，顯決（及）要旨⑰〔四六〕。欲證之者，勿留汝意⑱。暫時斂念，妙寂了然。汝自受用，密非我邊〔四七〕。負石舂糧〔四八〕，趁獐逐兔〔四九〕。鏡中之空，欲尋無路。

【校記】

① 林間録後集題爲「六世祖師讚并序」。

㈡余：林間録後集作「予」。

㈢館：林間録後集作「舍」。

㈣世祖師：林間録後集作「祖師畫像」。

㈤録：林間録後集無此字。

㈥生：林間録後集作「升」。

㈦荷擔：林間録後集作「擔荷」。

㈧聞之：林間録後集作「今聞」。

㈨名：林間録後集作「姓」。

㈩聲：林間録後集作「身」。

⑾猶：林間録後集作「由」。

⑿發：林間録後集作「微」。

⒀常：林間録後集作「當」。

⒁渡汝：林間録後集作「汝渡」。

⒂顯：林間録後集作「現」。

⒃謂：林間録後集作「爲」。

⒄決：原作「及」，今從林間録後集作「決」。

㈥留：林間録後集作「流」。

【注釋】

〔一〕政和四年夏作於筠州新昌縣。　六世祖師：指禪宗東土初祖菩提達磨、二祖慧可、三祖僧璨、四祖道信、五祖弘忍、六祖慧能。

〔二〕「余竄海上」三句：據寂音自序，惠洪政和元年十月二十六日流配海南崖州，政和三年十一月北渡海，次年四月到筠州。　石門寺：指新昌縣石門寺。輿地紀勝卷二七江南西路瑞州：「度門院，在新昌縣北三十里，舊曰石門。」本集卷二五題華嚴十明論：「世英殁一年，余還自海外，築室筠溪石門寺，夏釋此論。」詩話總龜卷二八引冷齋夜話：「余還自南荒，館石門山寺，温（温闕西）來省，余作詩。」皆可參證。

〔三〕昭默禪師：即黄龍惟清禪師，自號靈源叟，賜號佛壽禪師，晚退居昭默堂，故號昭默禪師。事具禪林僧寶傳卷三〇黄龍佛壽清禪師傳、本集卷二三昭默禪師序。

〔四〕妄想無性：楞伽經卷二：「佛告大慧，前聖所知，轉相傳授，妄想無性。」宗鏡録卷六五：「佛與衆生本來無異，爲悟、悟後於一切有爲無爲，有佛無佛，常見本性，自知妄想無性，自覺聖智。是故菩薩，前聖所知，轉相傳授，即是入義。」鍇按：惠洪楞嚴經合論、智證傳皆引楞伽經此語。智證傳曰：「無性之妙，佛祖所祕，蓋嘗密演，未嘗顯説。何以知之？圓覺曰：『圓覺自性，非性性有。循諸性起，無取無證。』維摩曰：『不生不滅，是無常義。』十地品曰：『以不了第一義故，號爲無明。』起信曰：『以不如實知真如法一故，不覺而有妄念。』夫言非性性有，不生滅而無常，及不了知，皆以無性故也。而其言皆遮之者，欲學者自悟，此予所謂密演者也。今則明告無性，是謂顯説。」

〔五〕證不滅受：維摩詰經卷中問疾品：「是有疾菩薩以無所受而受諸受，未具佛法，亦不滅受而取證也。」

〔六〕轉相授手：楞伽經卷二作「轉相傳授」。見注〔四〕。

〔七〕器界：佛教謂國土爲入衆生之器物世界，故曰器界。明釋如一等注三藏法數卷一四：「器界者，世界如器，即國土也。」法華經合論卷一：「但舉東方，則可以知餘諸方。此示器界也，舉器界，則可以知根身。欲學者互見而自明之耳。」故知此「器界」亦含「根身」在内。

〔八〕霜露果熟：黄庭堅翠巖真禪師語録序：「霜露果熟，諸聖推出。」此借用其語。

〔九〕王子乃生：景德傳燈録卷三第二十八祖菩提達磨：「南天竺國香至王第三子也。姓刹帝利，本名菩提多羅。後遇二十七祖般若多羅，至本國受王供養，知師密迹，因試令與二兄辨所施寶珠，發明心要。既而尊者謂曰：『汝於諸法已得通量。夫達磨者，通大之義也，宜名達磨。』因改號菩提達磨。」宋釋契嵩傳法正宗記卷五天竺第二十八祖菩提達磨尊者傳：「菩提達磨尊者，南天竺國人也。姓刹帝利，初名菩提多羅，亦號達磨多羅。父曰香至，蓋其國之王，達磨即王之第三子也。生而天性高勝，卓然不輩。」　鍇按：景德傳燈録卷二第二十七祖般若多羅對達磨所述付法偈曰：「心地生諸種，因事復生理。果滿菩提圓，華開世界起。」蓋以花開果滿喻禪宗傳心之事。其後達磨傳法慧可，其付法偈亦曰：「一花開五葉，結果自然成。」以上「風煙花開」至「王子乃生」四句或化用其意。

〔一〇〕「但遮其非」三句：謂達磨闡述佛理禪法只用遮詮，不用表詮。景德傳燈録卷三第二十八祖菩提達磨旁注引別記云：「師初居少林寺九年，爲二祖説法，秖教曰：『外息諸緣，内心無喘，心如牆壁，可以入道。』慧可種種説心性理道未契，師秖遮其非，不爲説無念心體。」鍇按：唐釋宗密禪源諸詮集都序卷下之一釋之甚詳：「遮詮、表詮異者，遮謂遣其所非，表謂顯其所是。又遮者揀却諸餘，表者直示當體。如諸經所説真妙理性，每云『不生不滅』、『不垢不淨』、『無因無果』、『無相無爲』、『非凡非聖』、『非性非相』等，皆是遮詮。若云『知見覺照』、『靈鑒光明』、『朗朗昭昭』、『惺惺寂寂』等，皆是表詮。若無知見等體，顯何法爲性，説何法不生滅等。必須認得見今了然，而知即是心性，方説此知不生不滅等。如説鹽，云『不淡』是遮，云『鹹』是表。説水，云『不乾』是遮，云『濕』是表。諸教每云『絶百非』者，皆是遮詞。直顯一真，方爲表語。空宗之言但是遮詮，性宗之言有遮有表。但遮者未了，兼表者乃的。今時學人皆謂『遮言爲深，表言爲淺』，故唯重『非心非佛』、『無爲無相』，乃至『一切不可得』之言。良由但以遮非之詞爲妙，不欲親自證認法體，故如此也。」

〔一一〕「嬰兒索物」四句：景德傳燈録卷一四潭州石室善道和尚：「十六行中，嬰兒行爲最，哆哆和和時，喻學道之人離分別取捨心，故讚歎嬰兒，可況取之。」哆啝，嬰兒言語不清貌。本集屢用此喻，參見卷一二雲巖寶鏡三昧注〔六〕。

〔一二〕「頂峰朝露」二句：景德傳燈録卷三第二十九祖慧可大師：「武牢人也，姓姬氏。父寂未有子時，嘗自念言：『我家崇善，豈無令子？』禱之既久，一夕感異光照室，其母因而懷妊。及長，遂以照室之瑞，名之曰光。自幼志氣不群，博涉詩書，尤精玄理，而不事家産，好游山水。後覽佛書，超然自得，即抵洛陽龍門香山，依寶静禪師出家受具。於永穆寺浮游講肆，遍學大小乘義。年三十二却返香山，終日宴坐。又經八載，於寂默中倏見一神人，謂曰：『將欲受果，何滯此耶？大道匪遥，汝其南矣。』光知神助，因改名神光。翌日，覺頭痛如刺，其師欲治之，空中有聲曰：『此乃换骨，非常痛也。』光遂以見神事白於師。師視其頂骨，即如五峰秀出矣。乃曰：『汝相吉祥，當有所證。神令汝南者，斯則少林達磨大士，必汝之師也。』」

〔一三〕單傳：禪宗不立文字，教外別傳，以心傳心，謂之單傳。祖庭事苑卷五釋「單傳」曰：「傳法諸祖初以三藏教乘兼行，後達摩祖師單傳心印，破執顯宗，所謂教外別傳，不立文字，直指人心，見性成佛。」

〔一四〕「自尋其心」二句：廓門注：「謂求心不可得。」景德傳燈録卷三第二十九祖慧可大師：「光曰：『我心未寧，乞師與安。』」

〔一五〕「如視環輪」二句：唐李通玄解迷顯智成悲十明論：「如圓珠上求方，環輪上求始末，虚空中求大小中邊，前際後際終不可得。」本集卷二二普同塔記：「若先有生而後有死者，則世未見不死而生；若先有死而後有生者，亦未見有不生而死。譬如尋始末於環輪之上，求向背於虛空之中，則死生之情盡。」

〔一六〕用獄除間：易噬嗑卦：「噬嗑，亨，利用獄。」王弼注：「噬，齧也；嗑，合也。凡物之不親，由有間也；物之不齊，由有過也。有間與過，齧而合之，所以通也。刑克以通，獄之利也。」孔穎達疏：「噬嗑亨者，噬，齧也；嗑，合也。物在於口，則隔其上下，若齧去其物，上下乃合，而得亨也。此卦之名，假借口象以爲義，以喻刑法也。凡上下之間有物間隔，當須用刑法去之，乃得亨通，故云噬嗑亨也。利用獄者，以刑除間隔之物，故利用獄也。」

〔一七〕履瘦知肥：意本莊子知北遊「正獲之問於監市履豨」事，參見本集卷七鄧湑道分財贍族湘陰諸老賦詩同作注〔六〕。

〔一八〕「婬坊酒肆」二句：景德傳燈録卷三第二十九祖慧可大師：「遂韜光混跡，變易儀相，或入諸酒肆，或過於屠門，或習街談，或隨廝役。」智證傳：「故二祖大師既老，出入市里，混於婬坊酒肆之間。有嘲之者，答曰：『我自調心，非干汝事。』此韜光密用者也。」鍇按：維摩詰經卷上方便品：「入諸婬舍，示欲之過；入諸酒肆，能立其志。」此借用其語。

〔一九〕「雪中斫臂」二句：景德傳燈録卷三第二十八祖菩提達磨：「其年十二月九日夜，天大雨雪，光堅立不動。遲明，積雪過膝，師憫而問曰：『汝久立雪中，當求何事？』光悲淚曰：『惟願和尚慈悲，開甘露門，廣度群品。』師曰：『諸佛無上妙道，曠劫精勤，難行能行，非忍而忍，豈以小德小智，輕心慢心，欲冀真乘，徒勞勤苦。』光聞師誨勵，潛取利刀，自斷左臂，置于師前。師知是法器，乃曰：『諸佛最初求道，爲法忘形。汝今斷臂吾前，求亦可在。』師遂因與易名曰慧可。」

〔二〇〕竪毛呵手：形容震慄寒冷，指膽寒喪氣。

〔二一〕六道：又稱六趣，即地獄、餓鬼、畜生、阿修羅、人、天。此六者，乃衆生輪回之道途，故曰六道。衆生各乘因業而趣之，故謂之六趣。法華經卷一序品：「六道衆生，生死所趣。」

〔二二〕毫釐弗差：景德傳燈録卷三〇三祖僧璨大師信心銘：「至道無難，唯嫌揀擇。但莫憎愛，洞然明白。毫釐有差，天地懸隔。欲得現前，莫存順逆。」此借用其語。

〔二三〕證甘露滅：維摩詰經卷上佛國品：「得甘露滅覺道成。」

〔二四〕「但赤頭顱」二句：景德傳燈録卷三第三十祖僧璨大師：「不知何許人也。初以白衣謁二祖，既受度傳法，隱于舒州之皖公山。屬後周武帝破滅佛法，師往來太湖縣司空山，居無常處，積十餘載，時人無能知者。」祖庭事苑卷八釋名讖辨：「『初首不稱名，風狂又有聲。人來不喜見，白寶初平平。』此偈讖三祖也。師初以白衣謁二祖，竟不稱名氏，示有風疾，來繼祖位。人所不喜，以赤頭璨名之。白寶，師名僧璨也。初平平，師雖已傳二祖之道，初不顯赫，已當周武滅教之時也。」

〔二五〕「潛谿海山」二句：謂三祖嘗隱居舒州潛山，又嘗至南海羅浮山，著麻衣風帽往來。參見本集卷四大方寺送祖超然見道林方等禪師：「故人若問老垂垂，爲言肘骨露麻衣。赤頭已作齊眉雪，自提風帽海山歸。」卷一六至海昏三首之一：「前身定是赤頭璨，風帽自欹麻苧衣。久客瓊崖看詩律，袖中藏得海山歸。」

〔二六〕被褐懷寶：謂其外穿麻衣，而内懷僧寶。老子七十章：「知我者希，則我者貴。是以聖人被褐懷玉。」河上公注：「被褐者薄外，懷玉者厚内，匿寶藏懷，不以示人也。」錯按：景德傳燈録卷三第二十九祖慧可大師：「大師深器之，即爲剃髮，云：『是吾寶也，宜名僧璨。』」

〔二七〕精一其誠：書大禹謨：「人心惟危，道心惟微。惟精惟一，允執厥中。」孔傳：「危則難安，微則難明，故戒以精一，信執其中。」此化用其意。

〔二八〕「後世丘墳」二句：景德傳燈録卷三第三十祖僧璨大師：「初，唐河南尹李常素仰祖風，深得玄旨。天寶乙酉歲，遇荷澤神會，問曰：『三祖大師葬在何處？或聞入羅浮不迴，或説終於山谷。未知孰是？』會曰：『璨大師自羅浮歸山谷，得月餘方示滅，今舒州見有三祖墓。』常未之信也。會謫爲舒州別駕，因詢問山谷寺衆僧曰：『聞寺後有三祖墓，是否？』時上坐慧觀對曰：『有之。』常欣然與寮佐同往瞻禮，又啓壙取真儀闍維之，得五色舍利三百粒。以百粒出己俸建塔焉，百粒寄荷澤神會，以徵前言，百粒隨身。」此言「猶無知者」，蓋謂世人多不知三祖葬在何處。

〔二九〕「破頭峰下」二句：景德傳燈録卷三第三十一祖道信大師：「唐武德甲申歲，師却返蘄春，住破頭山，學侶雲臻。」傳法正宗記卷六震旦第三十一祖道信尊者傳：「至唐武德七年，復北趨，乃居蘄之破頭山（今所謂雙峰山者也），大揚其所得之法。四方學士歸之，猶日中趨市。」　龍象：喻高僧。　雜遝：衆多紛雜貌。　鍇按：破頭峰，即破頭山，在淮南西路蘄州黄梅縣。亦稱破額山、雙峰山、西山，因四祖道信住此，後人因稱四祖山。參見本集卷三黄魯直南遷艤舟碧湘門外半月未遊湘西作此招之注〔一四〕。

〔三〇〕衣付小兒：景德傳燈録卷三第三十一祖道信大師：「一日往黄梅縣，路逢一小兒，骨相奇秀，異乎常童。師問曰：『子何姓？』答曰：『姓即有，不是常姓。』師曰：『是何姓？』答曰：『是佛性。』師曰：『汝無性耶？』答曰：『性空故。』師默識其法器，即俾侍者至其家，於父母所乞令出家。父母以宿緣故，殊無難色，遂捨爲弟子，名曰弘忍，以至付法傳衣。」

〔三一〕道傳懶衲：廓門注：「懶衲謂牛頭懶融，嗣四祖，旁出也。」鍇按：景德傳燈録卷四金陵牛頭山第一世法融禪師：「唐貞觀中，四祖遥觀氣象，知彼山有奇異之人，乃躬自尋訪。問寺僧：『此間有道人否？』曰：『出家兒那箇不是道人？』祖曰：『阿那箇是道人？』僧無對。別僧云：『此去山中十里許，有一懶融，見人不起，亦不合掌，莫是道人？』祖遂入山，見師端坐自若，曾無所顧。祖問曰：『在此作什麽？』師曰：『觀心。』祖曰：『觀是何人？心是何物？』師無對，便起作禮。師曰：『大德高棲何所？』祖曰：『貧道不決所止，或東或西。』師曰：『還識道信禪師否？』曰：『何以問他？』師曰：『嚮德滋久，冀一禮謁。』曰：『道信禪師，貧道是也。』師曰：『因何降此？』祖曰：『特來相訪，莫更有宴息之處否？』師指後面云：『別有小庵。』遂引祖至庵所。……少選，祖却於師宴坐石上書一佛字，師覩之竦然。祖曰：『猶有這箇在。』師未曉，乃稽首請説真要。祖曰：『夫百千法門，同歸方寸。河沙妙德，總在心源。……吾受璨大師頓教法門，今付於汝。汝今諦受吾言，只住此山。向後當有五人達者，紹汝玄化。』祖付法訖，遂返雙峰山終老。師自爾法席大盛。」

〔三二〕「乃爾相違」二句：景德傳燈録卷三第三十祖僧璨大師：「至隋開皇十二年壬子歲，有沙彌道信，年始十四，來禮師曰：『願和尚慈悲，乞與解脱法門。』師曰：『誰縛汝？』曰：『無人縛。』師曰：『何更求解脱乎？』信於言下大悟。」

〔三三〕「天書至門」二句：景德傳燈録卷三第三十一祖道信大師：「後貞觀癸卯歲，太宗嚮師道味，欲瞻風彩，詔赴京師。上表遜謝，前後三返，竟以疾辭。第四度命使曰：『如果不起，即取首來。』使至山諭旨，師乃引頸就刃，神色儼然。使異之，迴以狀聞，帝彌加歎慕，就賜珍繒，以遂其志。」

〔三四〕捕風捉影：喻求不可得。梁書劉孝綽傳：「但雕朽污糞，徒成延獎；捕影繫風，終無效答。」此化用其語。又大智度論卷一四：「清風無形，是亦可捉。」同書卷六：「如影者，影但可見，而不可捉；諸法亦如是。」

〔三五〕十地：大乘菩薩修行漸近於佛之十種境界，曰歡喜地、離垢地、發光地、焰慧地、難勝地、現前地、遠行地、不動地、善慧地、法雲地。

〔三六〕眩瞑：猶瞑眩，指用藥後産生頭暈目眩之强烈反應。書説命：「啓乃心，沃朕心。若藥弗瞑眩，厥疾弗瘳。」孔傳：「開汝心以沃我心，如服藥必瞑眩極，其病乃除。」

〔三七〕「但勿强名」二句：景德傳燈録卷四金陵牛頭山第一世法融禪師：「祖（四祖）曰：『境緣無好醜，好醜起於心。心若不强名，妄情從何起？』」此化用其意。鍇按：本集卷一四明白庵六首之一：「如來功德力，内外悉清淨。念起勿隨之，自然心無病。」卷二一潭州白鹿山靈應禪寺大佛殿記：「然無病則焉用藥哉？」

〔三八〕「觀前後身」四句：謂前身、後身實爲今身之二面鏡子，左右對照，則三世之身頓然現前。五祖弘忍最上乘論：「但了然守本真心，妄念雲盡，慧日即現，何須更多學知見，所生死苦、一切義理及三世之事，譬如磨鏡，塵盡明自然現。」此化用其意。本集卷一九夢蝶居士贊二首之一：「前身後身，獨臨兩鏡。左右見之，不雜其影。」

〔三九〕增金以黄：給黄金增添黄色，喻多此一舉。鍇按：此語爲惠洪首創，後出禪籍多用之，如釋惠彬叢林公論：「普依，字無依。……其愚叟贊云：『這箇阿師，全無巴鼻。老南之頭，老聃之耳。咦。以此爲愚叟，則增金以黄；以此非愚叟，則棄波求水。』」物初和尚語録佛祖贊越王感應大士：「我作是説，增金以黄。」環溪和尚語録卷上：「佛殿舉香云：『謂這箇不是佛，謗沉無香；謂這箇是佛，增金以黃。』」希叟和尚語録：「上堂：『增金以黃，謗沉無香。達磨不會，歷魏遊梁。』」

〔四〇〕謗沉無香：責罵沉香木無香，喻無稽之談。華嚴經疏卷五〇：「如來祕密藏經明，罵藥服之得力，罵沉燒已還香，罵佛猶勝敬諸外道。」鍇按：此語亦首見於惠洪，後之禪籍襲用之，如林泉老人評唱投子青和尚頌古空谷集卷四第五十八則廣教冀州：「憎金有色，謗沉無香。」西巖和尚語録卷上：「大闡提人，嫌佛面醜，無慚愧漢，謗沉無香，兩翁相對不成雙。」參見前注〔三九〕。

〔四一〕「已絶死生」二句：北宋禪林傳五祖前身爲栽松道人，遇四祖欲傳法，而年已邁，遂往周氏家女乇生。七歲爲童子，再遇四祖，令其出家，後傳付衣法。黄庭堅山谷集卷一五再答靜翁并以筇竹一枝贈行四首之二：「栽松道者身先老，放下鋤頭好再來。八萬四千關捩子，與公一箇鎖匙開。」禪宗頌古聯珠通集卷七載楊無爲（楊傑）頌古曰：「栽松何老，傳衣何少。前身後身，一夢兩覺。白藕花開峰頂頭，明月千年冷相照。」又佛國白（惟白禪師）頌古曰：「垂垂白髮下青山，七載歸來換舊顔。人却少年松已老，是非從此落人間。」其事詳見本集卷二二栽松庵記。

〔四二〕常明而妙：猶言妙而常明。宗鏡録卷七七：「以性覺不從能所而生，非假修證而起，本自妙而常明，故云性覺妙明。」楞嚴經合論卷四：「蓋性覺者，其體本自妙而常明，不因他以有明者也。」本集卷二四答郭公問傳燈義：「所謂佛心印者，衆生靈智之府也，其體本自妙而常明。」　廓門注：「『常』或作『當』。」錯按：林間録後集作「當」，然當以底本作「常」爲是。

〔四三〕「夜江佐舟」三句：六祖大師法寶壇經行由品：「惠能三更領得衣鉢，云：『能本是南中人，素不知此山路，如何出得江口？』五祖言：『汝不須憂，吾自送汝。』祖相送，直至九江驛。祖令上船，五祖把艣自摇。惠能言：『請和尚坐，弟子合摇艣。』祖云：『合是吾渡汝。』惠能云：『迷時師度，悟了自度；度名雖一，用處不同。惠能生在邊方，語音不正，蒙師傳法，今已得悟，只合自性自度。』祖云：『如是，如是！以後佛法，由汝大行。汝去三年，吾方逝世。汝今好去，努力向南。不宜速説，佛法難起。』」

〔四四〕「句中之眼」二句：謂其語句中藴含教外别傳之正法眼藏，如水中之乳，自然融合不可分離。碧巖録卷三：「不妨句中有眼，言外有意。」僧寶正續傳卷四圜悟勤禪師傳：「問：『句中有眼作家知，向上人來向上提。直下全行摩竭令，願垂方便接群機。』師云：『不如一箇百不知。』」　廓門注：「水乳引正法念處經及出曜經。」錯按：華嚴經隨疏演義鈔卷一三：「又如水乳和同一處，而互爲能和。」

〔四五〕「是風旛動」四句：六祖大師法寶壇經行由品：「至廣州法性寺，值印宗法師講涅槃經。時有風吹旛動，一僧曰『風動』，一僧曰『旛動』，議論不已。惠能進曰：『不是風動，不是旛動，仁者心動。』一衆駭然。」景德傳燈録卷五第三十三祖慧能大師：「遇印宗法師於法性寺講涅槃經，師寓止廊廡間。暮夜風颺刹幡，聞二僧對論，一云『幡動』，一云『風動』，往復酬答，未曾契理。師曰：『可容俗流輒預高論否？直以風幡非動，動自心耳。』印宗竊聆此語，竦然異之。翌日，邀師入室，徵風幡之義，師具以理告。」

〔四六〕「是謂曹谿」二句：謂以上六祖慧能論風旛之語，是闡明曹溪禪之要訣要旨。慧能住曹溪寶林寺，故稱。　顯決：即顯訣，闡明佛教教義之旨訣。決，通「訣」。本集卷一三三月二十八日棗柏大士生辰六首之四：「淨意即空良顯決。」卷二五題華嚴十明論：「是謂成佛顯決，入法要旨。」楞嚴經合論卷一：「成佛顯決，唯了知自心。」底本作「顯及」，誤，今據林間録後集改。

〔四七〕「欲證之者」六句：六祖大師法寶壇經行由品：「惠明作禮云：『望行者爲我説法。』惠能云：『汝既爲法而來，可屏息諸緣，勿生一念，吾爲汝説。』明良久。惠能云：『不思善，不思惡，正與麼時，那箇是明上座本來面目？』惠明言下大悟。復問云：『上來密語密意外，還更有密意否？』惠能云：『與汝説者，即非密也。汝若返照，密在汝邊。』」

〔四八〕負石舂糧：六祖大師法寶壇經行由品：「五祖更欲與語，且見徒衆總在左右，乃令隨衆作務。惠能曰：『惠能啓和尚，弟子自心，常生智慧，不離自性，即是福田。未審和尚教作何務？』祖云：『這獦獠根性大利！汝更勿言，著槽廠去。』惠能退至後院，有一行者差惠能破柴踏碓。經八月餘。……次日，祖潛至碓坊，見能腰石舂米。」

〔四九〕趁獐逐兔：六祖大師法寶壇經行由品：「惠能後至曹溪，又被惡人尋逐。乃於四會避難獵人隊中，凡經一十五載，時與獵人隨宜説法。獵人常令守網，每見生命，盡放之。每至飯時，以菜寄煮肉鍋。或問，則對曰：『但喫肉邊菜。』」

寶公畫像贊〔一〕

水月道場嚴淨久，空華人世落殘餘〔二〕。骨埋龍阜誰名寶〔三〕？却在鷹巢不姓朱〔四〕。

【注釋】

〔一〕作年未詳。寶公：南朝梁高僧寶誌。已見前注。

〔二〕「水月道場嚴淨久」二句：唐釋澄觀華嚴經隨疏演義鈔卷一八：「修習空華萬行，安坐水月道場。降伏鏡像天魔，證成夢中佛果。」

〔三〕骨埋龍阜誰名寶：景德傳燈録卷二七金陵寶誌禪師：「因厚禮葬於鍾山獨龍阜。」

〔四〕却在鷹巢不姓朱：本集卷三〇鍾山道林真覺大師傳：「梁大菩薩僧寶公，以宋元嘉中生於金陵之東陽。民朱氏之婦，上巳日聞兒啼鷹巢中，梯樹得之，舉以爲子。面方，瑩徹如鏡，手足皆鳥爪。」

【集評】

明唐時云：寶公姓朱，明高帝亦姓朱，其葬地後先相同。迨龍興適應其識，謂其是先後身，然

乎哉！（如來香卷一二釋德洪寶公畫像贊評語）

棗柏大士畫像贊〔一〕

易（道）之深妙㊀，不可以義得，故設象象以盡其旨㊁〔二〕；心之精微，不可以言傳，故指事法以傳其妙〔三〕。惟棗柏大士深入此三昧㊂，故謹稽首爲之贊曰㊃：

鬚眉如畫頎而美㊄〔四〕，風神如秋氣奇偉。平生歸宿東北方〔五〕，塵（長）勞動中寂而止㊅〔六〕。儵然跣足散衣行〔七〕，智智用中不乖體〔八〕。帝王家生得自在〔九〕，壽量不書絶終始〔一〇〕。虎受使令心境空〔一一〕，女爲伴助憎愛棄〔一二〕。冠巾傳心即俗真〔一三〕，方隅示法即事理〔一四〕。只將棗柏薦齋鉢〔一五〕，我來閻浮非著味〔一六〕。自然光明生齒牙〔一七〕，我談辭章皆實義㊆。佛子授汝以顯訣㊇〔一八〕，一言便足超十地〔一九〕。隨順無明起諸有，若不隨順有離㫖㊈〔二〇〕。聖賢酪生凡乳中〔二一〕，只由觀照戒定慧。是謂大士同體悲〔二二〕，令我頓入一切智。作大佛事徧塵刹，華藏界中容頓彈〔二三〕。以空爲坐禮十身⑩〔二四〕，以願爲舌説千偈⑪。如以花説無邊春，如以滴説大海味〔二五〕。稽首世間妙蓮華，願常清淨出泥滓〔二六〕。

【校記】

㊀易：原作「道」，今從林間録後集作「易」。　妙：林間録後集作「渺」。

㊁設：林間録後集作「立」。

㊂三昧：林間録後集作「三昧門」。

㊃故謹：林間録後集作「謹拜手」。

㊄鬚：林間録後集作「須」。

㊅塵：原作「長」，今從林間録後集作「塵」。

㊆辭：林間録後集作「詞」。

㊇訣：林間録後集作「決」。

㊈有離異：林間録後集作「諸有離」。

⑩坐：林間録後集作「座」。

⑪千：林間録後集作「此」。

【注釋】

〔一〕約宣和二年作於長沙。　棗柏大士：即唐李通玄長者，嘗著華嚴經合論、解迷顯智成悲十明論等。事具宋高僧傳卷二二大宋魏府卯齋院法圓傳附李通玄傳。已見前注。鍇按：僧寶正續傳卷二明白洪禪師傳：「歸湘西之南臺，仍治所居，榜曰『明白庵』，自爲之銘……

於是覃思經論，著義疏，發揮聖賢之秘奧，及解易。」惠洪解易，在宣和二年三月結明白庵於水西南臺寺之後。其明白庵銘「蒙雜而著，隨乎于嘉」二句即出自易卦。此後惠洪以易卦解雲巖寶鏡三昧，著法華經合論，皆與其解易相關。嘉泰普燈録卷七筠州清涼寂音慧洪禪師謂惠洪所著有易注三卷，江西通志卷一〇三仙釋一惠洪傳題作易傳，均可證。此贊「設象象」云云，即言李通玄以易卦解華嚴事，與本集卷八棗柏大士生辰因讀豫卦有感作此一詩相關，當同作於遷居南臺寺後，姑繫於此。

〔二〕「易之深妙」三句：廓門注：「李長者華嚴論大凡合易道釋之，故言也。彖象，見易。」易繫辭上：「子曰：『書不盡言，言不盡意。然則聖人之意不可見乎？』子曰：『聖人立象以盡意，設卦以盡情僞，繫辭以盡其言。』」此化用其意。鍇按：華嚴經合論卷一：「八龍女成佛所居國土別者，即言南方無垢世界，非此娑婆。解云：心得應真，故稱無垢。正順本覺，故號南方。爲南北爲正故。又南方爲明爲虚，南爲离，离中虚。八卦中离法心，心虚無故，則還依世俗八卦表之。餘方雖無八卦之名，其方法是一法也。」同書卷三：「主東北方爲艮卦，艮爲小男，又爲山爲石，在丑寅兩間，表平旦，創明暗，相已無，日光未著，像啓蒙之首，十住初心，創見道也故，指文殊師利在東北方清涼山也。……普賢長子者，位在東方卯位，爲震卦。震爲長男，爲頭爲首，爲青龍，爲慶，爲春生，爲建法之初也。世間佛法皆取東方爲初首，表像日出咸照萬物，悉皆明了，堪施作務，隨緣運用故。普賢爲行首，故爲長男也。觀音爲悲首，位在西方，住金剛山之西阿，説慈悲經。西爲酉位，酉爲兑卦。兑爲金，爲白虎，爲凶危，爲秋殺，故以慈悲觀音主之。」此皆以易卦釋佛理。　彖象：彖辭與卦象。彖爲易中斷卦之辭。易乾：「彖曰：『大哉乾元，萬物資始。』」孔穎達疏：「夫子所作彖辭，統論一卦之義，或説其卦之德，或説其卦之義，或説其卦之名。案褚氏、莊氏並云：彖，斷也，斷定一卦之義，所以名爲彖也。」底本「易」作「道」，今從林間録後集，義更勝。

〔三〕「心之精微」三句：謂心之精微雖不可正面直言而得，然可舉他事物以喻指其妙。　事法：猶言事物。楞嚴經合論卷一：「三世諸佛、十方菩薩所示指法，開悟衆生，不肯正言，而密以其意寓事法之中，何也？曰：非不欲正言也，以其有不勝言者耳。孟子長於譬喻，而易象之所示，易曰：『君子以教思無窮。』學如伯夷隘、柳下惠不恭，則窮矣。涅槃經欲示有生必有死，二法不相離，則設功德天、黑暗女，姊妹不能相捨離之詞。法華經欲示即滅即生之體，則設七寶塔中多寶滅佛、釋迦生佛共座而坐此。皆寓於事法之意也。」

〔四〕鬚眉如畫頎而美：宋高僧傳李通玄本傳：「身長七尺餘，形貌紫色，眉長過目，髭鬢如畫，髮紺而螺旋，脣紅潤，齒密緻。」

〔五〕平生歸宿東北方：李通玄隱居安葬皆在太原東北方。宋高僧傳李通玄本傳：「唐開元中，太原東北有李通玄者。……而葬之神福山逝多林蘭若，方山是也。」明一統志卷一九太原府：「神福山，在壽陽縣，亦名方山，頂方一里。唐李通玄隱此，著華嚴論。」

〔六〕塵勞：煩惱之異名。底本「塵」作「長」，無義，今據林間録後集改。

〔七〕倏然跣足散衣行：宋高僧傳李通玄本傳：「腰不束帶，足不躡履。」跣足：光脚不穿鞋。

〔八〕智智用中：謂李通玄論如來智智，以無功用中而言之。華嚴經合論卷六一：「第十地，明無功用中智，悲總圓滿故，同佛位故。」如來智智，佛智，即一切智智。大日經疏卷一：「梵云薩婆若那，即是一切智。今謂一切智智，即是智中之智也。」

〔九〕帝王家生得自在：宋高僧傳李通玄本傳：「言是唐之帝胄，不知何王院之子孫。輕乎軒冕，尚彼林泉，舉動之間，不可量度。」

〔一〇〕壽量不書絶終始：華嚴經合論卷七：「壽量者，乃明佛壽量隨人。」

〔一一〕虎受使令：宋高僧傳李通玄本傳：「嘗齎其論并經往韓氏莊，即冠蓋村也。中路遇一虎，玄見之，撫其背，所負經論，搭載去土龕中，其虎弭耳而去。」

〔一二〕女爲伴助：宋高僧傳李通玄本傳：「自到土龕，俄有二女子衣貲布，以白布爲幓頭，韶顔都雅，饋食一奩于龕前。玄食之而已，凡經五載。至於紙墨，供送無虧，及論成，亡矣。」

〔一三〕冠巾傳心即俗真：謂李通玄未嘗出家，著冠巾而傳佛之心印，即俗即真。又通玄亦嘗論及在家居士即俗即真。華嚴經合論卷三：「即以淨名（維摩詰）身居俗士，明即俗常真。」明釋方澤華嚴經合論纂要卷上：「又華冠鐶釧，即俗即真，無出俗剃髮之相，又無邊相海非三十二相等。」鍇按：惠洪嘗遭遞奪僧籍，流配海南，晚年著書，實爲還俗之身，故於智證傳卷末亦稱己爲「冠巾説法」，蓋於李通玄「冠巾傳心」之舉心有戚戚焉。

〔一四〕方隅示法即事理：此謂李通玄論華嚴經所用之方法。華嚴經合論卷二六：「方隅以表法故，當知籍網求魚，魚非網也。若無網者，亦不可得魚。故以義思之，至理方成信也。」同卷：「今如來以方隅而顯法，令啓蒙者易解故。若不如是彰表令生信者，啓蒙何託？有言之法，皆是託事以顯像，故唯得意者，法像俱真也。」其書言以託方隅而表法，句例甚多，文繁不録。

〔一五〕只將棗柏薦齋鉢：宋高僧傳李通玄本傳：「每日食棗十顆、柏葉餅一枚，餘無所須。其後移於南谷馬家古佛堂側，立小土屋，閑處宴息焉，高氏供棗餅亦至。」

〔一六〕閻浮：閻浮提，亦譯南瞻部洲，用以指人世間。參見本集卷三陳瑩中由左司諫謫廉相見於興化同渡湘江宿道林寺夜論華嚴宗注〔一五〕。

〔一七〕自然光明生齒牙：宋高僧傳李通玄本傳：「又造論之時，室無脂燭。每夜秉翰於口，兩角出白色光，長尺餘，炳然通照，以爲恒矣。」

〔一八〕顯訣：闡明佛旨之要訣。李通玄解迷顯智成悲十明論卷首惠洪釋華嚴十明論叙：「是謂成佛顯訣，入法要旨。」

〔一九〕一言便足超十地：謂李通玄之十明論，一言便足以令衆生超入十地而成佛。景德傳燈録卷三〇永嘉真覺大師證道歌：「一超直入如來地。」此化用其語意。

〔二〇〕「隨順無明起諸有」二句：華嚴經卷三七十地品第六地金剛藏菩薩頌曰：「隨順無明起諸有，若不隨順諸有斷。」此化用其語。

〔二一〕聖賢酪生凡乳中：大般涅槃經卷八如來性品：「如因乳生酪，因酪得生酥，因生酥得熟酥，因熟酥得醍醐。如是酪性爲從乳生？爲從自生？從他生耶？乃至醍醐，亦復如是。」同書卷一〇如來性品：「聲聞如乳，緣覺如酪，菩薩之人如生熟酥，諸佛世尊猶如醍醐。」此化用其意。

〔二二〕同體悲：仁王護國般若波羅蜜多經疏卷一：「菩薩濟物，得同體悲。」已見前注。

〔二三〕華藏界中容頓轡：唐釋宗密圓覺經略疏卷首裴休序：「於是閱大藏經律，通唯識、起信等論，然後頓轡於華嚴法界，宴坐於圓覺妙場。」此借用其語以贊李通玄。華藏界：即蓮華藏世界，釋迦如來真身毗盧遮那佛淨土之名。亦即華嚴法界。詳見華嚴經卷八華藏世界品。頓轡：本謂停車，此指停留。

〔二四〕以空爲坐禮十身：法華經卷四法師品：「諸法空爲座，處此爲說法。」華嚴經合論卷七：「以一切法空爲座身。」此化用其意。坐，同「座」。十身：佛具十身。宗鏡録卷一六：「今就佛上，自有十身：一菩提身，二願身，三化身，四力持身，五相好莊嚴身，六威勢身，七意生身，八福德身，九法身，十智身。」釋氏要覽卷中三寶：「十身：華嚴經云：『一無著佛，二願佛，三業報佛，四住持佛，五涅槃佛，六法界佛，七心佛，八三昧佛，九性佛，十如意佛。』」

〔二五〕如以滴説大海味：華嚴經合論卷二：「如大海中，一毫之滴，乃至多滴，一一滴中皆得大海。」

〔二六〕「稽首世間妙蓮華」二句：華嚴經合論卷一〇〇：「名號青蓮花，表行不染，生死不染，涅槃於二不二，而中不污。如青蓮花，要以淤泥濁水之中而生，不染泥水之性。」

永嘉真覺大師真贊 并序㊀〔一〕

永嘉尊者初閲維摩經，發明心要，欲定宗旨，遂造曹谿，印可於祖師，一宿而去。世咸以「一宿覺」名之〔二〕。余讀其歌辭㊁〔三〕，究其履踐，如尺圍鑰合〔四〕，未嘗不置卷長歎。想公之爲人，碩大光明〔五〕，壁立萬仞〔六〕，而視今之學者，寒酸瑣細，紛紛蠢蠢〔七〕，宗教興衰，於此可知矣㊂。贊曰：

情根無功，意識無作〔八〕。現量圓成，見聞知覺〔九〕。如鏡受燈，光無壞雜〔一〇〕。烈火焚燒，河流湍逝，谷風怒號，大地依止〔一一〕。俱無知思，亦復如是。此涅槃門，如鼓塗毒〔一二〕。曹谿撾之〔一三〕，聞者僵仆。以椎授公㊃〔一四〕，萬象(像)驚縮㊄。光明之語，粲如日星。精嚴之行，清如玉冰。唯不傳者，與空相應。我初學道，如握與拳㊅。晚乃覺之，如手安然〔一五〕。有時而用，摶取大千〔一六〕。

【校記】

㊀林間録後集題爲「永嘉和尚畫像讚并序」。

㊁余：林間録後集作「予」。　辭：林間録後集作「詞」。

㊂此：林間録後集作「玆」。

㊃椎：林間録後集作「槌」。

㊄象：原作「像」，今從林間録後集。

㊅與：林間録後集作「如」。

【注釋】

〔一〕作年未詳。　永嘉真覺大師：即唐玄覺禪師，爲六祖慧能法嗣。景德傳燈録卷五温州永嘉玄覺禪師：「永嘉人也，姓戴氏。丱歲出家，遍探三藏，精天台止觀圓妙法門，於四威儀中常冥禪觀。後因左谿朗禪師激勵，與東陽策禪師同詣曹谿。……翌日下山，迴温江，學者輻湊。號真覺大師。著證道歌一首及禪宗悟修圓旨，自淺之深，慶州刺史魏靖緝而序之，成十篇，目爲永嘉集，並盛行于世。……師先天二年十月十七日安坐示滅，十一月十三日塔于西山之陽。敕謚無相大師，塔曰淨光。」

〔二〕「永嘉尊者初閱維摩經」七句：六祖大師法寶壇經機緣品：「永嘉玄覺禪師……因看維摩經，發明心地。偶師弟子玄策相訪，與其劇談，出言暗合諸祖。策云：『仁者得法師誰？』

曰：『我聽方等經論，各有師承。後於維摩經悟佛心宗，未有證明者。』策云：『威音王已前即得，威音王已後，無師自悟，盡是天然外道。』曰：『願仁者爲我證據。』策云：『我言輕，曹溪有六祖大師，四方雲集，並是受法者。若去，則與偕行。』覺遂同策來參，繞師三匝，振錫而立。師曰：『夫沙門者，具三千威儀、八萬細行。大德自何方而來，生大我慢？』覺曰：『生死事大，無常迅速。』師曰：『何不體取無生，了無速乎？』曰：『體即無生，了本無速。』師曰：『如是如是！』玄覺方具威儀禮拜，須臾告辭。師曰：『返太速乎？』曰：『本自非動，豈有速耶？』師曰：『誰知非動？』曰：『仁者自生分別。』師曰：『汝甚得無生之意？』曰：『無生豈有意耶？』師曰：『無意，誰當分別？』曰：『分別亦非意。』師曰：『善哉！少留一宿。』時謂『一宿覺』。」

〔三〕歌辭：廓門注：「歌辭即證道歌也。」鍇按：詳見景德傳燈録卷三〇永嘉真覺大師證道歌。

〔四〕尺圍鑰合：四字皆爲計量單位，喻確切可考。尺，計量長短。圍，計量圓周。莊子人間世：「見櫟社樹，其大蔽數千牛，絜之百圍。」釋文引李頤云：「徑尺曰圍。」鑰，通「龠」。龠合，計量多少。漢書律曆志：「度者，分、寸、尺、丈、引也，所以度長短也。……量者，龠、合、升、斗、斛也，所以量多少也。本起於黃鐘之龠。合龠爲合，十合爲升，十升爲斗，十斗爲斛。」鍇按：「尺圍鑰合」一詞首創於惠洪，本卷大達國師無業公畫像贊亦曰：「余初讀公之語，悚然異之。及考其行事，若尺圍鑰合然。」

〔五〕碩大光明：蘇軾祭范蜀公文：「孰如我公，碩大光明。導日而昇，燦焉長庚。」此借用其語。

〔六〕壁立萬仞：唐劉肅大唐新語卷八文章載張説語曰：「富嘉謨之文，如孤峰絶岸，壁立萬仞，叢雲鬱興，震雷俱發，誠可畏乎？」此借用其語。錯按：惠洪好用此語，如智證傳：「過去古佛開示之語如此，而學者望之，如壁立萬仞，非手足攀攬之境。」臨濟宗旨：「祖宗門風，壁立萬仞，而子孫畏之，喜行平易坦塗，此所謂法道陵夷也。」又如本卷雲門匡真禪師畫像贊：「壁立萬仞，捍其狂瀾。」本集卷一九寶峰準禪師贊：「石門壁立萬仞，踞地一聲哮吼。」

〔七〕紛紛蠢蠢：衆多雜亂貌。文選卷五七潘岳馬汧督誄：「蠢蠢犬羊，阻衆陵寡。」呂向注：「蠢蠢，衆多貌。」

〔八〕「情根無功」二句：解迷顯智成悲十明論：「十方充滿，猶如虚空，皆無所依。非大小限量度狹所依住也，亦非情想計度所窮任，無功無作，大智之所印也。」此化用其意。

〔九〕「現量圓成」二句：楞嚴經合論卷二：「衆生現行分別，謂之浮塵。此浮塵未起，則圓明了知，謂之現量。」智證傳：「第六識動有分別，不動即等周法界。五現量識等，一一根皆徧法界。眼見色時，色不可得，元來等法界。耳、鼻、舌、身，一一亦復如是。五識現量，名曰圓成。永明曰：『初居圓成現量之中，浮塵未起。後落明了意根之地，外狀潛形。』謂是故也。」此即其意。錯按：現量爲因明之術語，謂現實量知，向色等諸法現實量知其自相，毫無分別推求之念。南羯羅主菩薩造、唐釋玄奘譯因明入正理論：「現量謂無分別，若有正智於色等義，離名種等所有分別，現現別轉，故名現量。」唐釋窺基因明入正理論疏卷上：「能緣行相，不動不摇，因循照境，不籌不度，離分別心，照符前境，明局自體，故名現量。」

〔一〇〕「如鏡受燈」二句：圓覺經：「如百千燈，光照一室，其光遍滿，無壞無雜。」此化用其意。

〔一一〕「烈火焚燒」四句：分別形容佛教四大之狀態，即火、水、風、地。佛教謂地、水、火、風爲構成物質之四大根本元素，人體亦由此四大元素和合而成。

〔一二〕「此涅槃門」二句：大般涅槃經卷九如來性品：「譬如有人以雜毒藥，用塗大鼓，於大衆中擊之發聲，雖無心欲聞，聞之皆死，唯除一人不横死者。是大乘典大涅槃經亦復如是，在在處處，諸行衆中，有聞聲者，所有貪欲、瞋恚、愚癡，悉皆滅盡。其中雖有無心思念，是大涅槃因緣力故，能滅煩惱，而結自滅。犯四重禁及五無間，聞是經已，亦作無上菩提因緣，漸斷煩惱。除不横死，一闡提也。」惠洪法華經合論、智證傳皆引此喻。

〔一三〕曹谿：代指六祖慧能。

〔一四〕以椎授公：喻六祖以心法傳玄覺，如以塗毒鼓鼓槌授之。椎，同「槌」。

〔一五〕「我初學道」四句：玄覺禪宗永嘉集奢摩他頌：「若以知知寂，此非無緣知。如手執如意，非無如意手。若以自知知，亦非無緣知。如手自作拳，非是不拳手。亦不知知寂，亦不自知知。不可爲無知，自性了然故，不同於木石。手不執如意，亦不自作拳。不可爲無手，以手安然故，不同於兔角。」林間録卷下、本集卷二三墮齋偈序皆引玄覺此語。

〔一六〕搏取大千：大般涅槃經卷四如來性品：「復有菩薩摩訶薩住大涅槃，斷取十方三千大千諸佛世界，置於右掌，如陶家輪，擲置他方微塵世界，無一衆生有往來想。唯應度者乃見之耳。乃至本處，亦復如是。」林間録卷上：「故於一切時，心同太虛，至於爲物作則，則要用便用。聊觀其一戲，則將搏取大千，如陶家手。」

百丈大智禪師真贊 并序〔一〕

馬祖大寂禪師已化，塔于海昏之石門〔二〕。師廬其旁既久，衲子相尋日增。於是厭山之淺，乃沿馮水而上〔三〕，至車輪峰之下〔四〕，與希運、惟政火種刀耕而食〔五〕，遂成法席。余崇寧四年春至山中㊀，獲瞻遺像㊁。雖冰枯雪老〔六〕，若不勝衣〔七〕，而神氣峻邁㊂，如未度世〔八〕。謹拜手稽首，爲之贊曰：

以實問答，空可青黄〔九〕。以意求道，神落陰陽〔一〇〕。陰陽不測㊃〔一一〕，脱略陰界〔一二〕。青黄摸畫㊄，果因不昧㊅〔一三〕。我有大機〔一四〕，佛無密語〔一五〕。如師子王，露地方踞〔一六〕。稱性文字〔一七〕，隨身（分）叢林㊆〔一八〕。如以妙指，發和雅音〔一九〕。同世之波，壽九十二〔二〇〕。護持心宗，謚曰大智〔二一〕。

【校記】

㊀余：林間録後集作「予」。

㊁獲瞻：林間録後集作「瞻」。

㊂氣峻邁：林間録後集作「峻氣逸」。

㊃不：林間録後集作「莫」。

㊄青黄摸畫：林間録後集作「虚空莫畫」。摸：武林本作「摹」。

㊅果因：林間録後集作「因果」。

㊆身：原作「分」，今從林間録後集。

【注釋】

〔一〕崇寧四年春作於洪州奉新縣。百丈大智禪師：即百丈懷海禪師，嗣法於馬祖道一，住洪州奉新縣百丈山，創禪門規式。事具宋高僧傳卷一〇、景德傳燈録卷六。其機語見天聖廣燈録卷八、古尊宿語録卷一。

〔二〕「馬祖大寂禪師已化」二句：景德傳燈録卷六江西道一禪師：「師於貞元四年正月中，登建昌石門山，於林中經行，見洞壑平坦處，謂侍者曰：『吾之朽質當於來月歸兹地矣。』言訖而迴。至二月四日，果有微疾，沐浴訖，跏趺入滅。元和中追謚大寂禪師，塔曰大莊嚴。今海昏縣影堂存焉。」注：「高僧傳作『大覺禪師』。按權德輿作塔銘言：馬祖終於開元寺，荼毗於石門而建塔也。至會昌沙汰後，大中四年七月，宣宗勅江西觀察使裴休重建塔并寺，賜額寶峰。」海昏，古縣名，即宋建昌縣，屬洪州，故治在今江西永修縣。

〔三〕馮水：太平寰宇記卷一〇六江南西道四洪州奉新縣：「馮水，漢因遷江東馮氏之族於海昏西里，賜之曰馮田，水因名之。」清一統志卷三三八南昌府：「馮水，在奉新縣南。源出縣西界，北流入南康府安義縣界，至新建縣西北慨江口，入章江，即古上僚水也。縣志：亦名奉新江，在縣南一百五十步。源出百丈山，流至側潭，深可載舟。又東流百餘里，經縣南，又東北至新建義安，與靖安安義之水合。又至建昌涂步，與寧州武寧建昌之水合，又至蘆潭，入豫章江。」

〔四〕車輪峰：百丈山之代稱。江西通志卷七山川志一：「百丈山在奉新縣西一百四十里，馮水倒出，飛下千尺，故名。以其勢出羣山，又名大雄山。唐宣宗潛遊至此。距山西南里許，有駐蹕山，一名車輪峰，宣宗迎回，駐蹕於此。」鍇按：以上所叙亦見禪林僧寶傳卷五筠州九峰虔禪師傳：「先是馬大師殁於豫章開元寺，門弟子懷海、智藏輩葬舍利於海昏石門。海亦廬塔十餘年，乃沿馮川上車輪峰。逢司馬頭陀，勸海留止，因不復還石門。」

〔五〕希運、惟政：黄檗山希運禪師與百丈山惟政禪師，皆懷海法嗣。其機緣具景德傳燈録卷九。

〔六〕冰枯雪老：形容鬢如冰雪，衰老乾枯。鍇按：此語惠洪首創，後出禪籍多沿襲之，遂成宗門語。如從容庵録卷二第二十八則護國三懡：「這僧不向孤危處作活計，又將冰枯雪老處呈上。」物初和尚語録：「冬至上堂：『少室峰前，冰枯雪老；大庾嶺上，日炙風吹。』」介石和尚語録：「霜枯雪老，夢破更殘。」

〔七〕若不勝衣：形容極瘦弱。禮記檀弓下：「文子其中退然，如不勝衣。」

〔八〕度世：度脱人世間煩惱。此爲去世之婉稱。

〔九〕「以實問答」二句：古尊宿語録卷一大鑒下三世百丈懷海禪師廣録：「何以不是實語？若爲雕琢虚空，作得佛相貌，若爲説道虚空，是青黄赤白作得。如云法無有比，無可喻故。法身無爲，不墮諸數。故云聖體無名，不可説如實理。」林間録卷下：「大智禪師曰：『此事不是一切名目，何以不以實語答耶？曰：若爲雕琢得虚空爲佛相貌，若爲説道虚空是青黄赤白。如維摩云：法無有比，無可喻故。法身無爲，不墮諸數故。故曰：聖體無名不可説，如實理空門難湊喻。』」

〔一〇〕神落陰陽：廓門注：「廣録曰：『如云神無照功，至功常存，能一切處爲導師云云。』」

〔一一〕陰陽不測：易繫辭上：「陰陽不測之謂神。」韓康伯注：「神也者，變化之極，妙萬物而爲言，不可以形詰者也，故曰陰陽不測。」此借用其語以論禪。楞嚴經合論卷一：「問：『何謂佛之威神？』曰：『雷霆不及之謂威，陰陽不測之謂神。神也者，妙萬物而獨運者也。神在萬物，猶爲可測；不可測者，在吾佛應變之妙而已矣。』」

〔一二〕脱略陰界：從五陰世間解脱出來。景德傳燈録卷六洪州百丈山懷海禪師：「此法無實無虛，若能一生心如木石相似，不爲陰界五欲八風之所漂溺，即生死因斷，去住自由，不爲一切有爲因果所縛。」

〔一三〕果因不昧：古尊宿語録卷一大鑒下三世百丈懷海禪師：「師每日上堂，常有一老人聽法，隨衆散去。一日不去，師乃問：『立者何人？』老人云：『某甲於過去迦葉佛時曾住此山，有學人問：大修行底人，還落因果也無？對云：不落因果。墮在野狐身。今請和尚代一轉語。』師云：『汝但問。』老人便問：『大修行底人還落因果也無？』師云：『不昧因果。』老人於言下大悟，告辭師云：『某甲已免野狐身，住在山後，乞依亡僧燒送。』」

〔一四〕我有大機：天聖廣燈録卷八洪州百丈山大智禪師：「師遂舉再參馬祖豎拂因緣，（黄）檗聞舉，不覺吐舌。師云：『子已後莫承嗣馬祖去麽？』檗云：『不然。今日因師舉，得見馬祖大機之用。』」

〔一五〕佛無密語：天聖廣燈録卷八洪州百丈山大智禪師：「問：『從上祖宗皆有密語遞相傳授，如何？』師云：『無有密語。如來無有秘密藏。秖如今鑑覺，語言分明，覓形相了不可得，是密語。從須陀洹向上直至十地，但有語句，盡屬法之塵垢；但有語句，盡屬煩惱邊收；但有語句，盡屬不了義教；但有語句，盡不許也。了義教俱非也，更討什麽密語？』」

〔一六〕「如師子王」二句：喻懷海禪師卓爾不羣，如僧中之獅子王。大般涅槃經卷二七師子吼菩薩品：「如師子王自知身力，牙爪鋒芒，四足踞地，安住巖穴，振尾出聲。若有能具如是諸相，當知是則能師子吼。」

〔一七〕稱性文字：謂百丈廣録之語句文字皆稱性所談，本無玄妙。林間録卷下：「汾陽無業大達國師，一生答學者之問，但曰：『莫妄想。』是謂稱性之語，見道徑門。而禪者易其言，反求玄妙，可笑也。」智證傳稱首山省念禪師「新婦騎驢阿家牽」語曰：「是老以無師智、自然智，吐稱性語，能形容不可傳之妙。」本卷南安巖主定光古佛木刻像贊序：「平生偈語百餘首，皆稱性之句，非智識所到之地。」　廓門注引華嚴玄談曰：「言稱性益者，謂依此普法，一切衆生無不皆稱其本性。」似未明惠洪之意。

〔一八〕隨身叢林：隨身所處，即爲叢林。本集卷一九雲庵和尚舍利贊序：「將畢世護持，作隨身叢林。」卷二〇覺庵銘序：「道人聞公以四威儀爲庵，而以『覺』名之，隨身叢林之別名也。」卷二二無證庵記：「問庵所在，證笑曰：『以太虛爲頂，以大地爲基，以萬象爲床榻，以天魔外道爲侍者，舉足下足，皆是妙圓密海。』余心知其戲曰：『子豈所謂隨身叢林者乎？』」月澗和尚語録卷下跋癡翁書：「一念不忘衆，隨身叢林，規矩繩墨，不行而自化。」憨山老人夢遊集卷三五無邊和尚贊：「隨身叢林，家常茶飯。」　底本「身」作「分」，似誤，今據林間録後集改。

〔一九〕「如以妙指」二句：楞嚴經卷四：「譬如琴瑟、箜篌、琵琶，雖有妙音，若無妙指，終不能發。」此化用其意。

〔二〇〕壽九十二：宋高僧傳懷海本傳：「以元和九年甲午歲正月十七日歸寂，享年九十五矣。」景德傳燈録卷六洪州百丈山懷海禪師：「唐元和九年正月十七日歸寂，壽九十五。」元釋德輝重編敕修百丈清規卷八附唐陳詡撰唐洪州百丈山故懷海禪師塔銘序曰：「元和九年正月十七日，證滅於禪床，報齡六十六，僧臘四十七。」然此塔銘後出，未必可信。此作「壽九十二」，無所本，當爲惠洪誤記。

〔二〕諡曰大智：宋高僧傳懷海本傳：「穆宗長慶元年，敕諡大智禪師，塔曰大寶勝輪焉。」景德傳燈録卷六洪州百丈山懷海禪師：「長慶元年，敕諡大智禪師，塔曰大寶勝輪。」

大達國師無業公畫像贊 并序〔一〕

余初讀公之語〔二〕，悚然異之。及考其行事，若尺圍鑰合然〔三〕。於是自恨不生公時，與之游，又恨公不並生於今，以見大法將季之際，其徒有大可愍笑者。拜其像而贊曰：

以如是觀，覺知見聞。性等太虛，卓然而存〔四〕。示其身世，如空忽雲〔五〕。應緣上洛，寄名李氏〔六〕。在齠齔中，儼大乘器。坐必跏趺，行必直視〔七〕。十二落髮，二十受具〔八〕。能於諸佛，放身命處〔九〕，解衣磕礴〔一〇〕，從容笑語。江西指佛，即心最的。初亦不然，回首乃識〔一一〕。如眼照物，了證無惑。燕坐并汾，聲動天壤。有所問詰，戒莫妄想〔一二〕。兩朝致敬，累召不往。終不得已，别道以行〔一三〕。蓋視死生，洞若户庭。出入去來，物莫能嬰㊀〔一四〕。衆生拘囚，如蠅唾汙。公如香象，卓立回顧。擺壞韁鎖，自在而去〔一五〕。公之所養，一至於兹。人英僧傑，龍章鳳姿〔一六〕。謚曰大達，憲穆之師〔一七〕。

【校記】

㊀ 嬰：四庫本作「攖」。

【注釋】

〔一〕作年未詳。大達國師無業公：唐無業禪師，嗣法馬祖道一，住汾州開元寺。卒敕謚大達國師。事具宋高僧傳卷一一、景德傳燈録卷八。

〔二〕公之語：景德傳燈録卷二八諸方廣語録有汾州大達無業國師語。

〔三〕尺圍鑰合：即尺、圍、龠、合，皆計量單位，喻確切可考。見前永嘉真覺大師真贊注〔四〕。

〔四〕「以如是觀」四句：景德傳燈録卷八汾陽無業禪師：「告弟子惠愔等曰：『汝等見聞覺知之性，與太虚同壽，不生不滅。一切境界本自空寂，無一法可得。』」

〔五〕「示其身世」二句：景德傳燈録卷八：「荼毗日，祥雲五色，異香四徹。」宋高僧傳無業本傳：「積香薪而行荼毗，乃有卿雲自天，五色凝空，異香西來，郁馥氛氳。」

〔六〕「應緣上洛」二句：景德傳燈録卷八：「商州上洛人也，姓杜氏。初，母李氏聞空中言：『寄居得否？』乃覺，有娠。誕生之夕，神光滿室。」宋高僧傳無業本傳：「釋無業，姓杜氏，商州上洛人也。其母李氏忽聞空中言曰：『寄居得否？』已而方娠。誕生之夕，異光滿室。」

〔七〕「在齠齔中」四句：景德傳燈録卷八：「俯及丱歲，行必直視，坐即跏趺。」宋高僧傳無業本傳：「及至成童，不爲戲弄，行必直視，坐即加趺。商於緇徒，見皆驚歎：『此無上法器，速令出家，紹隆三寶。』」齠齔：垂髫換齒之時，指童年。

〔八〕「十二落髮」二句：宋高僧傳無業本傳：「年十二得從剃落。凡參講肆，聊聞即解，同學有所未曉，隨爲剖析，皆造玄關。至年二十，受具足戒於襄州幽律師。」景德傳燈録卷八：「十二落髮，二十受具戒於襄州幽律師。」受具：僧人受具足戒。漢傳佛教依據四分律受戒，比丘戒有二百五十條，比丘尼戒有三百八十四條。以戒條圓滿充足，故曰具足戒。

〔九〕放身命處：景德傳燈録卷六江西道一禪師：「百丈問：『如何是佛法旨趣？』師云：『正是汝放身命處。』」此借以言之，蓋無業爲馬祖道一法嗣。

〔一〇〕解衣礚礴：形容不受拘束，神態自然。莊子田子方：「公使人視之，則解衣般礴贏。君曰：『可矣，是真畫者也。』」司馬注：「般礴，謂箕坐也。將畫，故解衣見形。」郭象注：「内足者神閑而意定。」般，通「盤」，即「礚」。

〔一一〕「江西指佛」四句：景德傳燈録卷八：「馬祖覩其狀貌瓌偉，語音如鐘，乃曰：『巍巍佛堂，其中無佛。』師禮跪而問曰：『三乘文學，麤窮其旨，常聞禪門即心是佛，實未能了。』馬祖曰：『只未了底心即是，更無別物。』師又問：『如何是祖師西來密傳心印？』祖曰：『大德正鬧在，且去，別時來。』師纔出，祖召曰：『大德！』師迴首。祖云：『是什麽？』師便領悟禮拜。」

〔一二〕「燕坐并汾」四句：景德傳燈録卷八：「復南下至于西河，刺史董叔纏請住開元精舍，師曰：『吾緣在此矣。』繇是雨大法雨，垂二十載，并汾緇白，無不嚮化。凡學者致問，師多答之云：『莫妄想。』」　并汾：并州與汾州。

〔一三〕「兩朝致敬」四句：景德傳燈録卷八：「唐憲宗屢遣使徵召，師皆辭疾不赴。暨穆宗即位，思一瞻禮，乃命兩街僧録靈阜等，齎詔迎請。至彼，作禮曰：『皇上此度恩旨不同常時，願和尚且順天心，不可言疾也。』師微笑曰：『貧道何德，累煩世主。且請前行，吾從別道去矣。』乃沐身剃髮，至中夜，告弟子惠愔等曰：『……』言訖，跏趺而逝。」

〔一四〕物莫能嬰：柳宗元懲咎賦：「蹈乎大方兮，物莫能嬰。」此借用其語。　嬰：羈絆，糾纏。

〔一五〕「衆生拘囚」六句：大般涅槃經卷三一師子吼菩薩品：「譬如蒼蠅，爲唾所粘，不能得出。是人亦爾，於小罪中，不能自出。……如大香象，能壞鐵鎖，自在而去，智慧之人亦復如是。」

〔一六〕龍章鳳姿：世説新語容止：「嵇康身長七尺八寸，風姿特秀。」劉孝標注引嵇康别傳曰：「而龍章鳳姿，天質自然。」此借用其語。

〔一七〕「謚曰大達」二句：景德傳燈録卷八：「敕謚大達國師，塔曰澄源。」所謂國師者，以其嘗爲唐憲宗、穆宗所徵召迎請、思一瞻禮之故。

赤眼禪師畫像贊 并序〔一〕

士之學，必有功名之羨。方其鋭於立也，平居議論，展拓所畜，若可以唾手而取。及其臨事能卓然不外其言者，蓋鮮矣。豈天下之事，論之必易，而成之必難也哉！蓋中人之情〔二〕，喜榮樂而厭勞苦。惟其如此，故其志不足以經遠。功名，難事也；勞苦，易厭者也。遭易厭之勞苦，而取難事之功名，又非上智之姿〔三〕，而成之鮮，蓋亦無足怪者。傳曰：「志者，事之竟成也〔四〕。」士之不足以知此，故疑眩敗亡如此〔五〕。

赤眼禪師，志於道者也。初，人視師目有重瞳，其貴不可言。師大懼，因眛其目，選遁巖石間，如禍之在己〔六〕。嗚呼！從事於功名者，咸以榮樂勞苦爲異，而忻惡交戰於胸中。禪師以從事於道，故不知榮樂勞苦爲異，而得擲於身外。自非真誠以大悲智爲衆生依者，疇能及之〔七〕？吾故仰其風，而恨異世，不得與之游，乃爲之贊曰：

森森禪林，公特秀出。輕世急道，不可跂及〔八〕。遺風至今，秋霜烈日。我初瞻像，再拜稽首。一室嚴冷，如虎方吼。嗟余寡助，乃生公後。忍視大法，陵夷末運〔九〕。奴婢小人，利欲迫窘。冀公一吒，腦破膽隕。嗚呼公乎，再見無由。冗攘（櫰）方熾㊀〔一〇〕，何時云休。願起公死，從之以游。

【校記】

㊀ 攘：原作「櫰」，誤，今從四庫本、廓門本。

【注釋】

〔一〕約紹聖二年作於廬山。赤眼禪師：即唐釋智常，馬祖道一禪師法嗣，住廬山歸宗寺，世號赤眼歸宗。事具景德傳燈録卷七、宋高僧傳卷一七。此贊當作於紹聖中依克文禪師於歸宗寺時，姑繫於此。

〔二〕中人：中等之人，常人。論語雍也：「中人以上，可以語上也；中人以下，不可以語上也。」

〔三〕上智：大智之人，具上等智慧之人。論語陽貨：「子曰：『唯上知與下愚不移。』」

〔四〕「傳曰」三句：後漢書耿弇傳：「有志者，事竟成也。」

〔五〕疑眩：疑惑迷亂。漢賈誼新書數寧：「因卑不疑尊，賤不逾貴，尊卑貴賤，明若白黑，則天下之衆不疑眩耳。」

〔六〕「初」七句：景德傳燈録卷七廬山歸宗寺智常禪師：「師以目有重瞳，遂將藥手按摩，以致目眥俱赤。世號赤眼歸宗焉。」宋高僧傳卷一七唐廬山歸宗寺智常傳：「常有異相，目耀重瞳。遂將藥燻手，恒磨錯，不覺目眦俱紅，號赤眼歸宗矣。」錯按：史記項羽本紀：「太史公曰：吾聞之周生曰『舜目蓋重瞳子』，又聞項羽亦重瞳子，羽豈其苗裔邪？」裴駰集解：「尸子曰：『舜兩眸子，是謂重瞳。』」故曰「其貴不可言」。

〔七〕疇：誰。書説命上：「后克聖，臣不命其承，疇敢不祗若王之休命？」孔傳：「言王如此，誰敢不敬順王之美命而諫者乎？」

〔八〕跂及：猶企及。禮記檀弓上：「先王之制禮也，過之者俯而就之，不至焉者跂而及之。」

〔九〕陵夷：由盛至衰。文選卷四九范曄後漢書皇后紀論：「終於陵夷大運，淪亡神寶。」張銑注：「陵夷，徵也。」

〔一〇〕冗攘：繁雜紛亂，繁冗擾攘。參見本集卷五謁嵩禪師塔注〔八〕。

破竈墮和尚贊 并序〔一〕

余閲傳燈，愛老安之子所謂破竈墮者〔二〕，深證無生，恨不與之同時而生也。紹聖中，再游廬山，見其像而贊曰：

嵩山屋老竈有神，民爭祠之日宰烹。師與門人偶經行，即而視之因歎驚。此唯土瓦和合成，是中何從有聖靈？以杖敲之輒墮傾。須臾青衣出笑迎，謝師爲我談無生，言訖登空如鳥輕。門人問之拜投誠，伏地但聞破墮聲〔三〕。君看一體情非情，皎如朗月懸青冥。未證據者以事明，鞭草血流石吼升〔四〕。涅槃門開見户庭〔五〕，老安憐兒爲作名〔六〕，金屑雖貴翳眼睛〔七〕。

【注釋】

〔一〕約紹聖二年作於廬山。破竈墮和尚：唐僧，不知名氏，嵩嶽慧安國師法嗣。事具景德傳燈録卷四、宋高僧傳卷一九。錯按：此贊爲句句押韻之柏梁體，亦見於林間録卷下。

〔二〕老安：景德傳燈録卷四：「嵩嶽慧安國師，荆州枝江人也，姓衛氏。隋文帝開皇十七年，括天下私度僧尼，勘師，云本無名，遂遁于山谷。大業中，大發丁夫開通濟渠，饑殍相枕，師乞食以救之，獲濟者甚衆。煬帝徵師，不赴，潛入太和山。暨帝幸江都，海内擾攘，乃杖錫登衡嶽寺，行頭陀行。唐貞觀中至黄梅，謁忍祖，遂得心要。麟德元年，遊終南山石壁，因止焉。高宗嘗召師，不奉詔。遍歷名迹，至嵩少，云：『是吾終焉之地也。』自爾禪者輻湊。……武后徵至輦下，待以師禮。……神龍二年，中宗賜紫袈裟，度弟子二七人，仍延入禁中供養三年，又賜摩衲一副。師辭嵩嶽。是年三月三日，囑門人曰：『吾死已，將屍向林中，待野火焚之。』……至八日，閉户偃身而寂，春秋一百二十八。」注曰：「隋開皇二年壬寅生，唐景龍三年己酉滅。時稱老安國師。」

〔三〕「嵩山屋老竈有神」十二句：景德傳燈録卷四：「嵩嶽破竈墮和尚，不稱名氏，言行叵測，隱居嵩嶽。山塢有廟甚靈，殿中唯安一竈，遠近祭祠不輟，烹殺物命甚多。師一日領侍僧入廟，以杖敲竈三下云：『咄！此竈只是泥瓦合成，聖從何來？靈從何起？恁麽烹宰物命？』又打三下，竈乃傾破墮落。須臾，有一人青衣峩冠，忽然設拜師前。師曰：『是什麽人？』云：『我本此廟竈神，久受業報，今日蒙師説無生法，得脱此處，生在天中，特來致謝。』師曰：『是汝本有之性，非吾彊言。』神再禮而没。少選，侍僧等問師云：『某等諸人久在和尚左右，未蒙師苦口直爲某等，竈神得什麽徑旨，便得生天？』師曰：『我只向伊道：本是泥瓦合成。别也無道理爲伊。』侍僧等立而無言，師曰：『會麽？』主事云：『不會。』師曰：『本有之性，爲什麽不會？』侍僧等乃禮拜，師曰：『墮也，墮也！破也，破也！』」此檃括其事。

〔四〕「君看一體情非情」四句：謂以竈神破墮之事，可見有情與無情本爲一體，與鞭草吼石之事相同。情，指有情，即衆生有情識者，總名動物。非情，即無情，相對於有情而言，指草木土石之類無情識者。林間録卷上：「未了證者，當以事明，鞭草血流，頑石吼聲，則無情非情之異。」錯按：「鞭草」句見宋釋延壽心賦注：「理短而甘鞭屍吼石。」注：「鞭屍者，佛滅後八百年，有如意論師出世，善能談論，王禮爲師，遂召外道，令如意論師立義。……外道遂來出過。……此時外道朋黨熾盛，衆中無證義人。王賜外道金七十兩，封外道論爲金七十論。

如意此時墮負，嚼舌而終。至佛滅後九百年，世親出世，披尋外道邪論，果見如意屈負，遂造論軌、論式等上王，救如意論師。王加敬仰，賜世親金七十兩，封爲勝金七十論。王令縛草鞭屍，表外道邪宗，鞭草屍血出。所以云世親有鞭屍之德。故知説須逗機，無證便墮，古人嚼舌，可謂爲法忘軀矣。鞭草出血者，是知理爲神禦，邪法難扶。無情出血，表心境一如矣。吼石者，昔劫初之時，有外道名伽毗羅，修道得五通，造略數論，知世無常，身不久住，恐後有人破我所造之論，遂欲駐身拒來破者，便往自在天所，求延壽法。天云：『我今變汝爲一物，最爲長壽。』其仙人遍報門徒：『我今化爲石，若有異宗來難我法者，但教書於石上，我自答通。』天遂變仙人爲一方石，可長一丈餘，在頻陀餘柑林中。後陳那造因明論成，以宗因喻三支比量，破其數論。弟子莫能通答，將陳那比量往餘柑林，書於石上，尋書出答。後又書比量於石，與弟子同封記之，至明旦往看，石上書答訖。如是陳那又書比量於石上，難彼外道，至二三日方答得。陳那復書，至七日後方答。如是又書其石，並不書出答詞，被陳那難詰，其石汗出，大吼振破，昇在空中。所以世云陳那有吼石之能也。變身爲石，而能形文對答者，可謂心境同原，自他一際，有情無情，同一體性。」

〔五〕涅槃門開：大智度論卷三〇：「如是等諸煩惱破，則涅槃門開。」

〔六〕老安憐兒爲作名：景德傳燈録卷四注曰：「安國師號爲破竈墮。」兒，即法嗣。

〔七〕金屑雖貴翳眼睛：鎮州臨濟慧照禪師語録：「侍云：『金屑雖貴，落眼成翳，又作麽生？』師云：『將爲爾是箇俗漢。』」

永明禪師真贊二首 并序㊀〔一〕

永明智覺禪師乘悲願力，示生震旦〔二〕，傳佛心宗，爲法檀越。其家（宏）名辯才㊁〔三〕，學者依以揚聲〔四〕，議論言句，浩如山海〔五〕。余漁獵其間餘二十年㊂〔六〕，至其妙處，輒能識之。如鵝王擇乳〔七〕，無有遺餘。蓋嘗自忘（志）其鄙陋㊃〔八〕，直欲追禪師逸駕㊄，爲之伴侣，以游十方國土，作大佛事，尚天晚乜。謹再拜稽首，爲之贊曰㊅：

三界種性，有萬妍醜。生順死逆〔九〕，夢夜想畫〔一〇〕。往復無間，聲度垣牖。皆依末那〔一一〕，戲論成就〔一二〕。而末那體，無作無受〔一三〕。譬如空花，實無而有〔一四〕。一念了知，光明通透。我如是見，無有錯謬。是爲心宗，祖佛授手。孰振頹綱，秀傑奇茂。稽首永明，月臨星斗。

以公風神，爲我律度。交神見之〔一五〕，是真保護。

【校記】

㊀林間録後集題爲「永明和尚畫像讚并序」。

㊁家：原作「宏」，誤，今從林間録後集。參見注〔三〕。

㊂余：林間録後集作「予」。　其間：林間録後集作「于其間」。　餘二十：林間録後集作「一十餘」。

㊃忘：原作「志」，誤，今從林間録後集。參見注〔八〕。　其：林間録後集無此字。

㊄直欲：林間録後集作「欲」。

㊅謹再拜：林間録後集無此三字。

【注釋】

〔一〕作年未詳。　永明禪師：即釋延壽，錢塘人，俗姓王氏。住永明寺爲第二世。賜號智覺禪師。事具宋高僧傳卷二八、景德傳燈録卷二六、禪林僧寶傳卷九。參見本集卷一七永明禪師生日注〔一〕。

〔二〕震旦：古印度稱中國爲震旦，亦譯作真丹。

〔三〕家名辯才：維摩詰經卷上弟子品：「斯有家名辯才智慧，乃能如是。其誰聞此不發阿耨多羅三藐三菩提心？」本集卷三〇泐潭準禪師行狀：「觀師之風格，殆所謂家名辯才、氣宇逸群者耶？」底本「家」作「宏」，無據。

〔四〕依以揚聲：依靠其傳播名聲。文選卷四一孔融論盛孝章書：「今孝章實丈夫之雄也，天下談士依以揚聲。」此借用其語。

〔五〕「議論言句」二句：宋高僧傳卷二八大宋錢塘永明寺延壽傳：「雅好詩道，著萬善同歸、宗鏡等録數千萬言。」景德傳燈録卷二六杭州永明寺延壽禪師：「著宗鏡録一百卷，詩偈賦詠凡千萬言，播于海外。」

〔六〕漁獵：泛覽，涉獵。

〔七〕鵝王擇乳：正法念處經卷六四身念處品：「譬如水乳同置一器，鵝王飲之，但飲乳汁，其水猶存。」

〔八〕自忘其鄙陋：謙辭。底本「忘」作「志」，誤。廓門注：「『志』當作『忘』。」其說甚是。鍇按：唐庚眉山唐先生文集卷二四上憲使書：「是用忘其鄙陋，而妄有説于左右。」華鎮雲溪居士集卷二一上揚帥吕大資書：「攱下車之日，人人翹首抗足，想鈞目之顧眄，而自忘其鄙陋。」皆可證。

〔九〕生順死逆：楞嚴經卷八：「一切世間，生死相續，生從順習，死從變流，臨命終時，未捨暖觸，一生善惡，俱時頓現，死逆生順，二習相交。」

〔一〇〕夢夜想晝：列子周穆王：「神遇爲夢，形接爲事，故晝想夜夢，神形所遇。」

〔一一〕末那：圓覺經略疏卷一：「以意識緣外境時，必内依末那，爲染污根方得生起故。」翻譯名義集卷六：「末那，唯識翻意，或云執我，亦云分別。唯識宗云：具足應言訖利瑟吒耶末那。此翻染污意，謂我癡、我見、我慢、我愛，四惑常俱，故名染污。」法華經合論卷一：「意者，末那、染汙、執識之别名。内緣本識，外染六識，而五識起時，必與之俱，故總謂之意。」

〔二〕戲論：非理之言論，無義之言論，又總斥一切言論。法華經卷二信解品：「今日世尊令我等思惟，蠲除諸法戲論之糞。」

〔三〕無作無受：華嚴經卷三四十地品：「如是衆生生長苦聚，是中皆空，離我我所，無知無覺，無作無受，如草木石壁，亦如影像。」

〔四〕「譬如空花」二句：隋釋吉藏仁王般若經疏卷中三：「世諦幻化起，譬如虚空華者，明世諦虚誑不實。喻若空華，但誑肉眼，妄見爲有，如浮雲電，如風送火，譬如空華無所有。」

〔五〕交神見之：林間録卷上：「王文公曰：『佛與比丘辰巳間應供，名爲齋者。與衆生接，不可不齋。又以佛性故，等視衆生，而以交神之道見之。』」楞嚴經合論卷一：「夫與衆生接，其可不齋乎？易曰：『齋戒以神明其德。』又以佛性故，等視衆生，而以交神之道見之。」

陳尊宿贊〔一〕

雲門臨濟，一龍一夔。嗣存參運，皆公使之〔二〕。叢林米嶺〔三〕，衆不滿百。僉一典客〔四〕，覺有難色。即袖手去，古寺閒房。織屨養母，自含其光〔五〕。欽其遺風，秋滿鬢髮〔六〕。唯不少貶，是真弘法。

【注釋】

〔一〕建中靖國元年作於筠州高安縣。陳尊宿：晚唐高僧，法名道蹤，俗姓陳。住睦州龍興寺，有陳蒲鞋之號，叢林亦稱陳睦州。嗣法黄檗希運禪師，爲南嶽下四世。事具景德傳燈録卷一二。參見本集卷二三陳尊宿影堂記。

〔二〕「雲門臨濟」四句：謂雲門文偃與臨濟義玄兩位大師，皆因陳尊宿分别使其參究雪峰義存與黄檗希運，而得以開宗立派。景德傳燈録卷一九韶州雲門文偃禪師：「初參睦州陳尊宿，發明大旨。後造雪峰，而益資玄要。」同書卷一二鎮州臨濟義玄禪師：「初在黄蘗隨衆參侍，時堂中第一座勉令問話，師乃問：『如何是祖師西來的的意？』黄蘗便打。如是三問，三遭打，遂告辭第一座云：『早承激勸問話，唯蒙和尚賜棒，所恨愚魯，且往諸方行脚去。』上座遂告黄蘗云：『義玄雖是後生，却甚奇特，來辭時，願和尚更垂提誘。』」後出禪籍皆以黄檗堂中第一座爲陳尊宿。如保寧禪院勇和尚語録：「臨濟在黄檗會中，時睦州爲首座，知濟是法器，乃令上方丈，問佛法大意。三問，三被打。州見云：『子去問佛法，如何？』濟遂舉前話，云：『某緣法不在此，不免取辭，且往他處去。』州上方丈，囑檗云：『義玄上座雖是後生，甚奇怪，他日爲陰凉大樹，蓋覆天下人去在。若來可方便。』」本集卷二三陳尊宿影堂序亦曰：「臨濟至黄檗，衆未有知之者，而公獨先知之。嘗指似斷際曰：『大黄之門，必此兒也。』」黄檗希運賜謚斷際禪師。一龍一夔：舜之二臣，一名龍，爲諫官；一名夔，爲樂官。書舜典：「伯拜稽首，讓于夔龍。」孔傳：「夔龍，二臣名。」此喻指雲門文偃與臨濟義玄爲禪門之夔龍。

〔三〕叢林米嶺：陳尊宿影堂序：「陳尊宿者，斷際禪師之高弟也。嘗庵於高安之米山。」元豐九域志卷六江南西路筠州：「米山。豫章記云：生禾香茂，爲食精美。」正德瑞州府志卷一地理志山川：「米山，（高安）縣北二十五里。豫章記：四面流泉，土地膏沃，生禾香茂，爲米精美，故名。」

〔四〕僉：同「簽」，簽派。　典客：又稱知客、典賓，禪林司賓客之接待者。

〔五〕「即袖手去」四句：景德傳燈録卷一二睦州龍興寺陳尊宿：「陳尊宿初居睦州龍興寺，晦迹藏用，常製草屨密置於道上。歲久人知，乃有陳蒲鞋之號焉。」禪林僧寶傳卷二韶州雲門大慈雲弘明禪師傳：「初至睦州，聞有老宿飽參，古寺掩門，織蒲屨養母，往謁之。……老宿名道蹤，嗣黄檗斷際禪師，住高安米山寺，以母老東歸。叢林號陳尊宿。」陳尊宿影堂記：「以母老於睦，遂歸編蒲屨，售以爲養。」

〔六〕秋滿鬚髪：古尊宿語録卷六睦州和尚語録：「師臨終召門人曰：『此處緣息，吾當逝矣。』乃跏趺而寂。郡人以香薪焚之，舍利如雨，乃收靈骨，塑像於寺。壽九十八，臘七十六。」

臨濟和尚贊〔一〕

一句中具三玄，一玄中具三要〔二〕。腦後見腮村僧〔三〕，向上更有一竅〔四〕。

【注釋】

〔一〕作年未詳。　臨濟和尚：即唐義玄禪師，嗣法黃檗希運，爲南嶽下四世。住鎮州臨濟院，爲臨濟宗開山祖師。事具景德傳燈録卷一二、宋高僧傳卷一二。

〔二〕「一句中具三玄」二句：景德傳燈録卷一二鎮州臨濟義玄禪師：「師又曰：『夫一句語須具三玄門，一玄門須具三要，有權有用，汝等諸人作麽生會？』」汾陽善昭以「三玄三要」爲臨濟宗綱宗。參見本集卷一三送太淳長老住明教注〔二〕。

〔三〕腦後見腮：黃龍慧南禪師語録：「藏主問云：『適來和尚道，第五種不易，是什麽人？』首座云：『腦後見腮，莫與往來。』」　村僧：戲稱臨濟和尚。

〔四〕向上更有一竅：建中靖國續燈録卷一〇東京法雲寺圓通禪師：「上堂云：『說得盛水不漏，未免衲僧取笑。向上更有一竅，無孔鐵鎚不到。』」古尊宿語録卷四〇雲峰悅禪師初住翠巖語録：「諸禪德，只如大地山河，明暗色空，法法現前，作麽生說箇捨底道理？於此明得，正在半途，須知向上更有一竅在。」

長沙岑大蟲真贊 并序〔一〕

余游長沙，至鹿苑〔二〕，見岑禪師畫像，想見其爲人。昔如來世尊語阿難曰：「汝元不知，一切浮塵，諸幻化相，當處出生，隨處滅盡。幻妄稱相，其性真爲妙覺明體〔三〕。」龍樹菩薩曰㊀：「諸法不自生，亦不從他生。不共不無因，是故説無生〔四〕。」以佛祖之辯，談法之妙，其清淨顯露，如掌中見物，無可疑者。而末世衆生卒不明了者，蓋其迷妄之極，非其所聞之習故也。禪師憫之，故於所習之境，譬之曰：「若心是生，則夢幻空花亦應是生。若身是生，則山河大地、森羅萬象亦應是生〔五〕。」大哉言乎！與首楞嚴、中觀論相終始也〔六〕。禪師，大寂之孫，南泉之子，趙州之兄〔七〕，開法於長沙之鹿苑。當時衲子倔强如仰山者猶下之，而呼爲岑大蟲㊁〔八〕。爲之贊曰：

長沙大蟲，聲威甚重。獨眠空林，百獸震恐。寂子兒癡（戲）㊂〔九〕，見不知畏。引手捋鬚〔一〇〕，幾缺其耳〔一一〕。大空小空〔一二〕，是虎是你（作）㊃〔一三〕。如備與覺，可撩其尾〔一四〕。嗟今衲子，眼如裴旻，但見其彪，安識虎真〔一五〕。我拜公像，非存非没。百尺竿頭，行塵勃勃〔一六〕。

【校記】

㊀ 樹：林間録卷上作「勝」。

㊁蟲：林間録作「蟲云」。

㊂癡：原作「戲」，今從林間録。

㊃你：原作「作」，誤，今據寬文本、四庫本、廓門本、武林本、林間録改。

【注釋】

〔一〕崇寧二年作於長沙。長沙岑大蟲：即唐景岑禪師，號招賢大師，嗣法南泉普願，屬南嶽下三世。初住長沙鹿苑寺，爲第一世。事具景德傳燈録卷一〇。鍇按：此贊全文亦見林間録卷上。

〔二〕鹿苑：鹿苑寺，在長沙湘江西岸嶽麓山。參見本集卷二四四絶堂分題詩序。

〔三〕「吉如來世尊語阿難曰」八句：語見楞嚴經卷二：「阿難！汝猶未明，一切浮塵，諸幻化相，當處出生，隨處滅盡，幻妄稱相，其性真爲妙覺明體。」文字稍異。阿難：阿難陀之略稱，又譯作歡喜、慶喜，斛飯王之子，佛之從弟，十大弟子之一。生於佛成道之夜。二十五歲出家，從侍佛二十五年，受持一切佛經。事具中阿含經卷八侍者經。

〔四〕「龍樹菩薩曰」五句：語見龍樹菩薩中論卷一觀因緣品：「諸法不自生，亦不從他生。不共不無因，是故知無生。」文字稍異。鍇按：龍樹菩薩，舊譯曰龍樹，新譯曰龍猛，亦名龍勝。大唐西域記卷八：「南印度那伽閼剌樹那菩薩（唐言龍猛，舊譯曰龍樹，非也。）」釋氏稽古略卷一：「龍樹大士，西天竺人也。亦名龍勝。」

〔五〕「若心是生」四句：廓門注：「不載師傳，不知所出。」錯按：此四句諸禪籍不載，唯明瞿汝稷集指月録卷一一湖南長沙景岑招賢禪師録作「示衆」語，疑本此。然此贊作於鹿苑寺，惠洪或親見寺中所藏景岑禪師語録原本，亦當有據。

〔六〕首楞嚴：即楞嚴經，全名大佛頂如來密因修證了義諸菩薩萬行首楞嚴經。中觀論：即中論，具名中觀論，四卷，龍樹菩薩造，青目菩薩釋，後秦鳩摩羅什譯。

〔七〕「禪師」四句：謂景岑爲馬祖道一法孫，南泉普願法嗣，趙州從諗法兄。其法系可參見傳法正宗記卷七大鑒之四世池州南泉普願禪師。錯按：馬祖道一謚大寂禪師。

〔八〕「當時衲子倔强」二句：景德傳燈録卷一〇湖南長沙景岑禪師：「仰山云：『人人盡有遮箇事，只是用不得。』師云：『恰是請汝用。』仰山云：『作麽生用？』師乃蹋倒仰山。仰山云：『直下似箇大蟲。』自此諸方謂爲岑大蟲。」錯按：仰山，即仰山慧寂禪師，嗣法潙山靈祐，爲南嶽下四世。事具景德傳燈録卷一一。

〔九〕寂子：按法系，慧寂當爲景岑法姪，即從子，故稱。兒癡：底本作「兒戲」，林間録卷上作「兒癡」，義更勝，謂小兒無知不畏虎。

〔一〇〕引手捋鬚：太平御覽卷三七四人事部十五髯鬚引吴録曰：「朱桓還屯濡須，（孫）權祖之。桓奉觴曰：『臣當遠去，願一捋陛下鬚，無復恨。』權憑几前，朱桓進捋鬚，曰：『臣今日真謂捋虎鬚也。』」

〔二一〕幾缺其耳：雲巖寶鏡三昧：「如虎之缺。」惠洪注：「虎一名李耳，凡虎食畜産，不至耳，諱其名也。然每食一人，耳輒一缺。」太平御覽卷八九一獸部三虎上引方言曰：「虎，陳魏宋楚之間或謂之李父，江淮南楚間謂之李耳。」注：「虎食物值耳即止，以觸其諱故。」明陳耀文天中記卷六〇虎引物類相感志：「缺耳，凡虎若食一人，耳上缺痕若割裂，以驗食人之數無差。」鍇按：莊子盜跖：「疾走，料虎頭，編虎鬚，幾不免虎口哉！」以上二句化用其意。

〔二二〕大空小空：景德傳燈録卷八潭州華林善覺禪師：「一日，觀察使裴休訪之，問曰：『師還有侍者否？』師曰：『有一兩箇。』裴曰：『在什麼處？』師乃唤『大空、小空』，時二虎自庵後而出。裴覩之驚悸。師語二虎曰：『有客且去。』二虎哮吼而去。」

〔二三〕是虎是你：謂景岑即是虎，虎即是景岑，本爲一體。　你：第二人稱代詞，亦作「伱」。上聲，止韻，與「尾」字押韻。隋書五行志上：「武平元年童謡曰：『狐截尾，你欲除我我除你。』」底本「你」作「作」，當涉形近而誤。

〔二四〕「如備與覺」二句：謂如華林善覺與玄沙師備之輩能撩虎尾，方可與岑大蟲親密接觸。景德傳燈録卷一八福州玄沙師備禪師：「一日普請，往海坑斫柴，見一虎。僧曰：『和尚，虎！』師曰：『是汝虎。』歸院後僧問：『適來見虎，云是汝，未審尊意如何？』師曰：『娑婆世界有四重障，若人透得，許汝出陰界。』」禪林僧寶傳卷七瑞鹿先禪師傳：「古人曰：騎虎頭，撩虎尾，中央事作麽生？」此用其語。

〔一五〕「眼如裴旻」三句：唐國史補卷上：「裴旻爲龍華軍使，守北平。北平多虎，旻善射，嘗一日斃虎三十有一，因憩山下，四顧自若。有一老父至，曰：『此皆彪也，似虎而非。將軍若遇真虎，無能爲也。』旻曰：『真虎安在乎？』老父曰：『自此而北三十里，往往有之。』旻躍馬而往，次藂薄中，果有真虎騰出，狀小而勢猛，据地一吼，山石震裂，旻馬辟易，弓矢皆墜，殆不得免。自此慙愧，不復射虎。」

〔一六〕「百尺竿頭」三句：景德傳燈録卷一〇湖南長沙景岑禪師：「師示一偈曰：『百丈竿頭不動人，雖然得入未爲真。百丈竿頭須進步，十方世界是全身。』」宋代禪籍引景岑偈語「百丈竿頭」多作「百尺竿頭」，參見明覺禪師語録卷一、正法眼藏卷三、聯燈會要卷六、五燈會元卷四等。

清涼大法眼禪師真贊　并序㊀〔一〕

余元符初至臨川承天寺㊁〔二〕，寺基宏壯，可集萬指〔三〕，而食堂蕭然㊂，殘僧三四輩而已。因讀舊碑㊃，乃知爲大法眼禪師開法之故基㊄〔四〕。影堂壁間〔五〕，畫像存焉，神宇靜深㊅，眉目淵然，而英特之氣不没。豈荷負大法、提挈四生者〔六〕，其表故如是耶？稽首爲之贊曰：

非風幡動〔七〕，非風鈴語〔八〕。見聞起滅，了無處所。何以明之，俱寂靜故。此光明藏，平等顯露。由本無明，愛欲慳妬㈦。如隔日瘧〔九〕，痛自遮護。有能了者，即同本悟㈧〔一〇〕。索爾虛閑㈨〔一一〕，隨緣靜住㈩。一切仍舊〔一二〕，自無染污〔一三〕。爲物作則〔一四〕，嶮崖之句〔一五〕。不可犯干，如大火聚〔一六〕。

【校記】

㈠林間録後集題曰「清涼大法眼禪師畫像讚并序」。

㈡余：林間録後集作「予」。

㈢蕭：林間録後集作「翛」。

㈣因：林間録後集無此字。

㈤乃：林間録後集無此字。基：林間録後集作「基也」。

㈥靜：林間録後集作「靖」。

㈦慳：林間録後集作「怪」。

㈧本：廓門本作「未」。

㈨虛閑：林間録後集作「隨緣」。

㈩隨緣：林間録後集作「閑居」。

【注釋】

〔一〕元符元年作於撫州臨川縣。清涼大法眼禪師：法名文益（八八五～九五八），餘杭人，俗姓魯氏。初住臨川崇壽寺。南唐國主重師之道，迎入住金陵報恩禪院，署淨慧禪師，遷清涼寺。卒謚大法眼禪師，塔號無相。嗣法羅漢桂琛，屬青原下八世，爲法眼宗開山祖師。事具景德傳燈録卷二四、宋高僧傳卷一三、禪林僧寶傳卷四。

〔二〕臨川承天寺：即臨川崇壽寺。弘治撫州府志卷二八方外志一寺：「天寧萬壽禪寺……宋景德中賜額承天崇壽，徽宗改賜崇寧萬壽，高宗改報恩廣孝，尋改今名。」

〔三〕萬指：一人十指，萬指爲千人。即下條注所言「不減千計」。

〔四〕開法之故基：景德傳燈録卷二四金陵清涼文益禪師：「至臨川，州牧請住崇壽院。初開堂日，中坐茶筵未起，四衆先圍繞法座。……海參之衆，常不減千計。」宋高僧傳卷一三周金陵清涼文益傳：「尋遊方，却抵臨川，邦伯命居崇壽，四遠之僧求益者，不減千計。」

〔五〕影堂：本爲庶民奉祀先人遺像之所，佛教借以謂安置佛祖真影之堂舍。唐鮑溶贈真公影堂：「舊房西壁畫支公，昨暮今晨色不同。遠客閑心無處所，獨添香火望虚空。」

〔六〕提挈：提攜，扶持。　四生：猶言衆生。佛教分世界衆生爲胎生、卵生、濕生、化生四大類。法苑珠林卷七二：「如般若經云：『一者卵生，二者胎生，三者濕生，四者化生。』又阿含口解十二因緣經云：『有四種生：一腹生者，謂人及畜生（胎生者是）；二寒熱和合生者，謂蟲蛾蚤虱（濕生者是）；三化生者，謂天及地獄；四卵生者，謂飛鳥魚鼈。』……故有四生：依殼而生曰卵，含藏而出曰胎，假潤而興曰濕，欻然而現曰化。衆生所攝不過此四也。」

〔七〕非風幡動：事具六祖大師法寶壇經行由品，參見本卷前六世祖師畫像贊注〔四五〕。

〔八〕非風鈴語：景德傳燈録卷二第十七祖僧伽難提：「他時聞風吹殿銅鈴聲，尊者問師曰：『鈴鳴耶？風鳴耶？』師曰：『非風非鈴，我心鳴耳。』尊者曰：『心復誰乎？』師曰：『俱寂靜故。』」

〔九〕隔日瘧：瘧疾之一種，隔日發病，此喻反復發作之毛病。楞嚴經卷五載阿難語曰：「我及會中有學聲聞，亦復如是，從無始際，與諸無明俱滅俱生，雖得如是多聞善根，名爲出家，猶隔日瘧。」成唯識論卷四：「若謂後時，彼識還起，如隔日瘧，名不離身，是則不應説心行滅。」

〔一〇〕即同本悟：楞嚴經卷五：「所得密言，還同本悟，則與未聞無有差別。」

〔一一〕索爾虚閑：形容寂寞閑散。語本續高僧傳卷一六齊鄴中釋僧可傳附慧滿傳：「滿便持衣鉢，周行聚落，無可滯礙，隨施隨散，索爾虚閑。」又見景德傳燈録卷三相州慧滿禪師。錯按：惠洪好用此語，如林間録卷下：「故達法者貴其知意，知意則索爾虚閑，隨緣任運，謂之不遺時。」又本集卷一九寂音自贊四首之四：「隨緣放曠，索爾虚閑。未埋白骨，且看青山。」卷二一重修龍王寺記：「僧出迎，貌癯而老，索爾虚閑。」同卷合妙齋記：「晨香夕燈，經行晏坐，翛然靜住，索爾虚閑。」

〔一二〕一切仍舊：金陵清涼院文益禪師語録：「今日只是塵劫，但著衣喫飯，行住坐卧，晨參暮請，一切仍舊，便爲無事人也。」其語又見禪林僧寶傳卷四金陵清涼益禪師傳。錯按：林間録卷下：「故知古之得道者，莫不一切仍舊。」

〔一三〕自無染污：大乘寶雲經卷三平等品：「譬如蓮華從水出時，自無染污。」瑜伽師地論卷三七：「又佛菩薩由漏盡智，自無染污。」此借用其語。

〔一四〕爲物作則：語本雲巖寶鏡三昧：「爲物作則，用拔諸苦。」

〔一五〕嶮崖之句：天聖廣燈録卷八洪州百丈山大智禪師：「仰山云：『不唯騎虎頭，亦解把虎尾。』潙山云：『寂子甚有險崖之句。』」圓悟佛果禪師語録卷一七拈古中：「要明陷虎之機，須施嶮崖之句。」從容庵録卷五第七十九則長沙進步評景岑禪師語曰：「長沙『朗州山，澧州水』，謂之善用險崖之句。」鍇按：景德傳燈録卷一〇湖南長沙景岑禪師：「僧問：『百丈竿頭如何進步？』師云：『朗州山，澧州水。』」嶮，同「險」。

〔一六〕「不可犯干」二句：雲巖寶鏡三昧：「背觸俱非，如大火聚。但形文彩，即屬染污。」此化用其語意。

玄沙宗一禪師真贊㊀〔一〕

根門有功，則是心外見法〔二〕；用處換機，則是問時有答〔三〕。問答交馳，摸索大道；心法對峙，破碎真如。異哉此老，超出兩途。亡僧面前，波全露水〔四〕；猛虎須畔㊁，光自照珠〔五〕。衲僧不識㊂，如井覷驢〔六〕。

【校記】

㊀林間録後集題爲「玄沙師備畫像讚」。

㊁須：林間録後集作「鬚」。

㊂識：林間録後集作「解」。

【注釋】

〔一〕作年未詳。玄沙宗一禪師：即師備禪師，閩縣人，俗姓謝氏。嗣法雪峰義存，屬青原下六世。嘗住持玄沙山，閩王迎居安國寺，號宗一大師。事具景德傳燈録卷一八、宋高僧傳卷一三。已見前注。

〔二〕「根門有功」二句：福州玄沙宗一大師廣録卷中：「師云：『根門無功，和尚若得與麽，方始得自在。』」此言「根門有功」者，於心外用功求法，即心法對峙，乃違背玄沙教導。鍇按：宗鏡録卷一三：「若心外見法，而生分别，直饒廣作勝妙之事，亦非究竟。」此借用其語。

〔三〕「用處換機」二句：福州玄沙宗一大師廣録卷上：「用處不換機，在處説法，更無阻滯。」又同卷作頌二首之一曰：「用處妙理不換機，問來答去不思議。」同書卷中：「我比來向汝道：用處不換機。因什麽只管對話，有什麽交涉？」智證傳：「玄沙有『用處不換機』句。傳曰：夫以言逐言，以理遣理，皆世流布想，非能見道。楞伽經曰：『如楔出楔。』如玄沙嘗曰：『學者當用處不換機。』而雖老於叢林者，亦莫識此語，可嘆也。……道巘禪師曰：『先聖憫汝顛倒馳逐，將一句子解落汝，知是這般事，掉放閒處，自著些筋力。却於機語上答出話頭，將作禪道，非唯自賺，亦乃賺他。』」此言「用處换機」者，著力於問答交馳，即所謂「於機語上答出話頭」，亦違背玄沙教導。

〔四〕「亡僧面前」二句：謂於亡僧面前所言，可見出玄沙全部禪理，如波現水之理。景德傳燈録卷一八福州玄沙師備禪師：「我尋常道：亡僧面前，正是觸目菩提，萬里神光頂後相。若人覰得，不妨出得陰界，脱汝髑髏前意想。」宗鏡録卷八：「即事能顯理門，謂由事攬理故，則事虚而理實。以事虚故，全事之理，挺然露現。如由波相虚，令水露現。」此化用其意。

〔五〕「猛虎須畔」二句：謂於路見猛虎時所言，可見出玄沙心性圓滿，自體顯現，如珠光自照。景德傳燈録卷一八福州玄沙師備禪師：「一日普請，往海坑斫柴，見一虎。僧曰：『和尚，虎！』師曰：『是汝虎。』歸院後僧問：『適來見虎，云是汝，未審尊意如何？』師曰：『娑婆世界有四重障，若人透得，許汝出陰界。』」華嚴經隨疏演義鈔卷八〇：「自體顯現，如珠有光，自照珠體。珠體喻心，光喻於智。心之體性，即諸法性，照諸法時，是自照耳。」楞嚴經合論卷二：「以有形之萬象，現無相見精之明，喻如明珠之光，自照珠體，雖甚微細之智，不能分也。」此化用其意。　須：同「鬚」。

〔六〕如井覰驢：撫州曹山元證禪師語録：「師又問：『佛真法身，猶若虚空，應物現形，如水中月。作麽生説應底道理？』德曰：『如驢覷井。』師曰：『道則太殺道，只道得八成。』德曰：『和尚又如何？』師曰：『如井覷驢。』」

雲門匡真禪師畫像贊二首 并序㊀〔一〕

富鄭公家所蓄雲門匡真禪師像㊁〔二〕，僧元静移寫其本㊂〔三〕，藏於鍾山㊃。大觀三年六月，余獲拜觀焉㊄。稽首贊曰㊅：

見流滔天，公峙如山。壁立萬仞〔四〕，捍其狂瀾。可望而却，不可攬（覽）攀㊆〔五〕。犀顱虎眸〔六〕，美髯繞頰㊇。雲辭電機，霹靂爲舌〔七〕。邪宗墮傾，魔膽破裂。須臾清明，光風霽月〔八〕。叢林驢騾，蹴踏龍象〔九〕。不可系羈〔一〇〕，逸氣邁往。我不得濟，大地是浪〔一一〕。忽然現前，清機歷掌〔一二〕。阿羅漢有三毒〔一三〕，㮈落迦没欛柄〔一四〕。咄哉黄面淛子〔一五〕，一生喫著不盡。

【校記】

㊀ 林間録後集題曰「雲門禪師畫像讚并序」。

㊁ 匡真：林間録後集無此二字。

㊂元：林間録後集作「原」。

㊃鍾：林間録後集作「蔣」。

㊄余：林間録後集作「予」。

㊅首：林間録後集作「首爲之」。

㊆攬：原作「覽」，今從林間録後集改，參見注〔五〕。

㊇繞頰：林間録後集作「遶陜」。

【注釋】

〔一〕大觀三年六月作於江寧府鍾山。　雲門匡真禪師：即文偃禪師，姑蘇嘉興人，俗姓張。依空王寺志澄律師出家。初參睦州陳尊宿，發明大旨；後造雪峰義存之門，爲其法嗣。住韶州雲門山，開創雲門宗。謚大慈雲匡真弘明禪師。事具景德傳燈録卷一九、禪林僧寶傳卷二、雲門匡真禪師廣録卷下雷岳撰雲門山光泰禪院匡真大師行録。

〔二〕富鄭公：富弼（一〇〇四～一〇八三）字彦國，河南洛陽人。少爲范仲淹、晏殊所知，殊以爲壻。仁宗至和二年，與文彦博並命拜同中書門下平章事。始封祁國公，進封鄭國公，後封韓國公。卒謚文忠。事具蘇軾富鄭公神道碑、宋史卷三一三本傳。

〔三〕僧元静：生平法系不可考。

〔四〕壁立萬仞：大唐新語卷八文章：「富嘉謨之文，如孤峰絶岸，壁立萬仞。」此借用其語以喻雲門文偃門庭高峻。參見本卷永嘉真覺大師真贊注〔六〕。

〔五〕不可攬攀：智證傳：「過去古佛開示之語如此，而學者望之，如壁立萬仞，非手足攀攬之境。」此即其意。 鍇按：攬攀，同「攀攬」。阿毗達磨大毗婆沙論卷一五四：「如人在樹端，倚枝而眠，多時欻覺，手忘攀攬，即便墮地。」華嚴經合論卷三一：「其山在大海之中，形如腰鼓，崒然高聳，非以手足攀攬之所能登。」楞嚴經合論卷四：「須彌在大海中，高八萬四千由旬，非手足攀攬可及。」底本「攬」作「覽」，誤，今據林間録後集改。

〔六〕犀顱：額角骨突出如犀。後漢書李固傳：「固貌狀有奇表，鼎角匿犀，足履龜文。」李賢注：「匿犀，伏犀也。謂骨當額上入髮際隱起也。」蘇軾光道人真贊：「海口山顴，犀顱鶴肩。」參見本集卷三秀江逢石門澂上人將北行乞食而予方南游衡嶽作此送之注〔五〕。 虎眸：形容眼睛炯炯有神。

〔七〕霹靂爲舌：蘇軾六月七日泊金陵阻風得鍾山泉公書寄詩爲謝：「電眸虎齒霹靂舌，爲余吹散千峰雲。」此借用其語。

〔八〕光風霽月：山谷别集詩注卷上濂溪詩序：「春陵周茂叔人品甚高，胸中灑落，如光風霽月。」史季温注：「光風，和也，如顔子之春；霽月，清也，如孟子之秋。合清和於一體，則夫子之元氣可識矣。李延平愿中嘗誦此語，以爲善形容有道氣象。」此借用其語形容得道高僧。又如林間録卷上：「餘杭政禪師嘗自寫照，又自爲之贊曰：『貌古形疏倚杖藜，分明畫出須菩提。解空不許離聲色，似聽孤猿月下啼。』政公超然奇逸人也，故其高韻如光風霽月，詞致清婉，而道味苦嚴。」

〔九〕「叢林驢騾」二句：維摩詰經卷中不思議品：「譬如龍象蹴踏，非驢所堪。」此化用其意。

〔一〇〕不可系羈：文選卷六〇賈誼弔屈原文：「使騏驥可得係而羈兮，豈云異夫犬羊。」此化用其語意。

〔一一〕大地是浪：此爲禪宗話頭，語本雲門匡真禪師廣録卷中：「舉傅大士云：『禪河隨浪靜，定水逐波清。』師拈拄杖指燈籠云：『還見麽，若言見，是破凡夫；若言不見，有一雙眼在。爾作麽生會？』良久復拈拄杖云：『盡大地不是浪。』」明覺禪師語録卷二：「上堂云：『禪河隨浪靜，定水逐波清。若拄杖子是浪，衲僧便七縱八横。忽乾坤大地是浪，便見扶籬摸壁。』」碧巖録卷九第八十七則雲門藥病相治：「雲門云：『拄杖子是浪，許爾七縱八横；盡大地是浪，看爾頭出頭没。』」

〔一二〕清機歷掌：雲門匡真禪師廣録卷上：「問：『如何是説時默？』師云：『清機歷掌。』」後爲禪宗話頭，如續古尊宿語録第四集佛心才和尚語（嗣靈源）：「清機歷掌，同道方知。格外稱提，徒勞啗啄。」禪宗頌古聯珠通集卷三三心聞賁禪師頌：「啐兮啄兮，清機歷掌。」

〔一三〕阿羅漢有三毒：此爲禪宗著名公案。景德傳燈録卷一九漳州保福從展禪師：「長慶稜和尚有時云：『寧説阿羅漢有三毒，不説如來有二種語。』」碧巖録卷一〇第九十五則長慶阿羅漢三毒：「梵語阿羅漢，此云殺賊，以功能彰名，能斷九九八十一品煩惱，諸漏已盡，梵行已立，此是無學阿羅漢位。三毒即是貪嗔癡，根本煩惱。八十一品，尚自斷盡，何況三毒。長慶道：『寧説阿羅漢有三毒，不説如來有二種語。』大意要顯如來無不實語。」錯按：長慶禪師語本維摩詰經卷中觀衆生品：「如阿羅漢三毒。」

〔四〕捺落迦：梵語音譯，即地獄，亦作「那落迦」。參見本集卷一七八月十六入南昌右獄作對治偈注〔二〕。没欛柄：猶言没把握。

〔五〕黄面淛子：戲稱雲門文偃。淛，同「浙」。文偃爲嘉興人。嘉興，宋屬兩浙路之浙西，故稱。

南安巖主定光古佛木刻像贊 并序〔一〕

僧彦珣自汀州來〔二〕，出示定光化身木刻像，平生偈語百餘首，皆稱性之句，非智識所到之地，真雲門諸孫也〔三〕。珣求贊辭力甚，謹再拜爲之贊曰：

秦時轆轢〔四〕，如刀口希。廓然見前，石火莫追〔五〕。法於是中，不著思惟。舉既不顧，咦之而往〔六〕。天中函蓋，目機銖兩〔七〕。久雨不晴〔八〕，清機歷掌〔九〕。孰傳其要，絶塵逸群。深明二子〔一〇〕，祥（詳）豁諸孫㊀〔一一〕。維定光佛，出豁之門〔一二〕。以真如用，使令萬象。反易黠魯，縱奪雨暘〔一三〕。洗癡暗目，回顛倒想。示汝語言，一切智聰

(畏)㊁〔一四〕。如月入水〔一五〕，如風行空〔一六〕。無所妨礙，贈以之中〔一七〕。又復憐汝，□□未識㊂。方其死時，謂是生日〔一八〕。如光照珠〔一九〕，如甜說蜜〔二〇〕。

【校記】

㊀祥：原作「詳」，誤，今改。參見注〔一一〕。

㊁聰：原作「畏」，誤，今改。參見注〔一四〕。

㊂□□：原闕二字，天寧本作「智愚」，係妄補。

【注釋】

〔一〕宣和元年作於長沙谷山。南安巖主定光古佛：即自嚴禪師，俗姓鄭氏，泉州同安人。雲門宗祥符雲豁禪師法嗣，青原下九世。嘗住汀州武平南黄石巖，去遊南康槃古山，三年成叢林，還南安。宋太宗淳化二年正月示寂，壽八十二，僧臘六十五，謚曰定光圓應禪師。事具禪林僧寶傳卷八南安巖嚴尊者傳，參見本集卷一七正月六日南安巖主生辰注〔一〕。

〔二〕僧彦珣：生平法系未詳。本集卷二六題珣上人僧寶傳：「凡經諸方三十年，得百餘傳，中間忘失其半。晚歸谷山，遂成其志。時長汀璲、珣二衲子來從予游，録此副本。」汀州：治長汀縣，宋屬福建路。

〔三〕雲門諸孫：南安自嚴嗣法西峰雲豁，雲豁嗣法清涼智明，智明嗣法雲門文偃。則自嚴爲雲門四世孫。

〔四〕秦時𨍏轢：唐宋歇後語，意爲無你入頭處。智證傳：「予聞雲門偃禪師初扣陳尊宿之門，尊宿開門，把住曰：『道！道！速道！速道！』偃擬議，尊宿托開曰：『秦時𨍏轢鑽。』雲門於是大悟於言下。」其事又見禪林僧寶傳卷二韶州雲門大慈雲弘明禪師傳。廓門注：「見雲門傳。方語曰：『無你入頭處。』」

〔五〕石火莫追：禪機不可擬議，如電光石火，轉瞬即逝。鎮州臨濟慧照禪師語録：「師乃有頌：『大道絶同，任向西東。石火莫及，電光罔通。』」汾陽無德禪師語録卷上五位頌：「正中偏，霹靂鋒機著眼看。石火電光猶是鈍，思量擬擬隔千山。」

〔六〕「舉既不顧」二句：智證傳：「雲門經行，逢僧必特顧之曰：『鑒。』僧欲酬之，則曰：『咦。』率以爲常。故門弟子録曰：『顧鑒咦。』圓明密禪師删去『顧』字。但以『鑒咦』二字爲頌，謂之抽顧頌。今其兒孫失其旨，接人以怒目直視，名爲提撕，名爲不認聲色，名爲舉處便薦，相傳以爲道眼。北塔祚禪師獨笑之，作偈曰：『雲門抽顧笑嬉嬉，擬議遭渠顧鑒咦。任是張良多智巧，到頭於此也難施。』」參見林間録卷下、禪林僧寶傳卷二韶州雲門大慈雲弘明禪師傳。

〔七〕「天中函蓋」二句：智證傳：「雲門宗有三句，謂：『天中函蓋，目機銖兩，不涉世緣。』傳曰：雲門偃禪師初聞睦州古寺有道蹤禪師號陳尊宿……既有衆，而以此三句爲示者，解釋『秦時𨍏轢鑽』之詞也。法華經曰：『得一切衆生語言三昧。』而大智論曰：『善入音聲陀羅尼。』以此也。」鍇按：雲門匡真禪師廣録卷中：「示衆云：『天中函蓋乾坤，目機銖兩，不涉春緣，作麽生承當？』代云：『一鏃破三關。』」古尊宿語録卷一七雲門匡真禪師廣録、人天眼目卷二雲門宗三句作「函蓋乾坤」。

〔八〕久雨不晴：雲門匡真禪師廣録卷上：「問：『如何是和尚家風？』師云：『久雨不晴。』進云：『如何是久雨不晴？』師云：『曬眼著。』」景德傳燈録卷一九韶州雲門文偃禪師：「問：『如何是西來意？』師曰：『久雨不晴。』」後遂爲禪宗話頭，如明覺禪師語録卷一：「上堂云：『久雨不晴，衲僧向甚處曬眼皮草？』便下座。」天聖廣燈録卷一九韶州廣悟禪師：「問：『久雨不晴時如何？』師云：『追風由恨遲。』」古尊宿語録卷三九智門祚禪師語録：「問：『久雨不晴時如何？』師云：『蘿蔔不生根。』」

〔九〕清機歷掌：雲門匡真禪師廣録卷上：「問：『如何是説時默？』師云：『清機歷掌。』」已見前注。廓門注：「以上謂雲門也。」

〔一〇〕深明二子：廓門注：「奉先深、清涼智明嗣雲門。」鍇按：景德傳燈録卷二三雲門文偃法嗣有金陵清涼明禪師、金陵奉先深禪師，屬青原下七世。明釋明河補續高僧傳卷六奉先深清涼明傳：「奉先深、清涼智明二禪師者，亦雲門嗣也。……二師並出世金陵，深于奉先，明于清涼，皆江南主虔請也。蓮華祥庵主，深之嗣。西峰豁公，明之嗣。」奉先深，建中靖國續燈録卷二作「奉先道琛」，祖庭事苑卷二作「奉仙道琛」。

〔一一〕祥豁諸孫：廓門注：「『詳』當作『祥』。蓮峰祥庵主嗣奉先深，西峰雲豁嗣清涼智明也。」鍇按：建中靖國續燈録卷二載金陵奉先道琛融照禪師法嗣廬山蓮華峰祥庵主及廬陵西峰豁禪師機語。祖庭事苑卷二：「廬山蓮華峰祥庵主，嗣奉仙道琛，即雲門之孫。」嘉泰普燈録卷一吉州西峰祥符圓淨雲豁禪師：「郡之永和曾氏子，幼棄儒爲比丘，巡禮方外，發明己事。晚見清涼，出問：『佛未出世時如何？』曰：『雲遮海門樹。』云：『出世後如何？』曰：『擘破鐵圍山。』於言下大悟，始蒙印可。歸住西峰之寶龍，雲侶駢集。祥符二年，真宗皇帝聞其名，遣中謁者召至。訪問宗要，留上苑，經時冥坐不食，上嘉異，賜號圓淨。既而辭歸，留之不可，乃聽。四年改寶龍曰祥符，亦旌師之居也。」底本「祥」作「詳」，乃涉形近而誤，今據諸禪籍改。

〔一二〕出豁之門：禪林僧寶傳卷八南安巖嚴尊者傳：「游方至廬陵，謁西峰耆宿雲豁。豁者，清涼智明禪師高弟，雲門嫡孫也。太宗皇帝嘗詔至闕館，於北御園舍中習定。久之，懇乞還山。公依止五年，密契心法，辭去。」

〔一三〕「以真如用」四句：禪林僧寶傳卷八本傳：「武平南黄石巖多蛇虎，公止住，而蛇虎可使令。四遠聞之，大驚，爭敬事之。民以雨暘男女禱者，隨其欲應念而獲。家畫其像，飲食必祭。」

〔一四〕「示汝語言」二句：禪林僧寶傳卷八本傳：「有沙彌無多聞性，而事公謹愿。公憐之，作偈使誦，久當聰明。偈曰：『大智發於心，於心何處尋。成就一切義，無古亦無今。』於是世間章句，吾伊上口。」此用其意。　錯按：底本「一切智畏」之「畏」，於義不通，且不押韻，當爲誤字。蓋此贊共三十六句，每六句一换韻，共六組韻，第一組希、追、惟，第二組往、兩、掌，第三組羣、孫、門，第四組象、暘、想，第六組識、日、蜜，唯有第五組畏、空、中，與此贊押韻規則不合。合自嚴本傳、詩義及押韻而考之，「畏」當爲「聰」字之誤，今改。

〔一五〕如月入水：景德傳燈録卷二二韶州雙峰山竟欽和尚：「問：『賓頭盧應供四天下還得遍也無？』師曰：『如月入水。』」禪林僧寶傳卷二韶州雲門大慈雲弘明禪師傳贊曰：「公之全機大用，如月臨衆水，波波頓現，而月不分。」

〔一六〕如風行空：大智度論卷五三：「舍利弗見須菩提隨所問皆能答，如風行空中，無所罣礙。」

〔一七〕贈以之中：禪林僧寶傳卷八本傳：「公示人多以偈，然題『贈以之中』四字於其後，莫有識其旨者。」已見前注。

〔一八〕「方其死時」二句：禪林僧寶傳卷八本傳：「淳化乙卯正月初六日，集衆曰：『吾此日生，今正是時。』遂右脇卧而化。」同卷贊曰：「定應則全提大用，於其化時曰：『吾此日生。』於化時而曰生，最後之訓也。」

〔一九〕如光照珠：華嚴經隨疏演義鈔卷八〇：「自體顯現，如珠有光，自照珠體。珠體喻心，光喻於智。心之體性，即諸法性，照諸法時，是自照耳。」已見前注。

〔二〇〕如甜説蜜：四十二章經：「佛言：『人爲道，猶若食蜜，中邊皆甜。吾經亦爾，其義皆快，行者得道矣。』」蘇軾勝相院經藏記：「我觀大寶藏，如以蜜說甜；衆生未諭故，復以甜說蜜。甜蜜更相說，千劫無窮盡。」此借用其語。

毛氏所蓄巖主贊〔一〕

此像爲誰？天中之尊〔二〕。道傳雲門，爲四世孫〔三〕。白帽蒙首〔四〕，鬚髯繞頰。見之清涼，洗煩惱熱〔五〕。以偈爲檄，指撝造化〔六〕。詩迺辦兩，出於咄嗟〔七〕。以境惟心，往復無間。是故死時，亦生之日〔八〕。怒猊乳虎，亦生敬虔〔九〕。何以致之，真慈則然。南率古巖㊀〔一〇〕，形如側罄㊁〔一一〕。稽首定光，千江月影〔一二〕。

【校記】

㊀巖：原闕，今從武林本、天寧本補。

㊁罄：四庫本作「磬」。

【注釋】

〔一〕政和四年春作於湖南衡陽。毛氏：毛在庭，字季子。其父毛庠，字文仲，本三衢人，寓居衡陽，遂爲衡陽人。參見本集卷二二思古堂記。巖主：即南安巖主自嚴禪師。

〔二〕天中之尊：廓門注：「謂定光佛化身。」漸備一切智德經卷四不動住品：「大通所顯，現最上行，志若虛空，心亦如之。天中之尊，人中爲上，覺了最明，玄妙境界。」此借用其語。

〔三〕「道傳雲門」二句：雲門文偃傳清涼智明，智明傳祥符雲豁，雲豁傳南安自嚴，故自嚴爲雲門四世孫。

〔四〕白帽蒙首：禪林僧寶傳卷八南安巖嚴尊者傳：「吏大怒，以爲狂且慢己，去僧伽黎，曝日中。既得釋，因以布帽其首，而衣以白服。」

〔五〕「見之清涼」二句：華嚴經卷六六入法界品：「如盛滿月，見者清涼。」楞嚴經合論卷一：「蓮華淨妙義，見者清涼，除熱惱，雖生淤泥而不染，故於熱惱欲泥中，見此頂法，妙華清涼。」

〔六〕「以偈爲檄」二句：禪林僧寶傳卷八本傳：「江有蛟，每爲行人害。公爲説偈誡之，而蛟輒去。」又曰：「有僧自惠州來，曰：『河源有巨舟著沙，萬牛挽不可動，願得以載塼，建塔於南海，爲衆生福田。』公曰：『此陰府之物，然付汝偈取之。』偈曰：『天零灞水生，陰府船王移。莫立沙中久，納福廕菩提。』僧即舟倡偈，而舟爲動，萬衆懽呼。至五羊，有巨商從借以載，僧許之，方解繂，俄風作，失舟所在。」

〔七〕咄嗟：呼吸之間，猶言疾速。世説新語汰侈：「石崇爲客作豆粥，咄嗟便辦。」　指撝：指揮。撝，通「揮」。

〔八〕「是故死時」二句：禪林僧寶傳卷八本傳：「集衆曰：『吾此日生，今正是時。』遂右脇卧而化。」

〔九〕「怒猊乳虎」二句：謂猛獸亦對其生恭敬虔誠之心。猊，狻猊，即獅子。此代指猛獸。禪林僧寶傳卷八本傳：「武平南黄石巖多蛇虎，公止住，而蛇虎可使令。」

〔一〇〕南率古巖：廓門注：「『南率』當作『南巖』歟？一字闕。」錯按：四字當作「南安古巖」，輿地紀勝卷一三二福建路汀州景物下：「南安巖，去武平縣八十里。鄞江志云：『定光佛所開。』」

〔一一〕罄：通「磬」。

〔一二〕千江月影：古尊宿語録卷一二衢州子湖山第一代神力禪師語録：「我聞過去佛，縱横盡丈夫。示汝真歸處，千江月影孤。」

卷十九

贊

小字華嚴經贊 并序㊀〔一〕

蜂房於深間，以漆液𠥄其蔕〔二〕；鵲巢於木末㊁，累百日而後成〔三〕。彼曾何知，而經營之妙，積累之功，若習藝之神㊂。蓋其靈明廓徹〔四〕，不思議之力，雖昧劣飛搖之中㊃〔五〕，而具足成就，弗差毫末。況首出萬物、應物而能言者乎〔六〕？昔有梵僧來自五天，見晉宮闕崇麗，歎曰：「是與忉利天何異㊄。但彼道力所成，而此直業力耳〔七〕。」余竊笑之㊅，是安知我此妙力出生太虛，容受寰宇〔八〕，曾何天上人間樓觀之足云哉！道人栖公憫世迫隘㊆〔九〕，就其所欲，書大方廣佛華嚴經於方册中。其輕妙可以一掌置，開編蠕蠕如行蟻〔一〇〕。熟視之，其横斜曲直㊇，重交反仄㊈，曲盡其妙。不翅如擘窠大書⑩〔一一〕。觀者填門⑪〔一二〕，歎未曾有。余欲稱贊，是無作之功⑫，乃説偈曰⑬：

我聞尊者龍勝師〔一三〕，應供曾入娑竭海〔一四〕。龍宮微塵妙章句，目所一瞥輒能誦。流於五天及震旦〔一五〕，爲熱惱中甘露門。唯道人栖（棲）出其後⑭願力猛利思精特。能於方策紙墨間⑮〔一六〕，書此大經十萬偈。誦於蝸舍巢庵中〔一七〕，了然如在龍宮見。觀者種性有差别，愛慕皆生殊異想。要當諦觀一塵中，亦有無邊妙經卷〔一八〕。昔有智人破此塵，十方世界一切説〔一九〕。以名塵故非斷空，而可破故非寔有〔二〇〕。了此兩字（宗）妙法門⑯〔二一〕，亦攝一切契經海〔二二〕。譬如困卧俄頃際，夢中所歷更千載〔二三〕。乃知一念圓古今，真實際中法如是。一微塵妙不可測⑰，當知一一塵亦然。譬如天帝網明珠，珠體瑩然俱照徹。一珠具足諸網珠，一一珠中同徧入〔二四〕。我今以此金剛句〔二五〕，壞滅彼衆下劣想〔二六〕。使悟塵中含此經，奚方册中乃驚異〔二七〕。咨爾山君河樹神，各各當憶本願力。要當勇猛勤守護，勿令邪念輒蠹侵〔二八〕。毗藍風吹須彌盧，劫火焚燒大千界〔二九〕。爲攤此經一切處，使其涼曝各得所〔三〇〕。我此現前佛子等，作是觀者名正觀⑱〔三一〕。稽首十方調御師〔三二〕，刹刹塵塵爲作證〔三三〕。

【校記】

㈠贊：林間録後集作「偈」。

㈡末：林間録後集作「杪」。

㈢神：林間録後集作「神耶」。

㈣劣：林間録後集作「略」。

㈤忉利天：林間録後集作「兜率内院」。

㈥余竊：林間録後集作「予嘗」。

㈦憫：林間録後集作「愍」。

㈧横斜：林間録後集作「衡邪」。

㈨仄：林間録後集作「側」。

㈩翅：林間録後集作「啻」。

⑪填：林間録後集作「闐」。

⑫林間録後集「功」後有「普告大衆」四字。

⑬乃：林間録後集作「而」。

⑭栖：原作「棲」，今從林間録後集，蓋此贊序中作「栖」。

⑮策：林間録後集作「册」。

⑯字：原作「宗」，今從林間録後集。參見注〔二一〕。

⑰微塵：林間録後集作「塵微」。

⑱是：林間録後集作「此」。

【注釋】

〔一〕作年未詳。　華嚴經：全名大方廣佛華嚴經，有三譯本，東晉佛陀跋陀羅譯本六十卷，稱爲舊譯華嚴；唐實叉難陀譯本八十卷，稱爲新譯華嚴；唐般若譯本四十卷，稱爲四十華嚴。已見前注。本集所引華嚴經多爲新譯華嚴。　贊：林間録後集作「偈」。考其文體，不押韻，類佛偈，與贊之韻文不同。且序中明言「乃作偈曰」，當從林間録後集作「偈」爲是，此姑仍其舊。

〔二〕「蜂房於梁間」二句：東坡詩集注卷一八岐亭五首之三：「君家蜂作窠，歲歲添漆汁。」趙次公注：「物類相感志云：『蜂窠極大者，圍一二尺，其綴不過小索許大。云是十姑樹汁，猶漆類，故綴牢耳。』」蔕，同「蒂」。

〔三〕「鵲巢於木末」二句：詩召南鵲巢：「維鵲有巢，維鳩居之。」鄭箋：「鵲之作巢，冬至架之，至春乃成。猶國君積行累功，故以興焉。」

〔四〕靈明廓徹：唐裴休注華嚴法界觀門序：「法界者，一切衆生身心之本體也。從本已來，靈明廓徹，廣大虛寂。唯一真之境而已。」此借用其語。

〔五〕昧劣飛揺：指蜂與鵲。以其見識不明，故曰昧劣。成唯識論卷三：「此識昧劣，不能明記。」以其飛動飄揺，故曰飛揺。

〔六〕「況首出萬物」句：人類爲萬物之首，且能以言應物，故云。易乾卦：「首出庶物，萬國咸寧。」孔穎達疏：「言聖人爲君，在衆物之上，最尊高於物，以頭首出於衆物之上。各置君長以領萬國，故萬國皆得寧也。」黄庭堅福昌信禪師塔銘：「巍巍堂堂，首出萬物。」

〔七〕「昔有梵僧來自五天」六句：事本高僧傳卷九耆域傳：「耆域者，天竺人也，以晉惠之末至于洛陽。見洛陽宮城云：『髣髴似忉利天宮，但自然之與人事不同耳。』」錯按：楞嚴經合論卷八：「天竺僧號耆域者，以晉惠時至襄陽。……隨之入洛陽。……望見宮室曰：『大略似忉利天，但彼是道力所及，此特衆生浄業力成耳。』」亦用其事。　五天：五天竺之略稱。古印度分爲東、西、南、北、中五天竺。　忉利天：梵語 Trāyastrimša 之音意兼譯。即佛教所謂三十三天，欲界六天中之第二。一切經音義卷二一：「忉利天：忉利，梵言，正云怛唎耶怛唎奢。言怛唎耶者，此云三也；怛唎奢者，卅也。謂須彌山頂四方各有八大城，當中有一大城，帝釋所居，總數有三十三處，故從處立名也。」諸佛經稱忉利天宮樓閣重重，極爲莊嚴華麗。

〔八〕「是安知我」二句：楞嚴經合論卷一：「有形而至微，如草木，亦有體性；無形而至大，如虚空，亦有名貌也。阿難之心，出生虚空，容受寰宇，乃獨斷滅乎？」

〔九〕道人栖公：「栖」同「棲」，續傳燈録卷二三、五燈會元卷一八黄龍惟清法嗣有隆興府百丈以棲禪師，興化人，屬臨濟宗黄龍派南嶽下十四世，爲惠洪法姪，疑即此僧。

〔一〇〕蠕蠕如行蟻：喻小字字跡工整密集。蠕蠕，蟲爬行貌。本集卷一隆上人歸省覲留龍山爲予寫起信論作此謝之：「字工戢戢行凍蟻。」即此意。

〔一一〕不翅：不啻，無異於。翅，通「啻」。莊子大宗師：「陰陽於人，不翅父母。」　擘窠大書：指大字。古寫碑版或題額者，多分格書寫，使其點畫停匀，稱擘窠書。參見本集卷一謁蔡州顔魯公祠堂注〔一九〕。

〔一二〕填門：門户填塞，形容登門人多。漢書鄭當時傳：「先是下邽翟公爲廷尉，賓客亦填門。」顔師古注：「填，滿也。」

〔一三〕龍勝師：即龍樹菩薩。已見前注。

〔一四〕娑竭海：梵語 Sāgara，音譯娑竭羅，又曰娑伽羅，意譯鹹海。華嚴經卷五二如來出現品：「其娑竭羅龍王宫殿中水涌出入海，復倍於前；其所出水紺瑠璃色，涌出有時，是故大海潮不失時。」

〔一五〕「龍宫微塵妙章句」三句：此指龍樹菩薩從龍宫誦出之華嚴經，流傳印度與中國。龍樹菩薩傳：「自念言：『世界法中，津塗甚多，佛經雖妙，以理推之，故有未盡。未盡之中，可推而演之，以悟後學，於理不違，於事無失，斯有何咎？』思此事已，即欲行之。……獨在靜處水精房中。大龍菩薩見其如是，惜而滑之，即接之入海。於宮殿中開七寶藏，發七寶華函，以諸方等深奥經典、無量妙法授之。龍樹受讀，九十日中，通解甚多。其心深入，體得寶利。龍知其心而問之曰：『看經遍未？』答言：『汝諸函中經多無量，不可盡也。我可讀者，已十倍閻浮提。』龍言：『如我宫中所有經典，諸處此比復不可數。』龍樹既得諸經一相，深入無生，二忍具足。」釋澄觀華嚴經疏卷三：「二下本經，謂摩訶衍藏。是文殊師利與阿難海於鐵圍山間結集此經，收入龍宫。龍樹菩薩往龍宫，見此大不思議經，有其三本，下本有十萬偈四十八品。龍樹誦得，流傳於世。故智度論名此爲不思議經，有十萬偈。」參見本集卷一隆上人歸省覲留龍山爲予寫起信論作此謝之注〔一二〕。

〔一六〕方策：即方册。簡册，典籍。

〔一七〕蝸舍巢庵：晉崔豹古今注卷中魚蟲：「野人結圓舍，如蝸牛之殼，故曰蝸舍。」三國志魏書管寧傳裴松之注引魏略云：「焦先及楊沛並作瓜牛廬，止其中，以爲瓜當作蝸。蝸牛，螺蟲之有角者也，俗或呼爲黄犢。先等作圜舍，形如蝸牛蔽，故謂之蝸牛廬。」鍇按：僧人所居草庵爲圓頂，故稱蝸舍。巢庵，疑爲「草庵」之誤。

〔一八〕「要當諦觀一塵中」二句：華嚴經卷五一如來出現品：「此大經卷雖復量等大千世界，而全住在一微塵中；如一微塵，一切微塵，皆亦如是。」

〔一九〕「昔有智人破此塵」四句：華嚴經卷五一如來出現品：「時有一人，智慧明達，具足成就，清淨天眼，見此經卷在微塵内，於諸衆生無少利益，即作是念：『我當以精進力，破彼微塵，出此經卷，令得饒益一切衆生。』作是念已，即起方便，破彼微塵，出此大經，令諸衆生普得饒益。」

〔二〇〕「以名塵故非斷空」二句：謂其既然名爲「塵」，則非斷滅之空；既然可「破」，則非事實之有。華嚴經疏卷二五：「有是空有，非常有，斯有未曾不空。空是有空，非斷空，此空何嘗不有。有空空有，體一名殊。」此化用其意。

〔二一〕兩字：指「空」和「有」二字。即「有空」，或「空有」。

〔二二〕一切契經海：經文爲契入之機，合法之理，故云契。一切佛經浩如煙海，故云海。龍樹菩薩釋摩訶衍論卷一：「法謂教法，所謂隨順機根，一切契經之海。」同書卷六：「爾時世尊即告文殊師利言：『我諸一切契經海中，作如是説，異者無明，同者明者，爲欲度脱愚癡凡夫，權作此説。』」

〔二三〕「譬如困卧俄頃際」二句：華嚴經疏卷二：「言如夢者，如夢中所見廣大，未移枕上；歷時久遠，未經斯須。故論云：『處夢謂經年，覺乃須臾頃。故時雖無量，攝在一刹那。』」廓門注：「古語曰『枕上片時春夢中，行盡江南數千里』之意也。」

〔二四〕「譬如天帝網明珠」四句：華嚴經卷八華藏世界品：「摩尼妙寶以爲其網，普現如來所有境界，如天帝網於中布列。」華嚴經疏卷一一：「十覆以寶網隱映莊嚴。網有何用？普現佛影。

此網何相？如天帝網而布列也。又此帝網重現無盡，成上普現如來境界，及上一一境界，皆無盡也。」宗鏡録卷三八：「帝網者，此網乃是衆寶絲縷所共合成。其善住法堂，縱廣四十由旬，亦是衆寶所共合成。其網一一絲孔之中，皆有明珠；其珠體瑩淨，寶網交羅，互相映現。一一珠網之中，皆有珠網全身，及四十由旬寶殿。各各全身，於中互相顯現。如珠及網，所有影現。其殿一一梁棟，一一椽柱，一一牆壁，一一栱枓，一一鏡像之中，皆有全身殿網，珠影重重，互相映現。故云：『如天帝網，重重無盡。』今此法門，亦復如是。」

〔二五〕金剛句：華嚴經卷四二十定品：「菩薩摩訶薩亦復如是，以法辯才，爲一切衆生説佛金剛句，引出金剛智，究竟入於無礙智海。」宗鏡録卷一一：「言言盡契本心，一一皆含真性，法法是金剛之句，塵塵具祕密之門。如入法界體性經云：『文殊言：諸法性不壞，是故名金剛句。』」

〔二六〕壞滅彼衆下劣想：宗鏡録卷八〇：「一爲令衆生離下劣心故。有諸衆生，未聞佛説，有佛性理，不知自陰必當有得佛義，故於此身起下劣想，不能發菩提心。」

〔二七〕奚：疑問詞，猶何。

〔二八〕「咨爾山君河樹神」四句：祈使山河樹神等一切神靈守護佛法，此意詳見華嚴經卷一世主妙嚴品。廓門注：「山神、河神、樹神等，出華嚴經也。」咨爾：歎而命之，祈使。論語堯曰：「堯曰：『咨，爾舜！天之曆數在爾躬。』」邢昺疏：「咨，咨嗟；爾，女也。故先咨嗟，歎而命之。」

〔二九〕「毗藍風吹須彌盧」二句：華嚴經卷一三菩薩問明品：「譬如毗藍風，普震於大地。佛福田如是，動三有衆生。譬如大火起，能燒一切物。佛福田如是，燒一切有爲。」大智度論卷一七：「若八方風起，不能令須彌山動；劫盡時，毗藍風至，吹須彌山，令如腐草。」此化用其意。　毗藍風：即暴風。一切經音義卷二〇：「毗嵐，或作毗藍，或作鞞嵐，或云吠藍，或作隨藍，或言旋藍，皆是梵之楚夏耳。此譯云迅猛風也。」　須彌盧：即須彌山。華嚴經卷三九十地品：「於一塵中，置一世界，須彌盧等一切山川，塵相如故，世界不減。」華嚴經疏卷一七：「須彌，正云蘇迷盧，此云妙高。」

〔三〇〕涼曝：謂晾曬使所寫墨字乾透。此寫經禱祝語。本集卷二五題光上人所書華嚴經：「光擬之於沙界，涼曝得所；藏之於毛端，寬博有餘。」涼，陳物於通風或陰涼處，使乾燥。同「晾」。

〔三一〕作是觀者名正觀：圓覺經：「作是觀者名爲正觀，若他觀者名爲邪觀。」此借用其語。

〔三二〕調御師：佛十號之一，佛之異名。一切衆生譬如狂象惡馬，佛譬如象馬師而調御之。無量義經德行品：「調御大調御，無諸放逸行，猶如象馬師，能調無不調。」大智度論卷二：「復名富樓沙曇藐婆羅提。富樓沙，秦言丈夫；曇藐，言可化；婆羅提，言調御師。是名可化丈夫調御師。佛以大慈大悲大智故，有時軟美語，有時苦切語，有時雜語，以此調御，令不失道。如偈說：『佛法爲車弟子馬，實法寶主佛調御，若馬出道失正轍，如是當治令調伏。若小不調輕法治，好善成立爲上道，若不可治便棄捨，以是調御爲無上。』」

〔三〕剎剎塵塵：亦作「塵塵剎剎」，佛教指每一剎那每一微塵之處，即在在處處之世界。已見前注。

【集評】

元戴良云：宋初有棲道人者，嘗閔世俗之迫隘，手書華嚴經十萬字於方册。覺範禪師爲作此文贊之，其發揚棲公之精進，可謂無遺蘊矣。玉庭老師閔世之心，有不在棲公下，而誦持是經之夙智通力，又非但書寫之專勤而已。然廿無人三、笪如覺範者爲之稱贊，予故纂其所以贊棲公者，留鎮育王山中。蓋欲世之君子觀乎是文，則知玉庭之盡心於四種無礙，而所謂願力之猛利，心思之精特，舉無異於覺範之所陳矣。使覺範而在，亦必以予爲知言。（九靈山房集卷二二題棲道人書華嚴經贊）

小字金剛經贊 并序〔一〕

瓊上人以飽霜兔毫數莖束爲筆㊀〔二〕，其鋭如麥芒㊁。臨紙運肘，快等風雨〔三〕。書金剛般若經於兼寸環輪中〔四〕，望之，團團如珠在薄霧間。即而視之，其行布如人挽髮作煙鬟㊂〔五〕，自非思力精微，何以臻此哉㊃！爲之贊曰：

昔有佛子根猛利，能觀空性即（則）是色㊄。欲顯空色不思議，仰空書此金剛句。至今風雨被原野，諸樵牧者集其下㊅〔六〕。乃知肉眼不能見，譬如水中有鹽味〔七〕。唯道人瓊思精奇㊆，能觀色性即是空〔八〕。視此纖管大如椽〔九〕，揮翰如行九軌道〔一〇〕。故於兼寸環輪中㊇，備足廣大言説身。世人可見不可讀，譬如嬰兒視（親）崖蜜㊈〔一一〕。我於此經能證入，初中後善三法門〔一二〕。忽然落筆如建瓴〔一三〕，不復現行生倒想。由色空觀入諸境㊉，奏刀肯綮無全牛〔一四〕。盡持此法施羣生，甚微細智願同證〔一五〕。

【校記】

㊀瓊上人以飽霜兔毫數莖束爲筆：林間録後集作「僧子瓊束毫爲纖筆」。

㊁麥：林間録後集作「菱」，誤。

㊂行布：原作「行」，今從林間録後集補。　挽：林間録後集作「梳」。

㊃哉：林間録後集無此字。

㊄即：原作「則」，誤，今從林間録後集。參見注〔六〕。

㊅牧：林間録後集作「木」，誤。

㊆奇：林間録後集作「特」。

㊇輪：原闕此字，今從林間録後集、廓門本補。

㈨視：原作「親」，誤，今從林間録後集。

㈩由：林間録後集作「猶」。

【注釋】

〔一〕元符二年秋作於舒州懷寧縣。　金剛經：即金剛般若波羅蜜經，又稱金剛般若經，一卷，後秦鳩摩羅什譯。

〔二〕瓊上人：林間録後集作「僧子瓊」。本集卷二五題百丈常禪師所編大智廣録：「余常識老僧子瓊於司命山下。瓊，湓城人，黄龍無恙時客也，爲余言黄龍住山作止甚詳。」老僧子瓊，既爲黄龍慧南客，當屬臨濟宗黄龍派南嶽下十二世，爲惠洪師叔。今考續傳燈録卷一五黄龍慧南法嗣有勝業子瓊禪師，當即此僧。續傳燈録卷一三蔣山贊元法嗣有龜峰子瓊禪師，當爲同法名者，非此僧。　飽霜兔毫：指毛筆。黄庭堅次韻黄斌老所畫横竹：「晴窗影落石泓處，松煤淺染飽霜兔。」此借用其語

〔三〕「臨紙運肘」二句：蘇軾王維吴道子畫：「當其下手風雨快，筆所未到氣已吞。」此化用其意。

〔四〕兼寸：倍於寸，兩寸。西晉左思魏都賦：「雖明珠兼寸，尺璧有盈。」

〔五〕行布：行列布置。山谷詩集注卷一六次韻高子勉十首之二：「行布佺期近，飛揚子建親。」任淵注：「行布，字本出釋氏，而山谷論書畫數用之。按釋氏言華嚴之旨曰：『行布則教相施説，圓融乃理性即用。』楞伽經曰：『名身與句身及字身差別，解者曰：名者是次第行別，

句者是次第安布。』」鍇按：佛祖統紀卷三上：「行布次第者，七處八會，故云處處；行列布措，階位淺深，故云行布。此經（華嚴經）所説，有圓融、行布二門。」

〔六〕「昔有佛子根猛利」六句：唐釋道宣律相感通傳：「苟倩者，綿州巴西縣人也。得第二果，客遊新繁，村中教學。其人不食酒肉，村人多信外道，與其酒肉令食。其人不食，村人遂打之。其人能書，村人從乞，不與，又更被打，復不禮遇。遂即慎惱，因發誓願，於村外草中仰卧，以筆向空書之。村人怪問，答云：『我書經本，遣天看讀，不許人見。』上界諸天將天中紙向下承筆，遂寫得金剛般若經一卷。經于七日，方始得了。諸天於上造作寶蓋覆之，地遂無草。放牛小兒避雨多於其下，村人怪其衣燥，答云：『我於苟先生寫經處避雨。』村人因此遂即信敬。今於其處，以木爲欄，不許侵污。每至齋日，村人於中設會。」宋釋子璿金剛經纂要刊定記卷五：「準纂靈記説，隋朝益州新繁縣王者村有書生，姓苟，未詳其名，於彼村東空中四面書之。村人謂曰：『書者何也？』曰：『我書金剛般若經。』曰：『何用焉？』曰：『與諸天讀之。』時人見聞若存若亡。彼屬霖雨流水霶霈，唯此地方丈餘間，如堂閣下，竟無沾濕。於是牧童每就避雨，時人雖在，莫知所由。至武德初，有西僧至，神貌頗異，於此作禮。村人謂曰：『前無殿塔，爲何禮也？』曰：『君是鄉人耶？』曰：『然。』僧曰：『君大無識，此有金剛般若經，諸天置蓋其上，不絶供養，云何污踐使其然乎？』村人乃省苟生寫經之處。自此，遂甃甓嚴欄護之，不令污踐。苟至齋日，每常供養，瞻禮者往往有聞天樂之聲，迄今其處雨不能濕。且空書無迹尚乃如斯，況紙素分明而不能爾！」　空性即是色：大乘阿毗達磨雜集論卷一四：「此色空性，非即色，亦不離色，别有空性。色即是空性，空性即是色。」底本「即」作「則」，誤，蓋佛書此類句法皆作「即」，此贊下文「能觀色性即是空」，亦可證。

〔七〕水中有鹽味：景德傳燈録卷三〇傅大士心王銘：「水中鹽味，色裏膠青，決定是有，不見其形。」宋蔡絛西清詩話：「杜少陵云：『作詩用事，要如禪家語，水中著鹽，飲水乃知鹽味。』此説詩家祕密藏也。」

〔八〕色性即是空：唐釋元康肇論疏卷上：「經云：『色即是空，非色滅空。』謂色性即是空，非謂滅色然後始空也。」

〔九〕纖管：代指毛筆。即林間録後集之「纖筆」。　大如椽：晉書王珣傳：「珣夢人以大筆如椽與之，既覺，語人曰：『此當有大手筆事。』俄而帝崩，哀册謚議，皆珣所草。」此借用其語。

〔一〇〕揮翰如行九軌道：以行道之寬敞喻落筆行字之游刃有餘。東坡詩集注卷九贈眼醫王生彦若：「如行九軌道，並驅無擊轂。」趙次公注：「周禮：『經涂九軌。』」此借用其語。

〔一一〕嬰兒視崖蜜：嬰兒喜見崖蜜而不得食，喻世人見小字金剛經不可讀。崖蜜，本集指櫻桃，參見卷一〇資國寺春晚注〔五〕。

〔一二〕初中後善三法門：古尊宿語録卷一百丈懷海禪師廣録：「夫教語皆三句相連，初中後善。初，直須教渠發善心；中，破善心；後，始名好善。」法華經合論卷一：「修多羅有不壞假名説實相義者，初中後善三法是也。然此三句，必相連以達其辭，以初善爲假立，以中善爲實義，以後善亦爲假立。故金剛般若經曰：『般若波羅蜜即非般若波羅蜜，是名般若波羅蜜。』」

〔一三〕建瓴：史記高祖本紀：「譬猶居高屋之上，建瓴水也。」參見本集卷三次韻莫翁豐年斷注〔一二〕。

〔一四〕奏刀肯綮無全牛：莊子養生主：「庖丁爲文惠君解牛，手之所觸，肩之所倚，足之所履，膝之所踦，砉然嚮然，奏刀騞然，莫不中音，合於桑林之舞，乃中經首之會。文惠君曰：『譆，善哉！技蓋至此乎？』庖丁釋刀對曰：『臣之所好者，道也，進乎技矣。始臣之解牛之時，所見無非牛者。三年之後，未嘗見全牛也。方今之時，臣以神遇而不以目視，官知止而神欲行，依乎天理，批大郤，導大窾，因其固然，技經肯綮之未嘗，而況大軱乎？良庖歲更刀，割也。族庖月更刀，折也。今臣之刀十九年矣，所解數千牛矣，而刀刃若新發於硎。彼節者有間，而刀刃者無厚。以無厚入有間，恢恢乎其於遊刃必有餘地矣。』」此喻子瓊能於兼寸環輪中縱筆寫小字金剛經。

〔一五〕甚微細智：語本華嚴經卷三一十迴向品：「以無著無縛解脱心，住普賢行大迴向心，得甚微細智、身甚微細智、刹甚微細智、劫甚微細智、世甚微細智、方甚微細智、時甚微細智、數甚微細智、業報甚微細智、清淨甚微細智，如是等一切甚微細，於一念中悉能了知，而心不恐怖，心不迷惑、不亂、不散、不濁、不劣。其心一緣，心善寂定，心善分別，心善安住。以無著無縛解脱心，住菩薩智，修普賢行，無有懈倦。」

臨川寶應寺塔光贊〔一〕

維寶應寺律師寶覺大士慕寂〔二〕，修大殿之崇成，妙天下之壯麗。有光夜現于塔，萬衆爲之作禮。光雖不言而意傳，蓋旌功德之殊異。客疑余之言曰：「光不言則是光嘗言，塔意傳則是塔有意，寧有是理？」余曰：「佛以光爲舌，説華嚴之法門〔三〕；又以塔爲耳，聽法華之妙義〔四〕。所以明根塵之同源〔五〕，而情與無情之不二也〔六〕。嗟衆生之顛倒，分色身之臭味。苟返流而證真，遺六用而俱棄〔七〕。非特塔光而已，一切諸法皆如是。故葵藿向日而回旋〔八〕，磁石與鍼而冥契〔九〕。空桑能孕賢聖〔一〇〕，山嶽解呼萬歲〔一一〕。夫豈不然哉？」客曰：「塔廟之在震旦者，不知其幾？胡爲皆無光見，而此塔獨爾耶？」於是甘露滅笑曰〔一二〕：「譬月之在天，影落衆水。水濁則月隱，水澄則月現〔一三〕，月故常明，而以水之濁清，故見不見爾。吾以是知此邦民信心清淨，所以致此奇瑞。我作贊辭，非止見聞隨喜〔一四〕，又以爲翰墨之游戲也。」

【注釋】

〔一〕政和四年六月作於撫州臨川縣。　寶應寺：輿地紀勝卷二九江南西路撫州景物下：「寶應寺，在臨川縣北四里。本謝靈運翻經臺，唐大曆四年，有觀察使魏少游奏置，刺史顏真卿立碑。」　鍇按：此贊以單行散句作韻語，押韻自由，且爲主客對話，體近文賦，乃贊之變體。其韻依次爲麗、禮、異、意、理、義、二、味、棄、已、是、契、歲、幾、爾、水、爾、瑞、喜、戲。

〔二〕律師寶覺大士慕寂：法名慕寂，賜號寶覺，爲寶應寺主持。律師，善解戒律者之稱。大般涅槃經卷三：「如是能知佛法所作，善能解説，是名律師，善解一字。」

〔三〕「佛以光爲舌」二句：廓門注：「閲華嚴經，須得意也。」鍇按：華嚴經卷五如來光明覺品：「爾時，世尊從兩足相輪放百億光明，遍照三千大千世界。……普放妙光明，遍照世境界。淨眼一切智，自在深廣義。」謂以光明講説自在深廣義，故曰「以光爲舌」。

〔四〕「又以塔爲耳」二句：廓門注：「見法華寶塔品。」鍇按：法華經卷四見寶塔品：「彼中有佛，號曰多寶。其佛行菩薩道時，作大誓願：『若我成佛滅度之後，於十方國土有説法華經處，我之塔廟，爲聽是經故，踊現其前，爲作證明，讚言善哉！』」已見前注。

〔五〕所以明根塵之同源：楞嚴經卷五：「佛告阿難：『根塵同源，縛脱無二。』」

〔六〕情與無情之不二：情指衆生，有情識之生物；無情指無情識之物體，如上文所言光與塔之類。杜順和尚法界頌：「若人欲識真空理，身内真如還徧外。情與無情共一體，處處皆同真法界。」華嚴經隨疏演義鈔卷八〇：「以情之性，融無情相；以無情相，隨性融同有情之性，故説無情有成佛義。若以無情不成佛義，融情之相，亦得説言諸衆生不成佛也。以成與不成，情與無情，無二性故。」參見本集卷二何忠孺家有石如硯以水灌之有枝葉出石間如巖桂狀爲作此注〔四〕。

〔七〕「苟返流而證真」二句：楞嚴經卷八：「阿難！如是清淨持禁戒人，心無貪婬，於外六塵不多流逸，因不流逸，旋元自歸，塵既不緣，根無所偶，反流全一，六用不行，十方國土，皎然清淨。」反，通「返」。

〔八〕葵藿向日而回旋：曹植求通親親表：「若葵藿之傾葉，太陽雖不爲之迴光，然終向之者，誠也。」杜甫自京赴奉先縣詠懷五百字：「葵藿傾太陽，物性固莫奪。」

〔九〕磁石與鍼而冥契：蘇軾朱壽昌梁武懺贊偈：「母子天性，自然冥契，如磁石針，不謀而合。」參見本集卷二次韻見寄二首注〔八〕。

〔一〇〕空桑能孕賢聖：吕氏春秋本味：「有侁氏女子採桑，得嬰兒于空桑之中，獻之其君。其君令烰人養之，察其所以然，曰：『其母居伊水之上，孕，夢有神告之曰：「臼出水而東走，毋顧。」明日，視臼出水，告其鄰，東走十里而顧，其邑盡爲水，身因化爲空桑。』故命之曰伊尹。此伊尹生空桑之故也。」

〔一一〕山嶽解呼萬歲：史記孝武本紀：「東幸緱氏，禮登中嶽太室。從官在山下聞若有言『萬歲』

云。」張守節正義：「漢儀注云：『有稱萬歲，可十萬人聲。』」漢書武帝紀：「（元封元年）春正月，行幸緱氏，詔曰：『朕用事華山，至於中嶽，獲駮麃，見夏后啓母石。翌日，親登嵩高，御史乘屬，在廟旁吏卒咸聞呼萬歲者三。登禮罔不答。』」

〔二〕甘露滅：惠洪自號。

〔三〕「水濁則月隱」二句：唐釋遇榮仁王經疏衡鈔卷一：「善根器全水清，月影便現；器破水濁，月影便沉。」宋釋子璿金剛經纂要刊定記卷七：「此中略舉水喻，衆生心則知，月喻法身，影喻化體，清濁喻染淨也。水清月現，月亦不來，水濁月隱，亦非月去，但是水有清濁，非謂月有昇沈。法中亦爾，心淨見佛非是佛來，心垢不見亦非佛去，但是衆生垢淨，非謂諸佛隱顯。」此化用其意。

〔四〕見聞隨喜：目見佛，耳聞法，隨之生歡喜之心。唐釋窺基法華經玄贊卷一〇：「隨者，順從之名；喜者，欣悦之稱。身心順從，深生欣悦。」

東坡畫應身彌勒贊　并序〔一〕

東坡居士游戲翰墨，作大佛事，如春形容藻飾萬像〔二〕，又爲無聲之語〔三〕，致此大士於幅紙之間。筆法奇古，遂妙天下，殆希世之珍，瑞圖之寶。相傳始作以寄少游〔四〕，卿上人得於少游之家〔五〕。二老流落萬里，而妙觀逸想寄寓如此〔六〕，可以想見其爲人。余還自海外，見於湘西，謹拜手稽首，爲之贊曰：

唯老東坡，秀氣如春。游戲翰墨，撾雷飜雲〔七〕。偶寄逸想，幻此沙門。了無一事，荷囊如奔。憨腮皤（膰）腹㊀〔八〕，行若不聞。衆生狂迷，以利欲昏。如一器中，鬧萬虻蚊〔九〕。吾未暇度，駝卧猿蹲〔一〇〕。傲倪一世，隨處乾坤。

【校記】

㊀皤：原作「膰」，誤，今從四庫本改。

【注釋】

〔一〕政和四年春作於長沙。

應身彌勒：此指布袋和尚。景德傳燈録卷二七明州布袋和尚：「明州奉化縣布袋和尚者，未詳氏族，自稱名契此。形裁腲脮，蹙額皤腹，出語無定，寢卧隨處。常以杖荷一布囊，凡供身之具盡貯囊中，入廛肆聚落，見物則乞。或醯醢魚菹，才接入口，分少許投囊中。時號長汀子布袋師也。……梁貞明二年丙子三月師將示滅，於嶽林寺東廊下端坐磐石，而説偈曰：『彌勒真彌勒，分身千百億。時時示時人，時人自不識。』偈畢，安然而化。其後他州有人見師，亦負布袋而行，於是四衆競圖其像。今嶽林寺大殿東堂全身見存。」應身，指應時機緣而隨宜化現之佛身，唐釋窺基法苑義林章卷七：「隨宜現身名應身。」宋人謂布袋和尚爲彌勒化身。山谷詩集注卷一四病起荆江亭即事十首之九：「形模彌勒一布袋。」任淵注：「文潛素肥，晚益甚。傳燈録：『明州布袋和尚形裁腲脮，蹙額皤腹。』蓋彌勒化身也。」參見本集卷一四愿監寺自長沙游清修依元禪師興發復入城余口占四首贈之注〔一〇〕。

〔二〕如春形容藻飾萬像：春天裝扮雕飾萬象之美，喻蘇軾藝術才華無施而不可。此喻又見本集卷二四季子夢訓：「公於西漢，尤愛賈生、蘇子卿，非直愛其文如盎盎之春，藻飾萬物，與其屹若砥柱，蕩磨驚濤也。」像，當作「象」。錯按：蘇軾工畫佛道人物，諸畫史未載，此贊可補其闕。

〔三〕無聲之語：謂畫，猶言無聲詩、無聲句。黄庭堅次韻子瞻子由題憩寂圖二首之一：「李侯有句不肯吐，淡墨寫出無聲詩。」又寫真自贊五首之一：「既不能詩成無色之畫，畫出無聲之詩。」參見本集卷八宋迪作八境絶妙人謂之無聲句演上人戲余曰道人能作有聲畫乎因爲之各賦一首注〔一〕。

〔四〕少游：秦觀（一〇四九～一一〇〇）字少游，一字太虚，高郵人。蘇門四學士之一。少豪雋慷慨，溢於文詞。見蘇軾於徐州，爲賦黄樓，軾以爲有屈宋才。登元豐八年進士第，爲定海主簿。元祐初，軾以賢良方正薦於朝，除太學博士，累遷國史院編修官。尋坐黨籍削秩，編管横州，徙雷州。徽宗立，復宣德郎，元符三年放還，至藤州卒。有淮海集，世稱秦淮海。宋史入文苑傳。

〔五〕卿上人：生平法系未詳，疑爲長沙湘西道林寺僧。

〔六〕妙觀逸想：精妙之觀照，奇逸之想象，此爲惠洪所倡藝術創作論之一。冷齋夜話卷四詩忌：「詩者，妙觀逸想之所寓也，豈可限以繩墨哉！」同書卷七東坡留戒公疏：「予謂戒公甚類杜子美黄四娘耳，東坡妙觀逸想，託之以爲此文，遂與百世俱傳也。」

〔七〕撾雷䨻雲：形容落筆迅捷有氣勢，令人震撼。相傳雷聲爲雷師撾鼓所致。蘇軾和孫同年卞山龍洞禱晴：「雷師亦停撾。」

〔八〕憨腮：憨厚粗大之臉龐。　皤腹：大腹便便。左傳宣公二年：「睅其目，皤其腹，棄甲而復。」杜預注：「皤，大腹。」前注引景德傳燈録卷二七稱布袋和尚「形裁腲脮，蹙額皤腹」。底本「皤」作「播」，意爲祭祀用之熟肉，乃涉形近而誤。

〔九〕「如一器中」三句：謂世上爲利欲所驅之衆生，猶如萬千虻蚊紛鬧於一容器中，微不足道。莊子天下：「由天地之道觀惠施之能，其猶一蚊一虻之勞者也。」淮南子俶真：「毁譽之於己，猶蚊虻之一過也。」此化用其意。

〔一〇〕駝卧猿蹲：形容布袋和尚寢卧之形狀不拘一格。景德傳燈録卷二稱布袋和尚「寢卧隨處」，又稱其「嘗雪中卧，雪不沾身」，「遇亢陽，即曳高齒木履，市橋上豎膝而眠」。　駝卧，語本酉陽雜俎卷一六廣動植之一：「駝卧腹不帖地，屈足漏明，則行千里。」　猿蹲，語本杜甫東屯月夜：「暫睡想猿蹲。」

【集評】

清王士禛云：世但知東坡善畫枯木竹石，寂音集中有東坡畫應身彌勒贊云：「相傳始作以寄少游，卿上人得於少游之家。」則坡老亦工畫道釋人物也。（古夫于亭雜録卷一）

出檀衣贊二首〔一〕

古佛身上衣，佛佛相付授〔二〕。慈母愛兒心，鍼鍼自成就〔三〕。是故吾雙峰〔四〕，自少至白首。護惜如鏡奩，一塵不敢受〔五〕。何以出檀名，此時無別慮。如持油鉢行〔六〕，如躡獨木渡〔七〕。永懷毗尼藏〔八〕，一旦成萬古〔九〕。紛紛五羣衆〔一〇〕，來觀亦頂禮。平時放逸心，化作額間泚〔一一〕。將見衣匣前，泚流似江水。咨爾淮山神〔一二〕，守護當奉職。無使塵涴侵，無使雲潤濕〔一三〕。諦觀不敢瞬，心折三歎息。

此出檀衣，慈母授我。不敢手撲，矧敢覆臥〔一四〕。五十餘年，儼臨清衆〔一五〕。寒暑不易，盡形受用。師後當知，商那和老，於母腹中，披九枝草〔一六〕。

【注釋】

〔一〕建炎元年十二月作於蘄州黄梅縣。檀衣：如赤旃檀之袈裟。大莊嚴論經卷七：「於路見佛瞻仰尊顔，如覩大海，圓光一尋，以莊嚴身，如真金聚，無諸垢穢，所著袈裟，如赤栴檀，亦如寶樓，觀之無厭。即説偈言：『金色如華敷，衣如赤旃檀。衣服儀齊整，清淨如銅鏡。』」 鍇按：此贊爲紀念四祖山法演禪師而作，檀衣當爲雙峰寺之寶物。本卷雙峰演禪師贊曰：「歸來笑搭出檀服。」即此之「出檀衣」。本集卷二一雙峰正覺禪院涅槃堂記：「歲在丁未，建炎改元，季冬初吉，集者駢肩。祖印爲誰？住持仲宣，而作記者，寂音老禪。」此贊與記皆作於雙峰，當同時所作，姑繫於此。

〔二〕「古佛身上衣」二句：景德傳燈録卷三第二十八祖菩提達磨：「乃顧慧可而告之曰：『昔如來以正法眼付迦葉大士，展轉囑累，而至於我。我今付汝，汝當護持，并授汝袈裟以爲法信，各有所表，宜可知矣。』可曰：『請師指陳。』師曰：『内傳法印，以契證心；外付袈裟，以定宗旨。後代澆薄，疑慮競生，云吾西天之人，言汝此方之子，憑何得法，以何證之？汝今受此衣法，却後難生，但出此衣，并吾法偈，用以表明，其化無礙。』」其後二祖、三祖、四祖、五祖、六祖，皆以衣法相付授。至六祖以後，傳法不傳衣。事具景德傳燈録卷三。

〔三〕「慈母愛兒心」二句：唐孟郊遊子吟：「慈母手中線，遊子身上衣。」此借用其意。 鍇按：檀衣當爲雙峰禪師慈母所縫製，故云。此贊第二首亦云：「出此檀衣，慈母授我。」可證。

〔四〕雙峰：當指四祖法演禪師，嗣法黄龍慧南，爲臨濟宗黄龍派南嶽下十二世。建中靖國續燈録卷一二蘄州四祖山法演禪師：「桂州人也，受業本州永寧寺。少年受具，壯歲遊方，湘楚叢林，江淮禪席，所至知識，無不異待。道契南師，他遊遂息。一住四祖三十餘年，行解堅密，人天景仰。」雙峰即四祖山，亦稱破頭山。參見本集卷一八六世祖師畫像贊注〔二九〕。　廓門注：「雙峰謂五祖也。」殊誤。錯按：五祖弘忍之衣已傳六祖，非慈母縫製之衣，亦無護惜如鏡奩之舉，且五祖住黄梅東山，即馮茂山，非雙峰。本集卷二一五慈觀閣記稱「余與雙峰祖印禪師仲宣來遊」，亦可證廓門之誤。

〔五〕「護惜如鏡奩」二句：六祖大師法寶壇經行由品載神秀禪師偈曰：「身是菩提樹，心如明鏡臺。時時勤拂拭，勿使惹塵埃。」此化用其意。

〔六〕如持油鉢行：雜阿含經卷二四：「佛告比丘：若有世間美色者，在於一處，作種種歌舞伎樂戲笑，復有大衆雲集一處。若有士夫不愚不癡，樂樂背苦，貪生畏死，有人語言：『士夫，汝當持滿油鉢，於世間美色者所及大衆中過，使一能殺人者，拔刀隨汝，若失一渧油者，輒當斬汝命。云何？』比丘！彼持油鉢士夫能不念油鉢，不念殺人者，觀彼伎女及大衆不？」阿毗曇毗婆沙論卷四六：「其心安住，不動如山，善御其心，如持油鉢，制伏五根。」

〔七〕如躡獨木渡：景德傳燈録卷九福州大安禪師：「内外扶持，不教傾側，如人負重擔從獨木橋上過，亦不教失脚。且是什麼物任持便得？」錯按：以上二喻皆形容其持戒之嚴慎。

〔八〕毗尼藏：即律藏，三藏之一，新譯毗奈耶藏。毗奈耶之教能詮律，故亦譯曰律。參見本集卷一〇泠然齋注〔二〕。

〔九〕一旦成萬古：死之婉辭。語本新唐書薛收傳：「豈期一朝成千古也。」王維達奚侍郎夫人寇氏輓歌二首之二：「一朝成萬古，松柏暗平原。」鍇按：此當指法演慈母已死，故出檀衣示大衆。

〔一〇〕五羣衆：廓門注：「『五羣』當作『五郡』者歟？」

〔一一〕「平時放逸心」二句：謂平日放逸不持戒之人，對此應心中羞愧，額上出汗。語本孟子滕文公上：「其顙有泚。」趙岐注：「中心慙，故汗泚泚然出於額。」參見本集卷一謁蔡州顔魯公祠堂注〔二二〕。

〔一二〕淮山：雙峰在黄梅縣，宋屬淮南西路，故稱淮山。

〔一三〕「無使塵涴侵」二句：阿毗達磨大毗婆沙論卷七八：「復次，若相續中有貪愛者，諸餘煩惱皆集其中，如潤濕衣，塵垢易著。」此化用其意。

〔一四〕矧：何況。

〔一五〕「五十餘年」二句：建中靖國續燈録法演本傳：「一住四祖三十餘年。」疑「五」爲「三」之誤。　儼臨清衆：謂上堂説法，神色儼然。禪林僧寶傳卷二九大通本禪師傳：「本玉立孤峻，儼臨清衆，如萬山環天柱，讓其高寒。」

〔一六〕「商那和老」三句：景德傳燈録卷一第三祖商那和修：「摩突羅國人也，亦名舍那婆斯，姓毗舍多。父林勝，母憍奢耶，在胎六年而生。梵云商諸迦，此云自然服，即西域九枝秀草名也。

若羅漢聖人降生，則此草生於淨潔之地，和修生時，瑞草斯應。」傳法正宗記卷二天竺第三祖商那和修尊者傳：「處胎凡六載始生，而身自有衣，隨體而長。梵曰商諾迦，猶此曰自然服者。始西域有瑞草，常産於勝地，遇得道聖人出世，其草則化爲九枝以應之。及尊者之生，而化草果然。初事雪山仙者，會其仙師從阿難求度，而尊者皆預其出家，尋成道，爲阿羅漢，至是，其胎衣遂變爲九條法服。」

傳衣閣贊〔一〕

達磨信衣，轉相傳付。四傳至今，今以付汝。受授惟艱，命如懸絮。法徧沙界，此衣乃住〔二〕。想見峰前，父子相語。唯僧行月，以閣其處〔三〕。坐令朱欄，環遶（達）雲雨㊀。

【校記】

㊀ 遶：原作「達」，據四庫本改。

【注釋】

〔一〕建炎元年十二月作於蘄州黄梅縣。　傳衣閣：當在黄梅縣東禪寺内。輿地紀勝卷四七淮南西路蘄州：「蓮花寺，在黄梅，即東禪寺，五祖、六祖傳衣鉢之所。」同卷又云：「東禪院，在黄梅縣西一里，號蓮花寺，即五祖傳衣鉢與六祖之所，有六祖簸糠池、墜腰石、樊禪師真身，及吴道子畫傳衣圖。」

〔二〕「達磨信衣」八句：景德傳燈録卷三第三十二祖弘忍大師：「逮夜，乃潛令人自碓坊召能行者入室，告曰：『諸佛出世爲一大事，故隨機小大而引導之，遂有十地、三乘、頓漸等旨，以爲教門。然以無上微妙祕密圓明真實正法眼藏，付于上首大迦葉尊者。展轉傳授二十八世，至達磨届于此土，得可大師承襲，以至于吾。今以法寶及所傳袈裟用付於汝，善自保護，無令斷絶。聽吾偈曰：有情來下種，因地果還生。無情既無種，無性亦無生。』能居士跪受衣法，啓曰：『法則既授，衣付何人？』師曰：『昔達磨初至，人未知信，故傳衣以明得法。今信心已熟，衣乃爭端，止於汝身，不復傳也。且當遠隱，俟時行化。所謂授衣之人命如懸絲也。』能曰：『當隱何所？』師曰：『逢懷即止，遇會且藏。』能禮足已，捧衣而出。」其事又見六祖大師法寶壇經行由品。四傳：達磨傳慧可，慧可傳僧璨，僧璨傳道信，道信傳弘忍，是爲四傳。

〔三〕「唯僧行月」二句：謂東禪寺僧行月建傳衣閣，以紀念其處。行月，生平法系不可考。

栽松道者真身贊〔一〕

生死變滅，如漚在海〔二〕。無有處所，浩然茫昧。而此老人，游戲自在。出死入生，初無限礙。譬如壯士，脱袍著鎧〔三〕。令鎧與袍，儼然相對。是故山中，兩身俱在〔四〕。凡夫衆生，爲眼所蓋。爲抉其膜，使生光彩〔五〕。

【注釋】

〔一〕建炎元年十一月作於蘄州黄梅縣。　栽松道者真身：在雙峰正覺禪院。輿地紀勝卷四七淮南西路蘄州：「正覺院，在黄梅西北三十里。有四祖及栽松道者二真身。真慧院，在黄梅東北三十里，寺有五祖真身。」真身，即肉身。　廓門注：「栽松道者，謂四祖道信大師也。此所謂見林間録説。」殊誤。　錯按：栽松道者爲五祖弘忍前身。林間録卷上：「舊説四祖大師居破頭山，山中有無名老僧，唯植松，人呼爲栽松道者。嘗請於祖曰：『法道可得聞乎？』祖曰：『汝已老，脱有聞，其能廣化耶？儻能再來，吾尚可遲汝。』乃去，行水邊，見女子浣衣，揖曰：『寄宿得否？』女曰：『我有父兄，可往求之。』曰：『諾我即敢行。』女首肯之。老僧回策而去。女，周氏季子也，歸輒孕，父母大惡，逐之。女無所歸，日庸紡里中，夕於衆館之下。已而生一子，以爲不祥，棄水中。明日見之，泝流而上，氣體鮮明，大驚，遂舉之。成童，隨母乞食，邑人呼爲無姓兒。四祖見於黄梅道中，戲問之曰：『汝何姓？』曰：『姓固有，但非常姓。』祖曰：『何姓？』曰：『是佛性。』祖曰：『汝乃無姓耶？』曰：『姓空故無。』祖化其母，使出家，時七歲。衆館今爲寺，號佛母，而周氏尤盛，去破頭山停望間。道者肉身尚在黄梅東禪。」其事又見本集卷二二栽松庵記。

〔二〕「生死變滅」二句：楞嚴經卷六：「空生大覺中，如海一漚發。」

〔三〕「譬如壯士」二句：謂栽松道者前後身如衣袍與鎧甲，其奪胎轉生如脱袍著鎧，

〔四〕兩身俱在：指栽松道者與五祖弘忍之真身。參見注〔一〕。

〔五〕「爲抉其膜」二句：大般涅槃經卷八如來性品：「如百盲人，爲治目故，造詣良醫。是時良醫，即以金錍，决其眼膜，以一指示，問言：『見不？』盲人答言：『我猶未見。』復以二指、三指示之，乃言：『少見。』善男子！是大涅槃微妙經典，如來未説，亦復如是。無量菩薩，雖具足行諸波羅蜜，乃至十住，猶未能見所有佛性；如來既説，即便少見。」參見本集卷一五又次韻答之十首注〔二〕。

定身巖贊〔一〕

淮山深處，容我卓錫〔二〕。樹下經行，巖間宴寂。六十餘年，脇不至席〔三〕。天子三詔，掉頭不應。知不可致，南向加敬〔四〕。山摇海驚，天空地迴。後代兒孫，則反於是。如乳中蟲，貪嗜世味〔五〕。我尋其迹，爲隕涕淚。

【注釋】

〔一〕建炎元年十二月作於蘄州黄梅縣。　定身巖：諸方志不載，據此贊所述禪師事蹟，當指四祖道信；定身巖當爲道信宴寂處，在黄梅縣雙峰。廓門注：「定身巖，即南安巖也。汀州南安自嚴尊者傳，詳禪林僧寶傳，又見前。」其説無據。鍇按：明釋明河補續高僧傳卷六佛手岩行因傳：「佛手岩行因者，雁門人，未詳姓氏。少習儒，捨俗出家，遂雲遊。首謁鹿門真公，言下有省。尋抵江淮，登廬山。山北有岩如五指，下石窟可三丈餘。師宴處其中，因號佛手岩和尚。不度弟子，有鄰菴僧爲供侍，常有異鹿錦囊烏馴遶其側。江南李主三詔不起，堅請就棲賢開法。不逾月，仍潛歸岩室。寂音爲之贊曰：『淮山深處，容我卓錫。樹下經行，岩間宴寂。六十餘年，脇不至席。天子三詔，掉頭不應。知不可致，南向加敬。山摇海驚，天空地迴。後代兒孫，則反於是。如乳中蟲，貪著世味。我尋其跡，爲隕涕淚。』師後下禪床，行數步，屹立而化。岩頂有松一株，同日枯瘁。壽七十餘。岩之陰，骨塔存焉。」然佛手岩在江州廬山，宋屬江南西路，其山不得稱「淮山」，又江南李主不得稱「天子」，且行因無「六十餘年，脇不至席」之事，可知補續高僧傳誤引惠洪此贊。

〔二〕「淮山深處」二句：景德傳燈録卷三第三十一祖道信大師：「唐武德甲申歲。師却返蘄春住破頭山，學侣雲臻。」破頭山即雙峰，在黄梅縣，宋屬淮南西路，故稱淮山。　卓錫：植立錫杖，代指僧人居留。

〔三〕「六十餘年」二句：景德傳燈録卷三：「既嗣祖風，攝心無寐，脅不至席者僅六十年。」

〔四〕「天子三詔」四句：景德傳燈録卷三：「後貞觀癸卯歲，太宗嚮師道味，欲瞻風彩，詔赴京師。上表遜謝，前後三返，竟以疾辭。第四度命使曰：『如果不起，即取首來。』使至山諭旨，師乃引頸就刃，神色儼然。使異之，迴以狀聞。帝彌加歎慕，就賜珍繒，以遂其志。」

〔五〕「如乳中蟲」二句：謂貪戀世俗美味，而墮生不淨蟲中。大智度論卷一七：「如一沙彌，心常愛酪，諸檀越餉僧酪時，沙彌每得殘分，心中愛著，樂喜不離。命終之後，生此殘酪瓶中。沙彌師得阿羅漢道，僧分酪時，語言：『徐徐！莫傷此愛酪沙彌！』諸人言：『此是蟲，何以言愛酪沙彌？』答言：『此蟲本是我沙彌，但坐貪愛殘酪故，生此瓶中。』師得酪分，蟲在中來。師言：『愛酪人，汝何以來？』即以酪與之。」已見前注。

五祖慈覺贊〔一〕

龍湖山上霹靂〔二〕，馬駒潭畔門庭〔三〕。千聖莫能窺測〔四〕，十地望崖震驚〔五〕。霜露果熟推出〔六〕，白蓮峰下芬馨〔七〕。不受聲名控勒，逸羣勝氣英靈。試問是何宗旨，東山雲霞空青〔八〕。湛（海）堂室中神穎㊀〔九〕，汾陽直下雲仍〔一〇〕。

【校記】

㈠湛：原作「海」，誤，今改。參見注〔九〕。

【注釋】

〔一〕建炎元年十二月作於蘄州黄梅縣。　五祖慈覺：法名宗致，自號慈覺，住持東山五祖寺。泐潭文準禪師法嗣，惠洪法姪，屬臨濟宗黄龍派南嶽下十四世。其事詳見本集卷二一五慈觀閣記。

〔二〕龍湖山上霹靂：事見禪林僧寶傳卷五邵武龍湖聞禪師傳：「禪師名普聞，唐僖宗太子。……僖宗幸蜀，親王宗室皆逃亡，不相保守。聞斷髮逸游，人無知者。……至邵武城外，見山鬱然深秀，問父老：『彼有居者否？』曰：『有一苦行隱其中。』聞撥草，望煙起處獨進。苦行見至，欣然讓其廬曰：『上人當興此。』長揖而去，不知所之。聞飯木實飲谷，而住十餘年。一日，有老人來拜謁，聞曰：『丈夫家何許？至此何求？』老人曰：『我家此山，有求於師。然我非人，龍也，以疲墮行雨不職，上天有罰，當死，賴道力可脱。』聞曰：『汝得罪上帝，我何能致力？雖然，汝當易形來。』俄失老人所在，視座榻旁，有小蛇尺許，延緣入袖中屈蟠。暮夜，風雷挾坐榻，電砰雨射，山岳爲摇振，而聞危坐不傾。達旦晴霽，垂袖，蛇墮地而去。頃有老人至，泣淚曰：『自非大士之力，爲血腥穢此山矣。』念何以報厚德，即穴巖下爲泉，曰：『他日衆多無水，何以成叢林？此泉所以延師也。』泉今爲湖，在半山，號龍湖。」輿地紀勝卷一三四福建路邵武軍：「龍湖山，在邵武縣西五十里，寶乘禪院在焉，唐僖宗子圓覺禪師道場。」鍇按：宗致禪師或當爲邵武人，故以龍湖山言之。

〔三〕馬駒潭畔門庭：輿地紀勝卷二六江南西路隆興府：「泐潭，在靖安縣北四十里，上有寶峰院，號石門山。」同卷又云：「寶峰院，在靖安縣北石門山。唐貞元中馬祖跏趺入滅，得舍利，藏於茲山，權德輿爲之記。」景德傳燈録卷五南嶽懷讓禪師載西天般若多羅讖言「汝足下出一馬駒，蹋殺天下人」。馬駒即馬祖，其舍利藏於泐潭旁，故泐潭亦可稱馬駒潭。鍇按：五慈觀閣記：「東山住持沙門宗致者，臨濟十一世之玄孫，而泐潭準禪師之嫡嗣也。」故以馬駒潭畔門庭稱之。

〔四〕千聖莫能窺測：極言其道行之深，無人能窺測其底藴。「千聖莫能」爲禪門習語，如景德傳燈録卷一一杭州徑山洪諲禪師：「僧問：『如何是長？』師曰：『千聖不能量。』」白雲端和尚語録卷一：「諸人法眼藏，千聖莫能當。」圓悟佛果禪師語録卷七：「孤迥迥，峭巍巍，千聖莫能知，萬靈没照鑑。」

〔五〕十地望崖震驚：謂其門庭高峻，令修行者望而生畏。　十地，指菩薩修行所經歷之十個境界。　望崖，此指望崖而退。　爾雅釋丘：「望厓洒而高，岸。」郭璞注：「厓，水邊。　洒，謂深也。　視厓峻而水深者，曰岸。」陶淵明扇上畫贊：「岩岩丙公，望崖輒歸。」隋釋吉藏觀無量壽經義疏：「但衆生聞佛道長遠，望崖而退，故示淨土近果，作進趣之緣，爲淨土因。」林間録卷下：「道吾真禪師孤硬，具大知見。諸方來者，必勘驗之，往往望崖而退甚多。」法華經合論卷七：「若示之以高深，昭之以微妙，則彼將望崖而返，尚何能悦聞而願從之耶？」

〔六〕霜露果熟推出：黄庭堅翠巖真禪師語録序：「林棲谷隱，堅密深靜。霜露果熟，諸聖推出。枯木朽株，雲行雨施。」景德傳燈録卷二第二十七祖般若多羅付法偈：「心地生諸種，因事復生理。果滿菩提圓，華開世界起。」蓋以花開果滿喻禪宗傳心之事。已見前注。

〔七〕白蓮峰下芬馨：喻宗致住持五祖寺，開堂説法。輿地紀勝卷四七淮南西路蘄州景物上：「蓮峰，在五祖山。」

〔八〕「試問是何宗旨」二句：景德傳燈録卷六江西道一禪師：「（鄧隱峰）問：『是何宗旨？』石頭云：『蒼天！蒼天！』」此化用其意，以稱宗致之東山法門。

〔九〕湛堂室中神穎：稱宗致爲泐潭文準禪師之高足。文準，號湛堂，嗣法真淨克文，爲惠洪師兄。其事詳見本集卷三〇泐潭準禪師行狀、僧寶正續傳卷二寶峰準禪師傳。神穎，此指穎異傑出之人。　鍇按：此句言宗致之法系，爲湛堂法嗣，與下句「汾陽直下雲仍」相對仗。底本「湛」作「海」，無義，當涉形近而誤，今改。

〔一〇〕汾陽直下雲仍：汾陽善昭傳石霜楚圓，楚圓傳黄龍慧南，慧南傳真淨克文，克文傳湛堂文準，文準傳慈覺宗致，故宗致爲汾陽六世孫。雲仍，泛指遠孫。爾雅釋親：「子之子爲孫，孫之子爲曾孫，曾孫之子爲玄孫，玄孫之子爲來孫，來孫之子爲晜孫，晜孫之子爲仍孫，仍孫之子爲雲孫。」已見前注。

癩可贊〔一〕

父伯固〔二〕，兄養直〔三〕。父超絶，兄豪逸。家世風流稱第一〔四〕。二祖名〔五〕，三祖疾〔六〕，名是虚，疾是實，詩成舌頭翻霹靂〔七〕。

【注釋】

〔一〕約崇寧元年作於廬山。　癩可：即僧祖可，字正平。俗姓蘇名序，堅子，庠弟。詩話總龜後集卷一二引丹陽集：「僧祖可，俗蘇氏，伯固之子，養直之弟也。作詩多佳句。」嘉定鎮江志卷二〇人物釋：「僧祖可字正平，後湖蘇養直之弟。元名序，後爲僧，易今名。」苕溪漁隱叢話前集卷五七引西清詩話：「近時詩僧祖可被惡疾，人號癩可。」參見本集卷三贈癩可注〔一〕。

〔二〕父伯固：蘇堅字伯固，晋江人，寓居丹陽。嘗爲錢塘丞，督開西湖，與蘇軾唱和甚多。軾從儋耳北歸，堅與其子庠至韶州迎之。堅有詩名，嘗通判筠州，官終通判建昌軍。參見本集卷三泊舟星江聞伯固與僧自五老亭步入開先作此寄之注〔一〕。

〔三〕兄養直：蘇庠，字養直，丹陽人，蘇堅子。自號眚翁，又號後湖居士。紹興間，居廬山，與徐俯同召，不赴。有後湖集，不傳。參見本集卷三會蘇養直注〔一〕。

〔四〕家世風流稱第一：蘇軾送子由使契丹：「單于若問君家世，莫道中朝第一人。」京口耆舊傳卷四：「（蘇庠）嘗作清江引，蘇軾見而奇之，手書此詩云：『使載在太白集中，誰復疑其非是者？乃吾家養直所作。』自此詩益豪。」蘇軾稱蘇庠爲「吾家養直」，以同宗而言，則祖可家世亦可稱風流第一。

〔五〕二祖名：謂其與二祖同名。二祖名慧可，祖可之名或意謂以慧可爲祖。

〔六〕三祖疾：謂祖可之惡疾如同三祖僧璨，因風疾而癩。本集卷三贈癩可：「抱痾亦同璨。」

〔七〕詩成舌頭翻霹靂：謂其詩成吟誦，如舌翻雷霆，令人驚駭。蘇軾六月七日泊金陵阻風得鍾山泉公書寄詩爲謝：「電眸虎齒霹靂舌，爲余吹散千峰雲。」此借用其語。　鍇按：京口耆舊傳卷四：「祖可字正平，少以病癩爲僧，江西人目爲癩可。徐俯爲作詩引云：『伯固每稱余季之才，養直數言余弟之美。一日，伯固集客，皆文士，出詩數首，人皆驚歎，問誰所作，則可師也。然後知伯固譽兒而非癖，養直舉親而不避，余特深知之。蓋游刃有餘，遺言不滯，源源而來，多多益善。自爲僧，居廬山之下，登高臨深，窮幽極遠，北望九江，南望彭蠡，取陰晴之變，風雲之會，水石林木，春秋霜露，千變萬態，皆發於詩。』」

醉僧贊〔一〕

我愛龍眠老居士〔二〕，筆端談笑了萬事。君看一時拈破筆，畫作醉僧醒時意。此是沙門絶妙門，不妨隨處有乾坤。瞢騰（曚滕）流涎枕臂卧㊀〔三〕，破柱疾雷殊不聞〔四〕。

【校記】

㊀ 瞢騰：原作「曚滕」，廓門本作「矇滕」，武林本作「曚騰」。今從四庫本。

【注釋】

〔一〕作年未詳。醉僧贊：實爲醉僧圖贊。宋郭若虛圖畫見聞志卷五：「僧繇曾作醉僧圖，傳於世。長沙僧懷素有詩云：『人人送酒不曾沽，終日松間繫一壺。草聖欲成狂便發，真堪畫入醉僧圖。』」其後醉僧遂爲繪畫題材。宣和畫譜卷七著録李公麟醉僧圖一，又惠洪同時之毛滂東堂集卷四有跋李伯時醉僧圖詩一首。此贊爲李公麟所畫醉僧圖而作，疑圖爲摹本，或公麟嘗作數本，此爲其一。

〔二〕龍眠老居士：李公麟，字伯時，號龍眠居士。參見本集卷一八李伯時畫彌陁像贊注〔一〕。

〔三〕瞢騰：同「懵騰」，迷糊，神志不清貌。唐韓偓馬上見：「去帶瞢騰醉，歸成困頓眠。」

〔四〕破柱疾雷殊不聞：莊子齊物論：「至人神矣，大澤焚而不能熱，河漢沍而不能寒，疾雷破山風振海而不能驚。」此化用其意。世説新語雅量：「夏侯太初嘗倚柱作書。時大雨，霹靂破所倚柱，衣服焦然，神色無變，書亦如故。賓客左右，皆跌蕩不得住。」此借用其事。

石霜普照珂禪師贊〔一〕

漆瞳照座〔二〕，骨相巉巖〔三〕。橫拈麈拂，寒擁雲衫。五住名刹〔四〕，道振湘南。是誰之子？親見雲庵。

【注釋】

〔一〕作年未詳。　石霜普照珂禪師：此贊有「親見雲庵」句，據續傳燈録卷二一、嘉泰普燈録卷七目録，雲庵真淨克文法嗣有潭州石霜紹珂禪師，即此僧。其法名紹珂，號普照，爲惠洪師兄，屬臨濟宗黄龍派南嶽下十三世。本集卷二八有請方廣珂老住石霜疏，可參見。詩話總龜卷一六引湘中故事：「石霜山，寺在瀏陽縣南八十里，有崇勝禪寺。」

〔二〕漆瞳：形容眸子黑如點漆。蘇軾雲師無著自金陵來且還其畫：「玉骨猶含富貴餘，漆瞳已照人天上。」

〔三〕骨相巉巖：面容瘦骨嶙峋。高麗釋覺訓海東高僧傳卷二：「釋惠業，器局冲深，氣度凝深，巉巖容儀，戌削風骨。」

〔四〕五住名刹：其事未詳。據本集請方廣珂老住石霜疏，可知紹珂嘗住南嶽方廣寺，後移住石霜寺。

疎山仁禪師贊〔一〕

古老衲住山，多託物寓意。既自游戲，亦欲悟人。如紫胡之蓄犬㊀〔二〕，道吾之巫衣端笏〔三〕。獨雪峰、歸宗、西院皆握木蛇〔四〕。故雪峰寄西院偈云：「本色住山人，且無刀斧痕〔五〕。」余元符間至疎山㊁〔六〕，見仁禪師畫像，亦握木蛇。嘗有問者曰㊂：「和尚手中是什麽物？」答曰：「是曹家女〔七〕。」因歎其孤韻超拔，能清涼熱惱。爲作贊曰：

三支習氣，其毒熾然。熏烝識心，盤屈糾纏〔八〕。衆生不明，横生疑怖。忽然見之，輒自驚仆。空花世間，本離生滅。廓然十方，露其窟（窘）穴㊃〔九〕。唯烛師叔㊄〔一〇〕，是大幻師〔一一〕。與奪萬法，自在娛嬉。乃知大千，皆公戲具。手中木蛇，是曹家女。

【校記】

㊀ 紫胡：林間録卷下作「子湖」。

㊁ 余：林間録作「予」。

㊂ 問者：林間録作「僧問」。

④ 窟：原作「窘」，誤，今從林間録。

⑤ 矬：林間録作「矮」。

【注釋】

〔一〕元符元年作於撫州金谿縣。疎山仁禪師：即唐撫州疎山匡仁禪師，洞山良价法嗣，曹洞宗青原下五世。景德傳燈録卷一七作光仁禪師。「光」乃避宋太祖、太宗諱。林間録卷下載此贊并序。

〔二〕紫胡之蓄犬：景德傳燈録卷一〇衢州子湖巖利蹤禪師：「一日，上堂示衆曰：『子湖有一隻狗，上取人頭，中取人心，下取人足，擬議即喪身失命。』僧問：『如何是子湖一隻狗？』師曰：『嗥嗥！』臨濟下二僧到參，方揭簾，師曰：『看狗！』二僧迴顧，師歸方丈。」傳法正宗記卷七亦作「子湖」。然禪籍多有作「紫胡」者，如雲門匡真禪師廣録卷下：「又云：『德山拄杖紫胡狗。』」汾陽無德禪師語録卷中頌古代別：「白兆舉紫胡有犬，上取人頭，中取人心，下取人腰。」祖庭事苑卷二雪竇頌古：「紫胡，本作子湖，巖名也，在衢州。」則唐宋禪師已有誤「子湖」爲「紫胡」者，今從底本。

〔三〕道吾之巫衣端笏：景德傳燈録卷一一襄州關南道吾和尚：「始經村墅，聞巫者樂神云：『識神無？』師忽然惺悟。後參常禪師，印其所解；復遊德山門下，法味彌著。凡上堂示徒，戴蓮花笠，披襴執簡，擊鼓吹笛，口稱『魯三郎』。有時云：『打動關南鼓，唱起德山歌。』僧問：

『如何是祖師西來意？』師以簡揖云：『喏！』」　笏，手板，本朝臣執之，此借指道吾所執木簡。

〔四〕獨雪峰、歸宗、西院皆握木蛇：雪峰，福州雪峰義存禪師，德山宣鑒法嗣，青原下五世。歸宗，廬山歸宗寺智常禪師，馬祖道一法嗣，南嶽下二世。西院，福州大安禪師，嘗居長樂府之西院（後改名長慶院），故稱。爲百丈懷海法嗣，屬南嶽下三世。鍇按：雪峰、西院握木蛇事見後注，歸宗握木蛇諸禪籍未載，景德傳燈録卷七有歸宗剗草以鋤斷蛇事，釋寶曇大光明藏卷二、五燈會元卷三有歸宗作斬蛇勢事，皆非木蛇，疑惠洪誤記。

〔五〕「故雪峰寄西院偈云」三句：雪峰真覺禪師語録卷上：「師一日採得箇木蛇，背上題云：『本自天然，不勞雕琢。』送與西院，西院接得，云：『本色住山人，且無刀斧痕。』師云：『莫强爲。』」

〔六〕疎山：弘治撫州府志卷四山水志二金谿縣：「疎山，在縣西五十里，高五里，周回二十里。唐大中初，有何仙舟棄官讀書於此，因號書山。中和三年始建白雲禪刹，南唐遣使過此，奏改名疎山。」明一統志卷五四撫州府：「疎山寺，在金谿縣西北五十里。唐有何仙舟隱此。中和間始建寺，中有白雲閣，後有一覽亭。宋曾鞏有詩。」

〔七〕「嘗有問者曰」四句：景德傳燈録卷一七撫州疎山光仁禪師：「師手握木蛇，有僧問：『手中是什麽？』師提起曰：『曹家女。』」

〔八〕「三支習氣」四句：謂義學講師之習氣如毒蛇纏繞心中，其毒氣熾然，令人生熱惱。三支，指因明學之宗、因、喻三種説理方式。宗者爲所立之義，因者爲成宗之理，喻者爲助成宗之譬。詳見唐釋窺基因明入正理論疏。

〔九〕窟穴：底本作「窘穴」。廓門注：「穴，冗字誤歟？」錯按：「穴」不誤，而「窘」誤。窘穴、窘冗皆不辭，此喻毒蛇，故當作「窟穴」。大寶積經卷九六：「猶如毒蛇所住窟穴。」

〔一〇〕矬師叔：景德傳燈録卷一七撫州疎山光仁禪師：「身相短陋，精辯冠衆。洞山門下，時有鑿鏃之機，激揚玄奥，咸以仁爲能銓量者，諸方三昧，可以詢乎矬師叔。」廓門注：「矬，身短也。疎山謂矬師叔。」

〔一一〕大幻師：佛之德名。佛説幻化之事，能爲幻化之事，故云幻師。大集經卷一九：「説一切法如水月，我今敬禮大幻師。」華嚴經卷八〇入法界品：「譬如善巧大幻師，念念示現無邊事。隨衆生心種種行，往昔諸業誓願力，令其所見各不同。」此借以贊匡仁禪師。

汾陽昭禪師真贊〔一〕

維摩杜口〔二〕，釋迦饒舌〔三〕。動容顧瞻，非默非説。雖宣一字，不露點墨〔四〕。稽首汾陽，千聖同轍〔五〕。

【注釋】

〔一〕作年未詳。　汾陽昭禪師：釋善昭（九四六～一〇二三），太原人，俗姓俞氏。嗣法首山省念，屬臨濟宗南嶽下九世，住汾州太子院。謚無德禪師。有釋楚圓集汾陽無德禪師語録三卷傳世。事具禪林僧寶傳卷三汾陽太子昭禪師傳。惠洪爲汾陽五世孫，已見前注。

〔二〕維摩杜口：維摩詰經卷中入不二法門品：「於是文殊師利問維摩詰：『我等各自説已，仁者當説，何等是菩薩入不二法門？』時維摩詰默然無言。文殊師利歎曰：『善哉！善哉！乃至無有文字語言，是真入不二法門。』」隋釋智顗説維摩經略疏卷一〇：「無示無説，如維摩杜口也。」

〔三〕釋迦饒舌：釋迦牟尼以廣長舌演説無量佛經，故云饒舌。

〔四〕「雖宣一字」二句：汾陽無德禪師語録卷下歌頌一字歌：「諸佛無法可説，汾陽略宣一字。不干紙墨文章，豈效維摩烋地。三乘未稱吾宗，萬行亦非他意。見性唯祇自心，認著依前不是。」智證傳：「汾陽無德禪師作一字歌，其略曰：『諸佛不曾説法，汾陽略宣一字。亦非紙墨文章，不學維摩默地。』又曰：『飲光尊者同明證，瞬目欽恭行正令。』真漏泄家風也。」

〔五〕千聖同轍：後秦僧肇注維摩詰經卷九：「秦言如來，亦云如去。如法而來，如法而去。古今不改，千聖同轍。」此借用其語。

翠巖真禪師真贊〔一〕

我方涇渭同流〔二〕，笑中軟頑滑頭〔三〕。爲君人境俱奪〔四〕，鬧裏白拈巧偷〔五〕。如水洗水〔六〕，相樓打樓〔七〕。從來脱略無窠臼〔八〕，接得南泉嗣趙州〔九〕。

【注釋】

〔一〕約政和七年秋作於洪州南昌。　翠巖真禪師：釋可真（？～一〇六四），福州人。爲石霜慈明楚圓禪師法嗣，黄龍慧南師兄，臨濟宗南嶽下十一世。參慈明時，用功剋苦，每以手指點胸，諸方目爲真點胸。後於慈明言下大悟，爽氣逸出，機辯迅捷，叢林憚之。得法後住翠巖以終，治平元年卒。有語録一卷，黄庭堅爲作翠巖真禪師語録序。事具嘉泰普燈録卷三、補續高僧傳卷八。鍇按：惠洪見可真畫像，當在遊翠巖時。輿地紀勝卷二六江南西路隆興府：「翠巖院，在南昌，一名北巖。元祐以來，有僧可真、擇宗以禪學爲叢林唱，相繼居法席，其徒自遠方至者幾千人。寺藏李後主所畫羅漢及南唐經文，與韓熙載、徐鉉碑文並存，實爲豫章之甲刹。」

〔二〕涇渭同流：意謂清濁不辨，凡聖合一。庾信角調曲二首之一：「涇渭同流，清濁異能。」此借用其語。

〔三〕軟頑滑頭：柔韌而粘膩，圓滑而刁頑，形容無賴難纏。大慧普覺禪師語録卷一五普説：「師云：『這僧難容，恰如箇鼠粘子相似。這箇老子軟頑，又撞著這僧，軟頑粘住。』」嘉泰普燈録卷二九道場正堂辯禪師自贊三首之一：「土豹長老，悟處敲諸，滑頭勝似蓴菜，軟頑何啻黐膠。曾被三脚驢子，踏得鼻孔成四。」

〔四〕人境俱奪：鎮州臨濟慧照禪師語録：「師晚參示衆云：『有時奪人不奪境，有時奪境不奪人，有時人境俱奪，有時人境俱不奪。』……僧云：『如何是人境兩俱奪？』師云：『并汾絶信，獨處一方。』」

〔五〕白拈巧偷：景德傳燈録卷一二鎮州臨濟義玄禪師：「一日上堂曰：『汝等諸人赤肉團上有一無位真人，常向諸人面門出入。汝若不識，但問老僧。』時有僧問：『如何是無位真人？』師便打云：『無位真人是什麽乾屎橛？』後雪峰聞，乃曰：『臨濟大似白拈賊。』」白拈賊，徒手盜物而不留行跡者，禪門以喻消除學人妄想執著於無形中之高僧。

〔六〕如水洗水：禪門俗諺，喻徒勞無益。景德傳燈録卷二八越州大珠慧海和尚語：「有行者問：『有人問佛答佛，問法答法，唤作一字法門，不知是否？』師曰：『如鸚鵡學人語話，自語不得，爲無智慧故。譬如將水洗水，將火燒火，都無義趣。』」

〔七〕相樓打樓：禪門俗諺，亦作「看樓打樓」，意謂見機行事，隨機應變。建中靖國續燈録卷二〇湖州上方日益禪師：「自此將錯就錯，相樓打樓，遂有五葉芬芳，千燈續燄。」圓悟佛果禪師語録卷一七：「師拈云：『外道因邪打正，世尊看樓打樓，阿難不善旁觀，引得世尊拖泥帶水。』」鍇按：樓，當作「耬」。耬爲古時使用畜力之播種器具，可同時開溝並下種。根據開溝深淺而下種，謂之看耬打耬。祖庭事苑卷七八方珠玉集：「謂耬犁也。耕人用耬，所以布子種。禪録所謂『看耬打耬』，正謂是也。魏略曰：『皇甫隆爲燉煌太守，民不曉耕種，因教民作耬犁，省力過半。』然耬乃陸種之具，南人多不識之，故詳出焉。」

〔八〕脱略無窠臼：猶「脱略窠臼」，脱去陳規舊格，無拘無束。林間録卷上：「（英邵武）又往見翠巖真點胸，方入室，真問曰：『女子出定，意旨如何？』英引手掐其膝而去。真笑曰：『賣匙箸客未在。』真自是知其機辯脱略窠臼，大稱賞之。」禪林僧寶傳卷八洞山守初禪師傳：「要得脱略窠臼，活人眼目。」

〔九〕接得南泉嗣趙州：謂可真爲慈明法嗣，如趙州從諗爲南泉普願法嗣。南泉事具景德傳燈録卷八，趙州事具景德傳燈録卷一〇。

慈明禪師真贊 并序〔一〕

鍾山僧遠庵居五十年，而二十年掬澗而飲〔二〕。長安窺基三車隨行，而一車酒胾〔三〕。逍遥羅什口析妙義，而畜靡嫚之倩，曰：「吾有欲障〔四〕。」清涼澄觀已任大教，而畏五色糞，且以十願律身〔五〕。是四比丘者，舉人類精奇，風流相映，何其制行乃爾相戾耶〔六〕？蓋知其所同者道，所不同者迹。故其所履正權異〔七〕，救時存道，皆非苟然。使其無權時之智，則教之延遠，要未可必也。傳曰：「神而明之，存乎其人〔八〕。」非特爲教者爲然，則傅大士其悲智所施亦然也〔九〕。故吾慈明禪師，汾陽昭之嗣，黄龍南之師。南之玉立，有清涼之風〔一〇〕；昭之精嚴，挺鍾山之操〔一一〕。而公獨平等逆順，嬉戲垢污，甚於基什〔一二〕。而其道能支臨濟，與日月爭光，真不纏凡聖，超然不測人也。自公化去六十年〔一三〕，而余始至其廬，拜其塔，瞻其像，稽首爲之贊曰：

緣生諸法名體絶，如空字身水魚迹〔一四〕。是無相門緣寂宗，一切智智差別海〔一五〕。公於是中如法船，汎然出没無所畏。使諸游者心泰定，種種驚怖成虚空〔一六〕。平生神兵雙不借〔一七〕，玄機不動萬象驚，而公宴坐不言中。諸有求心如古井〔一八〕，鈍根阿師終聽瑩〔一九〕，法味迷醉如惺惺〔二〇〕。矍然奮迅爲一戲，句裏明人楔（揳）出楔（揳）㊀〔二一〕。紫金鎖骨眠空山〔二二〕，吁嗟音容不可覿。當知其聲如雷霆，稽首慈明常出現。

【校記】

㊀ 楔：原作「揳」，誤，今改。參見注〔二一〕。

【注釋】

〔一〕元符三年冬作於潭州瀏陽縣石霜山。　慈明禪師：釋楚圓（九八七～一〇四〇），號慈明，全州清湘人，俗姓李氏。爲汾陽善昭禪師法嗣，臨濟宗南嶽下十世。晚住湖南石霜山。其弟子黄龍慧南、楊岐方會，分别開創黄龍派和楊岐派。事具禪林僧寶傳卷二一慈明禪師傳。

〔二〕「鍾山僧遠庵居五十年」二句：高僧傳卷八釋僧遠傳稱其「隱迹上定林山」，又云：「遠蔬食五十餘年，澗飲二十餘載。遊心法苑，緬想人外；高步山門，蕭然物表。」上定林山即金陵鍾山，故稱鍾山僧遠。

〔三〕「長安窺基三車隨行」二句：宋高僧傳卷四唐京兆大慈恩寺窺基傳：「釋窺基，字洪道，姓尉遲氏，京兆長安人也。……奘師始因陌上見其眉秀目朗，舉措疏略，曰：『將家之種，不謬也哉！脱或因緣相扣，度爲弟子，則吾法有寄矣。』……遂造北門將軍，微諷之出家。父曰：『伊類麤悍，那勝教詔？』奘曰：『此之器度，非將軍不生，非某不識。』父雖然諾，基亦强拒，激勉再三，拜以從命，奮然抗聲曰：『聽我三事，方誓出家。不斷情欲、葷血、過中食也。』奘先以欲勾牽，後令入佛智，佯而肯焉。行駕累載前之所欲，故關輔語曰『三車和尚』。……行至太原傳法，三車自隨，前乘經論箱袠，中乘自御，後乘家妓女僕食饌。」　酒胾，泛指酒肉。胾，大臠，大塊肉。

〔四〕「逍遥羅什口析妙義」四句：晉書鳩摩羅什傳：「嘗講經于草堂寺，興及朝臣、大德、沙門千有餘人，肅容觀聽。羅什忽下高坐，謂興曰：『有二小兒登吾肩，慾障須婦人。』興乃召宫女進之，一交而生二子焉。興嘗謂羅什曰：『大師聰明超悟，天下莫二，何可使法種少嗣。』遂以伎女十人，逼令受之。爾後不住僧坊，别立廨舍。」羅什譯經於長安西明閣及逍遥園，其卒後於逍遥園以火焚屍，故稱逍遥羅什。

〔五〕「清凉澄觀已任大教」三句：宋高僧傳卷五唐代州五臺山清凉寺澄觀傳：「門人清沔記觀平時行狀云：『觀恒發十願：一長止方丈，但三衣鉢，不畜長；二當代名利，棄之如遺；三目不視女人；四身影不落俗家；五未捨執受，長誦法華經；六長讀大乘經典，普施含靈；七長講華嚴大經；八一生晝夜不卧；九不邀名惑衆伐善；十不退大慈悲，普救法界。』觀逮盡形期，恒依願而修行也。」五色糞：指女色之類，佛教以爲不淨。禪要經：「我觀汝不淨，猶如五色糞。」楞嚴經合論卷七：「如姚秦鳩摩羅什者，宏經四依大士也。從興求婦人曰：『有二小兒登吾肩，蓋欲障也。』於是姚興召宫人進之，一交而生二子。使羅什聞此呪，心精持誦之，則豈肯以解脱知見之香，見奪於五色糞耶？」

〔六〕相戾：猶言相反。淮南子覽冥：「舉事戾蒼天，發號逆四時。」高誘注：「戾，反也。」

〔七〕所履正權異：謂以上四高僧平生行履有正道與權變之區别。正，指正道，常道。權，指權宜，變通。宋釋淨善重集禪林寶訓卷二：「湛堂曰：『道者，古今正權。善弘道者，要在變通。』」

〔八〕「傳曰」三句：語見易繫辭上。韓康伯注：「體神而明之，不假於象，故存乎其人。」孔穎達疏：「『神而明之存乎其人』者，言人能神此易道而顯明之者，存在於其人。若其人聖，則能神而明之；若其人愚，則不能神而明之。故存於其人，不在易象也。」

〔九〕傳大士其悲智所施亦然：謂傅大士以慈悲之懷、權變之智創轉輪藏。宋樓炤刊善慧大士録卷一：「大士在日，常以經目繁多，人或不能遍閱，乃就山中建大層龕，一柱八面，實以諸經，運行不礙，謂之輪藏。仍有願言：『登吾藏門者，生生世世不失人身；從勸世人有發菩提心者，志誠竭力，能推輪藏不計轉數，是人即與持誦諸經功德無異，隨其願心，皆獲饒益。』今天下所建輪藏，皆設大士像，實始於此。」參見本集卷一送元上人還桂陽建轉輪藏注〔七〕。

〔一〇〕「南之玉立」二句：謂黄龍慧南立身嚴謹守律，有清涼澄觀修行之高風。禪林僧寶傳卷二二黄龍南禪師傳：「童齠深沉，有大人相，不茹葷，不嬉戲。年十一棄家，師事懷玉定水院智鑾。嘗隨鑾出道上，見祠廟，輒杖擊火毁之而去。十九落髮，受具足戒。遠遊至廬山歸宗，老宿自寶集衆坐，而公却倚，寶時時眴之。公自是坐必跏趺，行必直視。至棲賢依諟禪師，諟莅衆進止有律度，公規模之三年。」

〔一一〕「昭之精嚴」二句：謂汾陽善昭閉關不出，超然物外，有僧遠澗飲之節操。禪林僧寶傳卷三汾州太子昭禪師傳：「沙門契聰迎請住持汾州太平寺太子院……既至，宴坐一榻，足不越閫者三十年，天下道俗慕仰，不敢名，同曰汾州。」

〔二〕「而公獨平等逆順」三句：謂慈明不守戒律，行有垢污，甚於窺基、羅什。禪林僧寶傳卷二一慈明禪師傳：「公連眉秀目，頎然豐碩，然忽繩墨，所至爲老宿所呵，以爲少叢林。公柴崖而笑曰：『龍象蹴踏，非驢所堪。』……守虛南原致公，公不赴，旋特謁候守，願行。守問其故，對曰：『始爲讓，今偶欲之耳。』守大賢之，住三年，棄去。省母，以白金爲壽，母詬曰：『汝定累我入泥犁中。』投諸地。公色不怍，收之，辭去。謁神鼎諲禪師，公髮長不剪，弊衣楚音，通謁，稱法姪，一衆大笑。」傳贊曰：「余觀慈明以英偉絶人之姿，行不纏凡聖之事，談笑而起臨濟於將仆，叱咤而死黄龍之偷心，視其施爲，不見轍迹，未三世而死爲繩墨。」

〔三〕自公化去六十年：禪林僧寶傳卷二一謂「康定戊寅，李都尉遣使邀公」。慈明「至京師，與李公會，月餘而李公果殁」。慈明「以明年至興化。正月初五日，沐浴辭衆，跏趺而逝。閲世五十有四，坐夏三十有二」。五燈會元卷一二石霜楚圓禪師謂李都尉殁於寶元戊寅（一〇三八），楚圓於後年即康定庚辰（一〇四〇）正月五日示寂。禪林僧寶傳之「康定戊寅」誤，當從五燈會元作「寶元戊寅」。蓋仁宗景祐五年戊寅十一月改元寶元，寶元三年庚辰二月方改元康定。康定庚辰至元符三年庚辰，正六十年。

〔四〕如空字身水魚迹：空中字體，水中魚迹，皆不可捉摸，喻諸法之名體虚無。

〔五〕一切智智差別海：大般若波羅蜜多經卷一八四：「一切智智清淨，無二、無二分、無別、無斷故。受、想、行、識清淨，即一切智智清淨。」

〔一六〕「公於是中如法船」四句：謂其如度人於苦海之船。法苑珠林卷一七：「佛言：一切衆生欲出三界生死大海，必假法船方得度脱。」

〔一七〕平生神兵雙不借：此以戰喻禪。禪林僧寶傳卷二一稱慈明「室中晏坐，横刀水盆之上，旁置草鞋，使來參扣者下語，無有契其機者」。雙不借：一雙麻鞋，此指草鞋。漢史游急就篇卷二：「裳韋不借爲牧人。」顔師古注：「不借者，小屨也。以麻爲之，其賤易得，人各自有，不須假借，因爲名也。」參見本集卷六雪霽謁景醇時方涅堤捍水修湖山堂復和前韻注〔三〕。

〔一八〕諸有求心如古井：喻心情平静，無欲無求。白居易贈元稹：「無波古井水，有節秋竹竿。」

〔一九〕聽瑩：亦作聽熒，疑惑不明之貌。已見前注。

〔二〇〕惺惺：清醒貌。已見前注。

〔二一〕句裏明人楔出楔：就他人之句語還以啓悟他人，如以楔子取代出楔子，此乃方便説法之一種。宗鏡録卷五：「則諸聖俯順機宜，悉同其事，以楔出楔，説妄而從妄旋真；將庵接庵，舉相而因相通性。」鍇按：禪林僧寶傳卷二一慈明禪師傳：「時真點胸者，爲善侍者折難，自金鑾還。公呵曰：『解夏未一月，乃已至此，破壞叢林，有何忙事？』真曰：『大事未透脱故耳。』公曰：『汝以何爲佛法要切。』真曰：『無雲生嶺上，有月落波心。』公訴曰：『面皺齒豁，猶作此見解。』真不敢仰視，曰：『願爲決之。』公曰：『汝問我答。』真理前語而問之，公曰：『無雲生嶺上，有月落波心。』真遂契悟。」此即以楔出楔之例。　底本「楔」作「揳」，涉形近而誤，今改。

〔三〕紫金鎖骨：佛菩薩骨節皆相鈎連，如馬銜連鎖相似，謂之鎖骨。高僧死後，肉身亦化爲鎖骨。宋釋宗曉法華經顯應録卷下馬郎婦：「馬氏引至葬所，僧即以錫撥開沙土，見屍已化，唯金鎖骨存焉。」元釋如則會解、明釋傳燈疏楞嚴經圓通疏卷八謂南嶽思大師「是以報滿亦取圓寂，黄金鎖子骨尚留南嶽山三生塔下，蓋可驗也」。此謂慈明肉身當化爲紫金鎖骨，言「紫金」者，謂其放光如紫金山也。大方便佛報恩經卷五慈品：「我見佛身相，喻如紫金山。」參見本集卷一八漣水觀音畫像贊注〔一五〕。鍇按：禪林僧寶傳卷二一：「李公之子銘誌其行於興化，而藏全身於石霜。」

郴州乾明進和尚舍利贊　并序〔一〕

余觀崇進和尚舍利於南嶽福嚴寺〔二〕，炷香臨盤，以箸點之，隨箸而升，如露之將零〔三〕。投于脆缾，彷徉而行〔四〕，如魚之在淵〔五〕。又觀其畫像，方頤甚（揕）口㊀〔六〕，神情靜深，若不可犯干者。門弟子惠覺謂余言：「吾師衡陽伍氏子〔七〕，早依南臺正悟然禪師落髮焉〔八〕。受具，游方餘三十年，所至以荷衆稱。福嚴長老保宗新其寺〔九〕，殿閣宏壯妙天下，師寔董其事。郴州以乾明寺命師居之，而弗演法。或問之，曰：『我第與衲子作粥飯主人耳〔一〇〕，其敢荷此事？』而天姿直亮，寡言笑，道具餘（余）不置一錢〔一一〕，牧衆以公，攝物以慈，以故道俗歸之如雲。退客香山〔一二〕，元符三年五月十二日順寂，壽七十有七，臘五十有五。臨終謂衆曰：『我即死，達旦便當火之，以灰投江中，勿稽留也。魔事將戲汝曹矣〔一三〕。』言訖而寂。衆不忍，留兩夕梵唄〔一四〕。郡吏遽至，責以慢禮，悉拘系其衆，因相視驚異魔事之言有徵也。茶毗之日〔一五〕，天地清明，燼餘，得舍利甚多，觀者爭分之。至漬汰所焚之地，有得之者。」筠谿曰〔一六〕：「生有志行，神化不亂，可也。火風壞滅〔一七〕，殊異發生，可也。而一官吏至，乃能前知，豈偶然也哉！」乾明所養至此，弟子又能事之如生，久而不忘，有古高僧之風，爲之贊曰：

李廣射虎，石爲之穿〔一八〕；耿恭祝井，涸爲之泉〔一九〕。忠孝所致，如響答焉。公亦何爲，飢飡困眠〔二〇〕。人初莫測，公豈自言。戲爲火浴〔二一〕，朽者明鮮。舍利粲粲〔二二〕，玉碎珠圓〔二三〕。乃至所養，蓋其云全。天全之妙，非麤不傳〔二四〕。如春在花，如意在絃〔二五〕。嗤嗤横目㊂〔二六〕，氣凌雲天。死未及寒，化爲腥膻。矧投于火，不作腥煙。安有萬手，收此精堅〔二七〕。維德之一，亟所拳拳〔二八〕。死生之大，卒莫能遷。公初設心，唯此是專。不祈人知，人趨如川。終必有驗，理之固然。我作贊詞，豐碑以鐫。

【校記】

㊀甚：原作「揕」，誤，今改，參見注〔六〕。

㊁餘：原作「余」，誤，今改。

㊂嗤嗤：武林本作「蚩蚩」。

【注釋】

〔一〕約元符三年初冬作於南嶽衡山。郴州：治郴縣，宋屬荆湖南路。乾明進和尚：法名崇進，主持乾明寺，故稱乾明。生平見此贊序。本集卷三有余作進和尚舍利贊遷善見而有詩次韻，可參見。

〔二〕福嚴寺：南嶽名刹。參見本集卷三游南嶽福嚴寺注〔一〕。

〔三〕如露之將零：舍利晶瑩如珠，故以零露喻之。詩鄭風野有蔓草：「野有蔓草，零露漙兮。」鄭箋：「零，落也。」此借用其語。

〔四〕彷徉：亦作「彷徉」，遨遊，徘徊。文選卷三三宋玉招魂：「彷徉無所倚，廣大無所極些。」張銑注：「彷徉，遊行貌。」

〔五〕如魚之在淵：詩小雅鶴鳴：「魚潛在淵，或在于渚。」毛傳：「良魚在淵，小魚在渚。」此借用其語。

〔六〕方頤甚口：猶言方臉大口，古以爲貴相。三國志吴書吴主傳：「時權年十五。」裴松之注引江表傳：「權生，方頤大口，目有精光。堅異之，以爲有貴象。」左傳昭公二十六年：「有君子，白皙，鬒鬚眉，甚口。」孔穎達疏：「甚口，大口也。」底本「甚」作「堪」，誤，今改。

〔七〕衡陽：縣名，衡州州治，宋屬荆湖南路。

〔八〕南臺：寺名，在南嶽衡山。參見本集卷一八衡山南臺寺飛來羅漢贊注〔一〕。正悟然禪師：建中靖國續燈録卷一四有衡州華藥山崇勝義然禪師，疑即此僧，先後住持衡山南臺、華藥崇勝。法名義然，法號正悟，爲福嚴保宗禪師法嗣，屬臨濟宗南嶽下十二世。

〔九〕福嚴長老保宗：保宗禪師，爲潭州石霜山法永法嗣，生平未詳。法永與慈明楚圓同嗣汾陽善昭，故保宗爲善昭法孫，屬臨濟宗南嶽下十一世。建中靖國續燈録卷八、五燈會元卷一二載其機語。

〔一〇〕粥飯主人：指爲僧人提供齋飯之主人，此乃住持僧之謙詞，語本保寧仁勇禪師語録：「上堂：『推向十字路頭，住箇破院，作粥飯主人，接待南北。事不獲已，隨分有鹽有醋，粥足飯足，且與麼過時。若是佛法，不曾夢見。』便下座。」亦見建中靖國續燈録卷一四。又林間録卷下記翠巖可真禪師：「見南禪師曰：『我佗日十字街頭做箇粥飯主人，有僧自黃蘗來，我必勘之。』」

〔一一〕道具：指修行者所用衣物器具。釋氏要覽卷中釋「道具」曰：「中阿含經云：『所蓄物，可資身進道者，即是增長善法之具。』菩薩戒經云：『資生順道之具。』」 餘：指道具之外，底本作「余」，誤，今改。

〔一二〕香山：此指郴州香山。明一統志卷六六郴州：「香山，在州城南五里。有香木并香泉，味頗甘洌。」

〔一三〕魔事：謂邪魔所作障礙佛道之事。楞嚴經卷六：「若諸比丘心如直絃，一切真實，入三摩提，永無魔事。」

〔一四〕兩夕梵唄：指衆僧爲崇進和尚作兩日法會。梵唄，作法事時歌詠贊頌之聲。高僧傳卷一三經師傳論：「然天竺方俗，凡是歌詠法言，皆稱爲唄。至於此土，詠經則稱爲轉讀，歌讚則號爲梵唄。」

〔一五〕荼毗：梵語意爲焚燒，指僧人死後火化屍體。

〔一六〕筠谿：惠洪家住筠溪邊，因以自稱。本集卷二六題石龜觀壁：「余家筠溪之上，去城餘百里。」卷一二次韻拉空印游芙蓉：「詩成先喜示筠谿。」谿，同「溪」。

〔一七〕火風壞滅：猶言四大壞滅，指死亡。佛教謂人身由地、水、火、風四大物質構成，火風爲其中之二種，代指人身。

〔一八〕「李廣射虎」二句：史記李將軍列傳：「廣出獵，見草中石，以爲虎而射之，中石没鏃，視之，石也。因復更射之，終不能復入石矣。」

〔一九〕「耿恭祝井」二句：後漢書耿恭傳：「恭以疏勒城傍有澗水可固，五月，乃引兵據之。七月，匈奴復來攻恭，恭募先登數千人直馳之，胡騎散走。匈奴遂於城下擁絶澗水。恭於城中穿井十五丈，不得水，吏士渴乏，笮馬糞汁而飲之。恭仰嘆曰：『聞昔貳師將軍拔佩刀刺山，飛泉涌出，今漢德神明，豈有窮哉！』乃整衣服向井再拜，爲吏士禱。有頃，水泉奔出，衆皆稱萬歲。乃令吏士揚水以示虜。虜出不意，以爲神明，遂引去。」

〔二〇〕飢飡困眠：鎮州臨濟慧照禪師語録：「佛法無用功處，祇是平常無事，屙屎送尿，著衣喫飯，困來即卧。」景德傳燈録卷六越州大珠慧海禪師：「有源律師來問：『和尚修道還用功否？』師曰：『用功。』曰：『如何用功？』師曰：『飢來喫飯，困來即眠。』」

〔二一〕火浴：以火浴身，猶言火化。

〔二二〕粲粲：鮮明貌。詩小雅大東：「西人之子，粲粲衣服。」

〔二三〕玉碎珠圓：廓門注：「老杜詩：『荷珠碎却圓。』」此借用其語以形容舍利。

〔二四〕「天全之妙」二句：宗鏡録卷一六：「理妙非粗不傳，猶影之傳於形也。」天全，語本莊子達生：「夫若是者，其天守全，其神無郤，物奚自入焉？」

〔二五〕「如春在花」三句：喻崇進和尚之道無處不在。鍇按：本卷靈源清禪師贊五首之四：「如春在花，如意在琴。」亦此意。山谷内集詩注卷一六贈高子勉四首之四：「拾遺句中有眼，彭澤意在無絃。」任淵注：「謂老杜之詩眼在句中，如彭澤之琴意在絃外。」此翻用其意。

〔二六〕嗤嗤横目：無知愚氓，愚民。嗤嗤，通「蚩蚩」，無知貌。詩衛風氓：「氓之蚩蚩，抱布貿絲。」横目，本代指人類，此代指平民。語本莊子天地：「夫子無意於横目之民乎？」參見本集卷五次韻雪中過武岡注〔一一〕。

〔二七〕精堅：精純堅硬之物，此指崇進和尚之舍利。

〔二八〕「維德之一」三句：謂唯有德行充塞其拳拳之心。詩大雅抑：「抑抑威儀，維德之隅。」此用其句法。垔：同「堙」，堵塞，充塞。

南嶽彌陀和尚贊〔一〕

與之食則食，與之衣則衣。無衣衣木葉，無食食土泥。爲人汲樵牧，僅存骨與皮〔二〕。其道不可致，天子南向師〔三〕。出家有如子，我亦著伽梨〔四〕。

【注釋】

〔一〕約元符三年冬作於南嶽衡山。南嶽彌陀和尚：即唐南嶽彌陀寺僧承遠。承遠嗣法資州智侁，智侁嗣法五祖弘忍。承遠爲僧凡五十六年，其壽九十一，貞元十八年七月十九日終于彌陀寺。柳河東集卷六南嶽彌陀和尚碑載其事甚詳。南嶽總勝集卷中：「彌陀寺，在廟西北，登山二十里。在彌陀峰下，仰望樓閣。如在畫圖中。唐宣宗賜額爲般舟道場，本朝太平興國中賜今額。」然據南嶽彌陀和尚碑所記，乃代宗名其居曰般舟道場，德宗褒立爲彌陀寺。

〔二〕「與之食則食」六句：南嶽彌陀和尚碑：「公始居山西南巖石之下，人遺之食則食，不遺則食土泥，茹草木。其取衣類是。南極海裔，北自幽都，來求厥道，或值之崖谷，羸形垢面，躬負薪樵，以爲僕役而媟之，乃公也。」

〔三〕「其道不可致」二句：南嶽彌陀和尚碑：「在代宗時，有僧法照爲國師，乃言其師南嶽大長老，有異德。天子南嚮而禮焉，度其道不可徵，乃名其居曰『般舟道場』，用尊其位。」

〔四〕我亦著伽梨：廓門注：「我謂彌陀和尚也。」鍇按：「我」當爲惠洪自稱，上文「出家有如子」之「子」，乃指彌陀和尚。伽梨，僧衣。

宣律師贊 并序〔一〕

余游總持寺〔二〕，基大師以宣律師像爲示〔三〕，旁有多聞天王太子、上足玄暢〔四〕，唐咸通三年筆也〔五〕。基求贊，贊曰：

此毗尼藏〔六〕，三世完堅。願王手封，款識具全。死生之烈，不能變遷。何以至之，正知則然〔七〕。何人逸想，以筆墨傳〔八〕。跏趺俯視，頽然深淵〔九〕。天神護持，弟子敬虔。我拜稽首，淚滴九泉〔一〇〕。法道陵夷㊀，障雲蓋纏〔一一〕。乃於是時，瞻此釋天〔一二〕。

【校記】

㊀陵：四庫本作「凌」。

【注釋】

〔一〕作年未詳。　宣律師：唐釋道宣，俗姓錢氏，丹徒人。隋大業中，從智首法師受具戒。唐武德中，充西明寺上座。及玄奘三藏自西域還，奉敕從於譯場。宣撰法門文記、廣弘明集、續高僧傳、三寶録、羯磨戒疏、行事鈔、義鈔等二百二十餘卷。乾封二年示寂，壽七十二。咸通十年謚澄照，塔云淨光。宣久居終南山，故號南山律宗。事具宋高僧傳卷一四唐京兆西明寺道宣傳。

〔二〕總持寺：清陳宏緒江城名蹟卷三：「總持寺，在（南昌）進賢門内。唐開元中建，舊名總持院，有碑刻，乾符二年牒、中和五年牒各一通。寺内有雷公堂，又有龍井，祈雨屢驗。」鍇按：長安亦有總持寺，然惠洪平生未嘗至長安，而常往來南昌，此當爲南昌總持寺。其寺既有道宣畫像，則當屬律寺。

〔三〕基大師：總持寺住持僧，當爲律師，然生平不可考。

〔四〕多聞天王太子：即毗沙門天王之子那吒。毗沙門天王爲四大天王之一，又名多聞天王。宋高僧傳卷一四道宣本傳：「於西明寺夜行道，足跌前階，有物扶持，履空無害。熟顧視之，乃少年也。宣遽問：『何人中夜在此？』少年曰：『某非常人，即毗沙門天王之子那吒也。護法之故，擁護和尚，時之久矣。』宣曰：『貧道修行，無事煩太子。太子威神自在，西域有可作佛事者，願爲致之。』太子曰：『某有佛牙寶掌，雖久，頭目猶捨，敢不奉獻？』俄授於宣，宣保録供養焉。」　上足玄暢：當指天人陸玄暢，自稱爲道宣弟子。道宣律相感通傳：「余又問：『今京城西高四土臺，俗諺云是蒼頡造書臺，如何云隸字古時已有？』……又有天人，姓陸名玄暢，來謁云：『弟子周穆王時，生在初天。本是迦葉佛時天人，爲通化故，周時暫現。所問京西高四臺者，其本迦葉佛於此第三會説法度人。至穆王時，文殊、目連來化，穆王從之。即列子所謂化人者是也。化人示穆王高四臺，是迦葉佛説法處，因造三會道場。』」上足，猶言高足，天人陸玄暢自稱「弟子」，故可視爲道宣上足。　鍇按：此宣律師畫像之左右兩旁，分别畫有護法神那吒與天人陸玄暢，即贊文中所言「天神護持，弟子敬虔」。宋高僧傳卷一七又有唐京兆福壽寺玄暢律師，懿宗時賜號法寶大師。玄暢雖亦仰慕道宣，講律六十座，然與道宣時代迴不相接，難稱「上足」。且宋高僧傳卷一四道宣本傳：「至懿宗咸通十年，左右街僧令霄、玄暢等上表乞追贈。其年十月，敕謚曰澄照，塔曰淨光。」則咸通三年此宣律師像畫成之際，玄暢律師尚在世，依情理亦不當爲畫中人。

〔五〕咸通三年：即公元八六二年，咸通爲唐懿宗年號。

〔六〕毗尼藏：即律藏。道宣於譯毗尼藏其功甚偉，故特言之。鍇按：宋高僧傳卷一四道宣本傳：「復三果梵僧禮壇讚曰：『自佛滅後，像法住世，興發毗尼，唯師一人也。』乾封二年春，冥感天人來談律相，言鈔文輕重，儀中舛悞，皆譯之過，非師之咎，請師改正。故今所行著述，多是重修本是也。又有天人云：『曾撰祇洹圖經，計人間紙帛一百許卷。』宣苦告口占，一一抄記，上下二卷。又口傳偈頌，號付囑儀十卷是也。」

〔七〕正知：亦作「正智」，隋釋慧遠大乘義章卷三：「言正智者，了法緣起無有自性。離妄分别契如真照。名爲正智。」

〔八〕「何人逸想」二句：本集卷一八華藏寺慈氏菩薩贊：「何人寄逸想，遊戲浮漚間。以如幻之力，刻此旃檀像。」即此意。

〔九〕頹然：和順貌。深淵：沉靜貌。文選卷一三賈誼鵩鳥賦：「澹乎若深淵之靜，泛乎若不繫之舟。」

〔一〇〕九泉：猶黄泉，人死後葬處。

〔一一〕蓋纏：佛教有五蓋十纏，皆煩惱之數，以其能覆蓋心性而不生善法，故曰蓋。以其煩惱纏繞心性，故曰纏。已見前注。

〔三〕釋天：此指釋道宣及天人那吒、陸玄暢。

嵩禪師贊〔一〕

歐陽之學，師宗於世。其徒喧鬨，攻我以喙〔二〕。童首儒林，氣索力屈〔三〕。公於是時，粹然一出。天縱之辯〔四〕，武庫縱横〔五〕。横（璜）機（璣）捍我㊀〔六〕，如護目睛。義如串肉〔七〕，理如析薪〔八〕。一時名譽，聳動縉紳〔九〕。世尊舉身，毛孔俱笑〔一〇〕。如公語言，筆下皆妙。六物不壞〔一一〕，未易致詰。豈其踐履，明驗之力〔一二〕。宗教之衰，河壞山摧。冠巾緇衲，其寒如灰〔一三〕。拂拭塵翳，見冰雪容。拜起而喟，涕落無從〔一四〕。

【校記】

㊀横機：原作「璜璣」，誤，今改。參見注〔六〕。

【注釋】

〔一〕元符二年冬作於杭州。嵩禪師：釋契嵩，字仲靈，自號潛子，俗姓李氏，藤州鐔津人。得法於筠州洞山曉聰，屬雲門宗青原下十世。著禪宗定祖圖、傳法正宗記、輔教編，仁宗皇帝下詔褒奬，賜號明教。後住杭州佛日院，晚退居靈隱寺永安院。有鐔津文集傳世。事具宋陳舜俞都官集卷八明教大師行業記、禪林僧寶傳卷二七明教嵩禪師傳。參見本集卷五謁嵩禪師塔注〔一〕。

〔二〕「歐陽之學」四句：謂歐陽修爲當世文士之宗師，與其徒倡古文，尊儒學，極力排佛。明教大師行業記：「當是時天下之士學爲古文，慕韓退之，排佛而尊孔子。東南有章表民、黄聱隅、李泰伯，尤爲雄傑。學者宗之。」謁嵩禪師塔亦曰：「後世師韓輩，冗長猶可憐。走名不自信，逐隊工語言。譁然皇祐間，飛蚊鬧喧闐。」此則直指古文宗師歐陽修。

〔三〕「童首儒林」二句：謂僧人爲儒林所排斥，均喪失勇氣，不敢抗衡。此即謁嵩禪師塔所云「田衣動成羣，怒瘦空自懸，縮頭不敢息，兀坐如蹲猿」之狀況。童首，猶言童頭、童頂，即光頭，代指和尚。

〔四〕天縱：天所放縱，意謂上天賦予。論語子罕：「固天縱之將聖，又多能也。」

〔五〕武庫縱横：喻其學識淵博，如兵器庫中戈矛縱横。語本晉書杜預傳：「預在内七年，損益萬機，不可勝數，朝野稱美，號曰『杜武庫』，言其無所不有也。」鍇按：明教大師行業記：「首常戴觀音之像，而誦其號，日十萬聲，於是世間經書章句，不學而能。」又謁嵩禪師塔：「筆陣森戈鋋。」可參見。

〔六〕横機：底本作「璜璣」。廓門注：「『璜璣』當作『横機』歟？」其説甚是。東坡詩集注卷二五次韻潛師：「故將妙語寄多情，横機欲試東坡老。」林子仁注：「列子：『是殆見吾衡氣機也。』」本集卷三和靈源寄瑩中：「聞有僧從法窟來，當鋒戲作横機試。」卷一二次韻題西林廓然亭：「寄語横機莫相試，刻舟甘作小乘禪。」卷二一雙峰正覺禪院涅槃堂記：「豈有垂死，如剖倔强，而敢横機，摩壘大陽者乎？」今據改。

〔七〕義如串肉：韓愈贈張籍：「試將詩義授，如以肉貫弗。」孫甫注：「弗，所以貫肉。」弗即串肉燒烤之具。此化用其意。

〔八〕理如析薪：文心雕龍論説：「是以論如析薪，貴能破理。」山谷集外集卷一一戲贈諸友：「疏水必有源，析薪必有理。不須明小辨，所貴論大體。」參見本集卷四追和帛道猷一首注〔一〇〕。

〔九〕「一時名譽」二句：明教大師行業記：「朝中自韓丞相而下，莫不延見而尊重之。」謁嵩禪師塔：「坐令天下士，欲見嗟無緣。」

〔一〇〕「世尊舉身」二句：大智度論卷一：「如般若波羅蜜初品中説：『佛入三昧王三昧，從三昧起，以天眼觀十方世界，舉身毛孔皆笑。』」

〔一一〕六物不壞：明教大師行業記：「宋熙寧五年六月初四日，有大沙門明教大師示化於杭州之靈隱寺，世壽六十有六，僧臘五十有三。是月八日，以其法荼毗，斂其骨，得六根之不壞者三，頂骨出舍利，紅白晶潔，狀若大菽者三，及常所持木數珠亦不壞。於是邦人僧士更相傳告，駭歎頂禮。」

〔二〕「豈其踐履」二句：林間録卷下：「嵩明教既化，火浴之，頂骨、眼睛、齒舌、耳毫、男根、數珠皆不壞。如世尊言：比丘生身不壞、發無垢智光者，善根功德之力，如來知見之力……非平生踐履之明驗歟？」

〔三〕其寒如灰：喻衰落至極，了無生機。山谷詩集注卷一宿舊彭澤懷陶令：「司馬寒如灰，禮樂卯金刀。」任淵注：「東晉司馬氏末年禮樂征伐，自劉裕出。范文正公作狄梁公碑云：『武暴如火，李寒如灰。』」此借用其語。

〔四〕涕落無從：禮記檀弓上：「夫子曰：『吾鄉者入而哭之，遇於一哀，而出涕。予惡夫涕之無從也。小子行之。』」朱彬訓纂：「從者，以外物副其内誠之謂。有哀涕而無賻物，是涕之無從也。」參見本集卷四次韻公弱寄胡强仲注〔八〕。

雲庵和尚贊三首 并序〔一〕

雲庵出黄龍之門，爲臨濟九世孫㊀〔二〕，種性殊勝，契悟廣大。指示心要，辯如曹谿〔三〕；決擇教乘，論如棗柏〔四〕；作爲偈句，辭如寶公㊁〔五〕；履踐明驗，精如永嘉〔六〕。退居雲庵，時已七十餘〔七〕，幻滅都盡，惠光渾圓〔八〕，可以想見其遺風餘烈。門人德洪謹拜手稽首爲之贊曰：

於自住境，見與見緣〔九〕。如夢能所〔一〇〕，如蜜中邊〔一一〕。惟具正眼，入此三昧。如妙蓮華，出緣生海〔一二〕。祖師活意，如來密機。成就衆生，如鵾鵬飛。使其自化，不由他悟〔一三〕。秀出叢林，光於佛祖。趨滅陜（陝）右㊂，誕生江南〔一四〕。暗中五色〔一五〕，天下雲庵。

槁容而毳衣〔一六〕，殆不逾於中人〔一七〕。而於祖道顛危之秋，勃然而中興〔一八〕。知我亦何幸，自幼及壯，出入其户庭，俯仰其藩籬，而其道德之精華，未能略窺其毫微。譬如戴天履地於終日〔一九〕，而其高明深厚〔二〇〕，所不能知。惟聞孔子之殁一百年，而生孟子〔二一〕；釋迦之寂二千歲，而有禪師〔二二〕。拜手稽首，堂堂乎三界之依者耶！三玄銓量〔二三〕，設選佛科〔二四〕。邪師壞之，付授外訛。以陷虎機〔二五〕，擊其頽波〔二六〕。不動聲氣，怖走天魔。

【校記】

㊀ 世孫：林間録後集、雲庵真淨禪師語録附録雲庵真讚作「世之孫」。

㊁ 辭如寶：林間録後集、雲庵真淨禪師語録附録雲庵真讚作「詞如誌」。

㊂陝：原作「陜」，誤，今改。參見注〔一四〕。

【注釋】

〔一〕作年未詳。雲庵和尚：真淨克文禪師，晚自號雲庵，惠洪之師。已見前注。

〔二〕「雲庵出黄龍之門」二句：其傳法世系爲：臨濟義玄—興化存獎—南院慧顒—風穴延沼—首山省念—汾陽善昭—石霜楚圓—黄龍慧南—真淨克文。臨濟義玄傳至真淨克文爲九世。

〔三〕「指示心要」二句：謂克文指示學者以心傳心之綱要，其談辯如六祖慧能。曹谿，代指慧能。鍇按：景德傳燈録卷五第三十三祖慧能大師：「簡曰：『弟子之迴，主上必問，願和尚慈悲，指示心要。』師曰：『道無明暗，明暗是代謝之義，明明無盡，亦是有盡。』」亦見六祖大師法寶壇經宣詔品。本集卷三〇雲庵真淨和尚行狀：「得游戲三昧，有樂説之辯，詞鋒智刃，斫伐邪林，如墮雲崩石；開發正見，光明顯露，如青天白日。」

〔四〕「決擇教乘」二句：謂克文講述佛經教乘精義能臻其微妙，其論如棗柏大士李通玄。鍇按：禪林僧寶傳卷二三泐潭真淨文禪師傳：「受具足戒，學經論，無不臻妙。奪京洛講席，自爲主客，而發奥義者數矣。」雲庵真淨和尚行狀：「翺翔講肆，賢首、慈恩性相二宗，凡大經論，咸造其微。」

〔五〕「作爲偈句」二句：謂克文好作偈頌歌詩，其辭如寶誌和尚。鍇按：景德傳燈録卷二七金陵寶誌禪師：「製大乘贊二十四首盛行於世（餘諸辭句，與夫禪宗旨趣冥會，略録十首及師製十二時頌編於別卷）。」同書卷二九載有梁寶誌和尚大乘讚十首、十二時頌、十四科頌。古尊宿語録卷四五寶峰雲庵真淨禪師偈頌下中收其頌古四十八首、偈頌歌詩二百二十三首。

〔六〕「履踐明驗」二句：謂克文平生之踐行於寂滅時得以驗證，其事如永嘉玄覺。鍇按：宋高僧傳卷八唐温州龍興寺玄覺傳：「以先天二年十月十七日，於龍興別院端坐入定，怡然不動，僧侶悲號。以其年十一月十三日，殯于西山之陽，春秋四十九。初，覺未亡前，禁足於西巖，望所住寺喟然歎曰：『人物駢闐，花輿蓊蔚，何用之爲？』其門人吴興興師、新羅國宣師數人同聞，皆莫測之。尋而述之曰：『昔有一禪師，將諸弟子遊賞之次，遠望一山，忽而唱曰：「人物多矣。」弟子亦不測。後匪久，此師捨壽，殯所望地也。』西山去寺，里有餘程，送殯繁擁，人物沸騰，其感動也若此。又未終前，有舒雁千餘飛于寺西，侍人曰：『此將何來？』空中有聲云：『爲師墓所故，從海出也。』」泐潭真淨文禪師傳：「以崇寧元年十月旦日示疾，十五日疾愈，料理平生玩好道具，件件疏之，散諸門弟子。十六日中夜，沐浴更衣，跏趺。衆請説法，師笑曰：『今年七十八，四大相離別。火風既分散，臨行休更説。』遺誡皆宗門大事，不及其私，言卒而寂。又七日闍維，五色成燄，白光上騰，煙所及皆成舍利，道俗千餘人皆得之。」又本卷雲庵和尚舍利贊序曰：「因嘗親見其火浴，道俗觀者數千人皆得之，哀慕之聲震山谷。後月餘，兒稚汰其灰，猶有舊者。自近世南州大士之化，其靈驗奇瑞彰大殊異如雲庵者，以一二數。」

〔七〕「退居雲庵」二句：泐潭真淨文禪師傳謂：「還高安，庵於九峰之下，名曰投老。學者自遠而至，六年而移住歸宗。」雲庵真淨和尚行狀謂：「紹聖之初，御史黃公慶基出守南康，虛歸宗之席以迎師。」皆未言克文何時退居雲庵。考古尊宿語録卷四五寶峰雲庵真淨禪師偈頌下中呈筠守徐朝議辭九峰命二首之二有「六十四年期，歸閒已是遲」之句，可知克文住九峰投老庵時年六十四歲，爲元祐三年，下推六年爲紹聖元年，移住廬山歸宗寺，時年七十歲。其退居雲庵，當在移住歸宗前，其時辭去九峰住持，因以所居雲庵爲自號。

〔八〕「幻滅都盡」二句：語本蘇軾書楞伽經後贊張方平曰：「公時年七十九，幻滅都盡，惠光渾圓。」

〔九〕「於自住境」二句：楞嚴經卷二：「十方如來及大菩薩，於其自住三摩地中，見與見緣，并所想相，如虛空花，本無所有。此見及緣，元是菩提妙淨明體。」此化用其意。

〔一〇〕如夢能所：謂夢中之能所皆非真實。佛教謂二法對待之時，自動之法謂之能，不動之法謂之所。楞嚴經合論卷二：「爲説五陰軀命、六入、十二處、十八界，雖有現行，實無能所，猶如夢事。」本集卷一一金陵初入制院：「懶於夢境分能所。」即此意。

〔一一〕如蜜中邊：四十二章經：「佛言：『人爲道，猶若食蜜，中邊皆甜。吾經亦爾，其義皆快，行者得道矣。』」

〔一二〕「如妙蓮華」二句：華嚴經合論卷九二：「云我住此海門國十有二年者，明不離十二因緣生死海故。……諸佛智性之海，無有增減，乃至四種，無過此廣大深廣，便見海中有大蓮華忽然出現其上。」本集卷二何忠孺家有石如硯以水灌之有枝葉出石間如巖桂狀爲作此：「君不見海門比丘海爲家，説法光明生齒牙。坐令十二緣生浪，幻出定慧青蓮華。」即此意。

〔一三〕「成就衆生」四句：華嚴經卷一六梵行品：「初發心時，即得阿耨多羅三藐三菩提，知一切法，即心自性，成就慧身，不由他悟。」此以鯤鵬之化喻衆生之自悟，不假外力。莊子逍遥遊：「北冥有魚，其名爲鯤。鯤之大，不知其幾千里也，化而爲鳥，其名爲鵬。鵬之背，不知其幾千里也，怒而飛，其翼若垂天之雲。」錯按：惠洪著述屢用此喻，如禪林僧寶傳卷六澧州洛浦安禪師傳贊：「洞山价、夾山會，皆藥山的骨孫，其鍛鍊鉗鎚，可謂妙密。然价之宗至膺，纔有同安察、後雲居簡而已。會之宗，遂止於洛浦安公。莊子曰：『北溟有魚，其名曰鯤，化而爲鵬，九萬里風斯在下。』然聽其自化也。使之化，則非能鵬也。膺、安似之，其絶也理之固然。」本集本卷雙峰演禪師贊：「如春消冰自涣釋，如鯤化鵬誰使令。」又寂音自贊四首之二：「如化鯤鵬，不借風雷。蓋自化耳，寧有法哉？」卷二〇和陶淵明歸去來詞：「雖鯤鵬之小，猶聽其自化。」

〔一四〕「趨滅陜右」二句：謂陜西克文寂滅之際，即爲江南克文誕生之時。禪林僧寶傳卷八南安巖嚴尊者傳：「淳化乙卯正月初六日，集衆曰：『吾此日生，今正是時。』遂右脇卧而化。」此用其意。」鍇按：克文爲陝府閿鄉鄭氏子，而於江南西路傳法，卒後舍利分塔於洪州靖安縣寶峰與筠州新昌縣洞山。雲庵真淨和尚行狀：「行道説法五十餘年，布衣壞衲，翛然自守。於江西有大緣，民信其化，家家繪其像，飲食必祠。」

〔一五〕暗中五色：景德傳燈録卷五西京光宅寺慧忠國師：「一日唤侍者，侍者應諾，如是三召，皆應諾。師曰：『將謂吾孤負汝？却是汝孤負吾？』」注：「僧問趙州：『國師唤侍者意作麽生？』趙州云：『如人暗裏書字，字雖不成，文彩已彰。』」此寓「克文」之意。

〔一六〕毳衣：僧袍之一種。大乘義章卷一五：「言毳衣者，如涅槃説，鳥獸細毛，名之爲毳。行者若無糞衣，可得求此爲衣。」一切經音義卷三三：「毳衣者，採鳥獸細軟五色毛紡績，織成文罽，以爲上服。」

〔一七〕中人：中等之人，普通人。論語雍也：「中人以上，可以語上也；中人以下，不可以語上也。」

〔一八〕勃然而中興：左傳莊公十一年：「禹湯罪己，其興也悖焉。」杜預注：「悖，盛貌。」「悖」通「勃」。

〔一九〕戴天履地：後漢書翟酺傳：「豈敢雷同受寵，而以戴天履地。」李賢注：「左傳曰：『君履后土而戴皇天也。』」

〔二〇〕高明：謂天。　深厚：謂地。

〔二一〕「惟聞孔子之歿一百年」二句：蘇洵嘉祐集卷一二上歐陽内翰第二書：「自孔子没百有餘年，而孟子生。」

〔二二〕「釋迦之寂二千歲」二句：據佛祖歷代通載卷三，釋迦牟尼於周昭王二十五年四月八日誕生，於周穆王壬申年二月十五日入滅，至北宋克文禪師出世説法，約二千餘年。

〔二三〕三玄銓量：三玄三要爲臨濟宗旨，以之銓量學人。

〔二四〕設選佛科：語本景德傳燈録卷一四鄧州丹霞天然禪師「今江西馬大師出世，是選佛之場」。參見本集卷六和元府判游山句注〔五〕。

〔二五〕陷虎機：喻言句中深藏之禪機。禪林僧寶傳卷一二薦福古禪師傳贊曰：「所言一句中具三玄，一玄中具三要，有玄有要者，臨濟所立之宗也。在百丈、黄蘗，但名大機大用；在巖頭、雪峰，但名陷虎却物。」

〔二六〕頹波：向下流之水勢，喻衰敗之風氣。李白古風五十九首之一：「揚馬激頹波，開流蕩無垠。」此借用其語。

潛庵源禪師真贊三首〔一〕

十年積翠侍立〔二〕，學得眼横鼻直〔三〕。平生氣壓叢林，問著左科背德（聽）㊀〔四〕。一庵深藏霹靂舌〔五〕，從教萬象自分説。百非四句無處蹲〔六〕，孤風照人衆星月〔七〕。

【校記】

㈠德：原作「聽」，誤，今改。參見注〔四〕。

【注釋】

〔一〕政和五年三月作於南昌。　潛庵源禪師：清源禪師，號潛庵。洪州新建人，俗姓鄧氏。嗣法黄龍慧南，屬臨濟宗黄龍派南嶽下十二世，爲惠洪師叔。參見本集卷一送充上人謁南山源禪師注〔一〕。　銛按：本集卷二三潛庵禪師序：「余政和四年冬，證獄太原，拴縛在旅邸，人諱見之，而公冒雨步至撫慰，爲死訣。明年南歸，幸復見之，軒渠笑曰：『吾不意復見子。』」此贊當作於政和五年南歸過南昌時，其時潛庵住南昌上藍院。此題曰「真贊三首」，實爲一首，另兩首分別爲僧求潛庵贊及游龍山斷際院潛庵常居之有小僧乞贊戲書其上，底本編於此贊後。

〔二〕十年積翠侍立：積翠代指黄龍慧南禪師。林間録卷下：「南山清涼（源）道人謂予曰：『我十餘年作老黄龍侍者。』」潛庵禪師序曰：「其周旋之久，機緣之著，而特以侍者稱者，如烏窠之有會通，南陽有應真，趙州有文遠，南院有守廓，慈明有海善，翠巖有慕喆，而黄龍有公。」又曰：「謁黄龍南禪師……自是容爲入室。父子言論久，即令坐于旁。去遊南嶽，時先雲庵方出潙山，與公復造積翠，公爲侍者七年。」錯按：禪林僧寶傳卷二二黄龍南禪師傳：「住黄檗，結菴於谿上，名曰積翠。既而退居，曰：『吾將老焉。』」

〔三〕眼横鼻直：宗門語，猶言「鼻直眼横」，意謂本來面目，蓋人之眼本横，鼻本直。白雲端和尚語録卷一江州承天院語録：「所以從上諸聖，皆向火焰裏出來垂手，只要一切人眼横鼻直去。」古尊宿語録卷二〇舒州白雲山海會演和尚初住四面山語録：「學云：『如何是境中人？』師云：『鼻直眼横。』」

〔四〕左科背德：意爲乖違世俗規則。黄庭堅山谷集卷一四雲蓋智和尚真贊：「哆哆啝啝，搭猱左科。」同書别集卷二失紫竹柱杖頌：「袁門西關失却柱杖，木平萬載縣裏拾得。恰似鄭州却出曹門，何處待此左科禪客。」李綱梁谿集卷三〇申伯叔易再和詩將有從吾言之意：「嗟予於世誠左科，屏居門可設雀羅。」　錯按：底本「德」作「聽」，然此贊爲韻文，皆押入聲韻。「聽」字屬平聲青韻，與前兩句「立」「直」不押韻，而「德」與「直」皆入聲職韻，「立」入聲緝韻，二韻通押。「左」「背」皆乖違義，「科」爲法律，「德」爲道德。「左科背德」爲當句對結構，謂乖違法律道德。「聽」當涉形近而誤，今改。四字連用首見於此贊，後之禪籍或用之，然承底本之誤作「聽」。如元釋從倫林泉老人評唱投子青和尚頌古空谷集卷一第十則夾山答佛：「一體同觀，與佛並化。當此之際，人多左科背聽，逐句尋言。」又云：「汝等諸人聞林泉恁麼道，慎勿左科背聽，更須子細參詳。」林泉老人評唱丹霞淳禪師頌古虚堂集卷五第八十則石門家風：「幸勿漫錯尋思，輒莫左科背聽。」

〔五〕霹靂舌：形容説禪之舌。參見本卷前癩可贊注〔七〕。

〔六〕百非四句無處蹲：禪宗主張離四句，絶百非，摒棄義理名相之學。四句，指「有」、「無」、「亦有亦無」、「非有非無」。「有」句又可分爲四句，即「有有」、「有無」、「有亦有亦無」、「有非有非無」。「無」句亦可分爲四句，即「無有」、「無無」、「無亦有亦無」、「無非有非無」。百非，指非有非無、非有爲非無爲、非有漏非無漏、非色非不色之類上百概念。景德傳燈録卷七虔州西堂智藏禪師：「僧問馬祖：『請和尚離四句，絶百非，直指某甲西來意。』祖云：『我今日無心情，汝去問取智藏。』」馬祖即拒絶討論四句百非之問題。

〔七〕衆星月：衆星中之月，喻其特異不凡。增壹阿含經卷一八四意斷品：「衆星月爲上，光明日爲先。」

【附録】

元釋行秀云：師云：「飢者易爲食，渴者易爲飲。是以三家五請，菩薩上堂；半偈全身，夜叉陞座。豈悕法哉？」黄龍南禪師云：「蓋今之人，容易輕法者衆。欲如田夫時時乾之，令其枯渴，然後溉灌，方得秀實也。」藥山久不陞座，又且不然。覺範道：「一庵深藏霹靂舌，從教萬象自分説。」（萬松老人評唱天童覺和尚頌古從容庵録卷一第七則藥山陞座）

清釋廣真云：古德云：「多言多慮，轉不相應；絶言絶慮，無處不通。」蓋「予欲無言」者，即多言數窮，不如守中也。如來謂之良久，維摩謂之默然。雖然無言無説，而碓嘴磨盤猶自開花結實也。復有哭金錢的小兒向前，亦未免孔老子出黄蘗以止之。乃曰：「天何言哉？四時行焉，百物生焉。天何言哉？」這正是「一庵深藏霹靂舌，從教萬象自分説」的道理。昔藥山久不陞座，院主云：「大衆久思示誨，請和尚爲衆説法。」山令打鼓，衆方集，山陞座良久，便下座，歸方丈。上後隨問：「和尚適來許爲衆説法，云何不垂一言？」山云：「經有經師，論有論師，爭怪得老僧。」（一貫別傳卷一論語予欲無言章）

僧求潛庵贊〔一〕

德臘俱難及〔二〕，一庵江寺限〔三〕。敢稱少室後〔四〕，親見老南來〔五〕。鬢雪殘零盡，心花爛熳開。若言只這是，九尾似黄能〔六〕。

【注釋】

〔一〕宣和四年作於長沙。鍇按：本集卷一七送先上人親潛庵：「潛庵九十一，自是百歲人。造物偶遺漏，頓置漳水濱。先禪江西來，邈得渠儂真。展挂雪色壁，毛髮皆精神。」據此，則求潛庵真贊之僧當爲先上人，此贊作於先上人來長沙時。此贊爲潛庵源禪師真贊三首之第二首。

〔二〕德臘俱難及：宣和四年潛庵九十一歲，德行既高，僧臘亦長，當世少有人及，故云。

〔三〕一庵江寺隈：據潛庵禪師序，潛庵晚年依其法姪忠禪師住南昌上藍院之東堂。南昌臨贛江，上藍故可曰江寺。

〔四〕少室：山名，在嵩山，此代指初祖菩提達磨。景德傳燈録卷三第二十九祖慧可大師：「神令汝南者，斯則少林達磨大士，必汝之師也。光受教，造于少室，其得法傳衣事跡達磨章具之矣。」

〔五〕老南：即黄龍慧南。林間録卷下載潛庵語：「我十餘年作老黄龍侍者。」見前注。

〔六〕九尾似黄能：猶言似九尾黄能，喻極稀有少見。此呼應首句「德臘俱難及」。廓門注：「吴越春秋卷四越王無余外傳曰：『乃有白狐九尾造於禹云云。』又曰：『鯀投於水，化爲黄能。』又船子和尚偈曰：『三十年來坐釣臺，鈎頭往往得黄能。』古語曰：『九尾野狐多變態，金毛獅子能翻身。』」　鍇按：黄能，即黄鼈。左傳昭公七年載晉侯夢黄熊入於寢門。鄭子産爲之析夢曰：「昔堯殛鯀於羽山，其神化爲黄熊，入於羽淵。」杜預注：「黄熊音雄，獸名。一作能，如字，一音奴來反，三足鼈也。解者云：獸非入水之物，故是鼈也。一曰：既爲神，何妨是獸。」然古語無「九尾鼈」之説。今考惠洪同時之劉弇龍雲集卷三同朱彦周遊元陽洞兼示文吴二羽人：「黄熊非鯀化，九肋蓄碩大。」則宋人有「九肋黄能」之説。「九肋鼈」語本五代王定保唐摭言卷一二：「盧肇初舉，先達或問所來。肇曰：『某袁民也。』或曰：『袁州出舉人耶？』肇曰：『袁州出舉人，亦由沅江出龜甲，九肋者蓋稀矣。』」太平廣記卷二五一引唐摭言，「龜甲」作「鼈甲」。山谷詩集注卷一六贈高子勉四首之一：「沅江求九肋鼈，荆州見一角麟。」任淵注：「摭言曰：盧肇，袁州人，初赴舉，先達曰：『袁州出舉人耶？』答曰：『袁州舉人，亦猶沅江出鼈甲，九肋者稀。』」即用此事。又山谷集卷二六跋贈俞清老詩：「公能少自寬，俗子安能爲輕重？去而與祝髮者游，其中雖有道人，亦如沅江九肋鼈爾。」王庭珪盧溪文集卷三六送黄秀才序：「況子文行俱美，郴人視子，已如沅江九肋鼈。」周麟之海陵集卷一答宋子閑：「冀北百馬一駃騠，沅江之鼈九肋稀。」北澗居簡禪師語録卷一：「上堂：『千里駒，九肋鼈。』」皆以「九肋鼈」喻稀有人才。疑此句本當作「九肋似黄能」，惠洪誤記或底本誤刊爲「九尾」，俟考。

游龍山斷際院潛庵常居之有小僧乞贊戲書其上〔一〕

趙州只有一個齒〔二〕，潛庵一個恐不翅〔三〕。雖然下下都咬著，鹹酸自分鹽醋味。龍興古寺曾閉門〔四〕，斷際雲孫第十世〔五〕。勸人莫信馬大師，一口吸盡西江水〔六〕。

【注釋】

〔一〕政和八年作於洪州分寧縣。　龍山：即黄龍山，臨濟宗黄龍派祖庭，潛庵侍黄龍慧南於此。此贊爲潛庵源禪師真贊三首之第三首。

〔二〕趙州只有一個齒：古尊宿語録卷一四趙州真際禪師語録之餘：「鎮府大王問：『師尊年有幾箇齒在？』師云：『只有一箇牙。』大王云：『爭喫得物？』師云：『雖然一箇，下下咬著。』」

〔三〕不翅：不啻，不止。

〔四〕龍興古寺曾閉門：本集卷二三潛庵禪師序：「州郡聞，爭命居天寧。衲子方雲趨座下，一時名士摳衣問道。公以目疾隱居龍興寺房，户外之屨亦滿。」輿地紀勝卷二六江南西路隆興府：「龍興院，在府城。寺有林仁肇鍾及鐵普賢像，高丈餘。」

〔五〕斷際雲孫第十世：潛庵常居斷際院，故特言其爲斷際禪師第十世孫。斷際，即唐黄檗希運禪師，閩人，住持高安黄檗山寺，敕謚斷際禪師。有黄檗山斷際禪師傳心法要、斷際禪師宛陵録傳世。事具宋高僧傳卷二〇、景德傳燈録卷九。其傳法世系爲：黄檗希運—臨濟義玄—興化存獎—南院慧顒—風穴延沼—首山省念—汾陽善昭—石霜楚圓—黄龍慧南—潛庵清源。雲孫：泛指遠孫。語本爾雅釋親。

〔六〕「勸人莫信馬大師」二句：景德傳燈録卷八襄州居士龐藴：「後之江西參問馬祖云：『不與萬法爲侶者是什麽人？』祖云：『待汝一口吸盡西江水，即向汝道。』居士言下頓領玄要。」此反其意而用之。

靈源清禪師贊五首㊀〔一〕

辯如玄沙有邊幅〔二〕，韻如睦州出風骨〔三〕。默然而説心自昭㊁〔四〕，八荒光明寄毛粟〔五〕。獨立南榮山嶽峻〔六〕，臨濟欲傾不敢覆〔七〕。笑橫玉麈氣如春，一堂嚴冷天魔哭。

衲子無處摸索，畫師筆筆畫著。山僧醉眼難憑，付與衆人彈駁。似則打殺靈源，不似幀子燒却〔八〕。

魔外如驚濤，大願真砥柱〔九〕。生與海衆同，没與海衆處〔一〇〕。兀然引帶笑不言，從教大地山河語。

風度凝遠〔一一〕，杳然靖深。如春在花，如意在琴〔一二〕。雖甚昭著，莫可追尋〔一三〕。蹶起臨濟，如磁石針〔一四〕。

披衣肯來，奔百川而地喘〔一五〕；袖手歸去，碧一天而電收〔一六〕。閉門無個事，兀坐青兩眸。喝月倒行前日令〔一七〕，呼山入坐上簾鈎〔一八〕。

【校記】

㊀林間録後集録其第一首，題曰「昭默禪師真贊」。

㈡心自昭：林間録後集作「珠自照」。

【注釋】

〔一〕政和八年作於洪州分寧縣。　靈源清禪師：釋惟清，字覺天，洪州武寧人，俗姓陳氏。自號靈源叟。嘗住舒州太平寺，後歸黄龍，退居昭默堂，以堂爲號。賜號佛壽。事具禪林僧寶傳卷三〇黄龍佛壽清禪師傳、本集卷二三昭默禪師序。　鍇按：政和八年惠洪嘗至黄龍山謁惟清塔，贊當作於是時。

〔二〕辯如玄沙：昭默禪師序：「玄沙備師從雪峰真覺禪師最久，備遂爲談根門無功幻生法門。其論皆揭佛祖之奥，雪峰亦嘗撫其背曰：『豈意衰暮，聞此妙法。汝再來人也，吾所不及。』……公（惟清）爲晦堂老人侍者，而名聲已鬨聞叢林。其超情獨脱之論，無師自然之智，當機密用，人不敢觸其鋒，雖晦堂唯知加敬而已。」禪林僧寶傳惟清本傳：「初閲玄沙語，倦而倚壁，起經行，步促遺履，俯取之，乃大悟。」

〔三〕韻如睦州：本集卷一送英老兼簡鈍夫：「靈源道價壓四海，骨相正似陳睦州。」因惟清俗姓陳，故以陳尊宿比之。

〔四〕默然而説心自昭：此句釋惟清號昭默之意。

〔五〕八荒光明寄毛粟：謂其眼能見廣大光明，皆寄託於眼醫細微之針頭中，喻惟清能從極細微處啓人自悟，使其心地光明。蘇軾贈眼醫王生彦若：「鍼頭如麥芒，氣出如車軸。間關絡脉中，性命寄毛粟。」此化用其意。　毛粟：喻極細微之物。禪林僧寶傳卷二〇華嚴隆禪師傳：「隆曰：『若果如此，冷如毛粟，細如冰雪。』」此故作反語，本當爲冷如冰雪，細如毛粟。鍇按：昭默禪師序：「然見之者，皆各得其懽心。至於授法，鉗椎鍛煉，則學者如於菟視水車然，莫知罅隙。其提唱議論，初不許學者傳録，有得其片言隻句者，甚於獲夜光照乘。」

〔六〕獨立南榮山嶽峻：喻惟清品格之高尚如山嶽聳立南方，令人仰望。禪林僧寶傳惟清本傳：「天下想其標致，摩雲昂霄。」　南榮：指南方之地，此代指江南西路。楚辭章句漢王褒九懷思忠：「玄武步兮水母，與吾期兮南榮。」王逸注：「南方冬温，草木常茂，故曰南榮。」

〔七〕臨濟欲傾不敢覆：禪林僧寶傳惟清本傳載其自作無生常住真歸告銘叙曰：「少室道行，光騰後裔，則有雲門偃奮雄音絶唱於國中，臨濟玄振大用大機於天下，皆得正傳，世咸宗奉。惟清望臨濟，九世祖也，今宗教衰喪，其未盡絶滅者，唯二家微派，斑斑有焉。然名多媿實，顧適當危寄，而朝露身緣，勢迫晞墜。因力病，釋俗從真，叙如上事，以授二三子。吾委息後，當用依稟觀究，即不違先聖法門，而自見深益，慎勿隨末法所尚，乞空文於有位。」

〔八〕「似則打殺靈源」二句：此就惟清畫像（寫真）言之。景德傳燈録卷一〇趙州東院從諗禪師：「有僧寫得師真呈師。師曰：『且道似我不似我？若似我，即打殺老僧。不似我，即燒却真。』僧無對。」此化用其意。　幀子：即寫真之畫幅。

〔九〕大願：指惟清臨終前作無生常住真歸告銘所發誓願。

〔一〇〕「生與海衆同」二句：謂惟清死後骨灰葬海會塔，無論生或死，皆與衆僧等同。禪林僧寶傳惟清本傳：「公遺言，藏骨石於海會，示生死不與衆隔也。門弟子確誠克奉藏之，而增修其舊，不敢違其誡。」海衆，僧衆。海會塔，即普同塔，又稱普通塔，僧衆納骨塔，取海衆同會一穴之意。參見本集卷二二普同塔記。

〔一一〕風度凝遠：新唐書宋璟傳：「璟風度凝遠，人莫涯其量。」此借用其語。

〔一二〕如意在琴：即「如意在絃」。參見本卷郴州乾明進和尚舍利贊注〔二一〕。

〔一三〕「雖甚昭著」二句：此亦釋「昭默」二字之意。

〔一四〕「蹶起臨濟」二句：謂惟清扶起跌倒之臨濟宗，如磁石用之於針，使針隨磁石而起。

〔一五〕「披衣肯來」二句：謂惟清肯出世住持寺院，天下禪僧如百川奔海而至，其聲勢如大地喘息。本集卷二八請靈源升座：「鬧傳法馭之肯來，故已輿情之喜愜。」禪林僧寶傳惟清本傳：「淮南使者朱京世昌請住舒州太平，乃赴，衲子爭趨之，其盛不減圓通在法雲、長蘆時。」昭默禪師序：「初開法於舒州之太平，衲子雷動雲合而至。未嘗謹規矩，而人人自肅。江淮叢林，號稱第一。」

〔一六〕「袖手歸去」二句：謂惟清退居昭默堂，靜默自守。昭默禪師序：「洪州轉運使王公桓迎公歸黃龍，欲以繼晦堂老人。未幾，晦堂化去，公亦移病，乃居昭默堂宴坐，一室頹然，人莫能親疏之。」電收：喻退隱，不再任住持。黃庭堅黃龍心禪師塔銘：「龍蛇混居，雷藏電收。」

〔一七〕喝月倒行前日令：李賀秦王飲酒：「酒酣喝月使倒行。」此借用其語。

〔一八〕呼山入坐上簾鉤：黄庭堅題落星寺四首之一：「詩人畫吟山入座。」王勃滕王閣序：「珠簾暮卷西山雨。」此化用其意。

雲蓋智禪師贊〔一〕

洞徹汪洋，高明廣大。如天蓋空，如月出海。宴坐一室，不動客介（齐）㊀〔二〕。而使衲子，望崖而退〔三〕。此其整臨濟頽綱之大槩也。至於不得已而有言，則若邵平瓜甜而根蔕苦〔四〕，羅生隱身而露衣帶〔五〕。欲得靈妙，常令不暗復不昧。此余見之而必再拜也。

【校記】

㊀介：原作「齐」，今從四庫本、武林本。参見注〔二〕。

【注釋】

〔一〕作年未詳。雲蓋智禪師：釋守智（一〇二五～一一一五），劍州龍津人，俗姓陳氏。幼依劍浦林重院沙門某爲童子，年二十三得度，受具於建州開元寺。出嶺，先後謁大寧道寬、法昌倚遇、翠巖可真諸禪師。及依黄龍慧南禪師於積翠，始盡所疑，依止五年。南公歿，南遊，首衆於石霜。出世住道吾，俄遷雲蓋山海會寺。元祐六年，退居西堂，閉户三十年。政和四年，年九十，潭帥周穜請住開福。明年三月七日示化。事具禪林僧寶傳卷二五、嘉泰普燈録卷四。建中靖國續燈録卷一二、聯燈會要卷一四載其機語，五燈會元卷一七列爲臨濟宗黄龍派南嶽下十二世，爲惠洪師叔。

〔二〕不動客介：意謂不驚動賓客隨從。介，爲賓客傳言之隨從。禮記聘義：「聘禮，上公七介，侯伯五介，子男三介，所以明貴賤也。介紹而傳命。君子於其所尊，弗敢質，敬之至也。」孔穎達疏：「此一節明聘禮之有介，傳達賓主之命，敬之至極也。」廓門注：「左傳二十八卷定公八年曰：『盡客氣也。』言皆客氣非勇。『齐』當作『氣』或『芥』字歟？」其説未確。

〔三〕望崖而退：謂其門庭高峻，令修行者望而退却。參見本卷五祖慈覺贊注〔五〕。林間録卷下：「道吾真禪師孤硬，具大知見。諸方來者，必勘驗之，往往望崖而退甚多。」鍇按：禪林僧寶傳守智本傳稱其「疾禪林便軟暖，道心澹泊，來參者，掉頭不納」。

〔四〕邵平瓜甜而根蔕苦：此猶良藥苦口利於病之意。史記蕭相國世家：「召平者，故秦東陵侯。秦破，爲布衣，貧，種瓜於長安城東，瓜美，故世俗謂之『東陵瓜』，從召平以爲名也。」「召平」又作「邵平」。

〔五〕羅生隱身而露衣帶：喻其言雖隱晦而微露其意。酉陽雜俎卷二：「玄宗學隱形於羅公遠，或衣帶、或巾脚不能隱。上詰之，公遠極言曰：『陛下未能脱屣天下，而以道爲戲。若盡臣術，必懷璽入人家，將困於魚服也。』」參見本集卷八餞枯木成老赴南華之命注〔三〕。

雲蓋生日三月初七報慈僧持真求贊〔一〕

平生脊骨，生鐵鑄就〔二〕。闔門理鉏，揎起兩手〔三〕。禪者見之，立不敢久。問未及答，已欲返走〔四〕。如老黄龍機鋒〔五〕，如英邵武堅瘦㊀〔六〕。如雪峰之嶮〔七〕，如百丈之壽〔八〕。末後報慈寺中，笑中打箇筋斗〔九〕。試問是何宗旨，代云合取狗口〔一〇〕。

【校記】

㊀堅瘦：原作「□叟」，闕一字。武林本作「拙叟」，天寧本作「健叟」。今從寬文本、廓門本。

【注釋】

〔一〕宣和元年三月作於長沙。雲蓋：即雲蓋守智禪師。生日：指高僧忌日。禪林僧寶傳卷二五雲蓋智禪師傳：「政和四年，年九十矣。潭師周穜仁熟遺長沙令佐詣山請供，智以老辭。令佐固邀曰：『太守以職事不得入山，遣屬吏來迎，意勤乃不往，貽山門之咎。』智登輿而至，入開福，齋罷鳴鼓。智問其故，曰：『請師住持此院。』智心知墮其計，不得辭，乃受之。明年三月七日陞座説偈曰：『未出世，頭似馬杓；出世後，口如驢觜。百年終須自壞，一任天下卜度。』歸方丈安坐，良久乃化。」守智卒於三月七日，故此日爲其生日。　報慈僧：此當指守智弟子文玉禪師，繼守智住持開福寺。參見本集卷二一潭州開福轉輪藏靈驗記。　鍇按：據嘉泰普燈録卷六、續傳燈録卷一八目録，雲蓋守智法嗣中有文玉，號宣祕，住潭州開福寺。本集本卷報慈宣祕禪師贊稱其「曾見西堂古佛來」，西堂即守智，可知報慈宣祕禪師即守智法嗣開福宣祕文玉禪師。本集卷二八請真戒住開福稱「湖南報慈寺，天下選佛場」；又本集卷三〇花藥英禪師行狀稱進英住長沙之開福，而五燈會元卷一七乃稱「報慈進英禪師」，均可證潭州開福寺即報慈寺。乾隆長沙府志卷三五方外寺觀：「報慈寺，在瀏陽門内稻田之上，唐朝建。」續藏經收有潭州開福報慈禪寺道寧禪師語録，可知該寺全名爲開福報慈禪寺。

〔二〕「平生脊骨」二句：比喻倔强剛直。景德傳燈録卷一五朗州德山宣鑒禪師：「巖頭聞之曰：『德山老人一條脊梁，骨硬似鐵拗不折。』」

〔三〕「關門理鉏」二句：禪林僧寶傳守智本傳：「智爲人耐枯淡，日猶荷鋤理蔬圃，至老不衰。」

〔四〕「禪者見之」四句：即前雲蓋智禪師贊「而使衲子，望崖而退」之意。

〔五〕如老黄龍機鋒：禪林僧寶傳守智本傳：「及謁南禪師於積翠，依止五年。」林間録卷上：「南禪師居積翠時，以佛手、驢脚、生緣語問學者，答者甚衆，南公瞑目如入定，未嘗可否之。學者趨出，竟莫知其是非。故天下謂之『三關語』。……雲蓋智禪師嘗爲予言曰：昔日再入黄檗，至坊塘，見一僧自山中來，因問三關語：『兄弟近日如何商量？』僧曰：『有語甚妙，可以見意。』『我手何似佛手？』曰：『月下弄琵琶。』或曰：『遠道擎空鉢。』『我脚何似驢脚？』曰：『鷺鷥立雪非同色。』或曰：『空山踏落花。』『如何是汝生緣處？』曰：『某甲某處人。』時戲之曰：『前塗有人問上座如何是佛手、驢脚、生緣意旨，汝將「遠道擎空鉢」對之耶？「鷺鷥立雪非同色」對之耶？若俱將對，則佛法混濫；若揀擇對，則機事偏枯。』其僧直視無所言，吾謂曰：『雪峰道底。』」

〔六〕如英邵武堅瘦：禪林僧寶傳守智本傳：「又見英邵武於同安。」英邵武，即釋洪英（一〇一二～一〇七〇），姓陳氏，邵武軍人，嗣法黄龍慧南，爲臨濟宗黄龍派南嶽下十二世。熙寧元年首衆於廬山圓通寺，次年移住石門寶峰院，三年卒。事具嘉泰普燈録卷四。禪林僧寶傳卷二三泐潭真淨文禪師傳：「于時洪英首座，機鋒不可觸，與師齊名。英，邵武人，衆中號英邵武、文關西。」洪英爲惠洪師伯。林間録卷上：「英邵武開豁明濟之姿，蓋從上宗門爪牙也。」　堅瘦：蘇軾楊康功有石狀如醉道士爲賦此詩：「三年化爲石，堅瘦敵瓊玖。」此借用其語以喻高僧風骨。

〔七〕如雪峰之嶮：謂守智禪風險峻如雪峰義存禪師。前注〔五〕所引林間録卷上記守智駁難一僧，且曰：「雪峰道底。」可見其禪近似雪峰。

〔八〕如百丈之壽：據景德傳燈録卷六、宋高僧傳卷一〇，百丈懷海禪師以元和九年甲午歲正月十七日歸寂，享年九十五。禪林僧寶傳守智本傳載其政和五年三月七日遷化，享年九十一。其壽大體相當。

〔九〕「末後報慈寺中」二句：景德傳燈録卷七幽州盤山寶積禪師：「師將順世，告衆曰：『有人貌得吾真否？』衆皆將寫得真呈師，師皆打之。弟子普化出曰：『某甲貌得。』師曰：『何不呈似老僧？』普化乃打筋斗而出。師曰：『遮漢向後如風狂接人去在。』」此借喻持真求贊之報慈僧文玉，能真正繼承守智之精神，如普化能以打筋斗之舉貌得寶積禪師真。

〔一〇〕代云合取狗口：雲門匡真禪師廣録卷上：「問：『如何是不挂脣吻一句？』師云：『合取狗口。』」此借用其語。代云，此指代爲回答「試問是何宗旨」句。汾陽無德禪師語録卷中頌古代別：「室中請益，古人公案未盡善者，請以代之；語不格者，請以別之。故目之爲代別。」此倣代語之例。

黄龍草堂清禪師贊〔一〕

寶（黄）覺晚子㊀〔二〕，死心季弟〔三〕。住黄龍山，爲十二世〔四〕。青春無背面，空花有根蔕。欲識晦堂背觸拳〔五〕，寒到黄河凍連底〔六〕。

【校記】

㊀ 寶：原作「黄」，誤，今改。参見注〔二〕。

【注釋】

〔一〕政和八年作於洪州分寧縣黄龍山。　黄龍草堂清禪師：釋善清（一〇五七～一一四二），南雄保昌人，俗姓何氏。初謁大潙慕喆，無所省動。後謁黄龍祖心，豁然契悟，遂嗣其法。屬臨濟宗黄龍派南嶽下十三世。政和五年繼死心悟新禪師住持黄龍，六年謝院事，結茅寺側，自號草堂。南渡後住曹山，遷疎山，終住泐潭寶峰院。事具僧寶正續傳卷五，聯燈會要卷一五、嘉泰普燈録卷六、五燈會元卷一七、續傳燈録卷二二載其機語。

〔二〕寶覺晚子：底本「寶」作「黄」，廓門注：「『黄』當作『寶』字。」其説甚是。鍇按：據禪林僧寶傳卷二三黄龍寶覺心禪師傳，祖心賜號寶覺。僧寶正續傳卷五寶峰清禪師傳：「依黄龍晦堂禪師，久之有悟，獻頌。晦堂曰：『得道易，守道難。守道猶在己，説法爲人難。吾宗一句中具三玄，一玄中具三要，有玄有要，向後自看。』師復立成一頌，有『刹刹塵塵奉此身』之句，晦堂可之。」善清嗣法祖心，故當稱「寶覺晚子」。禪林無將「黄龍寶覺」略稱爲「黄覺」之例，「黄」字涉詩題之「黄龍」而誤，今改。

〔三〕死心季弟：死心，即釋悟新（一〇四四～一一一五），韶州曲江人，俗姓王氏，號死心叟。嗣法寶覺祖心，爲善清法兄，屬臨濟宗黄龍派南嶽下十三世。出住雲巖、翠巖，政和初遷黄龍。

政和五年十二月十五日坐逝（羅湖野録卷下作政和四年），年七十二。事具補禪林僧寶傳、嘉泰普燈録卷六。僧寶正續傳善清本傳：「會死心出世，靈源走書招之，俾輔佐死心。師奇厖福艾，剛嚴有識度。凡死心由翠巖再住雲巖，遷黄龍，師皆在焉。率居第一座，分席接衲，與死心周旋，垂二十年。」

〔四〕「住黄龍山」三句：僧寶正續傳善清本傳：「政和五年，死心去世，大師張司成請師繼席開法，唱晦堂之道。時黄龍號稱法窟，多奇傑之士。」錯按：在善清之前住洪州黄龍山，可考者有慧南、祖心、元肅、自慶、有新、如曉、惟清、悟新諸禪師。然十二世之順序，俟考。

〔五〕晦堂背觸拳：冷齋夜話卷七觸背關：「寶覺禪師老庵於龍峰之北，魯直丁家難，相從甚久，館於庵之旁兩年。寶覺見學者，必舉手示曰：『唤作拳是觸，不唤拳是背。』莫有契之者。叢林謂之觸背關。」

〔六〕寒到黄河凍連底：嘉泰普燈録卷二紹興府天衣義懷禪師：「上堂：『夜來寒霜凜冽，黄河凍結，陝府鐵牛腰折。』」

香城瑛禪師贊〔一〕

黄龍三關，初豈拒人。見者佇思，剩却法身〔二〕。祐公掉臂直去㊀〔三〕，悦公追之絶塵〔四〕。維瑛寔兩公之後，觀其滿腹精神。木牀足折，續之以薪〔五〕。則三十年後，當令天下聞之甚富，見之甚貧也。

【校記】

㊀去：原闕，今從武林本、天寧本補。參見注〔三〕。

【注釋】

〔一〕政和七年秋作於洪州新建縣西山。　香城瑛禪師：釋妙瑛，字師璞。據此贊「維瑛寔兩公之後」，可知其爲「祐公」（雲居元祐）法孫，「悦公」（景福省悦）法嗣，屬臨濟宗黄龍派南嶽下十四世，爲惠洪法姪。住西山香城寺，人稱「骨瑛」。僧傳、燈録失載。參見本集卷一香城懷吴氏伯仲、卷二四師璞字序、卷二五題瑛老寫華嚴經。

〔二〕「黄龍三關」四句：禪林僧寶傳卷二二黄龍南禪師傳：「以佛手、驢脚、生緣三語問學者，莫能契其旨。天下叢林，目爲三關。脱有酬者，公無可否，斂目危坐，人莫涯其意。延之又問其故，公曰：『已過關者，掉臂徑去，安知有關吏？從吏問可否，此未透關者也。』」人天眼目卷二黄龍三關：「南禪師問隆慶閑禪師云：『人人有箇生緣，上座生緣在什麽處？』閑云：『早晨喫白粥，至晚又覺饑。』又問：『我手何似佛手？』閑云：『月下弄琵琶。』又問：『我脚何似驢脚？』閑云：『鷺鷥立雪非同色。』黄龍每以此三轉語垂問，學者多不契其旨。」

〔三〕祐公掉臂直去：謂元祐禪師爲透過黄龍三關者。祐公，即釋元祐（一〇三〇～一〇九五），信州上饒人，俗姓王氏。嗣法黄龍慧南，初住潭州道林，次移廬山玉澗，晚居南康雲居山真如院。爲臨濟宗黄龍派南嶽下十二世，惠洪師叔。建中靖國續燈録卷一三、聯燈會要卷一四載其機語。禪林僧寶傳卷二五雲居祐禪師傳：「二十四得度，具戒。時南禪師在黄檗，即往依之十餘年。智辯自將，氣出流輩，衆以是悦之少，然祐不卹也。」底本原闕「去」字，按慧南嘗曰「已過關者，掉臂徑去」，故闕字當爲「去」，今從天寧本。

〔四〕悦公追之絶塵：謂省悦禪師亦追蹤元祐絶塵而去，透過三關。悦公，即景福省悦禪師，生平未詳。嗣法雲居元祐，爲臨濟宗黄龍派南嶽下十三世，住洪州東山景福寺。建中靖國續燈録卷二一載其機語。廓門注：「悦公未詳，兜率從悦歟？」俟考。

〔五〕「木牀足折」二句：形容戒律謹嚴，生活艱苦。木牀，僧人坐具。禪林僧寶傳卷四漳州羅漢琛禪師傳：「琛嘗垂頭，頽然坐折木牀。」

龍城智公真贊〔一〕

奉持毗尼〔二〕，珪璧無玷。研味般若，金剛有焰〔三〕。有萬其衆，感以無心。如象牙雷〔四〕，如磁石針〔五〕。住持此山，垂三十白〔六〕。殿閣化成，兒孫戢戢〔七〕。高明廣大，不可形容。稽首寄老，後身寶公〔八〕。

【注釋】

〔一〕政和四年八月作於筠州高安縣。龍城智公：當指龍城院僧志淳。本集卷二二寄老庵記：「高安，南州之屬郡。地連西山、廬嶽之勝，俗美訟簡，士大夫自爲江西道院。飛楹畫棟，間見層出於茂林修竹，往往皆浮圖老子之廬。龍城院去郭餘一舍，山川精神發於雲泉林壑間，如人眉目處。……問覺範：『誰從子游？』『有老僧志淳者，其爲人木訥而靜深，易親而難忘，今結庵於鳳回峰之西，名曰寄老。』」此贊有「稽首寄老」之句，可見智公即寄老庵志淳，然生平法系未詳。疑龍城院爲律寺，而志淳爲律師。

〔二〕毗尼：毗尼藏，即律藏。此指奉持戒律。

〔三〕金剛有焰：有鍛煉金剛智慧之火焰。景德傳燈録卷三〇永嘉真覺大師證道歌：「大丈夫，秉慧劍，般若鋒兮金剛焰。」

〔四〕象牙雷：大般涅槃經卷八如來性品：「譬如虛空震雷起雲，一切象牙上皆生花。若無雷震，花則不生，亦無名字。衆生佛性亦復如是，常爲一切煩惱所覆，不可得見。是故我説衆生無我，若得聞是大般涅槃微妙經典，則見佛性，如象牙花。」參見本集卷一八靖安胡氏所蓄觀音贊注〔四〕。

〔五〕磁石針：蘇軾朱壽昌梁武懺贊偈：「母子天性，自然冥契，如磁石針，不謀而合。」

〔六〕垂三十白：猶言近三十年。景德傳燈録卷二第二十二祖摩拏羅：「後鶴勒那問尊者曰：『我止林間，已經九白，有弟子龍子者，幼而聰慧，我於三世推窮，莫知其本。』」注：「印度以一年爲一白。」

〔七〕戢戢：密集衆多貌。

〔八〕後身寶公：謂寄老庵僧爲寶公之後身。廓門注：「寶公未詳。」失考。寶公即梁高僧寶誌，本集屢言之，已見前注。

石頭志庵主贊〔一〕

自住石頭〔二〕，老無氣力。一回上山，一回氣急〔三〕。禪流相見問宗風，一日兩度鉢盂濕〔四〕。

【注釋】

〔一〕崇寧元年冬十月作於南嶽衡山。石頭志庵主：釋懷志，真淨克文法嗣，惠洪法兄。事具補禪林僧寶傳南嶽石頭志庵主傳。參見本集卷三贈石頭志庵主注〔一〕。

〔二〕石頭：在衡山南臺寺。南嶽總勝集卷中：「南臺禪寺，在廟之北登山十里。唐天寶初，有六祖之徒希遷禪師遊南寺，見有石狀如臺，乃庵居其地。故寺號南臺。」希遷號石頭和尚，即以此。

〔三〕「一回上山」二句：白雲端和尚語録卷一江州圓通崇勝禪院語録：「你衲僧家，尋常放匙把筯，盡道知有。及至上嶺時，爲什麽却氣急？不見道：人無遠慮，必有近憂。」

〔四〕一日兩度鉢盂濕：禪門習語，意謂一日喫兩頓粥。白雲端和尚語録卷一舒州法華山證道禪院語録：「上堂云：『解接無根樹，能挑海底燈，未是衲僧分上事。且道作麽生是衲僧分上事？』良久云：『一日兩度鉢盂濕。』」同書卷二舒州白雲山海會禪院語録：「一日兩度鉢盂濕，少一點不得。不見道常聞：一飽忘百飢。今日山僧身便是。」

華藥英禪師贊〔一〕

以鐵作喙〔二〕，名無有雙。老住回雁〔三〕，道冠湘江。神機之妙，如鐘在撞。爲功德林〔四〕，爲精進幢〔五〕。不動聲氣，天魔自降。懷我雲庵，黄龍的嗣〔六〕。説法如雲，縱横放肆。孰知此老，膽氣相似〔七〕。大法付授，良亦在此。是名關西，克家之子〔八〕。

【注釋】

〔一〕約宣和六年冬作於潭州湘陰縣。　華藥英禪師：釋進英，字拙叟，吉州太和人，俗姓羅氏。真淨克文法嗣，惠洪師兄，屬臨濟宗黄龍派南嶽下十三世。初開法長沙開福寺，後庵梁山，政和四年住持衡州花藥山天寧寺。事具本集卷三〇花藥英禪師行狀、僧寶正續傳卷二花藥英禪師傳。參見本集卷一七花藥英禪師生日其子通慧設齋作此注〔一〕。華，同「花」。

〔二〕以鐵作喙：花藥英禪師行狀：「師有爽氣，喜暴所長以激後學，三十年一節不移，故佛印呼爲鐵喙。」

〔三〕老住回雁：花藥英禪師行狀：「政和甲午，衡陽道俗迎住花藥之天寧，勸請皆一時名公卿。」回雁：峰名，在衡州衡陽縣城南。南嶽總勝集卷上：「回雁峰，在衡州城南。按圖經云：『是南嶽之首，雁到此而止，不過南矣，遇春復回北。』」此代指衡陽。

〔四〕功德林：以念佛、誦經、布施諸功德爲叢林。華嚴經卷一九夜摩宫中偈讚品有功德林菩薩名號，此借用其語。

〔五〕精進幢：以精進修行爲佛前石幢之旗幟。華嚴經卷二三兜率宫中偈讚品有精進幢菩薩名號。此借用其語。鍇按：花藥英禪師行狀：「師以教外别傳之宗授上根，以漚和般若化道俗。老益康强，精進不替，嘗中夜禮佛，作息飲食，不肯與衆背。叢林信其誠，民人化其教，得法而爲一方領袖者，不可勝數。」此即所謂「爲功德林，爲精進幢」。

〔六〕「懷我雲庵」二句：雲庵真淨克文嗣法黄龍慧南，已見前注。

〔七〕「説法如雲」四句：僧寶正續傳進英本傳：「師於真淨之道，力行而博施之，得語言三昧。」花藥英禪師行狀：「其激揚大事，游泳語言，備存三録：曰報慈，曰雁峰、游臺，盛行於世。」

〔八〕「是名關西」二句：謂進英果真是能繼承真淨克文禪道之弟子。關西：指克文，陝府閿鄉人，叢林號爲「文關西」。克家之子：語本易蒙卦：「九二，包蒙吉，納婦吉，子克家。」

寶峰準禪師贊〔一〕

洞庭無蓋〔二〕，虛空有口〔三〕。步水東山〔四〕，藏身北斗〔五〕。石門壁立萬仞〔六〕，踞地一聲哮吼〔七〕。驚得四序回旋，喝下須彌倒走〔八〕。是謂湛堂老人，不落威音之後〔九〕。

【注釋】

〔一〕政和五年十月作於洪州靖安縣。寶峰準禪師：釋文準，號湛堂，興元府人，俗姓梁氏，真淨克文法嗣，惠洪師兄。初開法於雲巖，後移居泐潭寶峰院。事具本集卷三〇泐潭準禪師行狀。參見本集卷一五謁準禪師塔注〔一〕。

〔二〕洞庭無蓋：建中靖國續燈録卷七潭州道吾山興化悟真禪師：「問：『如何是佛？』師云：『洞庭無蓋。』」錯按：林間録卷下：「道吾真禪師孤硬，具大知見，與楊岐會禪師俱有重名於禪林。當時慈明會中，先數會、真二大士爲龍象。然開法皆遠方小剎，衆纔二十餘輩。諸方來者，必勘驗之，往往望崖而退甚多。……或問：『如何是佛？』答曰：『洞庭無蓋。』予作偈曰：『洞庭無蓋，凍殺法身。趙州貪食，牙齒生津。』」

〔三〕虚空有口：景德傳燈録卷八洪州西山亮座主：「本蜀人也，頗講經論，因參馬祖。祖問曰：『見説座主大講得經論，是否？』亮云：『不敢。』祖云：『將什麽講？』亮云：『將心講。』祖云：『心如工伎兒，意如和伎者，爭解講得經？』亮抗聲云：『心既講不得。虚空莫講得麽？』祖云：『却是虚空講得。』」此化用其意。

〔四〕步水東山：雲門匡真禪師廣録卷上：「問：『如何是諸佛出身處？』師云：『東山水上行。』」

〔五〕藏身北斗：雲門匡真禪師廣録卷上：「問：『如何是透法身句？』師云：『北斗裏藏身。』」鍇按：以上皆爲禪林著名話頭。

〔六〕石門壁立萬仞：謂文準之禪門庭高峻，如石門山難以翻越。泐潭準禪師行狀：「師槌拂之下常三百人，而宿户外者又百餘許，求入室就學，師難之，乃謂之曰：『十方無壁落，四面亦無門，闍梨從什麽處入？』對皆不契。」石門：寶峰院在靖安縣石門山，故云。

〔七〕踞地一聲哮吼：謂其説法如叢林中獅子王，聲震諸方。大般涅槃經卷二七師子吼菩薩品：「如師子王自知身力，牙爪鋒芒，四足踞地，安住巖穴，振尾出聲。若有能具如是諸相，當知是則能師子吼。」

〔八〕「驚得四序回旋」二句：極言文準峻烈言辭之威力，足以倒轉時空。泐潭準禪師行狀：「每曰：『我只畜一條柱杖，佛來也打，祖來也打，不將元字脚涴汝枯腸，如此臨濟一宗不到冷落。』學者莫窺其奥。」此即其言辭震撼之處。四序，指春夏秋冬四季。魏書律曆志上：

「然四序遷流，五行變易。」須彌，佛書中山名。錯按：惠洪此喻頗爲後來禪師所用，如大慧普覺禪師語録卷一二讚佛祖圜悟和尚讚之二：「箇是楊岐嫡孫，喝下須彌倒走。」破庵和尚語録戢庵居士請贊濟顛：「一拳拳碎虚空，驚得須彌倒走。」禪宗頌古聯珠通集卷二〇塗毒策頌古：「普化趯倒飯牀，臨濟大張其口。放出踞地金毛，驚得須彌倒走。」

〔九〕不落威音之後：稱譽文準悟得威音王出世前之本來面目。法華經卷六常不輕菩薩品：「乃往古昔，過無量無邊不可思議阿僧祇劫，有佛名威音王如來。」錯按：禪林常以「威音王已前」句代指學人自己本來面目，如袁州仰山慧寂禪師語録：「南泉入堂見，乃問：『長老甚年中行道？』黄檗云：『威音王已前。』」明覺禪師語録卷一：「所以雪竇尋常道：威音王已前無師自悟，是第二句。」

芙蓉楷（揩）禪師贊㈠〔一〕

望之翛然，冰枯而天粹。即之淵然，雲閑而水止。意坐石而情無住著〔二〕，故杖瘦藤而欲起。人言即俗復即真〔三〕，出塵之相加冠巾〔四〕。非因引法忤聖主，我宗僧俗兩不存〔五〕。五位正宗將仆地，以手挈之閲人世〔六〕。屹然萬仞捍狂瀾，荷負大法當如是。紛紛鄙夫拜公像〔七〕，譬如螻蟻見龍象。驚魂已化千微塵，豈特形容先沮喪〔八〕。

火刀直裰誰得之〔九〕？醉李故時魚捕師㊁〔一〇〕。嶺梅已熟莫咬破，核子乞與寧馨兒〔一一〕。

【校記】

㊀楷：底本、四庫本作「揩」，誤，今從廓門本、武林本。

㊁魚捕：四庫本作「捕魚」。

【注釋】

〔一〕宣和元年作於長沙。芙蓉楷禪師：釋道楷，沂州費縣人，俗姓崔氏。嗣法投子義青，屬曹洞宗青原下十一世。住郢州大陽、隨州大洪，後詔住東京十方淨因院，移住天寧。以拒帝命坐罪，黥而流之。後庵於芙蓉湖心，故稱芙蓉道楷。事具禪林僧寶傳卷一七天寧楷禪師傳、本集卷二三定照禪師序。參見本集卷一〇寄楷禪師注〔一〕。鍇按：據「醉李故時魚捕師」句，可知此贊爲枯木法成而作。惠洪宣和元年見法成於長沙道林寺，姑繫於此。

〔二〕意坐石而情無住著：杜甫戲爲雙松圖歌：「松根胡僧憩寂寞，龐眉皓首無住著。」此借用其語。參見本集卷三游南嶽福嚴寺注〔一九〕。

〔三〕即俗復即真：謂俗中有真，即俗等同即真。蓋佛說法，不出真俗二諦，或言在俗諦而理歸真實。隋釋智顗仁王護國般若經疏卷四：「即俗即真，故言平等。」

〔四〕出塵之相加冠巾：謂其面相雖爲出家人，却著儒生之冠巾；或意謂道楷雖還俗著冠巾，而有出塵之相。禪林僧寶傳道楷本傳：「於是受罰，著縫掖，編管緇州。」縫掖，爲儒生服。加冠巾，語本韓愈送僧澄觀：「我欲收斂加冠巾。」

〔五〕「非因引法忤聖主」二句：謂並非道楷故引佛法忤徽宗之意，而是欲使禪宗精神保存於僧人與俗士之中。禪林僧寶傳道楷本傳：「開封尹李孝壽奏楷道行卓冠叢林，宜有以褒顯之，即賜紫伽黎，號定照禪師。楷焚香謝恩罷，上表辭之曰：『伏蒙聖慈，特差彰善閣祇候譚禎，賜臣定照禪師號及紫衣牒一道。臣感戴睿恩已，即時焚香陞座，仰祝聖壽。訖伏念臣行業迂疏，道力綿薄，常發誓願，不受利名，堅持此意，積有歲年。庶幾如此，傳道後來，使人專意佛法。今雖蒙異恩，若遂忝冒，則臣自違素願，何以教人，豈能仰稱陛下所以命臣住持之意。所有前件恩牒，不敢祇受。伏望聖慈察臣微悃，非敢飾詞，特賜俞允，臣没齒行道，上報天恩。』上閲之，以付李孝壽，躬往諭朝廷旌善之意。而楷確然不回。開封尹具以聞，上怒，收付有司。」

〔六〕「五位正宗將仆地」二句：謂道楷重振曹洞宗於即將斷絶之際。定照禪師序：「嗟乎！禪師粹然一出，支洞山已頽之綱，道顯著于時矣。」禪林僧寶傳道楷本傳贊曰：「宗門尚繼嗣，則若依倣世典禮，爲之後者爲之子。遠使青續洞上已墜之綱是也。然青、楷父子，任重道遠，皆能刻苦，生死以之，卒勃然而興，賢矣哉！」五位正宗：代指曹洞宗。洞山良价禪師嘗作五位君臣偈，定曹洞宗宗旨。參見林間録卷下、人天眼目卷三曹洞宗。　挈：提起，提攜。

〔七〕紛紛鄙夫拜公像：蘇軾王元之畫像贊：「紛紛鄙夫，亦拜公像。」此借用其語。

〔八〕形容先沮喪：杜甫觀公孫大娘弟子舞劍器行：「觀者如山色沮喪。」此化用其語意。

〔九〕火刀直裰：代指曹洞宗之衣鉢。本集卷二八又藥石榜：「要成保社叢林，敢負火刀直裰。」火刀，即火燧，打火石。直裰，宋僧衣之一種，長衣而背之中縫直通其下，故云。據禪林僧寶傳卷一七浮山遠禪師傳，大陽警玄以平生所著皮履直裰交示浮山法遠，請其尋求傳人。又據同卷投子青禪師傳，法遠以大陽皮履布直裰付與義青，且曰：「代吾續洞上之風。」然未言付火刀事。

〔一〇〕醉李故時魚捕師：此指法成禪師，秀州嘉興人，俗姓潘氏。號枯木，嗣法芙蓉道楷，爲曹洞宗青原下十二世。事具程俱北山集卷三二宋故焦山長老普證大師塔銘。參見本集卷八游龍王贈雲老注〔九〕。　醉李：亦作「檇李」，春秋古地名，代指嘉興。

〔一一〕「嶺梅已熟莫咬破」二句：龐居士語録：「居士訪大梅禪師，纔相見，便問：『久嚮大梅，未審梅子熟也未？』梅曰：『熟也。你向什麼處下口？』士曰：『百雜碎。』梅伸手曰：『還我核子來。』士便去。」亦見五燈會元卷三明州大梅法常禪師。　寧馨兒：如此佳兒。語本晉書王衍傳：「總角嘗造山濤，濤嗟歎良久，既去，目而送之曰：『何物老嫗，生寧馨兒！』」此指法成，爲道楷之佳兒。　鍇按：其時法成將赴南華寺，寺在梅嶺（即大庾嶺）之下，故以

「嶺梅」言之，雙關也。

妙高仁禪師贊〔一〕

春風入其肺肝，秋色漱其毛骨。名飛縉紳之間，身卧雲泉之窟。嶽頂鳳之真子，僧中龍之的孫〔二〕。吹徹風前無孔笛，露香和月落紛紛〔三〕。

【注釋】

〔一〕政和四年春作於衡州。　妙高仁禪師：釋仲仁，會稽人。住衡州華光山妙高寺，世稱華光長老。工畫墨梅，有華光梅譜傳世。參見本集卷一華光仁老作墨梅甚妙爲賦此注〔一〕。

〔二〕「嶽頂鳳之真子」二句：謂仲仁爲南嶽惟鳳之法嗣，東林常總之法孫。　嶽頂鳳，指南嶽福嚴惟鳳禪師，建中靖國續燈録卷一九載其機語，列爲東林常總法嗣。又本集卷三〇祭妙高仁禪師文：「孤鳳兩雛，名著諸方。我初識譽，未識華光。」亦可證。　僧中龍，指東林常總禪師，語本蘇軾東林第一代廣惠禪師真贊：「堂堂總公，僧中之龍。」常總屬臨濟宗黄龍派南嶽下十二世，則仲仁當屬臨濟宗黄龍派南嶽下十四世，爲惠洪法姪。此可補僧傳、燈録之闕。

〔三〕「吹徹風前無孔笛」二句：謂仲仁所畫墨梅，如用無孔笛吹奏梅花落曲調，雖無聲而能落梅。

法演禪師語録卷上：「因成一頌。舉似大衆：『無孔笛子氈拍板，五音六律皆普遍。時人不識黄幡綽，笑道儂家登寶殿。』」黄龍晦堂心和尚語録懷寄楊主簿次公：「試把少林無孔笛，閑吹一曲訪知音。」此借禪門「無孔笛」之語取代「無聲詩」之説。樂府詩集卷二四横吹曲辭四梅花落解題：「梅花落，本笛中曲也。」李白與史郎中欽聽黄鶴樓上吹笛：「黄鶴樓中吹玉笛，江城五月落梅花。」參見本集卷一仁老以墨梅遠景見寄作此謝之二首注〔一〇〕。

道林枯木成禪師贊〔一〕

楊(揚)廣山頭種性㊀〔二〕，雷衡洞裏根苗〔三〕。法雲明暗體露〔四〕，道林知見香飄〔五〕。試問春風吹不起〔六〕，何如黄河凍連底〔七〕。十分似九不欲全〔八〕，一身兩號只這是〔九〕。大千戲以一塵攝，又譬此塵取空劫。置於掌間剔突圞〔一〇〕，撾鼓升堂普請看〔一一〕。

【校記】

㊀楊：原作「揚」，誤，今從廓門本。

【注釋】

〔一〕宣和元年作於長沙。　道林枯木成禪師：釋法成，號枯木，嗣法芙蓉道楷。時住長沙道林寺，故稱。已見前注。

〔二〕楊廣山頭種性：此言法成爲曹洞宗嫡系，其法系爲大陽警玄—投子義青—芙蓉道楷—枯木法成。禪林僧寶傳卷一七浮山遠禪師傳：「延（大陽警玄）嘆曰：『吾老矣，洞上一宗，遂竟無人耶？』以平生所著直裰皮履示之。遠曰：『當爲持此衣履，求人付之，如何？』延許之曰：『他日果得人，出吾偈爲證。』偈曰：『楊廣山前草，憑君待價焞。異苗翻茂處，深密固靈根。』」

〔三〕雷衡洞裏根苗：謂法成爲洞山良价禪師之苗裔。雷衡洞，代指筠州洞山，曹洞宗祖庭。余襄武溪集卷九筠州洞山普利禪院傳法記：「（良价）南至高安之新豐洞，邑豪雷衡之山也。見其泉石幽奇，乃曰：『此大乘所居之地。』言於雷氏，雷氏施之。」

〔四〕法雲明暗體露：謂法成嘗從道楷於東京法雲寺，得其明暗體露之禪法。本集卷二三定照禪師序：「大觀元年，京師大法雲寺虛席，有司以公（道楷）有道行，請于朝，願令繼嗣住持。奉聖旨可其請。」程俱宋故焦山長老普證大師塔銘：「會芙蓉師住持淨因，師從以來，助揚佛化，如大洪時。大觀元年，始從汝州之請，傳法香山。」明暗體露，爲曹洞宗禪法，遠紹石頭希遷禪師參同契：「當明中有暗，勿以暗相遇。當暗中有明，勿以明相覩。明暗各相對，比如前後步。」

〔五〕知見香：六祖大師法寶壇經有「解脱知見香」。參見本集卷四次韻彦由見贈注〔一一〕。

〔六〕春風吹不起：碧巖録卷一第七則慧超問佛雪竇頌：「江國春風吹不起，癡人猶戽夜塘水。」此借用其語。

〔七〕黄河凍連底：見本卷前黄龍草堂清禪師贊注〔六〕。

〔八〕十分似九：冷齋夜話卷二載秦少游夢中題天女像曰：「竺儀華夢，瘴面囚首。口雖不言，十分似九。應笑舌覆大千，作獅子吼。不如博取妙喜，如陶家手。」此借用其語題法成畫像。

〔九〕一身兩號：謂既喚枯木，又喚道林。景德傳燈録卷九潭州溈山靈祐禪師：「師上堂云：『老僧百年後，向山下作一頭水牯牛，左脅書五字云：溈山僧某甲。此時喚作溈山僧，又是水牯牛。喚作水牯牛，又云溈山僧。喚作什麽即得？』」注：「雲居代云：『師無異號。』資福代作圓相托起。古人頌云：『不道溈山不道牛，一身兩號實難醻。離却兩頭應須道，如何道得出常流。』」此借用其語意。

〔一〇〕突圞：俗語，即突欒，團之反切。雪峰真覺大師語録卷下：「冬瓜長儱侗，葫蘆㓺突圞。玲瓏滿天下，覽子黑漫漫。」參見本集卷一五上李大卿三首注〔九〕。

〔一一〕普請：禪僧不分地位高低，共同勞作。景德傳燈録卷六洪州百丈山懷海禪師附禪門規式：「行普請法，上下均力也。」

佛印璵禪師贊〔一〕

臨濟正宗，有楊岐會〔二〕。化四十年，叢林精彩〔三〕。唯端精神，辯博無礙〔四〕。克肖其家，溈仰猶在〔五〕。後出舒勤，骨面氣槩。始自太平，遂游智海〔六〕。如法中龍〔七〕，游戲三昧〔八〕。璵也其後，斫額前輩〔九〕。要識當年栗棘蓬〔一〇〕，白藕火中香不改〔一一〕。

【注釋】

〔一〕作年未詳。　佛印璵禪師：僧傳、燈録失載。據此贊，可知璵禪師號佛印，爲太平慧勤法嗣，屬臨濟宗楊岐派南嶽下十五世。

〔二〕「臨濟正宗」二句：釋方會（九九二～一〇四九）袁州宜春人，俗姓冷氏。嗣法石霜楚圓禪師，爲臨濟宗南嶽下十一世。初住袁州楊岐山普通禪院，後止潭州雲蓋山海會寺，開創臨濟宗楊岐派。事具禪林僧寶傳卷二八、嘉泰普燈録卷三。禪林僧寶傳方會本傳：「慶曆六年，移住潭州雲蓋山，以臨濟正脉付守端。」楊岐方會和尚語録卷末附釋文政潭州雲蓋山會和尚語録序：「李唐朝有禪之傑者，馬大師據江西泐潭，出門弟子八十有四人。其角立者，唯百丈海，得其大機。海出黄檗運，得其大用，自餘唱導而已。運出顒，顒出沼，沼出念，念出昭，昭出圓，圓出會。會初住袁州楊岐，後止長沙雲蓋。當時謂海得其大機，運得其大用，兼而得者獨會師歟！」禪籍「楊歧」亦作「楊岐」。鍇按：文政所撰會和尚語録序叙世系遺漏二世，應是「運出玄，玄出奬，奬出顒」，「玄」即臨濟義玄。

〔三〕「化四十年」二句：楊岐方會和尚語録卷末附無爲子楊傑題楊岐會老語録：「楊岐會老跨三脚驢，入水牯牛隊中，拽把牽犁，種田博飯，横吹玉笛，飽呑栗蒲。四十年來，叢林以爲奇特。」此化用其意。

〔四〕「唯端精神」二句：白雲守端禪師（一〇二五～一〇七二），衡州人，俗姓葛氏。嗣法楊岐方會，爲臨濟宗楊岐派南嶽下十二世。歷住江州承天、廬山圓通、舒州法華、白雲海會，大振楊岐之道。事具禪林僧寶傳卷二八、嘉泰普燈録卷四。

〔五〕「克肖其家」二句：禪林僧寶傳守端本傳贊曰：「白雲妙年俊辯，膽氣精鋭，克肖前懿。至于應世則唾涕名位，説法則蕩除知見，乃又逸格。如大潙之有寂子，玄沙之有琛公，臨濟法道未甚寂寥也。」

〔六〕「後出舒勤」四句：釋慧勤，亦作慧懃（？～一一一七），舒州懷寧人，俗姓汪氏。嗣法五祖法演禪師，爲白雲守端法孫，屬臨濟宗楊岐派南嶽下十四世。元符末繼靈源惟清住持舒州太平寺，政和二年詔住東京智海院，五年乞歸，得旨居蔣山。賜號佛鑑。事具僧寶正續傳卷二、嘉泰普燈録卷一一。因慧勤爲舒州人，且嘗住持舒州太平寺，故稱「舒勤」。

〔七〕如法中龍：宋釋遵式天台智者大師齋忌禮讚文：「人中師子法中龍。」此借用其語。

〔八〕游戲三昧：自在無礙，而不失正定。景德傳燈録卷八池州南泉普願禪師：「後扣大寂之室，頓然忘筌，得游戲三昧。」錯按：禪林僧寶傳方會本傳贊曰：「楊岐天縱神悟，善入游戲三昧，喜勘驗衲子，有古尊宿之遺風。慶曆以來，號稱宗師。」慧懃當亦繼承祖風。

〔九〕斫額：以手加額，眺望狀。此形容敬仰，仰望。

〔一〇〕栗棘蓬：楊岐方會著名話頭。嘉泰普燈録卷三袁州楊岐方會禪師：「室中問僧：『栗棘蓬你作麽生吞？金剛圈你作麽生跳？』」後遂爲楊岐派相傳之禪法，謂之「栗棘蓬禪」。補禪林僧寶傳五祖法演禪師傳：「一日，舉僧問南泉摩尼珠語，以問端，端叱之。演領悟，汗流被體，乃獻投機頌曰：『山前一片閑田地，叉手叮嚀問祖翁。幾度賣來還自買，爲憐松竹引清風。』端頷之曰：『栗棘蓬禪屬子矣。』」

〔一一〕白藕火中香不改：維摩詰經卷中佛道品：「火中生蓮華，是可謂希有。」此化用其意而引申之。

溈山軾禪師贊〔一〕

天骨巖巖〔二〕，美髯玉頰。冰雪在躬，霹靂爲舌〔三〕。軒昂萬僧，衆星中月〔四〕。視其心胸，山包海容。大溈中（小）興㊀〔五〕，振其家風。叢林百世，見者肅恭。

【校記】

㊀中：原作「小」，誤，今從武林本。

【注釋】

〔一〕宣和二年冬作於潭州寧鄉縣。潙山軾禪師：法名元軾，號空印，住潭州大潙山密印禪寺。嗣法本覺法真守一禪師，屬雲門宗雪竇重顯一系，爲青原下十三世。參見本集卷六次韻吴興宗送弟從潙山空印出家注〔一〕。

〔二〕巖巖：高峻貌，本形容山，亦借以形容人之骨相。山谷集卷一四法雲秀禪師真贊：「法雲大士，天骨巖巖。」此借用其語。

〔三〕霹靂爲舌：喻善説法。已見前注。

〔四〕衆星中月：喻其爲衆僧之領袖。增壹阿含經卷九慚愧品：「衆流海爲上，衆星月爲首。」

〔五〕大潙小興：謂元軾禪師振興大潙山密印禪寺。其事詳見本集卷二一潭州大潙山中興記。

報慈宣祕禪師贊〔一〕

二百員衲子領袖，三十年叢林耆舊。所至樓閣森然，自然眷屬成就〔二〕。諸方度脚買鞵〔三〕，報慈就身剪裁〔四〕。莫嫌此老無巴鼻〔五〕，曾見西堂古佛來〔六〕。

【注釋】

〔一〕宣和元年作於長沙。報慈宣祕禪師：據嘉泰普燈録卷六、續傳燈録卷一八目録，雲蓋守智法嗣中有文玉禪師，號宣祕，住潭州開福寺，即此僧。文玉屬臨濟宗黄龍派南嶽下十三世，與惠洪同輩。報慈，即報慈開福寺。參見本卷雲蓋生日三月初七報慈僧持真求贊注〔一〕。錯按：本集卷二一潭州開福轉輪藏靈驗記爲文玉而作，此贊當作於同時。

〔二〕「所至樓閣森然」二句：潭州開福轉輪藏靈驗記：「潭帥以大長老智公黄龍高弟，時年九十餘，可嗣其席，遣令佐即雲蓋迎之。……未幾，以職事盡付其嫡嗣文玉。玉本色飽參，有局量，克肖前懿。圓不以新故二其心，唯集諸功德，成就勝緣。三年，化衆檀鍾瑜等，翻修藏殿。」

〔三〕度脚買鞵：禪門語，量脚之大小而買鞋，喻隨機應變，方便示人。義同「看風使帆」。天聖廣燈録卷一九隨州雙泉山郁禪師：「此二尊宿猶是度脚買靴，看風便帆，衲僧門下爭敢咳嗽。」建中靖國續燈録卷四筠州太愚山興教守芝禪師：「上堂云：『端然踞坐，度脚買鞾。左顧右視，不準一錢。』」潭州開福禪寺第十九代寧和尚語録卷上：「覺海禪師大似量才補職，度脚買靴。」

〔四〕就身剪裁：猶言量體裁衣。大慧普覺禪師語録卷一〇頌古：「度體裁衣，量水打碓。毫髮不差，且居門外。」

〔五〕無巴鼻：禪門俗語，言人作事無根據，亦曰「没巴鼻」。汾陽無德禪師語録卷下歌頌辨邪正：「針筒鼻孔須拈出，若無巴鼻失宗機。」陳師道後山詩話：「熙寧初，有人自常調上書，迎合宰相意，遂丞御史。蘇長公戲之曰：『有甚意頭求富貴，没些巴鼻使姦邪。』『有甚意頭』、『没些巴鼻』，皆俗語也。」

〔六〕西堂古佛：指雲蓋守智。禪林僧寶傳卷二五雲蓋智禪師傳：「出世住道吾，俄遷住雲蓋十年。疾禪林便軟暖，道心澹泊，來參者掉頭不納。元祐六年，退居西堂，閉户三十年。」因以西堂稱之。

臨平慧禪師贊二首〔一〕

釘空露痕迹〔二〕，補雲留罅隙〔三〕。目機銖兩中〔四〕，思慮所不及。象王卓立回旋〔五〕，師子翻身跳躑〔六〕。眼光常蓋人天，對面識與不識。識則火外有熱〔七〕，不識則水中無濕〔八〕。劈破雲門一字關〔九〕，個中乾燥如瓊液〔一〇〕。

因〔一一〕！氣秋腴雪，秀目甚（椹）口㊀〔一二〕。其骨臨濟，其髓雪竇〔一三〕。袖手儼然，不落滲漏〔一四〕。一千龍象之冠〔一五〕，七世雲門之後〔一六〕。君看一句當機〔一七〕，笑中脱略窠臼〔一八〕。

【校記】

㈠甚：原作「椹」，誤，今改。參見注〔一二〕。

【注釋】

〔一〕約宣和三年十月作於長沙。　臨平慧禪師：釋思慧，原名思睿，字廓然，號妙湛。錢塘人，俗姓俞氏。嗣法大通善本禪師，爲雲門宗青原下十三世。爲惠洪法友。事具嘉泰普燈録卷八福州雪峰妙湛思慧禪師、本集卷二三臨平妙湛慧禪師語録序。參見本集卷一懷慧廓然注〔一〕。廓門注：「未詳師承，知雲門宗。」失考。

〔二〕釘空露痕迹：景德傳燈録卷一〇鄂州茱萸山和尚：「問：『如何是道？』師云：『莫向虚空裏釘橛。』」雲門匡真禪師廣録卷中：「舉茱萸上堂云：『爾諸人莫向虚空裏釘橛。』」此反其意而用之，非但虚空可釘，且能留痕迹。

〔三〕補雲留罅隙：此由「釘空」聯想生出。非但白雲可補，且能留縫隙。

〔四〕目機銖兩中：雲門匡真禪師廣録卷中：「示衆云：『天中函蓋乾坤，目機銖兩，不涉春緣，作麽生承當？』代云：『一鏃破三關。』」參見本集卷一八南安巖主定光古佛木刻像贊注〔七〕。

〔五〕象王卓立回旋：楞嚴經合論卷六：「如文殊師利菩薩回觀善財童子，如象王回旋。」禪林僧寶傳卷二九大通本禪師傳贊曰：「本出雲門之後，望雪竇爲四世嫡孫。平居作止，直視不瞬，及其陞堂演唱，則左右顧，如象王回旋，學者多自此悟入。」思慧爲大通善本法嗣，故借贊其師之語而言之。

〔六〕師子翻身跳躑：智證傳：「明招謙禪師偈曰：『師子教兒迷子法，進前跳躑忽翻身。羅文結角交加處，鶻眼龍睛失却真。』」鍇按：禪籍中常用象王、師子對舉，以喻高僧説法。如建中靖國續燈録卷二五潤州金山龍游寺佛鑑禪師：「師顧左右云：『還會麽？師子奮迅，象王回旋，於斯明得，不妨省力。』」圓悟佛果禪師語録卷一八拈古下：「師子奮迅兮摇乾蕩坤，象王回旋兮不資餘力。」

〔七〕識則火外有熱：謂若認識思慧，則知其内藴外發，如火之外尚有熱力。

〔八〕不識則水中無濕：謂若不識思慧，則其人如水，只見其淨而不覺其濕。

〔九〕雲門一字關：雲門文偃禪師嘗以一字荅學者問，叢林稱爲「一字關」。人天眼目卷二雲門宗一字關：「僧問師：『如何是雲門劍？』師云：『祖。』『如何是玄中的？』師云『⿱祖土。』『如何是吹毛劍？』師云：『骼。』又云：『胔。』『如何是正法眼？』師云：『普。』『三身中那身説法？』師云：『要。』『如何是啐啄之機？』師云：『響。』『殺父殺母，佛前懺悔。殺佛殺祖，甚處懺悔？』師云：『露。』『如何是祖師西來意？』師云：『師。』『靈樹一默處如何上碑？』師云：『師。』『久雨不晴時如何？』師云：『劄。』『鑿壁偷光時如何？』師云：『恰。』承古有言：『了即業障本來空，未了應須還宿債，未審二祖是了是未了？』師云：『確。』一日示衆：『會佛法者如恒河沙，百草頭上，代將一句來？』自代云：『俱。』師凡對機，往往多用此酬應，故叢林目之曰『一字關』云。」

〔一〇〕個中乾燥如瓊液：瓊液與乾燥之性質相反，此句即禪門所謂「格外談」。建中靖國續燈録卷二三潭州大潙山祖椿禪師：「上堂云：『雨下堦頭濕，晴乾水不流。鳥巢滄海底，魚躍石山頭。衆中大有商量，前頭兩句是平實語，後頭兩句格外談。』」

〔一一〕囡：禪林習用語氣詞，用同「咄」，表示用力之聲。雪峰真覺大師語録卷下：「巖頭問僧：『什麽處來？』僧云：『西京來。』巖云：『黄巢過，還收得劍麽？』僧云：『收得。』巖引頭近前云：『囡！』僧云：『師頭落也。』巖呵呵大笑。」建中靖國續燈録卷一四南嶽西林崇奥禪師：「共相揖，日日日從東畔出，囡！是什麽説話？」

〔一二〕甚口：左傳昭公二十六年：「有君子，白皙，鬒鬚眉，甚口。」孔穎達疏：「甚口，大口也。」底本「甚」作「椹」，涉音近而誤，今改。已見前注。

〔一三〕「其骨臨濟」二句：嘉泰普燈録思慧本傳：「俞氏方貴且富，師抗志慕出家爲童子。大通見之，與語如流，即與染削。讀圓覺，至『知幻即離，不作方便。離幻即覺，亦無漸次』，豁然自契，求證於通。通曰：『汝試向未開口時道一句來？』師震威一喝而出，通大笑。於是道聲藹著。次謁真淨，淨一見，知非凡材，留三年，力烹煉之。因歸禮大通，則曰：『未始有異也，第人各行之耳。』」大通善本爲雪竇重顯四世嫡孫，真淨克文爲臨濟義玄九世嫡孫，思慧先後參大通之雪竇禪、真淨之臨濟禪，而卒嗣法大通。鍇按：景德傳燈録卷三第二十八祖菩提達磨：「道育曰：『四大本空，五陰非有，而我見處，無一法可得。』師曰：『汝得吾骨。』最後慧可禮拜後依位而立。師曰：『汝得吾髓。』乃顧慧可而告之曰：『昔如來以正法眼付迦葉大士，展轉囑累，而至於我，我今付汝。』」達磨付法與得其髓者，思慧嗣法大通，故云「其髓雪竇」。

〔一四〕不落滲漏：謂無見識、情智、語言之罅缺滲漏。華嚴經卷七八入法界品：「善男子！如金剛器，無有瑕缺，用盛於水，永不滲漏，而入於地。菩提心金剛器亦復如是，盛善根水，永不滲漏，令入諸趣。」禪林僧寶傳卷一撫州曹山本寂禪師傳：「三種滲漏其詞曰：『一見滲漏，謂機不離位，墮在毒海；二情滲漏，謂智常向背，見處偏枯；三語滲漏，謂體妙失宗，機昧終始。學者濁智流轉，不出此三種。』」

〔一五〕一千龍象之冠：謂思慧住持之寺院規模宏大，有僧衆千人。龍象，此爲僧衆之美稱。景德傳燈録卷九載裴休贈黄檗希運禪師詩曰：「一千龍象隨高步，萬里香花結勝因。」此借用其語。　鍇按：臨平妙湛慧禪師語録序：「俄有叢林老成者，嶄然出於東吴，説法於錢塘。諸方衲子願見爭先，川輸雲委於座下，法席之盛，無愧圓照、大通。於是天子聞其名，驛召至京師，住大相國寺智海禪院，是謂妙湛禪師慧公。」

〔一六〕七世雲門之後：思慧爲文偃七世法孫，其法系爲：雲門文偃—香林澄遠—智門光祚—雪竇重顯—天衣義懷—慧林宗本（圓照）—法雲善本（大通）—雪峰思慧（妙湛）。　鍇按：若按本集惠洪自稱「汾陽五世孫」之例，則思慧當爲雲門八世孫。然本集所稱世系體例未盡統一，由此可見一斑。

〔一七〕一句當機：禪宗話頭。景德傳燈録卷二〇韶州華嚴和尚：「問：『既是華嚴，還將得來麼？』師曰：『孤峰頂上千華秀，一句當機對聖明。』」禪林僧寶傳卷四福州玄沙備禪師傳：「若纖毫不盡，即落魔界，且句前句後，是學人難處。所以云：一句當機，八萬法門，生死路絶。」

〔一八〕脱略窠臼：擺脱現成套路，不蹈襲故常。窠臼，窠巢與舂臼，喻故常。林間録卷下：「故其應機而用，皆脱略窠臼，使不滯影迹，謂之有語中無語。」

上藍忠禪師贊〔一〕

一法能知一切法〔二〕，應機全不差毫髮。如是知見如是解〔三〕，於一切法中對待。平生脊梁硬如鐵〔四〕，衲僧尋思心智絶。城中一室冷如冰，篆煙滅盡灰如雪。

【注釋】

〔一〕政和五年三月作於南昌。上藍忠禪師：本集卷二三潛庵禪師序：「上藍忠禪師，雲蓋智公之子，於公爲叔姪。」今考嘉泰普燈録目録卷六雲蓋守智禪師法嗣中有隆興府上藍師中禪師，當即此僧。則忠禪師法名師忠，一作師中，住持洪州上藍院，爲臨濟宗黃龍派南嶽下十三世。雲蓋守智、潛庵清源與真淨克文俱嗣法黃龍慧南，故師忠爲潛庵法姪，爲惠洪同輩法兄。廓門注：「上藍師忠，嗣雲蓋智也。」其説甚是。輿地紀勝卷二六江南西路隆興府：「上藍院，在府城。唐大曆中，馬祖道一禪師嘗建道場於此，號江西馬祖。」

〔二〕一法能知一切法：永嘉真覺大師證道歌：「一性圓通一切性，一法遍含一切法。一月普現一切水，一切水月一月攝。」此化用其意，且仿其句法。

〔三〕如是知見如是解：黄龍死心新禪師語録：「若能如是知見，如是信解，如是修證，如是悟入，我説是人達佛心宗，入佛知見。」

〔四〕平生脊梁硬如鐵：景德傳燈録卷一五朗州德山宣鑒禪師：「德山老人一條脊梁，骨硬似鐵拗不折。」

雙峰演禪師贊〔一〕

三關洞開無鎖扃，汝自艱難起戰兢。師過此關悉閒暇，掉臂徑趨呼不磨〔二〕。如春消冰自涣釋〔三〕，如鯤化鵬誰使令〔四〕？歸來笑搭出檀服〔五〕，依舊淮山千萬青〔六〕。

【注釋】

〔一〕建炎元年十二月作於蘄州黄梅縣。　雙峰演禪師：即四祖山法演禪師，桂州人，受業本州永寧寺。少年受具，壯歲游方，遍歷湘楚江淮禪席，道契黄龍慧南，爲其法嗣。住四祖山三十餘年。屬臨濟宗黄龍派南嶽下十二世，爲惠洪師叔。建中靖國續燈録卷一二載其機語。參見本卷出檀衣贊二首注〔四〕。鍇按：與四祖法演同時而稍後有五祖法演，屬臨濟宗楊岐派南嶽下十三世，法名相同，然非同一僧。（五祖山）法演禪師語録卷下有贊四祖演和尚：「桂花包裹老黄梅，不向陰陽地上開。蜂蝶豈知香遠拆，難尋踪跡去還來。」又有悼四祖演和尚：「此病彼圓寂，吾門何得失。生死若空花，去來如鳥跡。東涌忽西没，影挂寒堂壁。三十三天撲帝鐘，普念般若波羅蜜。」

〔二〕「三關洞開無鎖扃」四句：謂黄龍三關本來暢通無阻，有人自己戰戰兢兢不敢進出，而法演已透過三關，深得慧南禪旨，即建中靖國續燈録法演本傳所云「道契南師」。　鍇按：禪林僧寶傳卷二二黄龍南禪師傳：「以佛手、驢脚、生緣三語問學者，莫能契其旨。天下叢林，目爲三關。脱有酬者，公無可否，斂目危坐，人莫涯其意。延之又問其故，公曰：『已過關者，掉臂徑去，安知有關吏？從吏問可否，此未透關者也。』」法演即「掉臂徑去」者。

〔三〕如春消冰自涣釋：謂其自透三關後，一切疑情涣然冰釋。景德傳燈録卷一八福州長慶慧稜禪師：「謁西院，訪靈雲，尚有凝滯。後之雪峰，疑情冰釋。」同書卷二五天台山德韶國師：

「師於坐側豁然開悟，平生疑滯涣若冰釋。」

〔四〕如鯤化鵬誰使令：以鯤自化鵬之事，喻其即心自性，成就慧身，不由他悟。「鯤化鵬」出莊子逍遥遊。參見本卷雲庵和尚贊三首注〔一三〕。

〔五〕出檀服：即出檀衣。其事詳見本卷出檀衣贊二首及注。

〔六〕淮山：此指黄梅縣雙峰，即四祖山。黄梅縣宋屬淮南西路蘄州，故泛稱淮山。

雲庵和尚舍利贊 并序〔一〕

政和七年五月戊申，法侣集于寂音堂〔二〕，佛鑑大師淨因以小玉瓶跪注于盤〔三〕，鎗然有聲〔四〕，璀粲五色。謂余曰：「此汝師舍利也。」於是矍然再拜悚觀〔五〕，小大如米豆，瑩明淨圓，然其色多如玉者。因嘗親見其火浴〔六〕，道俗觀者數千人皆得之，哀慕之聲震山谷。後月餘，兒稚汰其灰，猶有舊者〔七〕。自近世南州大士之化〔八〕，其靈驗奇瑞、彰大殊異如雲庵者〔九〕，以一二數。嗚呼！尚忍言之，將畢世護持，作隨身叢林〔一〇〕，依歸老，則求有道而能文者銘之，藏名山〔一一〕，使後世知臨濟九世之孫〔一二〕，傑大偉奇如此。因之志可佳也。門人德洪謹再拜稽首，爲之贊曰：

是身夢境一塵垢，分段苦業所成就〔一三〕。折旋俯仰誰使之〔一四〕？皆汝一念顛倒想。若言此身非念倫，云何想中可傳令。乃知妄想融通趣，如露如幻如雲影〔一五〕。念清淨則身光明，念雜想則身垢穢。君看火力初無情，聖凡僞真俱發夢〔一六〕。雲庵偏得老南道〔一七〕，粹然一出支臨濟〔一八〕。平生慈悲喜捨力〔一九〕，及樂説辯智慧光〔二〇〕。大願所熏精進幢〔二一〕，上契佛祖超情見〔二二〕。至妙要非矗不傳〔二三〕，憫世狹劣示小者〔二四〕。稽首作贊示同學，千載叢林有耿光。

【注釋】

〔一〕政和七年五月二十一日作於筠州新昌縣洞山。雲庵和尚：即真淨克文。錯按：此贊序謂作於「政和七年五月戊申」，查陳垣二十史朔閏表，政和七年五月戊子朔，按其推算，戊申爲二十一日。

〔二〕寂音堂：惠洪所居庵堂，其時當在洞山普利禪院。惠洪自號寂音，此堂亦隨其所住而名之，即所謂「隨身叢林」，不拘常處。參見本集卷一二偶書寂音堂壁三首注〔一〕。

〔三〕佛鑑大師淨因：淨因，字覺先，號佛鑑大師，嗣法法雲佛照杲禪師，爲惠洪法姪。參見本集卷八送因覺先注〔一〕。

〔四〕鎗然：象聲詞，形容金石聲。

〔五〕矍然：驚悚貌。文選卷一班固東都賦：「主人之辭未終，西都賓矍然失容。」李善注：「説文曰：『矍，驚視貌也。』」

〔六〕火浴：荼毗，火化。

〔七〕舊者：廓門注：「『舊』，或曰當作『獲』字。」

〔八〕南州大士：指洪州禪僧。南州，此特指洪州。參見本集卷一贈淨上人注〔七〕。化：指火化。

〔九〕靈驗奇瑞、彰大殊異：指雲庵舍利光色奇瑞，不同凡響，足以驗證其平生道行。

〔一〇〕隨身叢林：隨身所處，即爲叢林。參見本集卷一八百丈大智禪師真贊注〔一八〕。

〔一一〕藏名山：指妥善珍藏且傳之後世。文選卷四一司馬遷報任少卿書：「僕誠以著此書，藏之名山，傳之其人。」此借用其語。

〔一二〕臨濟九世之孫：臨濟義玄傳至真淨克文共九世。參見前雲庵和尚贊三首注〔二〕。

〔一三〕分段苦業：唐釋法藏起信論義記卷三：「事識熏者，以此事識能資熏起時無明，起見愛麁惑，發動身口，造種種業，受凡夫分段苦也。」

〔一四〕折旋俯仰：指日常待人接物，周旋應對。續高僧傳卷一一唐京師大興善寺釋法侃傳：「且侃形相英偉，庠序端隆，折旋俯仰，皆符古聖。」白雲端和尚語録卷一江州承天禪院語録：「承天數日遶廬山行禮，每日折旋俯仰，謾諸人一點不得。諸人在院中折旋俯仰，也謾承天一點不得。」

〔一五〕「若言此身非念倫」四句：楞嚴經卷一〇：「由汝念慮，使汝色身，身非念倫，汝身何因，隨念所使，種種取像，心生形取，與念相應，寤即想心，寐爲諸夢。則汝想念摇動妄情，名爲融通第三妄想。」金剛經：「一切有爲法，如夢幻泡影，如露亦如電，應作如是觀。」此合用其意。

〔一六〕「念清淨則身光明」四句：此謂僧人火化後身骨之光明垢穢，可辨别其平生信念之清淨與否。禪林僧寶傳卷二七明教嵩禪師傳贊曰：「是身聚沫耳，特苦業所持，寔本一念。首楞嚴曰：『由汝念慮，使汝色身。身非念倫，汝身何因。隨念所使，然但名爲融通妄想。』念常清淨，正信堅固，則名善根功德之力。嵩生而多聞，好辯而常瞋。死而火之，目舌耳毫爲不壞，非正信堅固功德力乎！余嘗論，人之精誠不可見，及其化也，多雨舍利。」

〔一七〕雲庵偏得老南道：本集卷三〇雲庵真淨和尚行狀：「師諱克文，黄龍南禪師之的嗣……時南禪師已居積翠，徑造其廬。南曰：『從什麽處來？』曰：『潙山。』南曰：『恰值老僧不在。』曰：『未審向什麽處去也？』南曰：『天台普請，南嶽雲游。』曰：『若然者，亦得自在去也。』南曰：『脚下鞋是甚處得來？』曰：『廬山七百錢唱得。』南曰：『何曾得自在？』師指曰：『何曾不自在耶？』南公大駭。參依久之。」

〔一八〕粹然一出支臨濟：禪林僧寶傳卷二三泐潭真淨文禪師傳：「順曰：『子種性邁往，而契悟廣大，臨濟欲仆，子力能支之，厚自愛。』」

〔一九〕平生慈悲喜捨力：雲庵真淨和尚行狀：「性喜施，隨有隨與，杖笠之外，不置一錢。」冷齋夜話卷八雲庵活盲女：「雲庵住洞山時，嘗過檀越家，經大林間，少立，聞哀聲雜流水。臨澗下窺，有蹲水中者，使兩夫下扶，猿臂而上，乃盲女子，年十七八許。問其故，曰：『我母死，父傭于遠方，兄貧無食，牽我至此，猛推下我而去。』雲庵意惻，不自知涕下。顧其人力曰：『汝無婦，可畜以相活，我給與一世。』力拜諾，即以所乘筍兜舁歸山，雲庵步隨之。盲女後生三子，皆勤院事。雲庵雖領衆他山，歲時遣人給衣食，如子姪然。雲庵高世之行，若此之類甚衆。」

〔二〇〕及樂説辯智慧光：雲庵真淨和尚行狀：「得游戲三昧，有樂説之辯，詞鋒智刃，斫伐邪林，如墮雲崩石；開發正見，光明顯露，如青天白日。」

〔二一〕精進幢：以精進爲旗幟。華嚴經合論卷四二：「善能知根同事，處俗不迷，同塵不污，是精進幢義故。」已見前注。

〔二二〕超情見：此爲華嚴經觀點。華嚴經合論卷二：「華嚴經即不然，直示本身本法，出超情見，無始無終，三世相絕。」

〔二三〕至妙要非麤不傳：宗鏡録卷一六：「理妙非粗不傳，猶影之傳於形也。」

〔二四〕憫世狹劣示小者：謂雲庵憐憫世俗凡夫俗子，故以舍利顯示妙道之小者。此即「理妙非粗不傳」之意，蓋世俗只知理之粗者如舍利之類。

死心禪師舍利贊　并序〔一〕

余不識禪師〔二〕，靈源以爲法門畏友〔三〕，山谷以爲禪林奇秀〔四〕。以靈源、山谷之慎許可，而詩詞禪偈相多如是〔五〕，則叢林未識未見者，何敢疑哉！雅尚座出舍利爲示〔六〕，謹爲之贊，以結他日法會歡喜之緣。贊曰：

地水火風，動暖堅濕〔七〕。是中何從，出此堅實。蓋衆生心，引大法力。化爲光明，圓粹五色〔八〕。稽首死心，罵人老賊〔九〕。

【注釋】

〔一〕政和八年作於洪州分寧縣黄龍山。死心禪師：釋悟新，號死心叟。嗣法晦堂祖心，屬臨濟宗黄龍派南嶽下十三世。出住雲巖、翠巖，晚遷住黄龍。政和五年十二月十三日晚，小參説偈。十五日，泊然坐逝。閱世七十二，坐四十五夏，塔於晦堂之後。事具補禪林僧寶傳。參見本卷黄龍草堂清禪師贊注〔三〕。

〔二〕余不識禪師：宋釋淨善重集禪林寶訓卷三引西山記聞曰：「死心住翠巖，聞覺範竄逐海外，道過南昌，邀歸山中，迎待連日，厚禮津送。或謂死心喜怒不常。死心曰：『覺範有德衲子，鄉者極言去其圭角。今罹横逆，是其素分。予以平日叢林道義處之。』識者謂死心無私於人，故如此。」然據此舍利贊，惠洪平生未嘗與死心見面，西山記聞乃得之傳聞，實不足信。

〔三〕靈源以爲法門畏友：禪林寶訓卷二日涉（李彭）記湛堂曰：「予昔同靈源侍晦堂于章江寺。靈源一日與二僧入城，至晚方歸。晦堂因問：『今日何往？』靈源曰：『適往大寧來。』時死心在旁，厲聲呵曰：『參禪欲脱生死，發言先要誠實，清兄何得妄語。』靈源面熱不敢對，自爾不入城郭，不妄發言。予固知靈源、死心皆良器也。」

〔四〕山谷以爲禪林奇秀：山谷集卷一八洪州分寧縣雲巖禪院經藏記：「韶陽老人得道于黄龍祖心禪師，被褐懷玉，隱約山間二十餘年矣。……韶陽老人者，大長老悟新。」

〔五〕而詩詞禪偈相多如是：羅湖野録卷上：「太史黄公魯直，元祐間丁家艱，館黄龍山，從晦堂和尚游，而與死心新老、靈源清老尤篤方外契。……及在黔南，致書死心曰：『往日嘗蒙苦口提撕，常如醉夢，依俙在光影中。蓋疑情不盡，命根不斷，故望崖而退耳。謫官在黔州道中，晝卧覺來，忽然廓爾。尋思平生被天下老和尚謾了多少，唯有死心道人不肯，乃是第一相爲也。』靈源以偈寄之曰：『昔日對面隔千里，如今萬里彌相親。寂寥滋味同齋粥，快活談諧契主賓。室内許誰參化女，眼中休自覓瞳人。東西南北難藏處，金色頭陀笑轉新。』公和曰：『石工來斲鼻端塵，無手人來斧始親。白牯狸奴心即佛，龍睛虎眼主中賓。自攜缻去沽村酒，却著衫來作主人。萬里相看常對面，死心寮裏有清新。』黄公爲文章主盟，而能鋭意斯道，於黔南機感相應，以書布露，以偈發揮，其於清、新二老道契，可槩見矣。」山谷別集卷二有寄清新二禪師頌，其一已見羅湖野録，其二曰：「死心寮裏有清新，把斷黄河塞要津。一段風濤驚徹底，箇中無我爾無人。夢驚蛇咬憧惶走，痛學尋醫□有神。此是如來正法藏，覺來牀上笑番身。」

〔六〕雅尚座：生平法系未詳，時爲黄龍寺僧。尚座，即上座。

〔七〕「地水火風」二句：此即佛教所謂「四大」，爲組成人體之四大元素。楞嚴經卷四：「則汝身中堅相爲地，潤濕爲水，煖觸爲火，動摇爲風，由此四纏，分汝湛圓妙覺明心。」

〔八〕「化爲光明」二句：嘉泰普燈録卷六隆興府黄龍死心悟新禪師：「二十二日荼毗，衆得設利（舍利）五色，雪後有過其區所者，獲之尤甚。」

〔九〕駡人老賊：補禪林僧寳傳雲巖新禪師傳稱其「以氣節蓋衆，好面折人」。又傳贊曰：「余閲死心悟門，政所謂渴驥奔泉、怒猊抉石者也。當其凡聖情盡，佛祖在所詆訶，況餘子乎！山谷謂其『雍雍肅肅，觀者拱手』，此老蓋亦憚之矣。」禪林寳訓卷三聰首座記聞雪堂曰：「死心住雲巖，室中好怒駡，衲子皆望崖而退。方侍者曰：『夫爲善知識，行佛祖之道，號令人天，當視學者如赤子。今不能施慘怛之憂，垂撫循之恩，用中和之教，奈何如仇讎，見則詬駡，豈善知識用心乎？』死心拽拄杖趁之曰：『爾見解如此，他日諂奉勢位，苟媚權豪，賤賣佛法，欺罔聾俗，定矣。予不忍，故以重言激之，安有他哉？』欲其知恥，改過懷慕，不忘異日做好人耳。」　老賊，本駡詈語，禪林以表親切之意。如景德傳燈録卷一一幽州譚空和尚：「壽曰：『師兄也不得無過。』師曰：『汝却與我作師兄。』壽側掌云：『遮老賊。』」明覺禪師語録卷三拈古：「師云：『兩箇老賊（指臨濟與普化）喫飯也不了，好與二十棒。棒雖行，且那箇是正賊？』」

寂音自贊四首〔一〕

竄朱崖軍而生還〔二〕，遭黄茆瘴而復活〔三〕。陷於采石而不死〔四〕，因於并門而自脱〔五〕。夜行有披袖神光〔六〕，露卧醉壓糟醇濁〔七〕。魔外熟視之，無如之何；佛祖不得已，與之酬酢〔八〕。兩眼入鬢頭鬈鬆〔九〕，手中木蛇毒如藥〔一〇〕。

三玄綱宗〔一一〕，壁立崔嵬。攀緣路絶，熱惱心灰。如化鯤鵬，不借風雷。蓋自化耳，寧有法哉〔一二〕！汾陽此祕，寂音揭開〔一三〕。手提大千，毫端往來〔一四〕。

不似成背，似其成觸〔一五〕。隨汝顛倒，直中有曲〔一六〕。抛在言前剔鶻崙〔一七〕，擬議令渠總滅門〔一八〕。平生活計無窖子〔一九〕，真是汾陽五世孫〔二〇〕。

隨緣放曠，索爾虚閑〔二一〕。未埋白骨，且看青山〔二二〕。

【注釋】

〔一〕作年未詳。寂音：惠洪自號。廓門注：「此贊閲寂音自序，須得意也。」錯按：此四首自贊非作於同時，然皆作於晚年。

〔二〕竄朱崖軍而生還：寂音自序：「坐交張、郭厚善，以政和元年十月二十六日配海外。以二年二月二十五日到瓊州，五月七日到崖州。三年五月二十五日蒙恩釋放，十一月十七日北渡海。」　朱崖軍：即崖州。宋歐陽忞輿地廣記卷三七廣南西路下朱崖軍：「皇朝開寶五年改爲崖州。熙寧六年，廢州爲朱崖軍。」

〔三〕黄茆瘴：謂流放朱崖軍時所遭瘴癘之氣。晉嵇含南方草木狀卷上：「芒茅枯時，瘴疫大作，交廣皆爾也。土人呼曰『黄茅瘴』，又曰『黄芒瘴』。」古尊宿語録卷四五寶峰雲庵真淨禪師偈頌下中：「直得黄茅瘴氣發，雪壓桃花處處紅。」蘇軾贈清涼寺和長老：「會須一洗黄茅瘴，未用深藏白氎巾。」茆，同「茅」。

〔四〕陷於采石而不死：指入江寧府制獄之事。　采石，即采石磯，在太平州當塗縣西北長江邊，地連金陵，故借以代指。輿地紀勝卷一八江南東路太平州：「采石山，在當塗縣北二十餘里，牛渚北一里。……西接烏江，北連建業城。」寂音自序：「退而遊金陵。久之，運使學士吴幵正仲請住清涼。入寺，爲狂僧誣以爲僞度牒，且旁連前住僧法和等議訕事，入制獄一年。」

〔五〕囚於并門而自脱：寂音自序：「（政和四年）十月又證獄并門。」并門，代指太原。

〔六〕夜行有披袖神光：本集卷二四記福嚴言禪師語：「五月二十八日，太原造大獄，來追對驗。

十月六日，得放。夜宿溝鎮中，中夜行荒陂，陰晦，迷失道路，有光飛來照行，坐休則光爲止，起進則導之。至榆次，凡百里，而曉光乃没。於是口占曰：『大舜鳥工往，盧能漁父歸。神光百里送，鬼事一場非。』」

〔七〕露臥醉壓糟醇濁：冷齋夜話卷六鍾山賦詩：「余居鍾山最久，超然山水間，夢亦成趣。嘗乘佳月登上方，深入定林，夜臥松下石上。四更，自寶公塔路還合妙齋，月昃虚幌，淨几兀然，童僕憨寢甫鼾。凭前檻，無所見，時有流螢穿户牖，風露浩然，松聲滿院。作詩曰：『雨過東南月亮清，意行深入碧蘿層。露眠不管牛羊踐，我是鍾山無事僧。』又曰：『未饒拄杖挑山衲，差勝袈裟裹草鞋。吹面谷風衝過虎，歸來風雨撼空齋。』」此句或指此事，然未明言因醉而露臥。

〔八〕「魔外熟視之」四句：謂己雖有種種遭難犯戒之事，然天魔外道既無法將其惑亂，佛祖亦無法對之拒絶，此强調其「要當酬佛祖，終不負叢林」之决心。僧寶正續傳卷二明白洪禪師傳贊曰：「覺範少歸釋氏，長而博極群書。觀其發揮經論，光輔叢林，孜孜焉手不停綴，而言滿天下。及陷于難，著逢掖出，九死而僅生，垂二十年重削髮，無一辭叛佛而改圖。此其爲賢者也。」

〔九〕髼鬆：髮亂貌。同「鬔鬆」、「鬅鬆」。宋趙叔向肯綮録：「謂人髮亂曰髼鬆，音蓬松。」羅湖野録卷上載臨川化度淳藏主山居詩曰：「怕寒嬾剃髼鬆髮，愛煖頻添榾柮柴。」鍇按：自流放海南後，惠洪已無僧籍，不需剃頭，即其初過海自號甘露滅所云「海上垂鬚佛，軍中有髮僧」是也，故曰頭鬔鬆。

〔一〇〕手中木蛇毒如藥：古尊宿如雪峰、西院、歸宗、疎山皆好手握木蛇，惠洪當亦仿之。參見本卷疎山仁禪師贊并序。鍇按：大慧普覺禪師語録卷一二讚佛祖寂音尊者（覺範）：「頭如杓，面如楪。口無舌，説無竭。是而非，同而别。種空華，抽暗楔。死木蛇，活如蝎。擊塗毒，腦門裂。是阿誰？甘露滅。」亦贊惠洪握木蛇之事。

〔一一〕三玄綱宗：景德傳燈録卷一二鎮州臨濟義玄禪師：「師又曰：『夫一句語須具三玄門，一玄門須具三要，有權有用，汝等諸人作麽生會？』」汾陽善昭以「三玄三要」爲臨濟宗綱宗，并分别爲之作頌。參見本集卷一三送太淳長老住明教注〔二〕。

〔一二〕「如化鯤鵬」四句：謂己自悟禪道，不借外力，如鯤化鵬，出之自然。參見本卷雲庵和尚三首注〔一三〕。

〔一三〕「汾陽此祕」二句：惠洪自謂汾陽善昭三玄之秘始由己揭出。臨濟宗旨：「無盡居士謂予曰：『汾陽，臨濟五世之嫡孫，天下學者宗仰。觀其提綱渠渠，唯論三玄三要。今其法派皆以謂三玄三要，一期建立之語，無益於道，但於諸法不生異見，一切平常，即長祖意。其説是否？』予曰：『居士聞其説，曉然了解，寧復疑汾陽提綱乎？』曰：『吾固疑而未決也。』予曰：『此其三玄三要之所以設也。所言一句中具三玄，一玄中具三要，有玄有要者，一切衆生熱惱海中清涼寂滅法幢也。』」

〔一四〕「手提大千」二句：自謂能驅使大千世界於筆端往來。華嚴經卷一世主妙嚴品：「一一毛端，悉能容受一切世界，而無障礙。」　毫端，雙關，既謂一毫毛端，亦謂筆端。

〔一五〕「不似成背」二句：冷齋夜話卷七觸背關：「寶覺見學者，必舉手示曰：『喚作拳是觸，不喚拳是背。』莫有契之者。叢林謂之『觸背關』。」

〔一六〕直中有曲：智證傳載黄龍寶覺禪師作老黄龍生日偈曰：「誰云秤尺平，直中還有曲。誰云物理齊，種麻還得粟。」傳曰：「夫窮子追之，即躃地；常不輕直告之，即被捶罵。是二者，不知直中有曲，種麻得粟者也。」

〔一七〕拋在言前剔鶻崙：謂禪道渾然一體，剔不破，不可言説。　鶻崙，即囫圇，渾然一體之意。

〔一八〕擬議令渠總滅門：極言不可思慮討論，擬議即死，死且滅門。續刊古尊宿語要第一集草堂清和尚語：「千年曆日雖無用，犯著須教總滅門。」

〔一九〕無窨子：俗語，謂無物可食。明李翊俗呼小録：「無物可食，謂之無窨。」已見前注。

〔二〇〕汾陽五世孫：汾陽善昭—石霜楚圓—黄龍慧南—真淨克文—清涼惠洪，即五世。本集卷八巴川衲子求詩：「巴音衲子夜椎門，要識汾陽五世孫。」

〔二一〕「隨緣放曠」二句：景德傳燈録卷三相州慧滿禪師：「師持鉢周行聚落，無所滯礙，隨得隨散，索爾虛閑。」此化用其意。　索爾虛閑，形容寂寞閑散。參見本集卷一八清涼大法眼禪師真贊注〔一一〕。

〔一二〕「未埋白骨」二句：蘇軾予以事繫御史臺獄獄吏稍見侵自度不能堪死獄中不得一别子由故作二詩授獄卒梁成以遺子由其一：「是處青山可埋骨。」此反其意而用之。

毛女贊 并序〔一〕

毛女者，秦始皇宫嬪也。二世時逃入華山，遂得道。季子圖之書室〔二〕，請余爲之贊。贊曰：

不嗅梨花，而撚紫芝〔三〕。不穿雲袖，而披槲衣〔四〕。何以風神，洞如冰雪〔五〕。使人見之，眼寒心折〔六〕。如麝有香，以缶覆焉〔七〕。透塵透風，種性則然〔八〕。又如煙雨，過孤山宅。於荒寒中，微見春色〔九〕。圖之壁間，是真過秦〔一〇〕。季子好德〔一一〕，白髮日新〔一二〕。

【注釋】

〔一〕政和四年春作於衡陽。　毛女：列仙傳卷下：「毛女者，字玉姜，在華陰山中，獵師世世見之。形體生毛，自言秦始皇宫人也，秦壞，流亡入山避難。遇道士谷春，教食松葉，遂不飢寒，身輕如飛。百七十餘年，所止巖中，有鼓琴聲云。」

〔二〕季子：毛在庭，字季子，衡陽人。詳見本集卷二四季子夢訓。

〔三〕紫芝：木耳之一種，可食，入藥。太平御覽卷一六八引皇甫謐帝王世紀曰：「四皓，始皇時隱於商山，作歌曰：『莫莫高山，深谷逶迤。曄曄紫芝，可以療饑。唐虞世遠，吾將何歸。』」蘇軾題毛女真：「祇應閑過商顔老。」以爲毛女與商山四皓同時而隱，當有過從。故惠洪以謂四皓療饑之紫芝，亦當爲毛女所食。

〔四〕槲衣：槲葉綴成之衣。蘇軾題毛女真：「霧鬢風鬟木葉衣。」

〔五〕洞如冰雪：莊子逍遥遊：「藐姑射之山有神人居焉，肌膚若冰雪，綽約若處子。」此化用其意。宋高僧傳卷一五唐會稽雲門寺靈澈傳：「江表諺曰：『越之澈，洞冰雪。』」此借月其語。

〔六〕眼寒心折：寫觀毛女真之感覺。蘇軾續麗人行：「杜陵飢客眼長寒，蹇驢破帽隨金鞍。隔花臨水時一見，只許腰肢背後看。心醉歸來茅屋底，方信人間有西子。」此戲用其語。又「眼寒」承接「冰雪」而言。心折，猶言銷魂。杜甫冬至：「心折此時無一寸。」

〔七〕「如麝有香」二句：覆盆缶藏匿麝香，而香氣難掩，以喻人不事張揚，而美名愈彰。參見本集卷二贈閻資欽注〔一九〕。

〔八〕「透塵透風」二句：山谷集卷一五白蓮庵頌：「入泥出泥聖功，香光透塵透風。君看根元種性，六窗九竅玲瓏。」此借白蓮以喻毛女。

〔九〕「又如煙雨」四句：本集卷二六題墨梅：「華光作此梅，如西湖籬落間煙重雨昏時見。」詩話總龜卷二一引冷齋夜話：「衡州花光仁老，以墨寫梅花，魯直歎曰：『如嫩寒春曉行孤山籬落間，但欠香耳。』」此借梅花以喻毛女。

〔一〇〕是真過秦：謂將毛女之身世遭遇繪成圖畫，真可展示秦始皇之罪過。漢賈誼嘗著過秦論，歷數秦敗亡之因。此借用其語。

〔一一〕季子好德：論語子罕：「子曰：『吾未見好德如好色者也。』」此謂季子畫毛女，非好其色，乃在過秦，爲好德之舉。

〔一二〕白髮日新：謂畫中之毛女，其德日新。白髮，即今所謂白毛女也。

唐李侍中畫像贊〔一〕

余觀李侍中，秀骨開張〔二〕，英氣横逸，想見蔡州雪晚縛吴元濟時〔三〕。公平元濟，如舉捶逐鼠，無難事。唯不殺用李祐〔四〕，鞬櫜見裴度〔五〕，使市不改肆如乃翁〔六〕。此公之所養，真足以卓絶有唐之名將矣。嗚呼賢哉！

【注釋】

〔一〕政和五年正月作於蔡州。李侍中：李愬，字元直，臨潭人，唐名將李晟之子。爲鄧州節度使，平淮西，以功封涼國公。新舊唐書有傳。參見本集卷一題李愬畫像。錯按：據新舊唐書李愬傳，愬未嘗拜侍中。東坡詩集注卷一八大雪青州道上有懷東武園亭寄交代孔周翰：「君不見淮西李常侍，夜入蔡州縛取吴元濟。」李厚注：「唐李愬以散騎常侍爲唐鄧節度使，襲蔡賊吴元濟。至懸瓠城，夜半雪甚，賊晏然無一人知之者，遂克蔡州，而擒元濟。」然蘇集諸本及施注、查注皆作「君不見淮西李侍中」，則惠洪或從蘇詩通行本誤作「李侍中」。此贊未用韻文，文體特異，或原贊已佚，只剩其序。

〔二〕秀骨開張：杜甫天育驃騎歌：「卓立天骨森開張。」此借用其語。

〔三〕蔡州雪晚縛吴元濟：新唐書李愬傳略曰：「於時元和十一年十月己卯。師夜起……會大雨雪……愬道分輕兵斷橋以絶洄曲道，又以兵絶朗山道。行七十里，夜半至懸瓠城，雪甚，城旁皆鵝鶩池，愬令擊之，以亂軍聲。賊恃吴房、朗山戍，晏然無知者。祐等坎墉先登，衆從之，殺門者，發關，留持柝傳夜自如。黎明，雪止，愬入駐元濟外宅。蔡吏驚曰：『城陷矣！』元濟尚不信……率左右登牙城，田進誠兵薄之。……進誠火南門，元濟請罪，梯而下，檻送京師。」

〔四〕不殺用李祐：新唐書李愬傳贊曰：「愬得李祐不殺，付以兵不疑，知可以破賊也。祐受任不辭，決策入死，以愬能用其謀也。」題李愬畫像：「君得李祐不肯誅，便知元濟在掌股。」

〔五〕鞬櫜見裴度：新唐書李愬傳：「乃屯兵鞠場以俟裴度。至，愬以櫜鞬見，度將避之，愬曰：

『此方廢上下分久矣，請因示之。』度以宰相禮受愬謁，蔡人聳觀。」題李愬畫像：「君看鞬櫜見丞相，此意與天相始終。」

〔六〕使市不改肆如乃翁：新唐書李愬傳：「始，晟克京師，市不改肆。愬平蔡，亦如之。」乃翁，指李晟，以功封西平王。題李愬畫像：「遠人信宿猶未知，大類西平擊朱泚。」

解空居士贊〔一〕

空若不解，即是斷空〔二〕。解若不空，即是法執〔三〕。是故居士，獨號解空〔四〕。窠臼不立，凡聖豈存。是誰宗旨？臨濟仍雲〔五〕。

【注釋】

〔一〕作年未詳。解空居士：未詳其人。疑即劉岑（一〇八七～一一六七），字季高，吳興人，遷居溧陽，號解空居士，晚號杼山老人。登宣和六年進士，紹興三年除秘書少監，累遷左朝散大夫。以户部侍郎奉祠。乾道三年卒。事具景定建康志卷四九儒雅傳。大慧普覺禪師語録卷二九答劉侍郎季高：「依前只是解空居士，更不是別人。」大慧普覺禪師年譜紹興十六年丙寅：「師五十八歲。解空居士侍郎劉公季高手寫華嚴經一部施。」劉岑年少惠洪十六歲，且與惠洪法友宗杲相善，然本集未見二人有交往之跡，俟考。

〔二〕斷空：即斷滅空，非真空。唐釋法藏般若波羅蜜多心經略疏：「以空是真空，必不妨幻色，若閡於色，即是斷空，非真空故。」

〔三〕法執：二執之一，固執以爲心外有有爲無爲之實法。宋釋師會般若心經略疏連珠記卷上：「圓成是真，真故是空。從緣生法，決無自性，故曰真空。若言有者，即是法執。」

〔四〕「解空」二字：即須悟解諸法之空相。

〔五〕臨濟仍雲：謂解空居士參臨濟下禪，爲臨濟後裔遠孫。仍雲，世系邈遠之孫。

東坡居士贊〔一〕

家孝友以爲鄉，埶道德以爲基〔二〕。横忠義之勁氣〔三〕，吐剛方之談辭〔四〕。視閻浮其一漚〔五〕，而寄夢境於儋耳〔六〕；開胸次之八荒，而露幻影如蛾眉㊀〔七〕。此其大凡也。屬熙豐之勃興，追舜禹之有爲〔八〕。常一出而事悞，則袖手悠然而去之〔九〕。如鳳如麟〔一〇〕，而瑞冠一世；非雷非霆〔一一〕，而名震四夷。造裨販之中傷〔一二〕，嗟妬忌之何知〔一三〕。方其茹拳而微酔〔一四〕，以翰墨爲娱嬉。則倒用祖師之印，檄萬古而疾馳〔一五〕。如河漢之流，無有窮極〔一六〕；如煙雲之出，無有定姿〔一七〕。欲録之以藏，則懼六丁之竊取〔一八〕；要當以日月爲字，而天爲碑〔一九〕，可乎！

【校記】

㈠ 蛾：武林本作「峨」。

【注釋】

〔一〕約大觀二年冬作於常州。錯按：時惠洪至常州訪錢世雄（濟明），作跋李豸弔東坡文，此贊亦當作於是時，姑繫於此。參見本集卷一一錢濟明作軒於古井旁名冰華賦此注〔一〕。

〔二〕「家孝友以爲鄉」二句：謂蘇軾安家以孝友爲其故鄉，建塾以道德爲其奠基。家、塾二字皆用作動詞。廓門注：「塾，門側之堂。孫炎曰：『夾門堂。』學記：『家有塾。』」東都事略卷九三上蘇軾傳：「爲人篤於孝友，輕財好施，獎善詆惡，蓋其天性。」

〔三〕横忠義之勁氣：蘇軾龍尾石硯寄猶子遠：「文章工點黝，忠義老研磨。」經進東坡文集事略卷首宋孝宗趙昚御製文集序：「故贈太師謚文忠蘇軾，忠言讜論，立朝大節，一時廷臣無出其右。」黄庭堅次韻德孺惠貺秋字之句：「老來忠義氣横秋。」此化用其語意。

〔四〕吐剛方之談辭：蘇軾思堂記：「言發於心而衝於口，吐之則逆人，茹之則逆余。以爲寧逆人也，故卒吐之。」

〔五〕視閻浮其一漚：蘇軾文登蓬萊閣下石壁千丈爲海浪所戰時有碎裂淘灑歲久皆圓熟可愛土人謂此彈子渦也取數百枚以養石菖蒲且作詩遺垂慈堂老人：「閻浮一漚耳，真妄果安在？」

〔六〕儋耳：即昌化軍。輿地紀勝卷一二五昌化軍：「昌化軍，同下州。星土分野，與珠崖同。本漢儋耳郡。」東都事略蘇軾本傳：「貶瓊州別駕，昌化軍安置。」

〔七〕蛾眉：即峨眉山，代指蘇軾故鄉眉山。太平寰宇記卷七四劍南西道眉州：「後魏廢帝二年平蜀，改青州爲眉州，因峨眉山爲名。」同卷嘉州：「峨眉山，按益州記云：『峨眉山在南安縣界，兩山相對，狀似蛾眉。』」

〔八〕「屬熙豐之勃興」二句：謂神宗皇帝勵精圖治，倚王安石變法革新，欲追古聖君堯舜之治。東都事略卷八神宗本紀：「宋自建隆迄于治平，百年之間，四聖相授，深仁厚澤，浹于人心者至矣。承平日久，事多舒緩。神宗皇帝乃慨然圖乂，立政造事，以新一代之治。於是廣親親之道，以睦九族；尊經術之士，以作人材；弛力役以便民，通貨財而阜國。時散薄斂，以行補助之政；嚴修保伍，以爲先事之防。興水土之利，而厚農桑；分南北之祀，而侑祖禰。酌六典以正百辟，制九軍而攘四夷。凡所制作，欲以遠迹治古，可謂厲精之主矣。」熙豐，指熙寧、元豐，皆神宗年號。

〔九〕「常一出而事悮」二句：謂蘇軾反對新法，不入時宜，而處之泰然，袖手去之。宋費衮梁谿漫志卷四侍兒對東坡語：「東坡一日退朝，食罷，捫腹徐行，顧謂侍兒曰：『汝輩且道，是中有何物？』一婢遽曰：『都是文章。』坡不以爲然。又一人曰：『滿腹都是識見。』坡亦未以爲當。至朝雲乃曰：『學士一肚皮不入時宜。』坡捧腹大笑。」蘇轍欒城後集卷二二亡兄子瞻端明墓誌銘：「見義勇於敢爲，而不顧其害，用此數困於世，然終不以爲恨。」本集卷五乙卯歲除夜大醉：「翩翩遥增擊，悠然知事悞。道合人所難，一律無今古。」

〔一〇〕如鳳如麟：晁補之雞肋集卷六一祭端明蘇公文：「如麟如鳳，胡可僞爲！」

〔一一〕非雷非霆：揚雄法言問道：「非雷非霆，隱隱耾耾。」禪林僧寶傳卷三〇黄龍佛壽清禪師傳：「非雷非霆，而聲名常在人耳。」

〔一二〕造禪販之中傷：續資治通鑑長編卷二一三神宗熙寧三年秋七月丁酉注引林希野史云：「王安石恨怒蘇軾，欲害之，未有以發。會詔近侍舉諫官，謝景温建言：『凡被舉官，移臺考劾。所舉非其人，即坐舉者。』人固疑其意有所在也。范鎮薦軾，景温即劾軾向丁父憂，歸蜀，往還多乘舟載物，貨賣私鹽等事。安石大喜，以三年八月五日奏上。六日，事下八路，案問水行及陸行所歷州縣令，具所差借兵夫及柁工，訊問賣鹽，卒無其實。眉州兵夫乃迎候新守，因送軾至京。既無以坐軾，會軾請外，例當作州，巧抑其資，以爲杭倅，卒不能害軾。士論無不薄景温云。」同書卷二一四熙寧三年八月癸亥：「詔江淮發運、湖北運司，體量殿中丞直史館蘇軾居喪服除，往復買販，及令天章閣待制李師中供析照驗見軾妄冒差借兵卒事實以聞，侍御史知雜事謝景温劾奏故也。景温與王安石連姻，安石實使之。窮治，卒無所得，軾不敢自明。久之，乞補外。上批出，與知州差遣。中書不可，擬令通判潁州，上又批出，改通判杭州。」

〔一三〕嗟妬忌之何知：宋史蘇軾傳：「但爲小人忌惡擠排，不使安於朝廷之上。」

〔一四〕茹拳：口含拳頭，形容醉態。參見本集卷一二蜀道人明禪過余甚勤久而出東山高弟兩勤送行語句戲作此塞其見即之意注〔三〕。

〔一五〕「則倒用祖師之印」二句：謂其借用禪宗祖師之印信，調遣古今萬象，供其筆端驅使。新唐書段秀實傳：「秀實以爲宗社之危不容喘，乃遣人諭大吏岐靈岳，竊取令言印，不獲，乃倒用司農印追其兵。」宋人好以「倒用印」之事説禪，皆本此，如黄庭堅山谷集卷一六雲居祐禪師語録序：「不可是超佛知見，倒用如來印也。」同卷大溈喆禪師語録序：「倒用魔王之印，追大軍於藕絲孔中。」曹勛松隱集卷二九布袋和尚贊：「果然倒用毗盧印，一笑石霜捧頭血。」王庭珪盧溪文集卷四一圓通贊：「維摩倒用那羅印，用證初心豈或淪。」　檄，以檄文徵召調遣。

〔一六〕「如河漢之流」二句：莊子逍遥遊：「吾驚怖其言，猶河漢而無極也。」王勃王子安集卷八上皇甫常伯啓：「山岳有輕，河漢無極。」此借用其語。

〔一七〕「如煙雲之出」二句：蘇軾與謝民師推官書：「大略如行雲流水，初無定質，但常行於所當行，常止於不可不止，文理自然，姿態横生。」

〔一八〕「欲録之以藏」二句：謂蘇軾文章如李白、杜甫詩篇，爲上天之秘寶，非人間所能收藏。五百家注昌黎文集卷五調張籍：「李杜文章在，光焰萬丈長。……仙官敕六丁，雷電下取將。」注：「孫曰：六丁者，六甲中丁神也。謂甲子旬丁卯爲神之類。」補注：「異人記云：上元中，台州道士王遠知善易，知人死生禍福，作易總十五卷。一日雷雨，雲霧中一老人語遠知曰：『所泄者書何在？上帝命吾攝六丁雷電追取。』遠知惶懼，據地旁，有六人青衣已捧書立矣。老人責曰：『上方禁文，自有飛文保衛金科，秘藏玄都，汝何者輒藏緗帙？』遠知曰：『青丘元老傳授也。』」此化用其意。

〔一九〕「要當以日月爲字」二句：王令廣陵集卷一一唐介：「偉哉介也已不朽，日月爲字天爲碑。」此借用以贊蘇軾。

【集評】

日本正宗龍統云：寂音尊者贊東坡先生，有曰：「要當以日月爲字，而天爲碑，可乎！」有宋以還，名士賢大夫，皆雖盡口而稱，未敢有其言之妙及於此。吁！尊者獨表而出之，偉哉！予竊謂先生乃天地日月之間氣，奚翅孕眉山草木之秀也乎？先生之聲名蓋四海者，天也。先生之文章貫千古者，日月也。其聲名也，傳之遐方殊域，而敬羡焉，則焉與當年經行之地，不有以異于彼于此。地雖有異，而唯一天焉耳。其文章也，播之於季世末俗而尊誦焉，則與平日立朝之時，不有以異于昔于今。時雖若異，而唯一日月焉耳。夫謂之四海一東坡者，萬古一東坡者耶？予嘗聞女媧氏鍊石補天，天即爲石，石則爲天，天豈不可爲碑乎？又聞蒼頡觀鳥跡以製文字，蓋陽精積而成烏，象之曰日；陰精積而成兔，象之曰月。實文字起于鳥跡，則日月亦可以爲字矣。莫謂天之蒼蒼不可鐫焉，日月赫赫不可書焉，豈非日月之字天之碑，顯自（白）吾先生之德哉！尊者之言，吾無間然

矣。（五山文學新集第四卷秃尾長柄帚上第一東坡先生畫像贊）

山谷老人贊〔一〕

蓋九州以醉眼〔二〕，而其氣如神〔三〕；藻萬物以妙語，而應手生春〔四〕。排黄龍之三關，則凡聖之情不敢呵止〔五〕；竪寶覺之一拳，則背觸之意不立鮮陳〔六〕。世波雖怒，而難移砥柱之操〔七〕；詩名雖富，而不救卓錐之貧〔八〕。情如維摩詰，而欠散花之天女〔九〕；心如赤頭璨，而著折角之幅巾〔一〇〕。豈平章佛法之宰相〔一一〕，乃檀越叢林之韻人也耶〔一二〕！

【注釋】

〔一〕崇寧三年正月作於長沙。山谷老人：即黄庭堅。錯按：黄庭堅除名編管宜州，於崇寧三年正月途經長沙，惠洪與之過從甚密，此贊當作於是時。

〔二〕蓋九州以醉眼：黄庭堅次韻周德夫經行不相見之詩：「春風倚樽俎，緑髮少年時。酒膽大如斗，當時淮海知。醉眼槩九州，何嘗識憂悲。」本集卷二七跋行草墨梅：「山谷醉眼蓋九州，而神於草聖。」

〔三〕其氣如神：禮記孔子閒居：「清明在躬，志氣如神。」東坡易傳卷七：「聖賢則不然，以志一氣，清明在躬，志氣如神，雖禄之以天下，窮至於匹夫，无所損益也。」

〔四〕「藻萬物以妙語」二句：蘇軾王安石贈太傅制：「瑰瑋之文，足以藻飾萬物。」此借用其意。本集卷二四季子夢訓：「公於西漢，尤愛賈生、蘇子卿，非直愛其文如盎盎之春，藻飾萬物。」錯按：黄庭堅答洪駒父書：「古之能爲文章者，真能陶冶萬物，雖取古人之陳言入於翰墨，如靈丹一粒，點鐵成金也。」

〔五〕「排黄龍之三關」二句：黄庭堅黄龍南禪師真贊：「我手何似佛手？日中見斗。我脚何似驢脚？鎖却狗口。生緣在甚麼處？黄茆裏走。乃有北溟之鯤，揭海生塵。以長觜鳥啄其心肝肺，乃退藏於密。待其化而爲鵬，與之羽翼。九萬里則風斯在下矣，自爲鑪而鎔凡聖之銅。乃將圖南也，道不虚行，是謂無功之功。偏得其道者，一子一孫而已矣，得其一者，皆爲萬物之宗。工以丹墨，得皮得骨。我以無舌，贊水中月。」錯按：禪林僧寶傳卷二二黄龍南禪師傳：「以佛手、驢脚、生緣三語問學者，莫能契其旨。天下叢林，目爲三關。」

〔六〕「豎寶覺之一拳」二句：黄庭堅得法於黄龍晦堂寶覺祖心禪師。冷齋夜話卷七觸背關：「寶覺禪師老，庵於龍峰之北，魯直丁家難，相從甚久，館於庵之旁兩年。寶覺見學者，必舉手示之曰：『唤作拳是觸，不唤拳是背。』莫有契之者。叢林謂之觸背關。」

〔七〕「世波雖怒」二句：黄庭堅跋砥柱銘後：「余觀砥柱之屹中流，閲頽波之東注，有似乎君子士大夫立於世道之風波。可以託六尺之孤，寄百里之命，不以千乘之利奪其大節，則可以不爲此石羞矣。」　鍇按：黄庭堅詩文中好以「砥柱」喻士大夫節操，且屢爲他人書寫砥柱銘。如次韻楊明叔見餞十首之七：「元之如砥柱。」和王觀復洪駒父謁陳無己長句：「河從天來砥柱立。」次蘇子瞻和李太白潯陽紫極宫感秋詩韻追懷太白子瞻：「砥柱閲頽波，不疑更何卜。」陳榮緒惠示之字韻詩推奬過實非所敢當輒次高韻三首之一：「頽波閲砥柱，濁水得摩尼。」題馬當山魯望亭四首之二：「鯨波横流砥柱，虎口活國宗臣。」王元之真贊：「萬物並流，砥柱中立。」見張宣徽書：「出入諸公間，如砥柱之屹中流也。」與徐師川書四首之二：「常恐斯文之將墜，不意復得吾甥，真頽波之砥柱也。續當寫魏鄭公砥柱銘奉寄。」題魏鄭公砥柱銘後：「劉禹錫云：『世道劇頽波，我心如砥柱。』」此借庭堅好用之喻還喻其人。

〔八〕不救卓錐之貧：黄庭堅贈嗣直弟頌十首之六：「萬里唯將我，回觀更有誰？初無卓錐地，今日更無錐。」卓錐，喻赤貧。語本景德傳燈録卷一一袁州仰山慧寂禪師：「去年貧，未是貧；今年貧，始是貧。去年無卓錐之地，今年錐也無。」

〔九〕「情如維摩詰」二句：謂其雖如維摩詰，以居士身份奉佛，而其丈室中却無天女。維摩詰經卷中觀衆生品：「時維摩詰室有一天女，見諸大人聞所説法，便現其身，即以天華散諸菩薩、大弟子上。」蘇軾朝雲詩：「阿奴絡秀不同老，天女維摩總解禪。」以維摩詰室中天女喻其愛妾朝雲。參見冷齋夜話卷一東坡南遷朝雲隨侍作詩以佳之。此反其意而用之，蓋謂蘇軾南還尚有朝雲隨侍，而庭堅南遷則無侍妾。　錯按：庭堅好以維摩詰居士自喻，如寄袁守廖獻卿：「想見宜春賢太守，無書來問病維摩。」病起荆江亭即事十首之一：「菩提坊裏病維摩。」庭堅中年喪妻，未再娶，嘗作發願文曰：「願從今日盡未來世，不復淫欲。」二句所云即此。

〔一〇〕「心如赤頭瓈」二句：謂其雖如三祖僧瓈，信心習禪，然未出家，尚著士人之幅巾。傳法正宗記卷六震旦第三十祖僧瓈尊者傳：「初瓈尊者以風疾出家，及居山谷，疾雖愈而其元無復黑髮。故舒人號爲赤頭瓈。」　折角之幅巾：後漢書郭太傳：「嘗於陳、梁間行，遇雨，巾一角墊。時人乃故折巾一角，以爲林宗巾。」錯按：山谷年譜元豐三年：「十月，游山谷寺。山谷寺在皖山三祖山，屬舒州，有石牛洞等林泉之勝，先生游而樂之，因此號山谷道人。」庭堅因游皖山三祖山山谷寺，而號山谷道人，故以三祖僧瓈喻之。參見本集卷三黄魯直南遷艤舟碧湘門外半月未游湘西作此招之注〔五〕。

〔一一〕平章佛法之宰相：謂其品評佛法之凡聖正邪，如同世法中之宰相。宋之宰相號同平章事，此借以喻庭堅佛學修養之深。

〔一二〕檀越叢林之韻人：謂其爲禪林之檀越，以其風雅之韻布施禪林。檀越，即施主。

華嚴居士贊〔一〕

偏界難藏〔二〕，而應緣震旦〔三〕；通身是眼〔四〕，而現形宰官〔五〕。粲如景星，矯如翔鸞〔六〕。販夫竈婦，欣聞悦觀。醫國法門，筆端三昧〔七〕。奮迅出入，游戲自在〔八〕。居然不容，世議迫隘〔九〕。夢游海南，御風騎氣〔一〇〕。覺來浙東，有口如耳〔一一〕。且置是事，聊觀其一戲。以稱性印，印毛印海〔一二〕。光生佛僧，沮却魔外。惟我可與此道人，游乎大華嚴毗盧法界也〔一三〕。

【注釋】

〔一〕政和六年春作於江州。華嚴居士：陳瓘，字瑩中，號了翁，亦號華嚴居士。參見本集卷一一陳瑩中左司自丹丘欲家豫章至湓浦而止余自九峰往見之二首注〔一〕。

〔二〕偏界難藏：謂佛法處處顯露，難以隱藏。蘇軾贈虔州慈雲寺鑒老：「偏界難藏真薄相，一絲不挂且逢場。」冷齋夜話卷七東坡戲作偈語亦載此偈。此借用其語。

〔三〕應緣震旦：謂陳瓘在中國應緣而生。緣，指生緣，塵世之緣分。震旦，古印度稱中國。

〔四〕通身是眼：喻見解高明。景德傳燈録卷一四潭州雲巖曇晟禪師：「道吾問：『大悲千手眼如何？』師曰：『如無燈時把得枕子，怎麽生？』道吾曰：『我會也，我會也。』師曰：『怎麽生會？』道吾曰：『通身是眼。』」

〔五〕現形宰官：謂其現形爲宰官之身而説法。法華經卷七：「應以宰官身得度者，即現宰官身而爲説法。」楞嚴經卷六：「我於彼前現宰官身而爲説法，令其成就。」蘇軾縱筆三首之二：

「父老爭看烏角巾，應緣曾現宰官身。」此化用其意。陳瓘嘗拜左司諫，爲朝廷命官，故云。

〔六〕「粲如景星」二句：謂其爲人所景仰。韓愈與少室李拾遺書：「朝廷之士引頸東望，若景星鳳皇之始見也，争先覩之爲快。」景星：瑞星，德星。史記天官書：「景星者，德星也。其狀無常，常出於有道之國。」

〔七〕「醫國法門」二句：謂陳瓘著書立説，陳治國之方略。國語晉語八：「文子曰：『醫及國家乎？』對曰：『上醫醫國，其次疾人，固醫官也。』」此以佛語法門、三昧稱讚其救國之儒行。本集卷一四陳瑩中居合浦余在湘山三首寄之之三：「要看筆端三昧，重談醫國法門。」

〔八〕「奮迅出入」二句：佛教有師子奮迅三昧，又有師子游戲三昧，此合而用之，謂陳瓘學佛勇猛精進，得大自在。

〔九〕世議迫隘：謂世人刻薄褊狹之議論使其遭受排擠。蘇軾游徑山：「近來愈覺世議隘。」已見前注。

〔一〇〕「夢游海南」二句：謂陳瓘貶謫廉州，而曠達超逸，不以遷謫爲懷。東都事略卷一〇〇陳瓘傳：「除名編管袁州，移廉州。」廉州治合浦縣，屬廣南西路，地近南海，故云。蘇軾與黄魯直書：「意其超逸絶塵，獨立萬物之表，馭風騎氣，以與造物者游。」此借其語以贊陳瓘。

〔一一〕「覺來浙東」二句：謂陳瓘謫居台州之後，言語謹慎。東都事略陳瓘本傳：「始，瓘所辨日録事，著尊堯集，議者以爲言多詆誣，編置台州。」台州，宋屬兩浙路，地在浙東。　口如耳：

説苑政理：「故君子慎言語矣，毋先己而後人，擇言出之，令口如耳。」

〔一二〕「以稱性印」三句：黄庭堅長蘆夫和尚真贊：「若夫以法界印，印毛印海，則鷲僧蹶而走巫咸也。」此化用其語。參見本集卷三陳瑩中由左司諫謫廉相見於興化同渡湘江宿道林寺夜論華嚴宗注〔一七〕。

〔一三〕大華嚴毗盧法界：即華嚴法界，釋迦如來真身毗盧遮那佛之淨土蓮華藏世界。

李道夫真贊〔一〕

眼蓋九州〔二〕，韻高一世。儼玉山富貴之豪〔三〕，洗士林寒乞之氣〔四〕。挫萬化於筆端〔五〕，置八荒於胸次。邁往不屑，不可犯干。意輕邴吉〔六〕，情追謝安〔七〕。軒特秀發〔八〕，乃爾禿巾褐〔九〕；婆娑步趨㊀，合在玉堂金鑾〔一〇〕。山澤不可窺測，所以納垢汙〔一一〕；麒麟不可縶羈，所以異犬羊〔一二〕。正恐橫風月之笛〔一三〕，披雲錦之裳〔一四〕。騎元氣之背〔一五〕，而游無何有之鄉〔一六〕。

【校記】

㊀ 娑：武林本作「挲」誤。

【注釋】

〔一〕大觀三年作於江寧府。李道夫：李孝遵，字道夫，一作字道甫，江寧人。參見本集卷三七夕卧病敎素報云道夫已至北山遲遲未入城其意耽酒用其説作詩促之注〔一〕。

〔二〕眼蓋九州：黄庭堅次韻周德夫經行不相見之詩：「醉眼槩九州，何嘗識憂悲。」

〔三〕玉山：謂其儀容之美。世説新語容止：「山公曰：『嵇叔夜之爲人也，巖巖若孤松之獨立；其醉也，傀俄若玉山之將崩。』」道夫耽酒，故借以言之。

〔四〕寒乞：寒傖，貧困不體面，常用與富貴相對。黄庭堅王定國文集序：「生長富貴，其嗜好皆老書生事，而不寒乞。」又跋自書所爲香詩後：「賈天錫宣事作意和香，清麗閑遠，自然有富貴氣，覺諸人家和香殊寒乞。」

〔五〕挫萬化於筆端：文選卷一七陸機文賦：「籠天地於形内，挫萬物於筆端。」張銑注：「挫，折挫也。謂天地雖大，可籠於文章形内；萬物雖衆，可折挫取其形，以書於筆之端。端，筆鋒也。」此用其語意。

〔六〕意輕邴吉：謂其意頗鄙視以獄法小吏起家者。邴吉，亦作丙吉，字少卿，漢魯國人。武帝時任廷尉監。宣帝立，以保養之功封博陽侯，拜丞相。漢書本傳稱其「本起獄法小吏，後學詩禮，皆通大義」。

〔七〕情追謝安：謂其情頗追慕隱逸游賞之風流韻事。謝安，字安石，晉陽夏人。爲尚書僕射，領吏部，以功拜太保，卒贈太傅。晉書有傳。世説新語識鑒：「謝公在東山畜妓，簡文曰：『安石必出。既與人同樂，亦不得不與人同憂。』」劉孝標注引宋明帝文章志曰：「安縱心事外，疏略常節，每畜女妓，攜持游肆也。」晉書謝安傳：「安雖放情丘壑，然每游賞，必以妓女從。」參見本集卷四同敦素沈宗師登鍾山酌一人泉注〔一二〕、〔一三〕。

〔八〕軒特：軒昂卓異。新唐書李栖筠傳：「莊重寡言，體貌軒特。」

〔九〕禿巾：不戴頭巾。後漢書孔融傳：「融爲九列，不遵朝議，禿巾微行。」注：「謂不加幘。」　椹褐：紫色粗布短衣。椹，桑椹，色紫。

〔一〇〕「婆娑步趨」二句：謂其有朝一日將入朝爲官，上殿朝拜皇帝。　婆娑，即舞蹈。詩陳風東門之枌：「子仲之子，婆娑其下。」毛傳：「婆娑，舞也。」鍇按：舞蹈爲朝拜皇帝之禮節。宋史禮志十三：「典儀贊百官再拜，舞蹈，三稱萬歲，又再拜，起居訖，又再拜，分班序立。」　玉堂，漢宮殿名。文選卷四五揚雄解嘲：「歷金門，上玉堂，有日矣。」李善注：「晉灼曰：『黄圖有大玉堂、小玉堂。』」吕延濟注：「金門，天子門也；玉堂，天子殿也。」　金鑾：唐宮殿名。殿與翰林院相接，故召見學士常在此殿。

〔一一〕「山澤不可窺測」二句：左傳宣公十五年：「諺曰：『高下在心，川澤納汙，山藪藏疾，瑾瑜匿瑕。』國君含垢，天之道也。」此化用其意。

〔一二〕「麒麟不可繫羈」二句：文選卷六〇賈誼弔屈原文：「使騏驥可得係而羈兮，豈云異夫犬羊。」李周翰注：「騏驥，良馬也。言君子之德，遠避濁世，則如良馬見係絆而羈束也。及其用之，乃騁千里之道。其不用，與犬羊之才無異也。」此化用其意。

〔一三〕風月之笛：黄庭堅子瞻詩句妙一世乃云效庭堅體蓋退之戲效孟郊樊宗師之比以文滑稽耳恐後生不解故以韻道之：「赤壁風月笛，玉堂雲霧窗。」此借用其語。

〔一四〕雲錦之裳：蘇軾潮州韓文公廟碑：「公昔騎龍白雲鄉，手抉雲漢分天章，天孫爲織雲錦裳。」此借用其語。

〔一五〕騎元氣之背：猶言御風騎氣。本集卷四示忠上人：「看子穩騎元氣背。」

〔一六〕無何有之鄉：無所有虛無之境界。莊子應帝王：「予方將與造物者爲人，厭則又乘夫莽眇之鳥，以出六極之外，而遊無何有之鄉，以處壙埌之野。」又列御寇：「彼至人者，歸精神乎無始，而甘冥乎無何有之鄉。」

蔡元中真贊〔一〕

德以退爲進〔二〕，謙以後爲柄〔三〕。迹以暗而彰〔四〕，麝匿缶而香〔五〕。視夫子之胸次，若螻蟻其侯王〔六〕。方罾繳而去之，登千仞而翺翔〔七〕。與夫蒼顔槁項論博南、策未央者㊀〔八〕，殆各夢而同牀乎〔九〕！

【校記】

㊀博：武林本作「北」。

【注釋】

〔一〕政和五年作於新昌縣。　蔡元中：名未詳，當爲崇仁縣人，生平不可考。參見本集卷五復次蔡元中韻注〔一〕。

〔二〕德以退爲進：揚雄法言君子：「或曰：『進退則聞命矣，請問退進。』曰：『昔乎顔淵以退爲進，天下鮮儷焉。』」蘇轍老子解卷下：「道以不似物爲大，故其運而爲德，則亦悶然以鈍爲利，以退爲進。」

〔三〕謙以後爲柄：易謙卦：「謙謙君子，卑以自牧也。」此化用其意。

〔四〕迹以暗而彰：本集卷二一潭州大潙山中興記：「既絶復續暗而彰。」宋孝宗贈蘇文忠公太師敕：「君子之道闇而彰，是以論世。」

〔五〕麝匿缶而香：覆盆缶藏匿麝香，而香氣難掩，以喻人不事張揚，而美名愈彰。已見前注。

〔六〕螻蟻其侯王：視王侯之輩如螻蟻，微不足道。山谷外集詩注卷八題落星寺四首之一：「蜜房各自開牖户，蟻穴或夢封侯王。」史容注：「用異聞集淳于棼夢入大槐安國事。」此化用其意。

〔七〕「方罾繳而去之」二句：文選卷六〇賈誼弔屈原文：「鳳凰翔于千仞兮，覽德輝而下之。見細德之險徵兮，遥曾擊而去之。」此化用其意。　罾繳：即矰繳，繫有生絲之射鳥短矢。

〔八〕「與夫蒼顏槁項」句：謂身處窮困境地而縱論天下大事者。　蒼顏槁項：窮者之貌。莊子列御寇：「夫處窮閻阨巷，困窘織屨，槁項黄馘者，商之所短也。」　論博南：謂討論朝廷邊疆之事。博南，縣名。東漢明帝永平十二年，哀牢王柳貌，遣子率種人内屬。遂以其地置哀牢、博南二縣。故地在今雲南永平縣。事具後漢書西南夷傳。　策未央：謂對策於宫廷。王安石送陳舜俞制科東歸：「諸賢發策未央宫，獨得淄川一老翁。」未央宫，漢宫殿名，代指朝廷。　廓門注：「南策，未考。」蓋以「南策」爲一詞，斷句有誤。

〔九〕各夢而同牀：猶言同牀異夢。語本黄庭堅翠巖真禪師語録序：「各夢同牀，不妨殊調；冷灰爆豆，聊爲解嘲云耳。」

王宏道舍人贊〔一〕

翛然無累之神，見此有道之器〔二〕。韻收一代之風流，骨含奕世之富貴〔三〕。節臨事而不奪，貌甚威而常喜。方其少壯，則酒闌説劍，横槊賦詩〔四〕，名動塞壘。及其倦也，則浮沅湘，上衡霍〔五〕，盡室行於山水。至於醉心翰墨，傾倒肺懷，則有王右轄、吴武陵之風味〔六〕。馳至金城，而忠款乃著〔七〕；罷歸玉關，而功名自至者〔八〕，皆非壯歲，庸詎知此老人獨不如是乎〔九〕！

【注釋】

〔一〕宣和七年作於湘陰縣。　王宏道舍人：名未詳，官閤門宣贊舍人，時爲潭州路分兵馬鈐轄。參見本集卷五題王路分容膝軒、卷九王舍人路分生辰注〔一〕。

〔二〕「翛然無累之神」三句：宋文鑑卷一三一潘興嗣題張唐公香城記後：「唐公，國士也。立朝敢言，名動縉紳，視萬鍾之禄，不易其操，一丘一壑，自謂過之。方此時，僕齒髮方少，已無仕宦意，第以琴書爲樂，相視莫逆，至於忘年。可謂以無累之神，合有道之器，不愧於古人矣。」此化用其意，謂己與王宏道可謂莫逆之交。

〔三〕骨含奕世之富貴：王舍人路分生辰：「貴出賢王裔，宗連母后臣。」王宏道爲宋初功臣王審琦之後裔。據宋史王審琦傳，審琦子承衍尚太祖女昭慶公主，累官河中尹、護國軍節度、檢校太尉，卒贈中書令。承衍孫克臣，累拜工部侍郎，元祐四年以龍圖閣直學士、大中大夫卒。克臣子師約尚英宗女徐國公主，徽宗朝爲保平軍節度、樞密都承旨。其子殊爲閬州觀察使。蓋其家族與帝王聯姻，其富貴與北宋相始終。奕世，累世，一代接一代。

〔四〕「則酒闌說劍」二句：廓門注：「東坡詩第十一卷：『論詩說劍俱第一。』又莊子有說劍篇。」鍇按：「横槊賦詩」爲宋文人稱讚武將之習用語，如蘇軾送錢承制赴廣南路分都監：「踞牀到處堪吹笛，横槊何人解賦詩。」黄庭堅送曹子方福建路運判兼簡運使張仲謀：「曹侯黄須便弓馬，從軍賦詩橫槊間。」王宏道爲武官，故云。

〔五〕「則浮沅湘」二句：泛指游覽湖南山水。漢書司馬遷傳：「二十而南游江淮，上會稽，探禹穴，窺九疑，浮沅湘。」顔師古注：「沅水出牂柯，湘水出零陵，二水皆入江。」此借用其語。九家集注杜詩卷三一送王十六判官：「衡霍生春早，瀟湘共海浮。」注：「衡霍，以公之時言之，則一山而受二名。……公今所謂衡霍，則當時言衡山猶曰衡霍，故對瀟湘，瀟湘則湘江也。」參見本集卷七次韻新化道中注〔八〕。

〔六〕王右轄：即王右丞，指唐詩人王維。參見本集卷五次韻登蘇仙絶頂注〔六〕。吴武陵：唐信州人，元和初擢進士第。竇易直判度支，表武陵主鹽北邊。入爲太學博士。太和中出刺韶州，尋貶潘州司户參軍。新唐書文藝傳下吴武陵傳曰：「太和初，禮部侍郎崔郾試進士東都，公卿咸祖道長樂，武陵最後至，謂郾曰：『君方爲天子求奇材，敢獻所益。』因出袖中書搢笏，郾讀之，乃杜牧所賦阿房宫，辭既警拔，而武陵音吐鴻暢，坐客大驚。武陵請曰：『牧方試有司，請以第一人處之。』郾謝已得其人。至第五，郾未對，武陵勃然曰：『不爾，宜以賦見還。』郾曰：『如教。』牧果異等。」

〔七〕「馳至金城」二句：漢書趙充國傳：「時充國年七十餘，上老之，使御史大夫丙吉問誰可將者。充國對曰：『亡逾於老臣者矣。』上遣問焉，曰：『將軍度羌虜何如？當用幾人？』充國曰：『百聞不如一見，兵難隃度。臣願馳至金城，圖上方略，然羌戎小夷，逆天背畔，滅亡不久。願陛下以屬老臣，勿以爲憂。』」

〔八〕「罷歸玉關」二句：後漢書班超傳：「其封超爲定遠侯，邑千户。超自以久在絶域，年老思土。十二年，上疏曰：『……臣不敢望到酒泉郡，但願生入玉門關。』……帝感其言，乃徵超還。超在西域三十一年。十四年八月至洛陽，拜爲射聲校尉。」鍇按：王宏道當爲老年武官，故以趙充國、班超喻之。

〔九〕庸詎知：猶言豈知。語本莊子齊物論：「庸詎知吾所謂知之非不知邪？庸詎知吾所謂不知之非知邪？」

周（同）達道通判贊㊀〔一〕

韻出縉紳，秀見眉鬚。矯絳闕之風度〔二〕，宜玉堂之步趨〔三〕。有人所盡有，無人所當無。而乃袖補衮之手〔四〕，而弄雲泉以自娱也〔五〕。余安能探其歸宿，獨見於皮膚〔六〕。蓋神於酌古〔七〕，僻於眷（譽）書㊁〔八〕。求於古人，則謝幼輿、王子敬之徒歟〔九〕？

【校記】

㊀周：原作「同」，誤，今改。武林本作「勝」，亦誤。

㈡ 眘：原作「譽」，誤，今改。參見注〔八〕。

【注釋】

〔一〕約宣和四年作於長沙。周達道：時任潭州通判，兼荆湖南路轉運司勾當公事。參見本集卷六次韻周達道運句二首注〔一〕。底本「周」作「同」，乃涉形近而誤。

〔二〕矯：高舉。絳闕：代指神仙住處。傅幹注坡詞卷一水龍吟之一：「古來雲海茫茫，道山絳闕知何處。」注：「道山、絳闕皆神仙所居。」

〔三〕宜玉堂之步趨：謂其宜爲翰林學士，步趨於玉堂之署學士院。

〔四〕袖補衮之手：謂其本有補救時闕之才，却不願施展，袖手旁觀。補衮，補救規諫帝王之過失。詩大雅烝民：「衮職有闕，維仲山甫補之。」毛傳：「有衮冕者，君之上服也。仲山甫補之，善補過也。」

〔五〕弄雲泉以自娱：蘇軾游東西巖：「放懷事物外，徙倚弄雲泉。」此借用其語。

〔六〕皮膚：膚淺表面之内容。

〔七〕酌古：猶言斟酌古今之事，相互參照。蘇軾和陶郭主簿二首之一：「家世事酌古，百史手自斟。」

〔八〕僻於眘書：以謄録書籍爲癖好。僻，用同「癖」。唐曹鄴對酒：「愛酒知是僻，難與性相捨。」　眘：謄之俗字。底本作「譽」。譽之俗字「誉」與「眘」形近。蓋因「眘」而誤爲「誉」，再改爲正體「譽」。本集有此誤例，如卷七有詩題爲「雪夜與僧擁鑪僧曰聞唐劉義賦雪車冰柱」云云，即由劉叉之「叉」誤爲「乂」，復由「乂」改爲正體「義」。鍇按：本集卷六次韻周達道運句稱其「家蓄不貪寶，寸田常自耕」，卷二七跋北里誌稱「北里誌戲劇之文，而達道校證藏之」；同卷跋達道所蓄伶子于文稱「達道手校諸書，而此本最美，非好古博雅，何以至是」。皆可證其「僻於誉書」。而「譽書」之説，並無出處旁證，且於理不通。

〔九〕謝幼輿：謝鯤字幼輿，晉陽夏人。少知名，通簡有高識，不修威儀，好老易，能歌，善鼓琴。爲豫章太守。晉書有傳。世説新語品藻：「明帝問謝鯤：『君自謂何如庾亮？』答曰：『端委廟堂，使百僚準則，臣不如亮；一丘一壑，自謂過之。』」又巧藝：「顧長康畫謝幼輿在巖石裏。人問其所以，顧曰：『謝云一丘一壑，自謂過之。此子宜置丘壑中。』」　王子敬：王獻之字子敬，晉瑯琊臨沂人，居會稽山陰，羲之第七子。少有盛名，高邁不羈。善書，累官至中書令。晉書有傳。世説新語言語：「王子敬云：『從山陰道上行，山川自相映發，使人應接不暇。若秋冬之際，尤難爲懷。』」

韓廉使奉御贊〔一〕

幅巾椹衣〔二〕，杳然深靖。坐蘚石牀，横玉麈柄。松聲度曲，笑作風聽。是故有琴，絃索不整。人徒見其神和氣平，頹然委順〔三〕，至於垂紳正笏〔四〕，守法奉命。則活人之色，嚴毅勁正。特不受富貴所吞〔五〕，而有山林之韻。究其心胸，山包海容，表裏不隔，八窗玲瓏〔六〕。蓋游戲人間之出世，扶持洞上之宗風者也〔七〕。

【注釋】

〔一〕宣和七年作於長沙。韓廉使奉御：名字生平無考，時以内侍充荆湖南路觀察使。廉使，觀察使之别稱。奉御，殿中省職事官，由内侍充。参見本集卷一三代人上李龍圖並廉使致語十首注〔一〕。

〔二〕椹衣：猶言椹袍，即紫袍，官員所服。魏野東觀集卷三和孫舍人重過陝下二首之一：「二陝重過一紀强，麻衣已變椹袍光。」

〔三〕頹然委順：莊子知北遊：「性命非汝有，是天地之委順也。」

〔四〕垂紳正笏：垂下大帶末端，恭敬持捧朝笏，形容大臣莊重嚴肅之貌。歐陽修相州晝錦堂記：「至於臨大事，决大議，垂紳正笏，不動聲色，而措天下於泰山之安，可謂社稷之臣矣。」

〔五〕特不受富貴所吞：黄庭堅子瞻去歲春夏侍立延英子由秋冬間相繼入侍作詩各述所懷予亦次韻四首之三：「雁行飛上猶回首，不受青雲富貴吞。」

〔六〕八窗玲瓏：黄庭堅東坡居士墨戲賦：「視其胸中，無有畦畛，八窗玲瓏者也。」

〔七〕扶持洞上之宗風：謂韓廉使爲禪宗外護，扶持曹洞宗。洞上，指洞山良价禪師。鍇按：據本集可考，宣和年間湖南曹洞宗有復興之勢，惠洪此間交往之枯木法成、龍王法雲、雲蓋海印爽禪師等皆曹洞宗僧人。

毛季子贊〔一〕

季子逸羣，矯難控御〔二〕。迹寄黄塵，名在紫府〔三〕。觀此風鑑，無以爲喻。但見其清却梅林之風，秀等蘭叢之露。妙文章之吐鳳〔四〕，視功名其破釜〔五〕。我欲睟袖之旁，更畫淩波之女〔六〕。使其他日歸道山，渡弱水而驂風馭〔七〕。

【注釋】

〔一〕政和四年春作於衡陽。毛季子：毛在庭，字季子，衡陽人。見前注。

〔二〕矯難控御：言其逸氣豪邁，如馬不受駕馭。矯，高舉。控御，文選卷一七傅毅舞賦：「遲速承意，控御緩急。」李善注：「毛詩曰：『又良御忌，抑磬控忌。』毛萇曰：『止馬曰控，忌，辭也。』」

〔三〕名在紫府：猶言名在仙籍。紫府，道家稱仙人居所。抱朴子祛惑：「河東蒲坂有項曼都者，與一子入山學仙。……及到天上，先過紫府，金牀玉几，晃晃昱昱，真貴處也。」

〔四〕妙文章之吐鳳：喻文章之美。語本西京雜記卷二：「（揚）雄著太玄經，夢吐鳳凰，集玄之上。」

〔五〕視功名其破釜：視功名如已墮地之破釜，置之不顧。後漢書郭太傳：「孟敏字叔達，鉅鹿楊氏人也。客居太原。荷甑墮地，不顧而去。林宗見而問其意。對曰：『甑以破矣，視之何益？』」本集好用此喻，已見前注。此以「釜」代「甑」，爲押韻故。

〔六〕凌波之女：指美女。語本曹植洛神賦：「凌波微步，羅襪生塵。」

〔七〕「使其他日歸道山」二句：謂其本爲神仙中人，他日將乘風重歸仙府。道山：仙山，亦指人文薈萃之地。弱水：圍繞仙境之水。東方朔十洲記：「鳳麟洲在西海之中央，地方一千五百里。洲四面有弱水繞之，鴻毛不浮，不可越也。」蘇軾水龍吟：「向玉霄東望，蓬萊晻靄，有雲駕，驂風馭。」此借用其語。

曾逢原待制真贊〔一〕

冠冕道德，被服文武。所臨有聲，最宜荆楚〔二〕。果於去惡，發姦破柱〔三〕。爲國金湯〔四〕，折衝尊俎〔五〕。廣平南海〔六〕，乖崖西蜀〔七〕。如雪中春，和而嚴肅。名聞乳兒〔八〕，威被草木〔九〕。能作豐年，茂我百穀。筆下煙雲，胸次丘壑〔一〇〕。風流餘韻，與世酬酢。至於談禪，氣壓諸衲。戲以法界，玩于掌握。補衮之線〔一一〕，調鼎之手〔一二〕。笑而不言，置之懷袖。咨爾邦民，再拜稽首。潭非久留，歸相明后〔一三〕。

【注釋】

〔一〕宣和五年作於長沙。　曾逢原待制：曾孝序，字逢原，宣和年間以顯謨閣待制知潭州。參見本集卷九和曾逢原待制觀雪注〔一〕。

〔二〕最宜荆楚：宋史曾孝序傳：「授顯謨閣待制、知潭州。復以論猺事與吴居厚不合，落職，知袁州。尋復職，再知潭州。」潭州轄荆湖南路，古楚國地，故曰荆楚。

〔三〕發姦破柱：後漢書李膺傳：「時張讓弟朔爲野王令，貪殘無道，至乃殺孕婦。聞膺厲威嚴，懼罪，逃還京師，因匿兄讓第舍，藏於合柱中。膺知其狀，率將吏卒，破柱取朔，付洛陽獄，受辭畢，即殺之。」此用其事以贊孝序之吏能嚴明。

〔四〕爲國金湯：譬其爲國固守邊疆，如金城湯池，堅不可摧。宋祁景文集卷五六上青州相公啓：「祥言順采，爲有國之金湯；正色端朝，失羣邪之倚著。」　鍇按：宋史曾孝序傳：「道州猺人叛，乘高恃險，機毒矢下射，官軍不得前，於兩山間仆巨木，横累以守。孝序夜遣驍鋭，攀援而上，以大兵繼進，破平之。」

〔五〕折衝尊俎：喻不以武力。而在宴會談笑間制勝敵人。晏子春秋雜上：「夫不出于尊俎之間，而知千里之外，其晏子之謂也。可謂折衝矣。」　折衝，指擊退敵方戰車。　尊俎，宴會上之酒器食具。

〔六〕廣平南海：新唐書宋璟傳：「徙廣州都督。廣人以竹茅茨屋，多火。璟教之陶瓦，築堵，列邸肆，越俗始知棟宇利，而無患災。……累封廣平郡公，廣人爲璟立遺愛頌。」　南海，古郡名，廣州之别稱。

〔七〕乖崖西蜀：東都事略卷四五張詠傳：「出知成都府。時李順亂後，寇掠之際，民多脅從，詠移文諭以朝廷恩信，使各歸田里。詠曰：『前日李順脅民爲賊，今日吾化賊爲民，不亦可乎？』後廣武卒劉旰謀作亂，掠懷安，破漢州及永康軍、蜀州。招安使上官正頓師不進，詠以言激正，勉其親行，仍盛爲供帳餞之。酒酣舉爵，謂將校曰：『爾曹受國厚恩，此行當直抵寇壘，平蕩醜類。若曠日持久，此地即爾死所矣。』正懼，由是遂取勝。時民間訛言，有白頭翁午後食人男女，郡縣譊譊，至暮，路無行人。既而得倡爲訛言者，戮之于市，即日帖然。詠曰：『妖訛之興，沴氣乘之，妖則有形，訛則有聲。止訛之術，在乎識斷，不在乎厭勝。』其爲政，恩威並用，蜀民畏而愛之。初，蜀士知向學，而不樂仕宦，詠察郡人張及、李畋、張逵者，皆有學行，爲鄉里所服，遂延獎加禮，敦勉就舉。而三人者悉登科，於是蜀之學者知勸，文風日振。詠在蜀，采訪民間事，悉得其實。……嘗自號乖崖公，以爲乖則違衆，崖不利物云。」鍇按：以上二句謂孝序治潭州，如宋璟治廣，張詠治蜀，遺愛民間。

〔八〕名聞乳兒：蘇軾祭司馬君實文：「退居於洛，四海是儀。化及豚魚，名聞乳兒。」此用其語。

〔九〕威被草木：山谷詩集注卷二送范德孺知慶州：「乃翁知國如知兵，塞垣草木識威名。」任淵注：「唐書張萬福傳：德宗曰：『朕謂江淮草木亦知爾威名。』」

〔一〇〕胸次丘壑：黄庭堅題子瞻枯木：「胸中元自有丘壑，故作老木蟠風霜。」

〔一一〕補衮之線：詩大雅烝民：「衮職有闕，維仲山甫補之。」杜牧郡齋獨酌：「平生五色線，願補舜衣裳。」

〔一二〕調鼎之手：喻宰相之職責。韓詩外傳卷七：「伊尹，故有莘氏僮也，負鼎操俎，調五味，而立爲相，其遇湯也。」

〔一三〕歸相明后：預祝孝序回歸朝廷作宰相，輔佐明君。　明后：賢明君主。書太甲中：「曰：『脩厥身，允德協于下，惟明后。』」傳：「言脩其身，使信德合於羣下，惟乃明君。」

夢蝶居士贊二首〔一〕

俯看人世，一漚起滅〔二〕。失脚來游，夢入（人）蟻穴㊀〔三〕。前身後身，獨臨兩鏡。左右見之，不雜其影〔四〕。眉目秀發，嫩木含春。風度凝遠，霽月洗雲。葉屋花房，玉堂金字。我視睨睨〔五〕，渠方栩栩〔六〕。

余觀此老，神光渾圓，道骨粹剛。唾零功名〔七〕，眼蓋侯王。何爲鬚髮滄浪，被此朝章乎〔八〕？豈非如茅容殺雞，毛義捧檄。但欲致慈母之一笑，安知有佳客之在旁也〔九〕。所以袖補天之妙手〔一〇〕，祕醫國之奇方〔一一〕。獨游戲於富貴，如蝶棲宿於花房。占百年之閑適，寄一夢於幽香。千花百卉，金馬玉堂。麗風日之醇醲，徧雨露之恩光。遥增擊而栩栩〔一二〕，亦何異一丘一壑之相羊耶〔一三〕！

【校記】

㈠入：原作「人」，誤，今據四庫本、廓門本、武林本改。

【注釋】

〔一〕約宣和元年十月作於長沙。　夢蝶居士：蔡仍，字子因，蔡卞子，號夢蝶居士。參見本集卷三寄蔡子因注〔一〕。　鍇按：本集卷二七跋蔡子因詩書三首之一：「宣和元年十月八日，臨川瞻上人出以爲示，便覺神魄飛越於鐵甕城之下，瓜洲杳靄之間。」之三：「予久不見夢蝶，偶得此詩湘西山水間。」爲蔡子因作贊，當在此時。

〔二〕一漚起滅：楞嚴經卷六：「空生大覺中，如海一漚發。」此化用其意。

〔三〕夢入蟻穴：用唐李公佐南柯記淳于棼夢入大槐安國事。已見前注。

〔四〕「前身後身」四句：謂前身、後身實爲今身之二面鏡子，左右對照，則三世之身頓然現前。本集卷一八六世祖師畫像贊五祖：「觀前後身，兩鏡一面。左右對之，三者頓現。」即此意。

〔五〕睆睆：斜視貌。

〔六〕栩栩：歡暢適意貌。莊子齊物論：「昔者莊周夢爲胡蝶，栩栩然胡蝶也，自喻適志與！」此切合蔡子因「夢蝶」之號。

〔七〕唾零功名：謂功名如零星唾沫，不足珍惜。本集卷一贈蔡儒效：「棄遺不惜如零唾。」

〔八〕朝章：即朝服，朝見帝王時所著禮服。王禹偁滁州謝上表：「況臣頭有重戴，身被朝章，所守者國之禮容，即不是臣之氣勢。」

〔九〕「豈非如茅容殺雞」四句：後漢書郭太傳：「茅容字季偉，陳留人也。年四十餘，耕於野，時與等輩避雨樹下，衆皆夷踞相對，容獨危坐愈恭。林宗行見之而奇其異，遂與共言，因請寓宿。旦日，容殺雞爲饌，林宗謂爲己設，既而以供其母，自以草蔬與客同飯。林宗起拜之曰：『卿賢乎哉！』因勸令學，卒以成德。」後漢書劉趙淳于江劉周趙列傳序曰：「中興，廬江毛義少節，家貧，以孝行稱。南陽人張奉慕其名，往候之。坐定而府檄適至，以義守令，義奉檄而入，喜動顔色。奉者，志尚士也，心賤之，自恨來，固辭而去。及義母死，去官行服。數辟公府，爲縣令，進退必以禮。後舉賢良，公車徵，遂不至。張奉歎曰：『賢者固不可測。往日之喜，乃爲親屈也。斯蓋所謂「家貧親老，不擇官而仕」者也。』」此以茅容、毛義之事喻蔡子因之孝行。鍇按：本集卷五治中吴傅朋母夫人王逢原之女也傅朋作堂名養志乞詩爲作此：「少節暮年名太重，詔書致之堅不動。當年捧檄良爲親，安知坐中有張奉。茅容避雨依樹叢，旁人夷踞渠獨恭。朝來殺雞本供母，從教牀下拜林宗。」亦用此二事以稱吴傅朋，可參見。

〔一〇〕袖補天之妙手：謂其雖有治國能力，却脱離政界，袖手旁觀。　補天，語本淮南子覽冥：「於是女媧鍊五色石以補蒼天，斷鼇足以立四極。」喻挽回世運。

〔一一〕祕醫國之奇方：謂其雖有治國良策，却秘密收藏，不肯施用。　醫國，語本國語晉語八：「上醫醫國，其次疾人，固醫官也。」

〔一二〕遥增擊而栩栩：賈誼弔屈原文：「鳳凰翔于千仞兮，覽德輝而下之。見細德之險徵兮，遥曾擊而去之。」此以夢蝶之栩栩與鳳凰之翱翔合用之。

〔一三〕亦何異一丘一壑之相羊耶：謂蔡子因被朝服而出仕，與徜徉於丘壑之間無異。　一丘一壑，用晉謝鯤（謝幼輿）語，已見前注。　相羊，疊韻聯綿詞，亦作「相佯」，遨遊，徘徊，盤桓。楚辭離騷：「折若木以拂日兮，聊逍遥以相羊。」王逸注：「逍遥，相羊，皆遊也。」洪興祖補注：「逍遥，猶翱翔也。相羊，猶徘徊也。」

潘延之贊〔一〕

毗盧無生之藏〔二〕，震旦有道之器〔三〕。談妙義借身爲舌〔四〕，擘大千以手爲地〔五〕。機鋒不減龐蘊，而解文字禪〔六〕；行藏大類孺子，而值休明世〔七〕。舒王强之而不可〔八〕，神考致之而不起〔九〕，此天下士大夫所共聞，然公豈止於是而已乎！

【注釋】

〔一〕政和五年春作於洪州南昌。潘延之：潘興嗣（約一〇二三～一一〇九）字延之，號清逸居士，洪州新建人。慎修之孫。以蔭授將作監主簿。少孤，篤學，與王安石、曾鞏、王回、袁陟俱友善。初調德化尉，以不能俯仰上官，棄官歸，築室洪州城南，日讀書其中六十餘年，手抄至數百卷。年八十七卒，有集六十卷。事具江西通志卷六六人物志引南昌耆舊記。潘興嗣之生卒年諸書未載。曾鞏元豐類稿卷三三奏乞與潘興嗣子推恩狀曰：「（興嗣）今年五十六，安於進退三十餘年。」又曰：「竊以康定至今，幾四十年。」康定乃仁宗年號，共二年。自康定元年（一〇四〇）下推三十九年（幾四十年），爲元豐元年（一〇七八）。歷代名臣奏議卷一三七載此狀，亦曰「元豐曾鞏上言」。考元豐元年潘興嗣五十六歲，則當生於仁宗天聖元年（一〇二三），年八十七卒，則當卒於徽宗大觀四年（一一〇九）。羅湖野録卷上：「清逸居士潘興嗣，字延之。初調德化縣尉，同郡許瑊始拜江州守，潘往見之，瑊不爲禮。遂懷刺歸，竟不之官。問道於黄龍南禪師，獲其印可。嘗曰：『我清世之逸民。』故自號焉。嘉祐以來，公卿交薦，章數十上。既以筠州軍事推官起之，辭不就，隱居豫章東湖上，琴書自娱。一日，南公高弟潛菴源禪師訪之，見其拂琴次，源曰：『老老大大，猶弄箇線索在。』對曰：『也要彈教響。』源曰：『也不少。』對曰：『知心能幾人。』寂音題其畫像曰：『毗盧無生之藏……然公豈止於是而已哉！』嗚呼！公之休官問道，有始終之節。寂音既暴其隱德，著而爲讚，自兹林下始可謂見一人耳。」

〔二〕毗盧無生之藏：釋迦牟尼之正法眼藏。毗盧，即釋迦如來真身毗盧遮那佛。

〔三〕震旦有道之器：宋文鑑卷一三二潘興嗣題張唐公香城記後：「可謂以無累之神，合有道之器。」此借用其語以贊其人。震旦，古印度稱中國。

〔四〕談妙義借身爲舌：謂其身之踐履，安於進退，足以宣説佛禪妙義。禪林僧寶傳卷二五大潙真如喆禪師傳贊：「真如平生，以身爲舌，説比丘事。」釋門正統卷六中立傳引陳瓘贊曰：「嚴奉木叉，堅持靜慮。以身爲舌，説百億事。」

〔五〕擎大千以手爲地：謂其如維摩詰居士，能擎大千世界於掌中。景德傳燈録卷一七湖南龍牙山居遁禪師：「問：『維摩掌擎世界，未審維摩向什麼處立？』師曰：『道者汝道維摩掌擎世界。』」

〔六〕「機鋒不減龐藴」二句：謂其談禪之機鋒不亞於唐龐藴居士，而善爲詩文。此以其在家奉佛之居士身份而比況之。龐藴，襄州居士，嗣法馬祖道一，事具景德傳燈録卷八。文字禪，詩文之別稱。本集卷二〇懶庵銘：「以臨高眺遠未忘情之語爲文字禪。」

〔七〕「行藏大類孺子」二句：謂其棄官不仕如東漢豫章高士徐穉，而生於清平盛世。此以其生平似同鄉之先賢而言之。後漢書徐穉傳：「徐穉字孺子，豫章南昌人也。家貧，常自耕稼，非其力不食。恭儉義讓，所居服其德。屢辟公府，不起。」謝逸溪堂集卷四送朱世英三首之三：「平日漫懸高士榻，此行應共德公談。」自注：「潘延之白頭林下，有徐孺子、龐德公之操。」洪芻老圃集卷上潘延之挽詞：「長公辭漢世，孺子隱南州。」休明世，美好清明之盛世。潘延之自稱「清世之逸民」，號清逸居士，故云。

〔八〕舒王强之而不可：謂其拒絕王安石之推薦。舒王，即王安石，字介甫，撫州臨川人。神宗熙寧二年參知政事，主持變法。兩度爲相，晚年退居江寧，號半山老人。以元豐中封荆國公，世稱王荆公。卒謚文。徽宗政和三年追封舒王。宋史有傳。錯按：據江西通志卷六六引南昌耆舊傳，潘興嗣與王安石、曾鞏友善。冷齋夜話卷六曾子固諷舒王嗜佛：「舒王嗜佛書，曾子固欲諷之，未有以發之也。居一日，會于南昌。少頃，潘延之亦至。延之談禪，舒王問其所得，子固熟視之。已而又論人物，曰：『某人可秤。』子固曰：『弇用老而逃佛，亦可一秤。』舒王曰：『子固失言也。善學者讀其書，惟理之求。有合吾心者，則樵牧之言猶不廢；言而無理，周孔所不敢從。』子固笑曰：『前言第戲之耳。』」據潘、王關係，則安石當有薦舉興嗣爲官之事，俟考。

〔九〕神考致之而不起：神考，即宋神宗，以此作贊時已亡故多年，故尊曰神考。曾鞏奏乞與潘興嗣子推恩狀：「右臣伏覩本州人試將作監主簿潘興嗣，五歲以父任得官。二十二歲授江州德化縣尉，不行。熙寧二年，朝廷察其高，以爲筠州軍事推官，不就。」熙寧爲神宗年號，故云。

【集評】

明朱時恩云：噫！「豈止於是」四箇字，分明畫出潘延之。（居士分燈録卷下）

宋釋曉瑩云：公之休官問道，有始終之節。寂音既暴其隱德，著而爲讚，自兹林下始可謂見一人耳。（羅湖野録卷上）

郤子中贊〔一〕

師黄叔度，以迺太平之基〔二〕；追韓退之，以策翰墨之勳〔三〕。故語妙如其渾厚，論高如其精神。超然挺特，華裾逸羣〔四〕。富貴之氣，已如透花之春色；功名之志，又如欲雨之層雲。秃巾折角〔五〕，置之巖石〔六〕，亦不以爲屈；長劍拄頤〔七〕，圖之凌煙〔八〕，亦不以爲伸。蓋虚以閲世，不可得而疏親也耶〔九〕！

【注釋】

〔一〕宣和二年作於長沙。郤子中：撫州臨川人，生平未詳。時爲長沙縣管勾學事。參見本集卷六寄郤子中學句注〔一〕。

〔二〕「師黄叔度」二句：黄憲字叔度，東漢汝南慎陽人。世貧賤，父爲牛醫。然爲一時名士所稱，天下號曰徵君。後漢書黄憲傳論曰：「黄憲言論風旨，無所傳聞，然士君子見之者，靡不服深遠，去玼吝。將以道周性全，無德而稱乎？」埿：禪籍俗語，用同「築」，搗土使之堅實。參見本集卷六雪齋謁景醇時方埿堤捍水修湖山堂復和前韻注〔一〕。

〔三〕「追韓退之」二句：新唐書韓愈傳贊曰：「至貞元、元和間，愈遂以六經之文爲諸儒倡，障隄末流，反刓以樸，剗僞以真。然愈之才，自視司馬遷、揚雄，至班固以下不論也。當其所得，粹然一出於正，刊落陳言，横騖别驅，汪洋大肆，要之，無牴牾聖人者。其道蓋自比孟軻，以荀況、揚雄爲未淳，寧不信然？至進諫陳謀，排難卹孤，矯拂婾末，皇皇於仁義，可謂篤道君子矣。自晉汔隋，老佛顯行，聖道不斷如帶。諸儒倚天下正議，助爲怪神。愈獨喟然引聖，爭四海之惑，雖蒙訕笑，跆而復奮，始若未之信，卒大顯於時。昔孟軻拒楊墨，去孔子才二百年；愈排二家，乃去千餘歲。撥衰反正，功與齊而力倍之，所以過況、雄爲不少矣。自愈没，其言大行，學者仰之如泰山、北斗云。」此即韓愈所策之勳。

〔四〕華裾：華美之服飾。李賀高軒過：「華裾織翠青如葱，金環壓轡摇玲瓏。」

〔五〕秃巾折角：不戴折角頭巾。已見前注。

〔六〕置之巖石：世説新語巧藝：「顧長康畫謝幼輿在巖石裏。人問其所以，顧曰：『謝云一丘一壑，自謂過之。此子宜置丘壑中。』」

〔七〕長劍拄頤：戰國策齊策六：「大冠若箕，修劍拄頤。」本集卷一題李愬畫像：「長劍拄頤大梁公。」

〔八〕圖之凌煙：北周庾信庾子山集卷一四周柱國大將軍紇干弘神道碑：「天子畫凌煙之閣，言念舊臣；出平樂之宫，實思賢傳。」清倪璠纂注：「畫凌煙之閣，未詳。唐太宗貞觀十七年，以功臣圖形凌煙閣，事在唐時。今按此文，知後周以前已有其事，非始於唐也。又按王子年拾遺記曰：『晉文公焚林，以求介子推。有白鵶繞煙而噪，或集介子推之側，火不能禁。晉人嘉之，爲立臺，號曰思煙。』介子推爲晉國功臣，凌煙之名起於此矣。鮑照有凌煙樓銘。」蘇軾武昌銅劍歌：「君不見凌煙功臣長九尺，腰間玉具高拄頤。」此化用其意。

〔九〕不可得而疏親：語本晉書郗鑒傳：「彦輔道韻平淡，體識沖粹，處傾危之朝，不可得而親疏。」蘇軾實月大師塔銘：「然師常罕見寡言，務自却遠，蓋不可得而親疏者。」

李運使贊〔一〕

風度凝遠，和氣如春。緑髮授道，精敏絶倫。名冠縉紳，挺然忠義。知國知兵〔二〕，如唐陸贄〔三〕。頃者天府，奉使江南〔四〕。晝錦之榮，父老聚觀〔五〕。頓節西州，盜發江浙。提師百萬，蕩其窟穴〔六〕。凱旋而還，口不言功。但欲使民，生於死中。重臨南楚〔七〕，化行郡邑。如春在花，不見痕迹。恢踈（躁）坦夷㊀〔八〕，易親難忘〔九〕。眎其胸次〔一〇〕，山包海藏。宜宿玉堂，宜在黄閣〔一一〕。跬步可待，昂霄聳壑〔一二〕。長沙之民，自懷其私。龕此畫像，飲食必祠〔一三〕。

【校記】

㊀ 踈：原作「躁」，誤，今改。參見注〔八〕。

【注釋】

〔一〕宣和六年作於長沙。　李運使：當指李偃，時爲荆湖南路轉運使。參見本集卷一三代人上李龍圖並廉使致語十首注〔一〕。

〔二〕知國知兵：黄庭堅送范德孺知慶州：「乃翁知國如知兵，塞垣草木識威名。」此借用其語。

〔三〕唐陸贄：陸贄字敬輿，蘇州嘉興人。唐德宗召爲翰林學士，官至中書侍郎同中書門下平章事。後爲裴延齡所讒，貶忠州别駕。卒謚曰宣。世稱陸宣公。新唐書陸贄傳：「在奉天，朝夕進見，然小心精潔，未嘗有過，由是帝親倚，至解衣衣之，同類莫敢望。雖外有宰相主大議，而贄常居中參裁可否，時號『内相』。……故奉天所下制書，雖武人悍卒，無不感動流涕。……議者謂興元戡難功，雖爪牙宣力，蓋贄有助焉。」參見本集卷七贍張丞相畫像贈宫使龍圖注〔四〕。

〔四〕「頃者天府」二句：宋會要輯稿禮五七之三二，政和五年六月二十七日，「起復朝請大夫充集賢修撰淮南江浙荆湖制置發運副使李偃」。二句疑指此。天府，代指京城開封府，李偃充集賢修撰，在京，故云。江浙，含江南路與兩浙路，故云。

〔五〕晝錦之榮：謂富貴還鄉之榮耀。史記項羽本紀：「項王見秦宫室皆以燒殘破，又心懷思欲東歸，曰：『富貴不歸故鄉，如衣繡夜行，誰知之者！』」反之則爲衣錦晝行。歐陽修相州晝錦堂記：「仕宦而至將相，富貴而歸故鄉。此人情之所榮，而今昔之所同也。」

〔六〕「頓節西州」四句：此疑指李偃爲江浙制置發運副使參與剿滅方臘叛亂事。方臘亂起宣和二年十一月，攻占杭、睦、歙、處、衢、婺六州五十二縣。三年四月方臘就擒。四年三月，討平其餘黨。事詳見方勺泊宅編卷下。

〔七〕重臨南楚：據宋會要輯稿職官六八之二〇，大觀四年正月十九日，「直祕閣湖南轉運使李偃落職送吏部」，可知其嘗任湖南轉運使。此時再以直龍圖閣任湖南轉運使，故云「重臨」。

〔八〕恢疎：寬廣疏闊。即下文「眎其胸次，山包海藏」之意。黄庭堅送謝公定作竟陵主簿：「胸中恢疎無怨恩。」晁沖之和二十二弟二首之二：「襟抱恢疎老更寬。」陸游跋傅正議至樂菴記：「及讀所作至樂菴記，自道其胸中恢疎磊落，所以樂而忘憂者。」本集卷九閻資欽提舉生辰：「孝友疑無比，恢疎亦絶倫。」卷一三和人雁字：「東君胸次亦恢疎。」底本作「恢躁」，不成詞，涉形近而誤，今改。

〔九〕易親難忘：山谷外集詩注卷七同王稚川晏叔原飯寂照房得房字：「雅雅王稚川，易親復難忘。」史容注：「古樂府：『君家甚易知，易知復難忘。』」此借用其語。

〔一〇〕眎：同「視」。

〔一一〕黄閤：亦作「黄閣」，指宰相官署。漢衛宏漢舊儀卷上：「（丞相）聽事閣曰黄閣。」宋書禮志二：「三公黄閤，前史無其義。……三公之與天子，禮秩相亞，故黄其閤，以示謙不敢斥天子。蓋是漢來制也。」

〔一二〕「跬步可待」二句：謂舉步之間便可見其飛黄騰達。新唐書房玄齡傳：「吏部侍郎高孝基名知人，謂裴矩曰：『僕觀人多矣，未有如此郎者。當爲國器，但恨不見其聳壑昂霄云。』」此反用其事。參見本集卷二贈李敬修注〔一五〕。

〔一三〕「龕此畫像」二句：蘇軾祭司馬君實文：「天爲雨泣，路人垂洟。畫像于家，飲食必祠。」此借用其語。

簡緣居士贊〔一〕

言似簡緣公，法身有比並。不似簡緣公，法身有少剩。平生赤吉歷〔二〕，兩眼光烔烔

（迥迥）㊀〔三〕。拾得大士打門椎〔四〕，掣肘歸去叫不應。開箇鋪席在街頭，有藥只解醫禪病〔五〕。

【校記】

㊀ 炯炯：原作「迥迥」，誤，今據武林本改。參見注〔三〕。

【注釋】

〔一〕作年未詳。簡緣居士：姓名生平無考。

〔二〕赤吉歷：俗語，猶言赤裸裸，赤條條。亦作「赤吉力」、「赤骨力」。參見本集卷一五臨濟大師生辰注〔四〕。

〔三〕兩眼光炯炯：黄庭堅漁家傲江寧江口阻風戲效寶寧勇禪師作古漁家傲四篇之四：「接得古靈心眼淨，光炯炯，歸來藏在袈裟影。」釋道潛參寥子詩集卷一寄王慎中教授：「目光炯炯明星懸。」炯炯，明亮貌。底本作「迥迥」，遠貌，與上下文義不合，涉音近而誤，今改。

〔四〕拾得大士：唐詩僧。本孤兒，天台國清寺僧豐干拾而養之，故名拾得。與寒山爲友，其詩附寒山子詩集後。事具景德傳燈録卷二七天台拾得。

〔五〕禪病：圓覺經載普覺菩薩白佛言：「大悲世尊，快説禪病，令諸大衆得未曾有，心意蕩然，獲大安隱。」世尊説禪病，以作、任、止、滅爲四病。黄庭堅次韻答斌老病起獨游東園二首之一：「萬事同一機，多慮乃禪病。」

瓦瓢贊 并序〔一〕

南昌西山有異人，年三百餘，面有孺子之色。多往來浦（蒲）城、弋陽之間㊀〔二〕，童稚呼以爲萬公。宣和二年重九殁於朝奉郎宣驥駿元之家〔三〕。以大甕二口合而葬之後圃。十月，弟子簡素先生用臨川隱者馬安道之語〔四〕，來發甕，但餘瓦瓢弊履，而萬公不見，蓋尸解也〔五〕。明年一月，簡素客湘西之南臺寺〔六〕，追繹其師之懿行潛德，出此瓢以相示，戲爲之贊：

異哉此瓢，脩吭矬身〔七〕。弗生瓜蔓，生陶家輪〔八〕。我疑其中，藏十洲春〔九〕。昔有列仙，雜于市人。屋簷懸之，自旦及申。輒入其中，偃仰而卧。而樓居者，見之膽破。遂從之游，推擠莫可。挽而同登，相向而坐〔一〇〕。如四老人，會商山果〔一一〕。唯簡素公，道貌天容。豈其人歟？出處略同。道山歸然，弱水之東〔一二〕。何時來歸，泠然御風〔一三〕。而以此瓢，挂之瘦筇。我作妙語，天葩粲紅。

【校記】

㊀浦：原作「蒲」，誤，今改。參見注〔一一〕。

【注釋】

〔一〕宣和三年十月作於長沙。

〔二〕浦城：縣名，宋屬福建路建州。弋陽，亦縣名，宋屬江南東路信州，今屬江西省。元豐九域志卷六信州：「自界首至建州二百八十里。」浦城與弋陽之間，僅隔鉛山縣，地理相連。底本「浦」作「蒲」。錯按：蒲城縣宋屬永興軍路華州，今屬陝西省，與弋陽邈不相接。故知「蒲城」定爲「浦城」之誤，今改。

〔三〕朝奉郎：文散官，正六品上。　宣驥駿元：宣驥，字駿元，生平不可考。

〔四〕簡素先生：姓名生平無考。　馬安道：生平亦不可考。

〔五〕尸解：道教謂修行得道後棄遺肉體而升仙，或不留遺體，只假託一物，遺世而登仙。後漢書方術列傳下王和平傳：「北海王和平，性好道術，自以當仙。濟南孫邕少事之，從至京師。會和平病歿，邕因葬之東陶。有書百餘卷，藥數囊，悉以送之。後弟子夏榮言其尸解，邕乃恨不取其寶書仙藥焉。」李賢注：「尸解者，言將登仙，假託爲尸，以解化也。」

〔六〕南臺寺：即水西南臺寺，宣和二年惠洪遷居於此。

〔七〕脩吭矬身：謂瓦瓢形頸長而身短。脩，通「修」，修長。吭，本指咽喉，此代指脖頸。矬，矮，短。

〔八〕「弗生瓜蔓」二句：謂此瓢非瓜蔓所結葫蘆剖成，而爲陶工之陶輪所製就。莊子逍遥遊惠子稱將大瓠「剖之以爲瓢」。維摩詰經卷中不思議品：「斷取三千大千世界，如陶家輪，著右掌中。」此借用其語。

〔九〕十洲春：喻指仙境。海内十洲記：「漢武帝既聞王母説八方巨海之中有祖洲、瀛洲、玄洲、炎洲、長洲、元洲、流洲、生洲、鳳麟洲、聚窟洲。有此十洲，乃人跡所稀絶處。」宋趙抃清獻集卷四次韻前人見寄二首之一：「一去蓬萊已逾歲，夢魂長到十洲春。」

〔一〇〕「昔有列仙」十二句：後漢書方術列傳下費長房傳：「費長房者，汝南人也。曾爲市掾，市中有老翁賣藥，懸一壺於肆頭，及市罷，輒跳入壺中，市人莫之見，唯長房於樓上覩之，異焉。因往再拜，奉酒脯，翁知長房之意其神也，謂之曰：『子明日可更來。』長房旦日復詣翁，翁乃與俱入壺中，唯見玉堂嚴麗，旨酒甘肴，盈衍其中，共飲畢而出。翁約不聽與人言之，後乃就樓上候長房曰：『我神仙之人，以過見責，今事畢，當去。子寧能相隨乎？樓下有少酒，與卿爲别。』長房使人取之，不能勝，又令十人扛之，猶不舉。翁聞，笑而下樓，以一指提之而上，視器如一升許，而二人飲之，終日不盡。長房遂欲求道，而顧家人爲憂。翁乃斷一青竹，度與長房身齊，使懸之舍後。家人見之，即長房形也，以爲縊死，大小驚號，遂殯葬之。長房立其傍，而莫之見也。於是遂隨從入深山。踐荆棘於羣虎之中，留使獨處，長房不恐。又卧於空室，以朽索懸萬斤石於心上，衆蛇競來齧索且斷，長房亦不移。翁還，撫之曰：『子可教也。』」此以仙人之壺喻瓦瓢。

〔一〕「如四老人」二句：太平廣記卷四〇引牛僧孺玄怪録：「有巴邛人，不知姓，家有橘園。因霜後，諸橘盡收，餘有二大橘，如三四斗盎。巴人異之，即令攀摘，輕重亦如常橘。剖開，每橘有二老叟，鬚眉皤然，肌體紅潤，皆相對象戲，身僅尺餘，談笑自若。剖開後，亦不驚怖，但與決賭。賭訖，叟曰：『君輸我海龍神第七女髮十兩，智瓊額黄十二枚，紫綃披一副，絳臺山霞實散二庾，瀛洲玉塵九斛，阿母療髓凝酒四鍾，阿母女態盈娘子躋虚龍縞襪八緉。後日於王先生青城草堂還我耳。』又有一叟曰：『王先生許來，竟待不得。橘中之樂，不減商山，但不得深根固蔕，爲摘下耳。』又一叟曰：『僕飢矣，須龍根脯食之。』即於袖中抽出一草根，方圓徑寸，形狀宛轉如龍，毫釐罔不周悉。因削食之，隨削隨滿。食訖，以水噀之，化爲一龍，四叟共乘之。足下泄泄雲起，須臾風雨晦冥，不知所在。」此以橘中之樂喻瓦瓢中之樂。

〔二〕弱水：環繞仙境之水，出十洲記。已見前注。

〔三〕泠然御風：莊子逍遥遊：「夫列子御風而行，泠然善也。」郭象注：「泠然，輕妙之貌。」

許彦周所作墨戲爲之贊〔一〕

異哉土蛇，登樹而怒。怒見脊尾，口眼可懼。王孫地坐〔二〕，氣讋毛豎〔三〕。欲去不敢，攀枝而顧。豐狐行藏〔四〕，心常愧負。見之而走，敏若脱兔〔五〕。孰能傲然，如此老樹。與之相親，不驚不怖〔六〕。問何能爾，以無我故〔七〕。酒色海中，有萬奇趣。不出二種，猜疑掉舉〔八〕。蓋無常蛇，終不赦汝〔九〕。居士圖之，以警未悟。覺範一見〔一〇〕，笑掌爲拊㊀。

【校記】

㊀ 掌：四庫本作「手」。

【注釋】

〔一〕宣和三年作於長沙。許彥周：許顗字彥周，號闡提居士，襄邑人。嘗從佛慈圓璣禪師參學，有彥周詩話傳世。時以宣教郎任官長沙，與惠洪多有唱和。參見本集卷六大雪寄許彥周宣教法弟注〔一〕。墨戲：隨性戲作之水墨寫意畫。宣和畫譜卷二〇墨竹：「閭士安，陳國宛丘人。家世業醫，性喜作墨戲。荊檟枳棘，荒崖斷岸，皆極精妙，尤長于竹。」鍇按：許顗善畫，諸畫史不載，此可補其闕。

〔二〕王孫：猴之別稱。藝文類聚卷九五獮猴載後漢王延壽王孫賦曰：「有王孫之狡獸，形陋觀而醜儀。顏狀類乎老公，軀體似乎小兒。」柳宗元柳河東集卷一八憎王孫文序曰：「王孫之德躁以囂，勃諍號呶，唶唶彊彊，雖羣不相善也。食相噬齧，行無列，飲無序，乖離而不思，有難，推其柔弱者以免。好踐稼蔬，所過狼籍披攘。木實未熟，輒齕齩投注，竊取人食，皆知自實其嗛。山之小草木，必凌挫折挽，使之瘁然後已。故王孫之居山恒蒿然。」

〔三〕氣讋：神色恐懼。晉書載記第十一史臣曰：「一戰而平巨寇，再舉而拔堅城。氣讋傍鄰，威加邊服。」

〔四〕豐狐：大狐。莊子山木：「夫豐狐文豹，棲於山林，伏於巖穴，靜也；夜行晝居，戒也。」

〔五〕敏若脱兔：孫子九地：「始如處女，敵人開户。後如脱兔，敵不及拒。」此借用其語。

〔六〕不驚不怖：佛經常用語。佛本行集經卷七俯降王宫品：「如師子王欲下生時，其心安隱，不驚不怖，不畏不亂。」金剛經：「若復有人，得聞是經，不驚，不怖，不畏，當知是人甚爲希有。」

〔七〕以無我故：華嚴經合論卷六：「身心無主，性恒無我。以無我故，無明便滅。」

〔八〕猜疑：隋釋智顗法華經玄義卷四：「阿修羅有用歡喜三昧者，修羅多猜疑怖畏，則有惡業疑怖，見思疑怖，塵沙疑怖，無明疑怖。菩薩爲破是諸疑怖，而修諸行。」掉舉：成唯識論卷六：「云何掉舉？令心於境不寂靜爲性，能障行捨奢摩他爲業。」大慧普覺禪師語録卷一七普説：「著意則心識紛飛，一念續一念，前念未止，後念相續。教中謂之掉舉。」

〔九〕「蓋無常蛇」二句：謂無常如蛇，無人能倖免逃脱。大般涅槃經卷一壽命品：「是身無常，念念不住，猶如電光暴水幻炎，亦如畫水，隨畫隨合。」

〔一〇〕覺範：惠洪自稱其字。

卷二十

銘

明白庵銘 并序〔一〕

余世緣深重，夙習羈縻，好論古今治亂是非成敗，交游多譏訶之。獨陳瑩中曰〔二〕：「於道初不相妨，譬如山川之有飛雲，草木之有華滋〔三〕，所謂秀媚精進〔四〕。」余心知其戲，然爲之不已。大觀元年春，結庵於臨川，名曰明白，欲痛自治也〔五〕。瑩中聞之，以偈見寄曰：「庵中不著毗耶坐，亦許靈山問法人〔六〕。便謂世間憎愛盡，攢眉出社有誰瞋〔七〕？」於是堤岸輒決〔八〕，又復滚滚多言〔九〕。然竟坐此得罪，出九死而僅生〔一〇〕。恨識不知微，道不勝習〔一一〕，乃收招魂魄，料理初心〔一二〕，爲之銘曰：

雷霆發聲，萬國春曉。聞者不言，心得意了。木落霜清，水歸沙在。忽然震驚，聞者駭怪。合妙日用，如春雷霆〔一三〕。背覺合塵，如冬震驚〔一四〕。萬機俱罷，隨緣放曠〔一五〕。尚無了知，安有倒想〔一六〕。永惟此恩，研味其旨。一庵收身，以時卧起。語默不昧，絲毫弗差。蒙雜而著〔一七〕，隨乎于嘉〔一八〕。

【注釋】

〔一〕宣和二年（一一二〇）三月作於長沙。　鍇按：惠洪嘗兩度結明白庵，一爲大觀元年（一一〇七）初，時在撫州臨川北景德寺，初結明白庵，因以明白爲號。一爲宣和二年三月，時還居於長沙水西南臺寺，再結明白庵，即本集卷二八化供三首之三所言：「明白庵在何許？舊日水西南臺。」本文稱「竟坐此得罪，出九死而僅生」，當在四度入獄、萬里流配之後。參見注〔一〇〕。惠洪於宣和二年三月初還居南臺寺，結庵而銘當在是時。

〔二〕陳瑩中：陳瓘，字瑩中，號了翁，亦號華嚴居士。宋陳善捫蝨新話上集卷二辨惠洪論東坡：「然予笑覺範亦自有癖，常好作詩。陳瑩中以書痛誡之曰：『比丘以寂默爲事，五十三善知識中，惟法雲等五人可名比丘。彼於行住坐卧，所爲所念，永與世隔。公既不忘僧事，直欲追侶先覺，則於世間文字，不宜貪著太深。』書數千言，然覺範爲之不衰。」以此知陳瓘嘗痛誡惠洪作詩，此銘中所載陳瓘「於道初不相妨」之說乃戲言。

〔三〕「譬如山川之有飛雲」二句：蘇軾南行前集叙：「山川之有雲霧，草木之有華實，充滿勃鬱，而見於外，夫雖欲無有，其可得耶！」此化用其語意。

〔四〕秀媚精進：宗鏡録卷三九：「所以云：若無念慧，一切行法，皆非佛法，非行道人，皆空剃頭。……雖復持戒，不免鷄狗；雖復精進，精進無秀媚。」此反其意而用之。

〔五〕「大觀元年春」四句：惠洪初結明白庵於臨川，當在住持撫州臨川北景德寺時。本集卷二四寂音自序：「將終藏於黄龍，而顯謨朱彦世英請住臨川北禪。」謝逸溪堂集卷七應夢羅漢記：「顯謨閣待制朱公制撫之二年，革北景德律寺爲叢林，敦請真淨法子惠洪，委以禪席。」宋釋正受嘉泰普燈録卷七筠州清凉寂音慧洪禪師：「顯謨朱公彦請開法於北禪景德。」北禪即北景德寺。明弘治撫州府志卷八公署志二職官撫州知州：「朱彦，朝散大夫、顯謨閣待制，崇寧五年（一一〇六）任。薦謝逸。」朱彦「制撫之二年」爲大觀元年。宋釋祖琇僧寶正續傳卷二明白洪禪師傳稱：「崇寧中，顯謨朱世英請出世臨川之北禪。」繫年不確。

〔六〕「庵中不著毗耶坐」二句：謂明白庵中雖不接待在家居士，然亦應允許容納參問佛法之大衆。　毗耶，即毗耶離城，代指維摩詰居士，因其居住於此，故稱。　靈山問法人：靈山即靈鷲山，舊稱耆闍崛，釋迦牟尼爲大衆説法華經於此。靈山會上，舍利弗嘗於佛前問須菩提佛法之事。此處陳瓘以維摩詰居士和參佛大衆自喻。

〔七〕「便謂世間憎愛盡」二句：意謂不必徹底戒除憎愛之心，當如陶淵明攢眉不入遠公之社，且飲酒作詩。廬阜雜記：「遠法師結白蓮社，以書招淵明。淵明曰：『弟子性嗜酒，法師許飲即往矣。』遠許之，遂造焉，因勉以入社，淵明攢眉而去。」東林十八高賢傳之不入社諸賢傳陶潛傳：「時遠法師與諸賢結蓮社，以書招淵明。淵明曰：『若許飲則往。』許之，遂造焉，忽攢眉而去。」

〔八〕堤岸輒決：惠洪欲痛治好言之病，因以防言如防川，以堤岸喻寂默，以決堤喻多言。本集卷四瑜上人自靈石來求鳴玉軒詩會予斷作語復決堤作一首，即以「斷作語」爲堤岸，以「作一首」爲決堤。

〔九〕滚滚：滔滔不絶貌，同衮衮。韓愈嘲鼾睡：「謂言絶於斯，繼出方衮衮。」

〔一〇〕出九死而僅生：寂音自序：「顯謨朱彦世英請住臨川北禪。二年，退而遊金陵。久之，運使學士吴开正仲請住清涼。入寺，爲狂僧誣以爲僞度牒，且旁連前住僧法和等議訕事，入制獄一年，坐冒惠洪名。著縫掖入京師，大丞相張商英特奏，再得度；節使郭天信奏師名。坐交張、郭厚善，以政和元年十月二十六日配海外，以二年二月二十五日到瓊州，五月七日到崖州。三年五月二十五日蒙恩釋放，十一月十七日北渡海。以明年四月到筠，館於荷塘寺。十月，又證獄并門。五年，夏於新昌之度門。往來九峰、洞山者四年。將自西安入湘上，依法眷以老，館雲巖。又爲狂道士誣以爲張懷素黨人，官吏皆知其誤認張丞相爲懷素，然事須根治。坐南昌獄百餘日，會兩赦得釋，遂歸湘上南臺。」可知自大觀元年後，惠洪飽受牢獄、流配之災。

〔一一〕「恨識不知微」二句：恨己不知禍患起於忽微之理，不能以佛道戰勝多言好論之垢習。僧寶正續傳卷二明白洪禪師傳贊曰：「然工呵古人，而拙於用己，不能全身遠害，峻戒節以自高。數陷無辜之罪，抑其恃才，暴耀太過，而自取之邪？嘗自謂『識不知微，道不勝習』者，不獨爲洪寶録，亦以見其自欺焉。惜哉！」

〔一二〕料理：整理，整治。　初心：指初發學佛之心愿。

〔一三〕「合妙日用」二句：謂投合本覺之妙明，而行日用之事，無須擬議，如同春雷發聲般自然。本集卷二一合妙齋記：「諸佛衆生日用，無以異於此。其體本自妙而常明，因緣時節，不借語默，其義自見。違時失候，則擬議而動，其義自隱。諸佛知此者也，故善用而合本妙。」

〔一四〕「背覺合塵」二句：謂背離自妙之本覺，而投合世間事法之污染，如同冬雷震驚般反常。楞嚴經卷四：「衆生迷悶，背覺合塵，故發塵勞，有世間相。」

〔一五〕「萬機俱罷」二句：謂消除一切機心，任性隨緣。此即合妙日用之表現。景德傳燈録卷一四澧州龍潭崇信禪師：「師低頭良久，悟(道悟禪師)曰：『見則直下便見，擬思即差。』師當下開解。乃復問：『如何保任？』悟曰：『任性逍遥，隨緣放曠，但盡凡心，無別勝解。』」

〔一六〕「尚無了知」二句：謂若無刻意了知佛理之心，又何從有顛倒之妄想。

〔一七〕蒙雜而著：易雜卦：「蒙雜而著。」韓康伯注：「雜者，未知所定也。求發其蒙，則終得所定。

著，定也。」此借用其語，申説「明白」之意，即發其蒙，由雜無所定而終至心有所定。

〔一八〕隨乎于嘉：易隨卦：「九五：孚于嘉，吉。」王弼注：「履正居中而處，隨世，盡隨時之宜，得物之誠，故嘉吉也。」此借用其語，謂隨緣放曠自有嘉吉之報。

【附録】

明文德翼云：詩人説詩曰「句有筋」，余不知誰爲筋也，明白焉而已。禪人説禪曰「杖有眼」，余不知誰爲眼也，亦明白焉而已。洪覺範以秀媚精進之謔，不安於心，遂作明白菴以參究，謂雖明白於此，而尚未明白於彼也。世尚競文字禪者，何哉？黄宜州深於禪，不爲死心所肯，然詩自豫章一派，亦絶不肯人也。蘇玉局本不解禪，而東林總繆印可之，豈惟不解禪而已，詩則白俗元輕，無所不有，而獎借時士，名實不酬。即如温泉詩僧「衆生垢盡」語，亦何成自取噪隨之辱爲乎？林下自晉諸道人遊石門詩，後悠悠千載，靈光殿雖存，而廣陵散已絶。近得寒灰，以妙年静志，篤好詩學，從吾友黄非雲遊。非雲一代偉人，不野爲汝南評，特稱道灰公不置，必有以徵信四方者。余取其退菴艸誦之，如風琴月笛，雨竹霜蕉，何其癯然以清也。非雲不肯人，類宜州，尚推服不暇，況先生好好，逢人便賢，不幸有類于愛温泉一句之坡老乎？宜其把玩流連，知日精進於秀媚，未可止已。雖然，灰公遂以詩當□乎明白者，如可自肯，則有筋運句，不爲句所牽；亦有眼覷杖，不爲杖所□矣。（求是堂文集卷五寒灰退菴艸序）

清蔡顯云：沈客子曰：同學借公，髫年脱白，每夜禮觀音大士像，夢中見大士，舒金色臂，傾淨瓶水，灌頂門。覺而心花開粲，私心歡喜，不語人，自是學益進，文思頓新。一日，語余曰：昨夢舟行清江，四山疊翠，千里一碧，松竹深處，有屋數間幽絶，顔曰明白庵。杖而入，徘徊徙倚，案上經書，皆素所熟悉者。余曰：此湘中名勝，寂音尊者舊居也。公殆其後身耶？爲之恍然。（閒漁閒閒録卷七）

圓同庵銘〔一〕

空印之庵，圓何所同。睨而視之，同太虚空〔二〕。弗設户牖，無南北東。而庵中人，來無所從。廓然現前，以道爲容。我此法界，遇緣即宗〔三〕。自受用境〔四〕，出生無窮。使令服玩，地獄天宫。各各無礙，如空行風〔五〕。我非文殊，齒豁頭童〔六〕。以問法來，磬折其躬〔七〕。而師應機，如隨扣鐘〔八〕。聊觀此老，游戲神通〔九〕。不起于座，瞬兩漆瞳〔一〇〕。以大千界，置于鍼鋒〔一一〕。以香水海，藏于睫中〔一二〕。一切人天，之與魚龍，不覺不知，如盲如聾〔一三〕。萬象（像）懽呼〔一四〕，聲摩蒼穹。天魔外道，以手擣胸。欲折困之，面爲發紅〔一五〕。如環輪上，尋其始終〔一六〕。於是雌伏〔一七〕，仰此法雄〔一八〕。我雖衰退，氣猶如虹。未甘見删，終依禪叢〔一九〕。斯文之作，蕩除執封〔二〇〕。當以理勝，文則非工。潙山之陰〔三〕，磐石可礱。書以刻之，昭示童蒙。

【校記】

㈠ 象：原作「像」，今從武林本。

【注釋】

〔一〕宣和二年（一一二〇）十一月作於潭州大潙山，時惠洪應潙山空印元軾禪師之邀至此，銘乃爲元軾而作。圓同庵，庵名取自三祖僧璨信心銘，見注〔二〕。

〔二〕「空印之庵」四句：此言圓同庵取名之義。景德傳燈録卷三〇三祖僧璨大師信心銘：「圓同太虛，無欠無餘。」空印禪師，法名元軾，爲秀州本覺寺法真守一禪師法嗣。續傳燈録卷一八列大鑑下十四世，即雲門宗青原下十三世。已見前注。

〔三〕遇緣即宗：遇上適合之機緣即效法。惠洪林間録卷下：「古之人有大機智，故能遇緣即宗，隨處作主。」又楞嚴經合論卷一：「諸佛證衆生之體，用衆生之用。用衆生之用，則遇緣即宗。故世尊以沙門之相，現沙門日用。」

〔四〕自受用境：唐窺基瑜伽師地論略纂卷一五：「謂眼等六根，不假他人爲緣，自受用境，名内門。」

〔五〕「各各無礙」二句：大智度論卷五三：「舍利弗見須菩提，隨所問皆能答，如風行空中，無所罣礙。」　鍇按：「如空行風」爲「如風行空」之倒裝句，蓋前文已押「空」韻，不欲重複，故以「風」爲韻。本集卷一八空生真贊：「如風行空，無所妨礙。」南安巖主定光古佛木刻像贊：「如月入水，如風行空。」卷二八山門疏：「其閱世也，如風行空，去來無礙。」

〔六〕齒豁頭童：齒落頭禿，謂人之衰老。韓愈進學解：「頭童齒豁，竟死何裨。」

〔七〕罄折其躬：罄通「磬」，曲躬如磬，表示謙恭。春秋繁露五行相生：「升降揖讓，般伏拜謁，折旋中矩，立而罄折，拱則抱鼓。」

〔八〕「而師應機」三句：禮記學記：「善待問者如撞鍾，叩之以小者則小鳴，叩之以大者則大鳴，待其從容，然後盡其聲。」此用其意而稱受問者。扣，通「叩」。

〔九〕游戲神通：佛菩薩神通廣大，化人以自娱樂。又指自在無礙，視神通爲游戲。後秦僧肇注維摩詰經卷五：「什曰：『神通變化是爲游，引物於我非真，故名戲也。復次，神通雖大，能者易之，於我無難，猶如戲也。亦云：於神通中善能入住出，自在無礙。』肇曰：『游通化人，以之自娱。』」

〔一〇〕瞬：目動，眨眼。　兩漆瞳：謂目烏黑光亮如點漆。晉書杜乂傳：「膚若凝脂，目如點漆，此神仙人也。」蘇軾贈僧：「玉骨猶含富貴餘，漆瞳已照人天上。」

〔一一〕「以大千界」三句：大般涅槃經卷四如來性品之一：「復有菩薩摩訶薩住大涅槃，斷取十方三千大千諸佛世界置於針鋒，如貫棗葉。」鍼，同「針」。

〔一二〕「以香水海」二句：華嚴經卷三盧舍那佛品之二：「一一香水海，有四天下微塵，數香水河圍遶，種種寶華彌覆其上。彼諸香水河，從佛眉間白毫相出。」

〔一三〕「一切人天」四句：華嚴經合論卷一：「如維摩經中所有來衆，除文殊、慈氏等大菩薩衆，舍利弗等影響聲聞，餘外來衆，總是三乘之中權學之衆。……無有一箇三乘根機。設有三乘根機，如盲如聾，不知不覺。猶如盲人對於日月，猶如聾人聽天樂音。」此化用其意。

〔一四〕萬像：當作「萬象」。

〔一五〕面爲發紅：因窘迫而臉紅。東坡詩集注卷三二薄薄酒二首之二：「文章自足欺盲聾，誰使一朝富貴面發紅。」林子功注：「古樂府：『今日牛羊上丘隴，當時近前面發紅。』」此借用其語。

〔一六〕「如環輪上」二句：本集卷二二普同塔記：「人之有死生，如日之有明暗。死生相尋於無窮，而明暗迭更，未始有既……若西方之教，則痛言之而盡其情曰：『若先有生而後有死者，則世未見不死而生。若先有死而後有生者，亦未見有不生而死。』譬如尋始末於環輪之上，求向背於虛空之中，則死生之情盡。」錙按：普同塔記亦爲空印禪師而作，可參見。

〔一七〕雌伏：語本後漢書趙温傳：「初爲京兆郡丞，歎曰：『大丈夫當雄飛，安能雌伏！』遂棄官而去。」原指屈居下位，此指甘拜下風。

〔一八〕法雄：佛門中之雄傑。劉禹錫大鑒禪師碑：「詔不能致，許爲法雄。」本集卷一〇送莊上人歸雲居：「叢林今日猶雌伏，膺簡當年是法雄。」

〔一九〕「未甘見删」二句：謂己不甘心被迫還俗，而始終依托禪林。本集卷一四明白庵六首之五：「要當酬佛祖，終不負叢林。」此心老而彌堅。錯按：惠洪嘗三度見删。其一爲元符二年，於洪州靖安縣寶峰寺遭排擠，逐出山門。宋釋曉瑩羅湖野録卷上：「寂音尊者洪公，初於歸宗參侍真淨和尚，而至寶峰。……因違禪規，遭删去。時年二十有九。」其二爲大觀三年，寂音自序：「入制獄一年，坐冒惠洪名，著縫掖（即儒生服）入京師。」其三爲政和元年，僧寶正續傳卷二明白洪禪師傳：「政和元年十月，褫僧伽黎（僧衣）配海外。」

〔二〇〕執封：宋釋善卿祖庭事苑卷六注「迷封」曰：「封，執也。言執事而不脱，迷也。」

〔二一〕潙山：即大潙山，唐靈祐禪師道場，爲潙仰宗祖庭。明一統志卷六三長沙府：「大潙山，在寧鄉縣西一百四十里，高六十里，周圍一百四十里。草木深茂，鳥獸羣聚，潙水出焉。唐裴休葬此。」

覺庵銘 并序〔一〕

道人聞公以四威儀爲庵〔二〕，而以「覺」名之，隨身叢林之别名也〔三〕。余游此庵中，微塵數劫〔四〕，適今始讀其號。如人靜坐，忽見鼻端〔五〕，心知之，而不可以語人。

名之所解，又如風中鼓橐，雖有神禹之知，莫能分別〔六〕，特相視一笑而已。銘曰：

明暗色空成住壞〔七〕，即大寂滅究竟覺〔八〕。居以名庵是增語〔九〕，而我銘之添注脚〔一〇〕。如湯消冰無別冰，冰湯之相未全脱〔一一〕。何如睡足百事懶，軒納林光鳥聲樂。當知今在衡嶽中，門外今無覺衡嶽。道人撫掌笑軒渠〔一二〕，注經不必居牛角〔一三〕。

【注釋】

〔一〕作年未詳。宋釋道融叢林盛事卷下：「庵堂道號，前輩例無，但以所居處呼之。如南嶽、青原、百丈、黃檗是也。庵堂者，始自寶覺心禪師，謝事黃龍，退居晦堂，人因以稱之。自後靈源、死心、草堂皆其高弟，故遞相法之。真淨與晦堂同出黃龍之門，故亦以雲庵號之。覺範乃雲庵之子，故以寂音、甘露滅自標。大抵道號有因名而召之者，有以生緣出處而號之者，有因做工夫有所契而立之者，有因所住道行而揚之者，前後皆有所據，豈苟云乎哉？今之兄弟，纔入衆來，未曾夢見向上一著子，早已各立道號，殊不原其本故。瞎堂遠禪師因結制次，問知事云：『今夏俵扇多少？』知事曰：『五百來柄。』遠曰：『又造五百所庵也。』蓋禪和庵，纔得柄扇子，便寫箇庵名定也。聞者罔不大笑。」此文所銘覺庵，非居處之庵，乃所謂「因做工夫有所契而立之者」。本卷所銘僧人之庵堂，大抵如此，蓋禪林一時之風氣。

〔二〕聞公：南嶽衡山僧人，法名未詳。四威儀：佛教徒一行，二住，三坐，四卧，此四者各有儀則，不損威德，謂之四威儀。宋釋道誠釋氏要覽卷下：「經律中皆以行住坐卧名四威儀，其他動止，皆四所攝。」

〔三〕隨身叢林：謂此覺庵可隨身攜帶，走遍叢林，蓋四威儀即僧人隨身之形儀也。本集底本卷一八百丈大智禪師真贊：「稱性文字，隨分叢林。」林間録後集載此贊作「隨身叢林」，今已據改。

〔四〕微塵數劫：喻數量極多而不可數之劫，指極長遠之時間。華嚴經卷三盧舍那佛品之二：「爾時普賢菩薩告諸菩薩言：佛子當知，世界海，有世界海微塵等劫住。所謂佛刹海，或住不可數劫，或住可數劫，有如是等世界海微塵數劫住。」

〔五〕見鼻端：楞嚴經卷五孫陀羅難陀白佛言：「世尊教我及俱絺羅觀鼻端白。我初諦觀，經三七日，見鼻中氣出入如煙，身心内明，圓洞世界，遍成虚淨，猶如瑠璃。煙相漸銷，鼻息成白，心開漏盡，諸出入息，化爲光明，照十方界，得阿羅漢。」此言「覺」之義。

〔六〕「名之所解」四句：謂心之覺難以言傳，覺之名難以解析。橐乃鼓風之具，風中鼓風，喻難以分别。蘇軾阿彌陀佛頌：「如投水海中，如風中鼓橐，雖有大聖智，亦不能分别。」莊子齊物論：「雖有神禹，且不能知，吾獨且奈何哉？」此合二者而點化之。

〔七〕明暗色空：眼根所見四種情況。楞嚴經卷三：「若汝識性生於見中，如無明暗及與色空，四種必無，元無汝見。見性尚無，從何發識？若汝識性生於相中，不從見生，既不見明，亦不見暗。明暗不矚，即無色空。彼相尚無，識從何發？若生於空，非相非見。非見無辯，自不能知明暗色空。非相滅緣，見聞覺知無處安立。」　成住壞：指四劫中之前三劫，即成劫、住劫、壞劫。佛教以世界生成毀滅之周期爲成、住、壞、空四劫。

〔八〕大寂滅：即大涅槃，指滅諸煩惱、離衆相、大寂靜之境界。　究竟覺：指修行圓滿、究竟至極之覺，即成佛之位。大乘起信論：「如菩薩地盡，滿足方便，一念相應，覺心初起，心無初相，以遠離微細念故，得見心性，心即常住，名究竟覺。」

〔九〕增語：多餘之語。景德傳燈録卷七幽州盤山寶積禪師：「真如凡聖皆是夢言，佛及涅槃並爲增語。」

〔一〇〕注脚：解釋字句之文字。古尊宿語録卷一四趙州真際禪師語録之餘：「師云：『三十年行脚，今日爲人錯下注脚。』」宋釋宗先編慈受深和尚慧林語録：「進云：『還許學人重添注脚也無？』師云：『已不少也。』」

〔一一〕「如湯消冰無别冰」二句：湯與冰皆爲水，本非二物，喻覺悟與塵垢本不相離。圓覺經：「善男子，若心照見，一切覺者，皆爲塵垢。覺所覺者，不離塵故，如湯銷冰，無别有冰。知冰銷者，存我覺我，亦復如是。」依此義，則不必刻意求覺，因爲行住坐卧皆爲覺。

〔一二〕軒渠：笑貌。後漢書方術傳薊子訓傳：「兒識父母，軒渠笑悦，欲往就之。」

〔一三〕注經不必居牛角：謂不必學僧元曉注疏本始二覺之義。宋高僧傳卷四唐新羅國黄龍寺元曉傳：「曉受斯經，正在本生湘州也。謂使人曰：『此經以本始二覺爲宗，爲我備角乘，將案几在兩角之間，置其筆硯。』始終於牛車造疏，成五卷。」林間録卷上：「金剛三昧經，乃二覺圓通，示菩薩行也。初，元曉造疏，悟其以本始二覺爲宗。故坐牛車，置几案於兩角之間，據以草文。圓覺經以皆證圓覺、無時無性爲宗，故經首叙文不標時處。及考其翻譯之代，史復不書。曉公設事表法，圓覺冥合佛意，其自覺心靈之影像乎？」

如庵銘 并序〔一〕

吾鄉日公謂余曰〔二〕：「吾以經行坐卧爲庵〔三〕，以分别塵勞爲如〔四〕。」且求銘，銘曰：

日用現前〔五〕，隨眠煩惱〔六〕。去之即生，如石下草〔七〕。蓋其妄覺，取舍顛倒。小根怖之〔八〕，冰炭懷抱〔九〕。我以慧眼〔一〇〕，燕坐默觀〔一一〕。一切異相，如珠走盤〔一二〕。是時日公，非内非外〔一三〕。是非死生，合成一塊。

【注釋】

〔一〕作年未詳。

〔二〕日公：日禪師，與惠洪同鄉，當爲筠州新昌人，法名生平未詳。

〔三〕經行：於一定之地旋遶往來。參見本集卷三次韻超然送照上人歸東吳注〔三〕。

〔四〕分別：妄想之異名。　塵勞：煩惱之異名。　如：即真如，諸法實相之異名，亦佛教真理之異名。

〔五〕日用現前：指佛理存在於眼前日常生活之中。禪林僧寶傳卷二三泐潭真淨文禪師傳：「師曰：『頓乘所演，直示衆生，日用現前，不屬古今。』」

〔六〕隨眠：煩惱之異名。俱舍頌疏卷一九：「貪等煩惱，名曰隨眠。隨逐有情增昏滯，故名隨眠。」唯識論卷九：「隨逐有情，眠伏藏識。或隨增過，故名隨眠。即是所知煩惱性種。」瑜伽師地論卷九威力品：「根本煩惱種子，名隨眠煩惱心。」

〔七〕「去之即生」三句：喻煩惱如石下草，雖暫得壓制，却難以根除。汾陽無德禪師語録卷下佛道訣：「二乘不曉，如石壓草。草根不除，葉不能枯。草石俱掃，更有何惱。」古尊宿語録卷三五大隨開山神照禪師語録：「如石壓草相似，或然拈却石，依舊習氣秖在。」大慧普覺禪師語録卷二六答富樞密書：「乍得胸中無事，便認著以爲究竟安樂。殊不知似石壓草，雖暫覺絶消息，奈何根株猶在，寧有證徹寂滅之期。」

〔八〕小根：指根性淺小、難悟佛理者。嘉泰普燈録卷一一東京天寧佛果克勤禪師：「祖曰：『佛祖大事，非小根劣器所能造詣，吾助汝喜。』」

〔九〕冰炭懷抱：喻胸中喜懼交集。莊子人間世：「事若成，則必有陰陽之患。」郭象注：「人患雖去，然喜懼戰於胸中，固已結冰炭於五藏矣。」成玄英疏：「喜懼交集於一心，陰陽勃戰於五藏，冰炭聚結，非患如何？」韓愈聽穎師彈琴：「穎乎爾誠能，無以冰炭置我腸。」

〔一〇〕慧眼：金剛經「五眼」之一。五眼指肉眼、天眼、慧眼、法眼、佛眼。金剛經須菩提白佛言：「我從昔來所得慧眼，未曾得聞如是之經。」

〔一一〕燕坐：即宴坐，坐禪。

〔一二〕「一切異相」三句：以盤與珠之關係喻真如與異相之關係，謂世間一切變化無端之色相，均不出於真如之範圍。異相，指人或物一時呈現之色相。楞嚴經卷八：「則於同中顯設羣異，一一異相，各各見同。」杜牧孫子注序：「猶盤中走丸。丸之走盤，横斜圓直，計於臨時，不可盡知。其必可知者，是知丸不能出於盤也。」此借用其喻。

〔一三〕非內非外：大般涅槃經卷一六梵行品：「而是佛性，非內非外。所以者何？佛性常住，無變易故。」

朴庵銘〔一〕

履長老禪〔二〕，而色貴白。老禪有終，白不受色〔三〕。道人游方，學至無學〔四〕。如役六用〔五〕，則思返朴。有山可看，有飯可飽。乃笑諸方，何必百巧。鑪煙未殘，跏趺袖手。雪窗無塵，鳥啼清晝。

【注釋】

〔一〕作年未詳。

〔二〕履長：指冬至，故後文有「雪窗」之語。隋杜臺卿玉燭寶典卷一一：「十一月建子，周之正月，律當黄鐘，其管最長，爲萬物之始，故至節有履長之賀。」　老禪：老禪和，老和尚。

〔三〕白不受色：指清淨心不受污染。般舟三昧經卷中：「諸佛從心解得道，心者清淨明無垢。五道鮮潔不受色，有解是者成大道。」鍇按：「白」有潔淨義。

〔四〕學至無學：佛果圜悟禪師碧巖録卷五：「禾山垂示云：『習學謂之聞，絶學謂之隣。過此二者，是爲真過。』此一則語，出寶藏論。學至無學，謂之絶學。所以道：淺聞深悟，深聞不悟，謂之絶學。一宿覺道：『吾早年來積學問，亦曾討疏尋經論。』習學既盡，謂之『絶學無爲閑道人』。及至絶學，方始與道相近。」禪林僧寶傳卷二三黄龍寶覺心禪師傳：「我以無學之學，朝宗百川。」

〔五〕六用：指眼、耳、鼻、舌、身、意六根之功能。蘇軾明日南禪和詩不到重賦數珠篇以督之：「自從一生二，巧歷莫能衍。不如袖手坐，六用都懷卷。」

【集評】

明唐時云：癡人遂落想晴窗啼鳥之間矣。（如來香卷一一釋德洪朴庵銘評語）

夢庵銘 并序〔一〕

弛擔假寐，入大槐之宮，嘗王者樂，覺來欠申㊀，炊未及熟耳〔二〕。輟薪得鹿，翳諸隍中，俄而忘之，意以爲夢。且行且詠，路人用其語而得鹿〔三〕。一以爲虚，一以爲實，此世間之論也。夢中無女色，而欲成辦，非實非虚，此出世間之論也〔四〕。衡嶽素公高行著叢林〔五〕，寄傲一庵，而以夢爲名。銘曰：

一境圓通，而法成辦〔六〕。五根不行，而意自幻〔七〕。晝思夜境，塵劫無間〔八〕。而睫開斂，初不出眼。知誰妙觀，鏡于心宗〔九〕。以世校夢，乃將無同〔一〇〕。爲魚泳波，爲蝶翔空。在素曲肱〔一一〕，吉祥止躬〔一二〕。即庵是夢，問井得水。即夢是庵，緣飯識米。於一意地〔一三〕，無能無二。若見主人，夢庵俱棄。

【校記】

㊀申：武林本作「伸」。

【注釋】

〔一〕作年未詳。

〔二〕「弛擔假寐」五句：唐李公佐南柯記略云，淳于棼居廣陵郡，所居宅南有大古槐一株。貞元七年，夢槐安國王來邀爲駙馬，領南柯郡。既覺，尋槐下穴，有蟻數斛，中有大蟻處之，是其王矣，即槐安國都也。又窮一穴，直上南枝，亦有羣蟻，即生所領南柯郡也。又唐李泌枕中記略云，開元中，道者呂翁經邯鄲道上，遇少年盧生，自嘆生世不諧。是時主人蒸黄粱爲饌，翁乃探囊中枕以授之，曰：「子枕此，當令子榮，適如志。」其枕瓷，而竅其兩端。生俛首就之，寐中見其竅大而明，若可處。舉身而入，遂至其家，娶妻仕宦，三十餘年間，赫奕無比。既寤，黄粱尚未熟。此合二夢中事而言之。「弛擔假寐」，乃設想之辭。

〔三〕「輟薪得鹿」六句：事見列子周穆王：「鄭人有薪於野者，遇駭鹿，御而擊之，斃之。恐人見之也，遽而藏諸隍中，覆之以蕉，不勝其喜。俄而遺其所藏之處，遂以爲夢焉。順塗而詠其事，傍人有聞者，用其言而取之。」

〔四〕「夢中無女色」四句：廓門注：「即夢中行婬等。」錯按：惠洪此語出唯識論：「如夢中無女，動身失不淨。」又宗鏡録卷七八：「頌云：『如夢中無女，動身失不淨。』如夢交會，漏失不淨，衆生如是。無始世來，虚妄受用色香味等外諸境界，皆亦如是，實無而成。」成辦，猶言成功，成事。

〔五〕衡嶽素公：素禪師，住南嶽衡山，而法名生平不可考。

〔六〕「一境圓通」二句：佛教謂色、聲、香、味、觸、法之六法，爲眼、耳、鼻、舌、身、意六根所對之境界，稱爲六境。此言六法可使其境圓通爲一境。景德傳燈録卷二九大法眼禪師文益頌三界唯心頌：「三界唯心，萬法唯識。唯識唯心，眼聲耳色。色不到耳，聲何觸眼？眼色耳聲，萬法成辦。萬法匪緣，豈觀如幻。大地山河，誰堅誰變？」萬法亦無非六法之表現。此處思想可參本集卷一八旃檀白衣觀世音像贊。

〔七〕「五根不行」二句：謂人入睡後眼、耳、鼻、舌、身五根已停止運行，而仍有夢，可見夢乃由意根自身幻出。

〔八〕「晝思夜境」二句：謂日思夜夢如塵劫之密無間隙。一世爲一劫，塵劫指無邊無量之劫，塵，喻其數之多。楞嚴經卷一：「縱經塵劫，終不能得。」

〔九〕心宗：佛心宗之略稱，即禪宗。

〔一〇〕「以世校夢」二句：謂以世事與夢境相比較，莫非相同。將無同，語出世説新語文學：「阮宣子有令聞，太尉王夷甫見而問曰：『老莊與聖教同異？』對曰：『將無同。』」

〔一一〕在素曲肱：素，指衡嶽素公。曲肱：曲臂爲枕，喻清貧閑適之生活。論語述而：「飯蔬食，飲水，曲肱而枕之，樂在其中矣。」

〔一二〕吉祥止躬：謂吉祥集於一身。莊子人間世：「虚室生白，吉祥止止。」郭象注：「夫吉祥之所集者，至虚至靜也。」

〔一三〕意地：即意識，爲第六識，乃支配一身之所，又爲發生萬事之處，故曰地。成唯識論卷五：

「意地感受，名憂根。」

癡庵銘　并序〔一〕

衆生以貪瞋癡爲三毒〔二〕，三毒之過，能致生死。諸佛以戒定慧方便觀照〔三〕，而用治之。余至龍山〔四〕，翊道人引余坐于明窗淨室之間〔五〕，曰：此吾癡庵也。翊頎然秀發〔六〕，論議精到，余不見其癡之相。山雲朝升，璧月夜挂，翛然無營〔七〕，余不見其癡之理。禪者方以精嚴黠慧自矜，機辯逸羣勝物，其肯甘爲癡哉！顧虎頭之癡於畫〔八〕，王述之癡於不言〔九〕，率爲世傳，是好名之癡也。上人泯泯與衆卧起〔一〇〕，不知人間是非、榮辱、貴賤、功利，如三世諸佛之白牯〔一一〕，可謂之癡。雖以自志，然余以謂其未能絶對〔一二〕，余爲之銘又可乎？上人之癡，不事於名，則余之銘，於義未失。銘曰：

導師黠慧，出三界癡〔一三〕。於無癡中，致衆生疑。未若翊禪，淡然無爲。以癡爲庵，聊以戲之。亦有癡侶，論癡要訣。若見大智，紅鑪片雪〔一四〕。

【注釋】

〔一〕崇寧五年（一一〇六）作於洪州分寧縣黄龍山。

〔二〕貪瞋癡爲三毒：大智度論卷三一：「有利益我者生貪欲，違逆我者而生瞋恚，此結使不從智生，從狂惑生，故是名爲癡。三毒爲一切煩惱之根本。」

〔三〕戒定慧：翻譯名義集卷四：「防非止惡曰戒，息慮靜緣曰定，破惑證真曰慧。」此三者亦稱三學，可治三毒。唐裴休集黄檗山斷際禪師傳心法要：「爲有貪瞋癡，即立戒定慧。」惠洪楞嚴經合論卷四：「若以戒定慧觀照方便，力照自身，心境體相，皆自性空，無内外有，即衆生心全佛智海。」

〔四〕龍山：此指黄龍山，在分寧縣。方輿勝覽卷二八湖北路鄂州：「黄龍山，即幕阜之東，頂有湫池，中有黄龍，能致雨，有瀑泉。」山有黄龍禪院。輿地紀勝卷二六江南西路隆興府：「黄龍院，在分寧縣西一百四十里，駙馬都尉王晉卿曾參禪於此。」

〔五〕翊道人：翊禪師，黄龍院僧，法名生平不可考。

〔六〕頎然：挺立修長貌。

〔七〕翛然：無拘束貌。莊子大宗師：「翛然而往，翛然而來而已矣。」

〔八〕顧虎頭之癡於畫：顧虎頭即顧愷之。唐張彦遠歷代名畫記卷五謂「顧愷之字長康，小字虎頭」。世説新語文學劉孝標注引宋明帝文章志曰：「桓温云：『顧長康體中癡黠各半，合而論之，正平平耳。』世云有三絶，畫絶、文絶、癡絶。」晉書顧愷之傳作「才絶、畫絶、癡絶」。

〔九〕王述之癡於不言：晉書王湛傳附王述傳：「述字懷祖，少孤，事母以孝聞。安貧守約，不求聞達，性沉靜。每坐客馳辨，異端競起，而述處之恬如也。少襲父爵，年三十尚未知名，人或謂之癡。司徒王導以門地辟爲中兵屬，既見，無他言，惟問以江東米價，述但張目，不答。導曰：『王掾不癡，人何言癡也。』」

〔一〇〕泯泯：猶言泯然，契合無別貌。禪林僧寶傳卷三〇黃龍佛壽清禪師傳：「時公至黃龍，泯泯與衆作息。」

〔一一〕三世諸佛之白牯：廓門注：「三世諸佛不知有、貍奴白牯知有之義。」錯按：此爲中唐南泉普願禪師語。景德傳燈録卷一〇湖南長沙景岑禪師：「僧問：『南泉云：貍奴白牯却知有，三世諸佛不知有。爲什麽三世諸佛不知有？』師曰：『未入鹿苑時猶較些子。』僧曰：『貍奴白牯爲什麽却知有？』師曰：『汝爭怪得伊。』」佛果圜悟禪師碧巖録卷七：「南泉示衆又云：『三世諸佛不知有，貍奴白牯却知有。』」

〔一二〕絶對：佛教稱獨一之法，他不能對比者。乃對於相對而言。

〔一三〕出三界癡：脱盡三界無明煩惱。仁王般若波羅蜜經卷下：「明慧道人常以無相忍中行三明觀，知三世法無來無去無住處，心心寂滅，盡三界癡煩惱，得三明一切功德觀。」

〔一四〕紅鑪片雪：紅鑪上著片雪即融化，喻一經點撥即領悟。景德傳燈録卷一四潭州攸縣長髭曠禪師：「初往曹谿禮祖塔，回參石頭。石頭問：『什麽處來？』曰：『嶺南來。』石頭曰：『嶺頭一尊功德成就也未？』師曰：『成就久矣，只欠點眼在。』石頭曰：『莫要點眼麽？』師曰：

『便請。』石頭乃翹一足，師禮拜。石頭曰：『汝見什麽道理便拜？』師曰：『據某甲所見，如洪鑪上一點雪。』」洪鑪即紅鑪。後「紅鑪點雪」或「紅鑪片雪」遂爲禪宗話頭。如建中靖國續燈録卷一三東京大相國寺慧林禪院佛陀禪師：「師云：『大海纖塵起，紅爐片雪飛。』」嘉泰普燈録卷一一舒州太平佛鑑慧懃禪師：「上堂：『去年今日時，紅爐片雪飛。』」禪宗頌古聯珠通集卷三七投子義青頌：「坐久成勞誰委悉，紅爐點雪自相通。」

懶庵銘 并序〔一〕

放似狂，靜似懶，學者未得其真，而先得其似〔二〕。山林雲壑之人，狂放一致，靜懶同川，然胸次涇渭〔三〕，笑時真率，瞭然得於眉睫之間〔四〕。融懶亦能負米〔五〕，瓚懶亦能拭涕〔六〕，安懶亦能牧牛〔七〕，未能真懶也者。南州仁公以勃窣爲精進〔八〕，以哆和爲箇靜〔九〕，以臨高眺遠未忘情之語爲文字禪〔一〇〕。然則結庵自藏，而名以懶，殆非苟然。甘露滅爲作銘曰〔一一〕：

惟融與安，品坐客瓚〔一二〕。於禪林中，是謂三懶〔一三〕。秀媚精進〔一四〕，辯慧擔板〔一五〕。唯道人仁，俱透此患。水不洗水〔一六〕，眼不見眼〔一七〕。以之名庵，蓋亦泡幻〔一八〕。鳥啼華笑㊀，日用成辦〔一九〕。睡起密傳〔二〇〕，露芽一盞〔二一〕。

【校記】

㊀ 華：四庫本作「花」。

【注釋】

〔一〕約於政和七年作於洪州南昌縣。錯按：此銘爲「南州仁公」而作，南州爲洪州南昌之代稱，惠洪政和七年往來此地，且此期間多自稱甘露滅。姑繫於此。

〔二〕「放似狂」四句：蘇軾答畢仲舉書：「學佛老者本期於靜而達。靜似懶，達似放，學者或未至其所期，而先得其所似，不爲無害。」此借用其語意。

〔三〕胸次涇渭：謂胸中能分別是非。黄庭堅次韻答王眘中：「俗裏光塵合，胸中涇渭分。」

〔四〕瞭然得於眉睫之間：尹文子大道下：「得之於眉睫之間，承之於言行之先。」此借用其語。瞭然：明白清楚貌。

〔五〕融懶亦能負米：景德傳燈録卷四金陵牛頭山第一世法融禪師：「第一世法融禪師者，潤州延陵人也，姓韋氏。年十九，學通經史。尋閲大部般若，曉達真空。忽一日歎曰：『儒道世典，非究竟法；般若正觀，出世舟航。』遂隱茅山，投師落髮。後入牛頭山幽棲寺北巖之石室，有百鳥銜華之異。唐貞觀中，四祖遥觀氣象，知彼山有奇異之人，乃躬自尋訪，問寺僧：『此間有道人否？』曰：『出家兒那箇不是道人？』祖曰：『阿那箇是道人？』僧無對。別僧云：『此去山中十里許，有一懶融，見人不起，亦不合掌。莫是道人？』祖遂入山見師，端坐自若，曾無所顧。……唐永徽中，徒衆乏糧。師往丹陽緣化，去山八十里，躬負米一石八斗，朝往暮還，供僧三百，二時不闕。」

〔六〕瓚懶亦能拭涕：林間録卷下：「唐高僧，號懶瓚，隱居衡山之頂石窟中。……德宗聞其名，遣使馳詔召之。使者即其窟，宣言：『天子有詔，尊者幸起謝恩。』瓚方撥牛糞火，尋煨芋食之，寒涕垂膺，未嘗答。使者笑之，且勸瓚拭涕。瓚曰：『我豈有工夫爲俗人拭涕耶？』竟不能致而去。德宗欽嘆之。」鍇按：懶瓚本寒涕垂膺而不拭，此處活用其事，謂其能拭涕。參見本集卷六次韻游衡嶽注〔九〕。

〔七〕安懶亦能牧牛：福州長慶大安禪師，號懶安。景德傳燈録卷九福州大安禪師：「福州大安禪師者，本州人也，姓陳氏。幼於黄檗山受業，聽習律乘。……師即造於百丈，禮而問曰：『學人欲求識佛，何者即是？』百丈曰：『大似騎牛覓牛。』師曰：『識後如何？』百丈曰：『如人騎牛至家。』師曰：『未審始終如何保任？』百丈曰：『如牧牛人執杖視之，不令犯人苗稼。』師自兹領旨，更不馳求。同參祐禪師創居溈山也，師躬耕助道。及祐禪師歸寂，衆請接踵住持。師上堂云：『……安在溈山三十來年，喫溈山飯，屙溈山屎，不學溈山禪。只看一頭水牯牛，若落路入草，便牽出。若犯人苗稼，即鞭撻。調伏既久，可憐生，受人言語。如今變作箇露地白牛，常在面前，終日露迴迴地，趁亦不去也。』」蓋以牧牛喻調伏心性。

〔八〕南州：此指洪州。仁公：仁禪師，法名生平不可考。勃窣：猶媻珊，蹣跚，行動遲緩貌。文選卷七司馬相如子虛賦：「媻珊勃窣上金隄。」李善注引韋昭曰：「媻珊勃窣，匍匐上也。」此形容其懶態。　精進：成佛六度之一。成唯識論卷六：「勤謂精進，於善惡品修斷事中勇悍爲性，對治懈怠滿善爲業。」

〔九〕哆和：猶哆哆和和，表達含糊不清貌。景德傳燈録卷一四潭州石室善道和尚：「十六行中，嬰兒行爲最，哆哆和和時，喻學道之人離分別取捨心，故讚歎嬰兒，可況取之。」參見本集卷一二雲巖寶鏡三昧注〔六〕。

〔一〇〕臨高眺遠未忘情之語：此指詩文。如本集卷二六題弼上人所蓄詩：「多習氣，抉磨不去，時時作未忘情之語。」題言上人所蓄詩：「予幻夢人間，游戲筆硯，登高臨遠，時時爲未忘情之語。」題自詩：「予始非有意於工詩文，夙習洗濯不去，臨高望遠，未能忘情，時時戲爲語言。」題自詩與隆上人：「余少狂，爲綺美不忘情之語。」　文字禪：蓋禪宗以不立文字爲禪，此則以詩文之文字爲禪。「文字禪」語出山谷内集詩注卷九題伯時畫松下淵明：「遠公香火社，遺民文字禪。」任淵注：「高僧傳曰：『彭城劉遺民、豫章雷次宗等依遠游山，遠乃於精舍無量壽像前建齋立社，共期西方，乃令遺民著其文。』……維摩經曰：『有以音聲語言文字而作佛事。』傳燈録達摩傳：道副曰：『如我所見，不執文字，不離文字，而爲道用。』東坡寄辯才詩有『臺閣山林況無異，故應文字不離禪』之句。」

〔一一〕甘露滅：惠洪於政和元年流配朱崖軍，二年初渡海，自號甘露滅。參見本集卷九初過海自號甘露滅。

〔一二〕品坐：三人同坐。三「口」合爲「品」，故「品」爲「三」之隱語。合法融、明瓚、大安爲三人。本集卷三〇祭雲庵和尚文：「昔師既化，品坐對啼。」乃指惠洪與其師弟希祖、本明，亦三人。

〔一三〕三懶：祖庭事苑卷一：「師諱明瓚，嵩山普寂之嗣子，北秀之的孫。世號嬾瓚。然禪門有三嬾，牛頭嬾融，嗣四祖。溈山嬾安，嗣百丈。師預其一焉。」嬾，同「懶」。

〔一四〕秀媚精進：宗鏡録卷三九：「雖復精進，精進無秀媚。」此反其意而用之，謂既精進又秀媚。參見本卷明白庵銘注〔四〕。

〔一五〕辯慧擔板：人夫之負板，只見前方，不能見左右，以喻禪林辯慧者只見片面之佛理。續傳燈録卷三二常州華藏遯庵宗演禪師：「南泉、趙州也是徐六擔板，秖見一邊。」

〔一六〕水不洗水：宗鏡録卷七九：「譬如水不洗水，火不滅火，何者？以一體故，不相陵滅；若有異法，方成對治。」

〔一七〕眼不見眼：古尊宿語録卷三一舒州龍門佛眼和尚小參語録：「與萬法爲侶者，豈不是出塵勞耶？心不知心，眼不見眼。既絶對待，見色時無色可見，聞聲時無聲可聞，豈不是出塵勞耶？」

〔一八〕泡幻：空無虚幻。金剛經：「一切有爲法，如夢幻泡影，如露亦如電，當作如是觀。」

〔一九〕日用成辦：意謂日用中亦可成就佛事。

〔二〇〕密傳：指禪宗以心傳心之秘密禪法。古尊宿語録卷三黄檗斷際禪師宛陵録：「達磨大師從西天來至此土，經多少國土，祇覓得可大師一人，密傳心印。印你本心，以心印法，以法印心。心既如此，法亦如此。」

〔二〕露芽：指茶。唐李肇國史補卷下：「風俗貴茶，茶之名品益衆。……福州有方山之露牙。」

墮庵銘〔一〕

心非言傳，則無方便。以言傳之，又成瑕玷〔二〕。蓋言不言，俱名污染。飲光華笑〔三〕，智海箪卷〔四〕。非言不言，驚如掣電。異哉曹山〔五〕，法幢特建〔六〕。以墮一字，雪諸情見〔七〕。在聖非貴，在凡非賤。雜之不藏，著之難辨。一乘骨驚〔八〕，十地魂戰〔九〕。而解空子〔一〇〕，乃圓笑靨〔一一〕。善刀藏之，不露鋒燄〔一二〕。不動聲氣，降伏魔怨〔一三〕。

【注釋】

〔一〕政和五年（一一一五）三月作於洪州南昌縣。時惠洪自太原南歸返新昌，途經南昌，於上藍寺逢慧明禪師，爲作此銘。參見本集卷一五一太原還見明於洪州上藍問明别後嘗寓則曰十年客雲居感歎其高遁作此注〔一〕。

〔二〕「心非言傳」四句：本集卷二五題讓和尚傳：「心之妙，不可以語言傳，而可以語言見。蓋語言者，心之緣，道之標幟也。」卷二六題圓上人僧寶傳：「以是論之，非離文字語言、非即文字語言可以求道也。」

〔三〕飲光華笑：廓門注：「謂迦葉微笑。」錯按：摩訶迦葉尊者，華言飲光勝尊，摩揭陀國人。本事外道，後歸佛教，傳正法眼藏，禪宗奉爲西天第一祖。迦葉微笑事頗見禪籍記載。五燈會元卷一釋迦牟尼佛：「世尊在靈山會上，拈華示衆，是時衆皆默然，唯迦葉尊者破顔微笑。世尊曰：『吾有正法眼藏，涅槃妙心，實相無相，微妙法門，不立文字，教外别傳，付囑摩訶迦葉。』」人天眼目卷五宗門雜録拈花：「王荆公問佛慧泉禪師云：『禪家所謂世尊拈花，出在何典？』泉云：『藏經亦不載。』公曰：『余頃在翰苑，偶見大梵天王問佛決疑經三卷，因閲之。經文所載甚詳：梵王至靈山，以金色波羅花獻佛，舍身爲床座，請佛爲衆生説法。世尊登座，拈花示衆，人天百萬，悉皆罔措，獨有金色頭陀破顔微笑。世尊云：吾有正法眼藏，涅槃妙心，實相無相，分付摩訶大迦葉。此經多談帝王事佛請問，所以祕藏，世無聞者。』」

〔四〕智海簟卷：天聖廣燈録卷八洪州百丈山大智禪師：「師爲馬祖侍者，一日，隨侍馬祖路行次，聞野鴨聲。祖云：『什麽聲？』師云：『野鴨聲。』良久，祖云：『適來聲向什麽處去？』師云：『飛過去。』祖迴頭，將師鼻使扭，師作痛聲。祖云：『又道飛過去。』師於言下有省。明日，祖昇堂纔坐，師出來卷却簟，祖便下座。師隨至方丈。祖云：『適來要舉轉因緣，你爲什麽卷却簟？』師云：『爲某甲鼻頭痛。』」廓門注：「按字書：簟，竹席。按百丈懷海傳曰：『師出，卷却席，祖便下座。』『智』當作『懷』。」錯按：廓門注本五燈會元卷三作「卷却席」，而惠洪語本天聖廣燈録「卷却簟」。又本卷宜獨室銘曰：「金沙僧道明勤道如智海。」亦稱百丈懷海爲智海。懷海謚大智禪師，此豈簡稱大智懷海爲智海乎？或其時有此習稱乎？俟考。

〔五〕曹山：即唐本寂禪師，泉州莆田人，俗姓黄。嗣法洞山良价，住撫州曹山，謚元證大師。禪林僧寶傳卷一謂本寂名躭章，可備一説。

〔六〕法幢：以猛將之建幢旗而喻佛菩薩之説法。祖庭事苑卷七：「諸佛菩薩建立法幢，猶如猛將建諸幢幟，降伏一切諸魔軍故。」幢：軍中以羽爲飾之旗幟。

〔七〕「以墮一字」二句：謂曹山本寂以一「墮」字，洗盡一切妄情之所見。林間録卷上：「曹山本寂禪師躭章曰：『取正命食者，須具三種墮：一者披毛戴角，二者不斷聲色，三者不受食。』時會中有稠布衲問：『披毛戴角是什麽墮？』答曰：『是類墮。』進曰：『不斷聲色是什麽墮？』答曰：『是隨墮。』進曰：『不受食是什麽墮？』答曰：『是尊貴墮。』因又爲舉其要曰：『食者即是本分事。本分事知有不取，故曰尊貴墮。若執初心，知有自己及聖位，故曰類墮。若初心知有己事，回光之時，擯却聲色香味觸法，得寧謐，即成功勳後，却不執六塵等事，隨分而昧，任之即礙。所以外道六師是汝之師。彼師所墮，汝亦隨墮，乃可取食。食者，即是正命食也。食者，亦是却就六根門頭見聞覺知，只是不被佗染污。將爲墮，且不是同向前均他。本分事尚不取，豈況其餘事耶？』曹山凡言墮，謂混不得，類不齊耳。凡言初心者，所謂悟了同未悟耳。」禪林僧寶傳卷一撫州曹山本寂禪師傳：「又曰：『凡情聖見是金鎖玄路，直須回互，夫取正命食者，須具三種墮：一者披毛戴角，二者不斷聲色，三者不受食。』有稠布衲者問曰：『披毛戴角是什麽墮？』章曰：『是類墮。』問：『不斷聲色是什麽墮？』曰：『是隨墮。』問：『不受食是什麽墮？』曰：『是尊貴墮。夫冥合初心而知有，是類墮；知有而不礙六塵，是隨墮。維摩曰：外道六師是汝之師。彼師所墮，汝亦隨墮，乃可取食。食者，正命食也。食者亦是就六根門頭見覺聞知，只不被他染汙。將爲墮，且不是同也。』」

〔八〕二乘：此指聲聞乘和緣覺乘。聞佛之聲教，悟四諦之理而得道者，謂之聲聞乘，爲佛道中之最下根。觀十二因緣之理而斷惑證理者，謂之緣覺乘。 骨驚：謂内心極度驚駭，與下句「魂戰」義同。南朝梁江淹别賦：「使人意奪神駭，心折骨驚。」

〔九〕十地：指佛菩薩修行所歷十個境界，亦稱十住。此當指大智度論卷七八所言聲聞、緣覺、菩薩三乘共通之十地，即一乾慧地、二性地、三八人地、四見地、五薄地、六離欲地、七已辨地、八支佛地、九菩薩地、十佛地。

〔一〇〕解空子：當指紹興府石佛慧明禪師，號解空，雲蓋守智禪師法嗣，臨濟宗黄龍派南嶽下十三世，嘉泰普燈録卷六載其機語。 鍇按：雲蓋守智爲惠洪師叔，故慧明與惠洪當爲師兄弟。五百家播芳大全文粹卷七八楊祐甫請解空長老住江心疏：「喝下承當，妙得雲蓋之骨髓；

棒頭薦取，推開臨濟之眉毛。」參見本集卷一〇送淨心大師住温州江心寺注〔一〕。

〔一〕靨：面頰上之小微渦，俗稱酒窩。本讀葉音，廣韻：於葉切，入聲，葉韻。惠洪此乃誤讀爲「琰」以押韻。錯按：讀琰音之「靨」義爲黑痣，集韻：於琰切，上聲，琰韻。

〔二〕「善刀藏之」二句：喻珍藏曹山三種墮之禪法而不外露。語本莊子養生主：「提刀而立，爲之四顧，爲之躊躇滿志，善刀而藏之。」錯按：建中靖國續燈録卷三〇蘇州崑山元禪師般若四題之一：「般若劍，不露鋒鋩何所驗。太平天子坐寰中，邊方永息狼烟燄。」即此意。

〔三〕魔怨：惡魔爲佛之怨敵，故曰魔怨。維摩詰經佛國品：「降伏魔怨，制諸外道。」

喧寂庵銘　并序〔一〕

高安居士王詢温甫〔二〕，和易寡欲，靖專無謍〔三〕，特刻意事佛，精嚴弗懈。雖年運往矣〔四〕，而視聽聰明，惟履無玷㊀〔五〕，故聲稱閭里。雲庵道價值天下，元豐間游金陵，舒王施第爲寺以延，叢林號内外護〔六〕。元祐初退休來歸，説法於洞山、九峰〔七〕。温甫忘冠巾而師事之〔八〕。其法嗣佛照禪師惠杲（泉）者與之交善㊁〔九〕。自杲（泉）往上都名剎〔一〇〕，士大夫有稀見之者，而與温甫日親法喜〔一一〕，偈語酬唱不絶，豈所謂千里同風者乎〔一二〕！政和七年秋結制〔一三〕，對其所居，名曰喧寂。余適以事至，訪之。温甫方負暄閱經〔一四〕，置卷坐語，語少而理多。於是自媿羈官四方，畏首尾〔一五〕，思蟬蜕垢紛〔一六〕，縱浪閒曠〔一七〕，而不可得。乃銘其庵而去。銘曰：

孰談無生？唯老居士。孰爲聽徒？團欒妻子〔一八〕。以諸塵勞，而作佛事〔一九〕。視其家風，老龐是似。名聞諸方，流輩追崇。餘四十年，一節保躬。老則結屋，置闠闠中〔二〇〕。即喧而寂，蓋將無同〔二一〕。賢哉斯人，不二於物。蹇寓于世〔二二〕，莫知歸宿。我睨而視，亦見彷彿。出生太虛〔二三〕，陶鑄魔佛〔二四〕。

【校記】

㊀惟：武林本作「操」。

㊁杲：原作「泉」，誤，今改，下同。參見注〔九〕。

【注釋】

〔一〕政和七年（一一一七）秋七月作於筠州新昌縣。此銘有「於是自媿羈官四方」之句，當爲代人而作，其人或爲龔端，參見本集卷一〇聞龔德莊入山先一日作詩迎之注〔一〕。

〔二〕高安：此指新昌縣，蓋因新昌屬筠州，而筠州郡名高安故也，非指高安縣。王詢温甫：王詢，字温甫，生平不可考。

〔三〕靖專：猶靜專，貞靜專一。「靖」通「靜」。易繫辭上：「其靜也專，其動也直。」韓康伯注：

「專，專一也。」

〔四〕年運往矣：謂行年已老邁。莊子天運：「老聃方將倨堂，而應微曰：『予年運而往矣，子將何以戒我乎？』」

〔五〕惟履無玷：言其操守清白。惟：句首語氣詞。新唐書郝處俊傳：「武后雖忌之，以其操履無玷，不能害。」

〔六〕「雲庵道價值天下」四句：本集卷三〇雲庵真淨和尚行狀：「元豐之末，思爲東吳山水之游，捨其居，扁舟東下，至鍾山，謁丞相舒王。王素知其名，閱謁喜甚，留宿定林庵。時公方病起，樂聞空宗，恨識師之晚。……因捨第爲寺以延師，爲開山第一祖。又以神宗皇帝問安湯藥之賜崇成之，是謂報寧。歲度僧，買莊土以供學者，而自撰請疏，有『獨受正傳，力排戲論』之句者，叙師語也。又以其名請於朝，賜紫方袍，號真淨大師。」宋釋志磐佛祖統紀卷四五元豐七年（一〇八四）：「荆公王安石，請以江寧府園廬爲僧寺，賜額報寧禪院。」正指此事。　舒王：即王安石，徽宗政和三年追封舒王。　内外護：以佛門而言之，克文爲内護，王安石爲外護。

〔七〕「元祐初退休來歸」二句：雲庵真淨和尚行狀：「浩然思還高安，即日渡江，丞相留之不可。遂卜老於九峰之下，作投老庵。」禪林僧寶傳卷二三泐潭真淨文禪師傳：「神考詔賜號真淨。未幾厭煩，圉還高安，庵於九峰之下，名之投老。學者自遠而至。」鍇按：王安石卒於元祐元年（一〇八六）四月，克文還筠州，當在安石卒前。又克文初還筠州，當在洞山，後乃卜居九峰。行狀及僧寶傳叙事有省略。輿地紀勝卷二七江南西路瑞州：「洞山院，在新昌縣太平鄉西南五十里，有太宗、仁宗所賜碑。」又曰：「九峰山，在上高縣西五十里，其峰有九，奇秀峻聳，因以名之。」

〔八〕冠巾：此指與僧人相對之俗人，即未出家之士庶。釋名釋首飾：「二十成人，士冠，庶人巾。」韓愈送僧澄觀：「向風長歎不可見，我欲收斂加冠巾。」

〔九〕其法嗣佛照禪師惠杲：嘉泰普燈録卷七、五燈會元卷一七臨濟宗黄龍派南嶽下十三世真淨克文法嗣，有東京法雲佛照杲禪師。建中靖國續燈録卷二三真淨禪師法嗣有廬山歸宗杲禪師。本集卷二八請杲老住天寧有「識黄龍窟中頭角，振青鸞溪上風雷」之句，黄龍窟指臨濟宗黄龍派，青鸞溪代指廬山歸宗寺，天寧即崇寧寺，亦稱法雲寺。本集卷二四送因覺先序曰：「佛照於世有勝緣，方其在山林也，則領匡山鸞溪；及其游城郭也，則住上都崇寧。」所述與請杲老住天寧相同，可知此「佛照」與燈録中法雲杲禪師、歸宗杲禪師實爲同一人，即初住廬山歸宗寺、後住東京法雲寺之杲禪師。底本作「佛照禪師惠泉」，然此惠泉與杲禪師同爲真淨克文法嗣，同號佛照，同住東京名刹，當爲同一人。故知「泉」字乃涉形近而誤，當作「杲」，今徑改，下同。杲禪師全名應爲惠杲，各燈録失載。

〔一〇〕自杲往上都名刹：指惠杲應詔住東京淨因院、天寧寺（即法雲寺）之事。據嘉泰普燈録卷七，杲禪師「於紹聖三年十一月二十一日悟得方寸禪，出住歸宗。久之，詔居淨因」。其住天寧寺當在其後。

〔一〕法喜：謂聞見參悟佛法而産生之喜悦。維摩詰經卷中佛道品：「法喜以爲妻，慈悲以爲女。」

〔二〕千里同風：謂雖隔千里，而格調志趣相同。唐釋栖復集法華經玄贊要集卷二：「諺曰：『有緣千里通，無緣隔壁聾。』君子千里同風，小人隔陌異俗。」宋釋延壽宗鏡録卷二〇：「是以若不見一法，常見諸佛，則千里同風；若見一法，不見諸佛，則對面胡越。」景德傳燈録卷一八福州玄沙師備禪師：「雪峰曰：『不見道，君子千里同風。』」

〔三〕結制：即結夏。南朝梁宗懔荆楚歲時記：「四月十五日，僧尼就禪刹挂搭，謂之結夏，又謂之結制。按，夏乃長養之節，在外行則恐傷草木蟲類。故九十日安居禪苑。……至七月十五日，應禪寺挂搭僧尼盡皆散去，謂之解夏，又謂之解制。」宋吴自牧夢粱録卷三僧寺結制：「四月十五日結制，謂之結夏。蓋天下寺院僧尼庵合設齋供僧，自此僧人安居禪教律寺院，不敢起單雲游。」又同書卷四解制日：「七月十五日，一應大小僧尼寺院設齋解制，謂之法歲圓周之日。自解制後，禪教僧尼從便給假起單，或行脚，或歸受業，皆所不拘。」鍇按：結制自夏四月十五日起，至七月十五日止，共九十天。此既言「政和七年秋」，則絶非「結制」。疑「結制」爲「解制」之誤，或「秋」字爲「夏」字之誤，俟考。

〔一四〕負暄：受日光曝曬以取暖，此泛指曬太陽。語本列子楊朱：「昔者宋國有田夫……顧謂其妻曰：『負日之暄，人莫知者。以獻吾君，將有重賞。』」

〔一五〕畏首尾：左傳文公十七年：「古人有言曰：『畏首畏尾，身其餘幾。』」

〔一六〕蟬蜕垢紛：喻擺脱世俗煩惱之紛擾。史記屈原賈生列傳：「濯淖汙泥之中，蟬蜕於濁穢，以浮游塵埃之外，不獲世之滋垢，皭然泥而不滓者也。」

〔一七〕縱浪：猶放浪。陶淵明形影神神釋：「縱浪大化中，不喜亦不懼。」

〔一八〕「孰談無生」四句：謂高安居士王詢學佛似唐襄州居士龐藴。景德傳燈録卷八襄州居士龐藴：「之江西，參問馬祖云：『不與萬法爲侣者是什麽人？』祖云：『待汝一口吸盡西江水，即向汝道。』居士言下頓領玄要，乃留駐參承。經涉二載，有偈曰：『有男不婚，有女不嫁。大家團欒頭，共説無生話。』自爾機辯迅捷，諸方嚮之。」無生：佛教之真諦，即不生不滅。團欒：團圓，團聚。

〔一九〕「以諸塵勞」二句：謂以世俗煩惱作爲參禪禮佛之事。鍇按：王詢不出家而修佛道，妻子團聚而共説無生，均爲以諸塵勞而作佛事之體現。

〔二〇〕闤闠：街市。六臣注文選卷四左太沖蜀都賦：「闤闠之里，伎巧之家。」劉良注：「闤，市巷也。闠，市外内門也。」又卷六左太沖魏都賦：「班列肆以兼羅，設闤闠以襟帶。」吕向注：「闤闠，市中巷繞市，如衣之襟帶然。」

〔二〕將無同：莫非相同。語出世説新語文學。參見本卷前夢庵銘注〔一〇〕。

〔三〕蹇寓：滯留寄居。

〔三〕太虚：空寂玄奥之境。

〔四〕陶鑄魔佛：謂將天魔外道與佛道陶冶熔鑄爲一體。

破塵庵銘　并序〔一〕

道人堪師庵於水西南臺之下〔二〕，名曰破塵。爲之銘曰：取大經卷，破此一塵〔三〕。何以破之？智爲斧斤。塵非斷空，可破非有〔四〕。了然而知，空亦不受。異哉湘麓，庵此老堪。視其庵名，如車指南〔五〕。堪雖可即，語默弗及。如指自觸〔六〕，如眼自覿〔七〕。

【注釋】

〔一〕宣和四年（一一二二）十二月作於長沙水西南臺寺。

〔二〕道人堪師：堪禪師，法名生平未詳。本集卷二五題晦堂墨蹟：「堪師之能畜此帖，嗜好大是不凡。宣和四年自印福絶湖來，出以示其侄，因流涕書之。」可知堪禪師宣和四年自印福前來南臺寺。又卷七有和堪維那移居曰：「堪公故園舊，義膽見急難。相逢開肺懷，傾倒無餘殫。所居隔聚落，日喜成嫛嫛。……遂分湘山翠，茅簷相對看。……暮寒因有雪，爐暖且檀欒。」此堪維那當即道人堪師，其庵於南臺寺在宣和四年冬。維那爲寺院中職務，管理總務之知事僧，位次上座。　水西南臺：即南臺寺，位於湘西嶽麓山下，瀕臨湘江。爲與衡山南臺寺相别，故號水西南臺寺。本集卷二八化供三首之一曰：「當寺依湘上，瀕楚水……號爲水西南臺。皇祐間廢爲律，然古格尚存。……今年春，州郡易以禪者領之，於是明白老自鹿苑移居此。」惠洪移居水西南臺在宣和二年三月。

〔三〕「取大經卷」二句：此語意本華嚴經卷五一如來出現品：「此大經卷，雖復量等大千世界，而全住在一微塵中；如一微塵，一切微塵，皆亦如是。時有一人，智慧明達，具足成就清淨天眼，見此經卷在微塵内，於諸衆生無少利益，即作是念：『我當以精進力，破彼微塵，出此經卷，令得饒益一切衆生。』作是念已，即起方便，破彼微塵，出此大經，令諸衆生普得饒益。」破塵庵名取自此。

〔四〕「塵非斷空」二句：華嚴經疏卷二五：「有是空有，非常有，斯有未曾不空。空是有空，非斷空，此空何嘗不有。有空空有，體一名殊。」此化用其意。本集卷一九小字華嚴經偈：「以名塵故非斷空，而可破故非實有。」

〔五〕車指南：古以指南車指示方向。唐張九齡等撰唐六典卷一七乘黄署「又有指南車」條注引崔豹古今注：「指南車，舊説云周公所作也。周公理致太平，越裳氏重譯來獻，使者迷其歸路。周公錫以駢車五乘，皆爲司南之制，使越裳氏載之，周年而至其國。故常爲先導，示服遠人而正四方也。」

〔六〕如指自觸：戲謂此破塵庵不可即，如手不能自觸手。隋釋吉藏百論疏卷上：「問：『上云何破鹽自耶？』答：『自則非鹹，鹹別非自。如指自則非觸，觸則非自。』」

〔七〕如眼自覿：謂如眼不可自視眼。大般涅槃經卷二九師子吼菩薩品：「師子吼言：『世尊，如眼不自見，指不自觸，刀不自割，受不自受，云何如來説言名色繫縛名色？』」

報慈庵銘 并序〔一〕

武寧西峰達上人〔二〕，年方妙，而孝思度越流輩〔三〕。父母喪，則重于墳所〔四〕，旦夕誦唄以時臨〔五〕。遂自名其庵曰報慈。嗚呼！達可謂知如來大師律我比丘之意，經豈不曰「孝名爲戒」乎〔六〕！余謂其所爲有補於名教〔七〕，乃爲之銘曰：

竹叢生謂之慈竹〔八〕，烏返哺謂之慈烏〔九〕。豈吾含齒而戴髮〔一〇〕，乃彼烏竹之不如！故有終天之痛〔一一〕，心再折而情枯。蒔松楸以上雲雨〔一二〕，就樹陰以縛屋廬〔一三〕。營出世之冥福〔一四〕，生五濁之芙蕖〔一五〕。知輪珠以行道〔一六〕，明月皎其影孤㊀〔一七〕。念此風之可尚，聊以起精進而激懦夫〔一八〕。

【校記】

㈠「月」下原缺一字，天寧本缺字爲「白」。武林本「皎」字下有一「兮」字。鍇按：據銘文之句式，「月」下不缺字，「白」當爲衍文。

【注釋】

〔一〕作年未詳。

〔二〕武寧：縣名，宋屬洪州，故治在今江西武寧縣。西峰：未詳。疑指廬山西峰。達上人：法名生平未詳。

〔三〕度越流輩：超過同輩人。韓愈與崔羣書：「況足下度越此等百千輩。」蘇軾薦布衣陳師道狀：「徐州布衣陳師道文詞高古，度越流輩。」

〔四〕重于墳所：謂以父母之墳墓爲重。鍇按：或謂出家人本當忘情絶愛，故父母喪，不必斬衰廬墓三年，然達上人仍不忘世俗之禮，心繫父母之墳所。

〔五〕誦唄：唱誦佛經，佛教以之爲追薦亡靈、祈求冥福之佛事。唄：梵唱。高僧傳卷一三經師論：「天竺方俗，凡是歌詠法言，皆稱爲唄。至於此土，詠經則稱爲轉讀，歌讚則號爲梵唄。」

〔六〕孝名爲戒：梵網經卷下：「孝順父母師僧三寶，孝順至道之法，孝名爲戒，亦名制止。」宋釋契嵩鐔津文集卷三輔教編下孝論明孝章：「一二三子祝髮方事於吾道，逮其父母命之，以佛子辭而不往。吾嘗語之曰：『佛子情可正，而親不可遺也。』子亦聞吾先聖人，其始振也，爲大戒，即曰：『孝名爲戒。』蓋以孝而爲戒之端也。子與戒而欲亡孝，非戒也。夫孝也者，大戒之所先也。」

〔七〕名教：指正名定分之禮教。

〔八〕竹叢生謂之慈竹：太平御覽卷九六二引任昉述異記曰：「南中生子母竹，今慈竹是也。漢章帝三年，子母竹筍生白虎殿前，謂之孝竹，羣臣作孝竹頌。」宋黄休復茅亭客話卷八滕處士：「園中有慈竹蘩生，根不離母，故名之慈也。」蘩，同「叢」。

〔九〕烏返哺謂之慈烏：禽經：「慈烏曰孝烏，長則反哺其母。」梁武帝蕭衍孝思賦：「靈蛇含珠以酬德，慈烏反哺而報親。在蟲鳥其尚爾，況三才之令人。」

〔一〇〕含齒而戴髮：指人類。列子黄帝：「戴髮含齒，倚而趣者，謂之人。」

〔一一〕終天之痛：謂如天一般久遠無窮之痛，指死喪永訣之悲傷。晉潘岳哀永逝文：「今奈何兮一舉，邈終天之不反！」陶淵明祭程氏妹文：「如何一往，終天不返！」

〔一二〕蒔松楸以上雲雨：謂在父母墳邊栽松楸，使之成爲參天大樹。黄庭堅過家：「兒時所種柳，上與雲雨近。」蒔：移栽，種植。鍇按：古墓地多種松樹和楸樹，故有此語。

〔一三〕就樹陰以縛屋廬：謂服喪期間在墓旁樹陰下搭蓋小屋以守墓。此爲古禮，謂之廬墓。

〔一四〕冥福：死者在陰間所享之福。

〔一五〕生五濁之芙蕖：謂蓮花生於濁世之中。　五濁：指五濁惡世。佛教謂塵世間煩惱痛苦熾盛，充滿五種污濁不淨，即劫濁、見濁、煩惱濁、衆生濁、命濁。阿彌陀經：「釋迦牟尼佛能爲甚難希有之事，能於娑婆國土五濁惡世劫濁、見濁、煩惱濁、衆生濁、命濁中，得阿耨多羅三藐三菩提，爲諸衆生説是一切世間難信之法。」

〔一六〕輪珠：即數珠，誦經時用於攝心計數之成串珠子，每串通常一百零八顆。北磵居簡禪師語録卷一常思惟大士之五：「輪珠一百八，數了從頭數。」

〔一七〕明月皎其影孤：湖州吴山端禪師語録卷上：「端禪老，端禪老，住持落魄無煩惱。朝參僧衆數十人，夜觀一輪明月皎。勸諸人，勤學道，識取衣中無價寶。」

〔一八〕「念此風之可尚」二句：孟子萬章下：「故聞伯夷之風者，頑夫廉，懦夫有立志。」此化用其意。

甘露滅齋銘　并序〔一〕

政和四年春，余還自海外㊀，過衡嶽，謁方廣譽禪師〔二〕，館于靈源閣之下〔三〕，因名其居曰甘露滅。道人法太請曉其説〔四〕。余曰：「三祖，北齊天平二年得法於少林，隱于皖（岏）山㊁，終身不言姓氏〔五〕。老安，隋文帝開皇七年，括天下私度僧尼驗勘。安曰：本無名。遂遁于嵩山〔六〕。二大老厭名迹之累，而精一其道蓋如此。余寔慕之〔七〕。」乃爲之銘曰：

吾聞甘露，食之長生。而寂滅法，乃有此名〔八〕。寂滅而生，谷神不死〔九〕。唯佛老君，其意如此㊂。我本超放，憂患纏之。今知脱矣，鬚髮伽梨〔一〇〕。安遁嵩少〔一一〕，璨逃潛霍㊃〔一二〕。是故覺範，老于衡嶽。山失孤峻，玉忘無瑕〔一三〕。當令舌本〔一四〕，吐青蓮華〔一五〕。

【校記】

㊀余：林間録後集作「予」。

㊁皖山：原作「峞山」，誤，今改。參見注〔五〕。林間録後集作「皖公」。

㊂如：林間録後集作「謂」。

㊃璨：林間録後集作「粲」。

【注釋】

〔一〕政和四年（一一一四）二月作於衡山方廣寺。惠洪自流配海南，即自號甘露滅，至此北歸寓居方廣寺，始以甘露滅名其齋。

〔二〕方廣譽禪師：法名從譽，號大方禪師，時住持方廣寺。鄒浩道鄉集卷二八方廣譽老語録序：「湖南善知識曰：從譽嗣福嚴奉老子，住方廣聖道場。」福嚴奉即福嚴寺惟奉禪師，建中靖國續燈録卷一九列爲東林常總禪師法嗣，作「南嶽福嚴寺惟鳳禪師」。從譽屬臨濟宗黄龍派南嶽下十四世。本集卷三〇祭妙高仁禪師文：「孤鳳兩雛，名著諸方。我初識譽，未識華光。政和甲午，還自南荒。夜宿衡嶽，草屋路旁。僕奴傳呼，妙高大方。連壁而來，驚喜失床。高誼照人，笑語抵掌。」可知惠洪自海南北歸經衡山時，從譽嘗偕華光仲仁前往迎接。從譽、仲仁同爲南嶽福嚴惟鳳禪師法嗣，故曰「孤鳳兩雛」。參見本集卷四重會大方禪師注〔一〕。

〔三〕靈源閣：在方廣寺内，不可考。

〔四〕道人法太：法太字希先，時稱太希先，臨川人，爲臨濟宗黄龍派雲蓋守智禪師弟子，屬南嶽下十三世，與惠洪爲法門師兄弟。本集卷一一海上初還至南嶽寄方廣首座：「初嚼芳鮮動詩思，一篇先寄倩君删。」還太首座詩卷：「精神清韻知幾許，付與後來能者看。」可知惠洪北歸至南嶽時，法太正爲方廣寺首座。

〔五〕「三祖」四句：景德傳燈録卷三第二十九祖慧可大師：「至北齊天平二年，有一居士，年逾四十，不言名氏。……師深器之，即爲剃髮，云：『是吾寶也，宜名僧璨。』」注：「當作天保二年，乃辛未歲也。天平，東魏年號，二年，乙卯也。」又同卷第三十祖僧璨大師：「初以白衣謁二祖，既受度傳法，隱于舒州之皖公山。屬後周武帝破滅佛法，師往來太湖縣司空山，居無常處，積十餘載，時人無能知者。」

〔六〕「老安」六句：景德傳燈録卷四嵩嶽慧安國師：「嵩嶽慧安國師，荆州枝江人也，姓衛氏。隋文帝開皇十七年，括天下私度僧尼勘。師云：『本無名。』遂遁于山谷。大業中，大發丁夫開通濟渠，饑殍相枕。師乞食以救之，獲濟者甚衆。煬帝徵師，不赴，潛入太和山。暨帝幸江都，海内擾攘，乃杖錫登衡嶽寺行頭陀行。唐貞觀中至黄梅，謁忍祖，遂得心要。麟德元年，遊終南山石壁，因止焉。高宗嘗召師，不奉詔。遍歷名迹，至嵩少，云：『是吾終焉之地也。』」注：「隋開皇二年壬寅生，唐景龍三年己酉滅，時稱老安國師。」鍇按：此銘作「隋文帝開皇七年」，與景德傳燈録不同，疑「七」字前脱「十」字。

〔七〕寔：同「實」。

〔八〕「吾聞甘露」四句：唐釋澄觀華嚴經疏卷二八十迴向品：「經説：佛大牙後有甘露泉，但食入口，悉爲甘露。約法亦即涅槃，爲甘露不死之味。」長生，即不死。寂滅法，即涅槃。惠洪楞嚴經合論卷二：「論曰：涅槃經曰：『甘露之性，令人不死。若合異物，亦能不死。』世尊以寂滅之體名甘露滅者，謂其不死而寂滅也。故維摩經稱『甘露滅覺道成』。」

〔九〕谷神不死：語本老子第六章：「谷神不死，是謂玄牝。」王弼注：「谷神，谷中央無谷也。無形無影，無逆無違，處卑不動，守静不衰。谷以之成而不見其形，此至物也。」司馬光道德真經論：「中虚故曰谷，不測故曰神，天地有窮而道無窮，故曰不死。」

〔一〇〕鬚髮伽梨：意謂蓄鬚髮之僧人。據僧寶正續傳卷二載，惠洪於政和元年十月，「褫僧伽黎配海外」，即流配海南朱崖軍。本集卷九初過海自號甘露滅亦自稱「海上垂鬚佛，軍中有髮僧」。伽梨，本指袈裟，此代指僧人。蓋惠洪已遭剥奪僧籍，依法不得剃鬚髮，著伽梨。其智證傳亦曰：「遠竄海外，既幸生還，冠巾説法，若可憫笑。」「冠巾説法」，即「鬚髮伽梨」之意。

〔一一〕嵩少：嵩山與少室山之并稱，此指嵩山。參見注〔六〕。

〔一二〕潛霍：潛山與霍山，均爲皖山之别稱。爾雅釋山：「霍山爲南嶽。」郭璞注：「即天柱山，潛水所出。」太平寰宇記卷一二五淮南道三舒州：「潛山，在縣西北二十里，其山有三峰，一天柱山，一潛山，一晥山。三山峰巒相去隔越，天柱即同立洞府九天司命真君所主。」「晥」同「皖」。參見注〔五〕。

〔一三〕「山失孤峻」二句：語意本景德傳燈録卷七幽州盤山寶積禪師：「師上堂示衆曰：『……似地擎山，不知山之孤峻；如石含玉，不知玉之無瑕。若如此者，是名出家。』」惠洪林間録卷下亦載其語。

〔一四〕舌本：舌根，舌頭。世説新語文學：「殷仲堪云：『三日不讀道德經，便覺舌本間强。』」

〔一五〕吐青蓮華：指隨喜贊善佛法。法華經卷六藥王菩薩本事品：「能隨喜讚善者，是人現世，口中常出青蓮華香。」

明極齋銘 并序〔一〕

太原王健伯强〔二〕，名臣惠公之子〔三〕，皇叔嘉王之壻〔四〕。方壯年，則能棄官學道。閲首楞嚴經至「餘塵尚諸學，明極即如來」〔五〕，歎曰：「此如來之訓，而余之志也。」願以「明極」名其齋，而乞銘於余。銘曰：

有而尋求，癡暗所囿。得而驚異，智濁之咎〔六〕。濁澄暗徹㊀，自覺成就。如人目睛㊁，一塵不受〔七〕。開睫譬生，明發寄根〔八〕。斂睫譬死，暗不能昏。聖師真慈，開此妙門。睥睨不入，夫豈知恩〔九〕。枵然丈室〔一〇〕，中置匡牀〔一一〕。經行宴坐，晨燈夕香。勿使邪念，蔽常寂光〔一二〕。

【校記】

㊀徹：林間録後集作「澈」。

㊁睛：林間録後集作「精」。

【注釋】

〔一〕政和元年（一一一一）作於京師開封。錯按：佛祖歷代通載卷一九：「張丞相當國，復度爲僧，易名德洪，數延入府中，與論佛法。有詔賜號寶覺圓明。一時機貴人，爭致之門下，執弟子禮。」惠洪賜號寶覺圓明在大觀四年（一一一〇）十月十日天寧節，此文當作於其後，蓋惠公之子、嘉王之婿王健亦屬機貴人之列。

〔二〕太原王健伯强：王健字伯强，生平不可考，太原當爲其郡望。

〔三〕名臣惠公：未詳何人。

〔四〕皇叔嘉王：即益端獻王趙頵（一〇五六～一〇八八），初名仲恪，英宗之子，神宗之弟，徽宗之叔。封大寧郡公，進鄆國公、樂安郡王、嘉王。徙王曹，荆，位至太尉。卒謚端獻。事具宋史宗室傳三。

〔五〕首楞嚴經：大佛頂如來密因修證了義諸菩薩萬行首楞嚴經之簡稱，或稱楞嚴經。「餘塵尚諸學」二句：語見楞嚴經卷六。惠洪楞嚴經合論卷六：「論曰：初行菩薩見中品用，以深信真如，故得少分見知。如來身無去無來，無有斷絶，唯心彰現，不離真如。然此菩薩猶未能離微細分別，以未入法身位故。淨心菩薩見微細用，如是轉勝，乃至菩薩究竟地中，見之方盡。微細用名受用身，以有業識，見受用身。若離業識，則無可見。一切如來皆是法身，法身無有彼此，差別色相，互相見故。夫以盡微細用名受用身者，以有業識細相，謂之菩薩地中，故曰『餘塵尚諸學』。若離業識，則無可見，謂之如來法身，故曰『明極即如來』」。

〔六〕「有而尋求」四句：言「餘塵尚諸學」之弊，因其有業識，故或癡暗而囿於名相因果，或智濁而未離微細分別。廓門注：「東坡宸奎閣碑曰：『北方之爲佛者，皆留於名相，囿於因果。』」

〔七〕「濁澄暗徹」四句：言「明極即如來」之境，因其離業識，故能澄清智濁，照徹癡暗，如眼睛無一塵微細之受用，無可見而自覺成就如來法身。

〔八〕明發寄根：謂明之開發寄托於六根，此即明之極。楞嚴經卷四：「不由前塵所起知見，明不循根，寄根明發，由是六根互相爲用。」

〔九〕「聖師真慈」四句：宋釋子璿金剛經纂要刊定記卷三：「渴飲者，喻也，如渴飲水，但恐水竭，無暇別觀。聽法之者亦復如是，思冀妙門，無心睥睨。」廓門注：「睥睨，猶言斜視。」

〔一〇〕枵然：同「呺然」，空虛貌。語本莊子逍遥遊。參見本集卷六聽道人諳公琴注〔一五〕。

〔一一〕匡牀：安適之牀。淮南子主術：「匡牀蒻席，非不寧也。」高誘注：「匡，安也。蒻，細也。」

〔一二〕常寂光：唐釋湛然維摩經略疏卷一：「此經云：若知無明，性即是明。如此皆是常寂光義。」參見本集卷一三三月二十八日棗柏大士生辰六首注〔七〕。

夢蝶齋銘　并序〔一〕

龍舒陳顯仁〔二〕，和粹而喜客，慈祥而樂善，宗族朋友皆稱之。余以怡然居士之齋爲夢蝶，而爲之銘曰：

浩蕩之春，萬物發飾。淮山花開〔三〕，麗其風日。蛺蝶何爲？栩栩自適〔四〕。朱門青鞍，羣色棊布。富貴鼎來〔五〕，賓客鴛鷺〔六〕。居士欠申㊀，蘧然而寤〔七〕。歲時獻壽，舉杯怡然。墮幘一醉〔八〕，其樂也天。紛紛萬緒，成我日用。睆而視之，開睫之夢〔九〕。

【校記】

㊀ 申：四庫本、武林本作「伸」。

【注釋】

〔一〕元符二年（一〇九九）季秋作於舒州，時游方經此。

〔二〕龍舒：即舒州，故治在今安徽安慶市。方輿勝覽卷四九安慶府：「事要：郡名龍舒。」陳顯仁：舒州人，號怡然居士，生平不可考。惠洪同時另有一陳顯仁，字藏用，仙游人，遷居莆田。紹聖元年登第。宣和元年以直祕閣知潭州。參見本集卷一二陳大夫見和春日三首用韻酬之注〔一〕。

〔三〕淮山：此指舒州之山。舒州宋屬淮南西路，故稱其山爲淮山。

〔四〕「蛺蝶何爲」二句：莊子齊物論：「昔者莊周夢爲胡蝶，栩栩然胡蝶也。自喻適志與？不知周也。」郭象注：「自快得意，悅豫而行。」成玄英疏：「栩栩，忻暢貌也。」釋文：「胡蝶，蛺蝶也。」

〔五〕鼎來：方來，正來。語本漢書匡衡傳。參見本集卷七吴子薪重慶堂注〔七〕。

〔六〕賓客鴛鷺：謂賓客多是朝廷官員。九家集注杜詩卷二八暮春題瀼西新賃草屋五首之四：「不息豺虎鬭，空慚鴛鷺行。」趙彦材注：「公曾任左拾遺，籍占朝列，故云鴛鷺行。古詩云：『厠迹鴛鷺行。』」

〔七〕「居士欠申」二句：莊子齊物論：「俄然覺，則蘧蘧然周也。」郭象注：「自周而言故稱覺耳，未必非夢也。」成玄英疏：「蘧蘧，驚動之貌。」

〔八〕墮幘一醉：形容酒醉失去常態。墮幘，指頭巾散亂。世説新語雅量：「太傅於衆坐中問問庾（子嵩），庾時頹然已醉，幘墮几上，以頭就穿取，徐答云：『下官家故可有兩娑千萬，隨公所取。』於是乃服。」

〔九〕開睫之夢：謂睜眼所見亦不實，皆如夢中。宗鏡録卷二：「夢中所見好惡境界，憂喜宛然。覺來床上安眠，何曾是實？並是夢中意識思想所爲。則可比知，覺時所見之事，皆如夢中無實。」本集卷一一廓然再和復答之六首之五：「湖山昔夢雖非實，開睫今游未必真。」

明極堂銘 并序〔一〕

道人法太，少年追隨翰墨，所與游多一時顯人〔二〕。晚居衡嶽，一衲窮年，垂涕捫虱，猥衰坐睡，守糞罏煨芋〔三〕。直名其所居爲明極，取首楞嚴「餘塵尚諸學，明極即如來」義〔四〕，欲以道人坐進此道。爲之銘曰：

見明之時，此見明者，緣明開達。則見暗時，此見暗者，不明自發。見則常明，寄根成就。見豈明生，暗能昏否〔五〕？我觀明暗，尚難掩藏。豈生死門，乃欲存亡。惟道人太，以壁爲口〔六〕。全機現前，不落滲漏〔七〕。

【注釋】

〔一〕政和四年（一一一四）二月作於衡山方廣寺。參見本卷甘露滅齋銘注〔一〕。

〔二〕「道人法太」三句：法太字希先，參見前甘露滅齋銘注〔四〕。本集卷二六題白鹿寺壁：「希先昔游公卿間，與鄒志完、曾公衮、蔡子因、吴子副厚。居自江左，還南嶽，庵方廣十年，叢林高之。」吴則禮字子副，其北湖集卷二有阿坰以鉢供太希先偶成、次公采贈太希先密雲團韻、贈希先等詩。

〔三〕「晚居衡嶽」五句：言法太之生涯如唐高僧懶瓚。林間録卷下曰：「唐高僧號懶瓚，隱居衡山之頂石窟中。嘗作歌，其略曰：『世事悠悠，不如山丘。卧藤蘿下，塊石枕頭。』其言宏妙，皆發佛祖之奥。德宗聞其名，遣使馳詔召之。使者即其窟，宣言：『天子有詔，尊者幸起謝恩。』瓚方撥牛糞火，尋煨芋食之，寒涕垂膺，未嘗答。使者笑之，且勸瓚拭涕。瓚曰：『我豈有工夫爲俗人拭涕耶？』竟不能致而去。德宗欽嘆之。」

〔四〕「餘塵尚諸學」二句：語見楞嚴經卷六。參見前明極齋銘注〔五〕。

〔五〕「見明之時」十句：廓門注：「見明暗，詳楞嚴二卷。」鍇按：楞嚴經卷二：「汝今當知，見明之時，見非是明；見暗之時，見非是暗；見空之時，見非是空；見塞之時，見非是塞。四義成就，汝復應知，見見之時，見非是見；見猶離見，見不能及。」楞嚴經合論卷二：「今世尊先破見緣，故曰：『見明之時，見非是明；見暗之時，見非是暗；見空之時，見非是空；見塞之時，見非是塞。』世尊於此分擇見精，非前明暗空塞因緣而有。故曰：『四義成就。』已而又將叙此見精，使知亦猶是妄。故曰：『汝復應知，見見之時，見非是見。』世尊於此又分擇真見，非前見精，以見精猶妄故也。故曰：『見猶離見，見不能及。』嗚呼！首楞嚴之宗無見頂法，於此發現矣。」

〔六〕以壁爲口：謂口如牆壁，沉默無聲。猶言「口挂壁」，閉口不言。雲門匡真禪師廣録卷上：「師云：『將汝口挂壁上不得。』」黄庭堅題虔州東禪圓照師新作御書閣：「道人飽餐口挂壁，頗喜作詩如己公。」

〔七〕「全機現前」二句：謂禪機完整呈現面前，而無見識、情智、語言之罅缺滲漏。禪林僧寶傳卷一撫州曹山本寂禪師傳：「三種滲漏其詞曰：『一見滲漏，謂機不離位，墮在毒海；二情滲漏，謂智常向背，見處偏枯；三語滲漏，謂體妙失宗，機昧終始。學者濁智流轉，不出此三種。』」參見本集卷一九臨平慧禪師贊注〔一四〕。

昭昭堂銘 并序〔一〕

虎城永上人游方〔二〕，晚館漳水上藍〔三〕。余適還太原〔四〕，見之，話臨川舊游〔五〕，累日不厭。時方解王事〔六〕，縱望雲山，神魂若飛動。而亦有落葉之興〔七〕，曰：「欲於崆峒之下作堂〔八〕，昭昭名之。」而乞言於余，爲之銘曰：

維塵勞海，是無明窟〔九〕。衆生以之，生死出没。而此昭昭，首出萬物。廓然十方，寂湛徧周。目雖可見，而不可求〔一〇〕。倩汝名之，爲物之尤〔一一〕。一堂收身，丈尋之闊。斂目大千，都寄毫末〔一二〕。乃欲見見，如鹿方渴〔一三〕。大哉此法，明白坦夷。昧者迷失，知者得之。故甘露滅〔一四〕，爲作銘詩。

【注釋】

〔一〕政和五年（一一一五）三月作於南昌上藍院。

〔二〕虎城：虔州之别稱。蓋「虔」爲「虎」字頭，俗稱虎頭州，亦稱虎城。南宋紹興二十三年，校書郎董德元言虔州謂虎頭州，非佳名。遂改名贛州，取章貢二水合流之意。參見方輿勝覽卷二〇贛州府。故治在今江西贛州市。宋劉才邵㰖溪居士集卷一觀瀾爲羅長卿題：「贛水出而激，交流虎城背。」宋廖剛高峰文集卷一〇虔州送知府石舜弼吏部二首之一：「鳳闕翺翔綿二紀，虎城留滯肯三年。」宋趙蕃淳熙稿卷一二送莫贛州：「雁序相仍盡詞掖，虎城寧獨待瓜期。」均可證虎城即虔州。廓門注：「『虎』當作『虢』字歟？鳳翔府有虢國城。」殊誤。永上人：法名生平未詳。

〔三〕漳水：即贛水，此代指南昌。上藍：即上藍院。輿地紀勝卷二六隆興府：「上藍院，在府城。唐大曆中，馬祖道一禪師嘗建道場於此，號江西馬祖。」

〔四〕余適還太原：惠洪於政和四年十月證獄太原，十二月遇赦得釋，政和五年春三月南還至南昌。參見本集卷二四寂音自序、記福嚴言禪師語。

〔五〕臨川舊游：惠洪嘗於元符元年（一〇九八）游方臨川，留滯半年，又於大觀元年（一一〇七）應知撫州朱彦之請，住臨川北景德寺一年。

〔六〕方解王事：指證獄太原而遇赦放歸之事。本集卷一六至海昏三首之三：「天公無計奈此老，時復致之拴索間。寄語故人休念我，幸因王事得游山。」即作於「適還太原」之時。

〔七〕落葉之興：即葉落歸根之思，指欲歸故里之意。景德傳燈録卷五第三十三祖慧能大師：「衆曰：『師從此去，早晚却迴。』師曰：『葉落歸根，來時無日。』」 錯按：此句「而」字後疑脱「永」字，因此句主語當爲永上人。

〔八〕崆峒：山名，在虔州。明一統志卷五八贛州府：「崆峒山，在府城南六十里，章貢二水夾以北馳，爲郡之案山。」江西通志卷一三山川七贛州府：「崆峒山，在府城南六十里。古名仁空山。自南康縣蜿蜒而來，章貢二水夾以北馳，蓋贛之望山也。山麓周迴幾百里，最高者爲寶蓋峰，面峰有寺。」

〔九〕無明窟：癡暗不明之處所。汾陽無德禪師語録卷三直指人心：「衆生少信自心佛，不肯承當多受屈。妄想貪嗔煩惱纏，都緣爲愛無明窟。」

〔一〇〕「而此昭昭」六句：唐裴休注華嚴法界觀門序：「法界者，一切衆生身心之本體也。從本已來，靈明廓徹，廣大虚寂，唯一真之境而已。無有形貌，而森羅大千；無有邊際，而含容萬有。昭昭於心目之間，而相不可覩；晃晃於色塵之内，而理不可分。」此化用其意。首出萬物：易乾卦：「首出庶物，萬國咸寧。」孔穎達疏：「言聖人爲君，在衆物之上，最尊高於物，以頭首出於衆物之上。各置君長以領萬國，故萬國皆得寧也。」黄庭堅福昌信禪師塔銘：「巍巍堂堂，首出萬物。」此借用其語。

〔一一〕物之尤：謂人或物中最優異者。語本莊子徐無鬼：「南伯子綦隱几而坐，仰天而嘘。顔成子入見曰：『夫子，物之尤也。形固可使若槁骸，心固可使若死灰乎？』」

〔一二〕「斂目大千」二句：謂大千世界可寄於一毫末之中，此乃華嚴思想。本集卷一六崇山堂五詠爲通判大樂張侯賦妙觀庵：「閑來禪室倚蒲團，幻影浮花入正觀。江月松風藏不得，大千俱在一毫端。」

〔一三〕如鹿方渴：譬喻迷妄之心。楞伽經卷二：「譬如羣鹿，爲渴所逼，見春時焰，而作水想，迷亂馳趣，不知非水。」

〔一四〕甘露滅：惠洪自號。

要默堂銘 并序〔一〕

南楚山水，湘西爲甲。湘西法席，保寧爲甲〔二〕。余既幸館于其中，無別職事，一堂窅然〔三〕，終日卧聽樓鐘而已，則又以今寂爲甲。乃名其堂曰要默，爲之銘曰：

此無比法〔四〕，如難信珠〔五〕。雖曰得之，非實非虛。默而未説，豈有説乎〔六〕？虜中吾趾，矢貫其膺〔七〕。即烹汝父，遺我杯羹〔八〕。直中有曲，令爾當行〔九〕。是法平等，無有高下〔一〇〕。定當作佛，普告來者。而常不輕，乃遭詬駡〔一一〕。其珠圓徹，内外俱定〔一二〕。自牖見子，呼之聽瑩。顧其糞除，則肯受命〔一三〕。自是而觀，則有綱宗〔一四〕。以火觸火，鍛凡聖銅。縱使自返，室使求通。面壁而坐〔一五〕，理鉏而扃〔一六〕。要使求者，鼻直眼横〔一七〕。是爲大智，破滅無明。提婆祖以，無所嗜好。祈神求信，自貶其道〔一八〕。校此兩士㊀〔一九〕，則爲顛倒。湘西之麓，古屋數椽。卧聽樓鐘，餞吾華顛〔二〇〕。謂終不説，夫豈真然！

【校記】

㊀ 士：武林本作「事」。

【注釋】

〔一〕重和元年（一一一八）十二月作於長沙谷山保寧寺。錯按：政和八年八月十六日，惠洪入南昌右獄。本集卷一七有八月十六入南昌右獄作對治偈。十一月初一，改元重和，惠洪遇赦出獄。十一月十六日，自南昌前往長沙谷山，本集卷一二有十一月十七日發豫章歸谷山詩。寓居谷山保寧寺，當在十二月。法華經卷三藥草喻品：「久默斯要，不務速説。」要默堂名取義於此。

〔二〕保寧：保寧寺。明萬曆湖廣總志卷四五寺觀：「（長沙府長沙縣附）谷山寺，縣西北二十里。寶寧寺，縣谷山□十里。」保寧寺當即寶寧寺。谷山在今長沙北望城縣，位於湘江西岸。

〔三〕窅然：寂寥貌。

〔四〕無比法：無比類之無上法，梵語阿毗曇之意譯。唐釋智儼華嚴經搜玄分齊通智方軌卷一：「三者阿毗達摩，此云無比法，亦名對法。能破煩惱及分别法相，無分别慧最爲殊勝，更無有法能比此者，故曰無比法。此從無他得名。教從所詮，亦名無比法。此即詮慧教也。」釋氏要覽卷中：「梵云阿毗曇，此云無比法。爲分别慧故，而有四種。」

〔五〕如難信珠：無比法之微妙如玄珠，世間常識甚難信服，故曰難信珠。法華經卷五安樂行品：「以此難信之珠，久在髻中，不妄與人，而今與之。」

〔六〕「雖曰得之」四句：謂雖得無比法，然其微妙之處難以言説。此中説「要默」之義。宗鏡録卷三六：「般若義者，無名無説，非有非無，非實非虚。斯無名之法，故非言所能言也。」

〔七〕「虜中吾趾」二句：史記高祖本紀：「項羽大怒，伏弩射中漢王。漢王傷匈（胸），乃捫足曰：『虜中吾指！』」司馬貞索隱：「捫，摸也。中匈而捫足者，蓋以矢初中痛悶，不知所在故爾。或者中匈而捫足，權以安士卒之心也。」

〔八〕「即烹汝父」二句：史記項羽本紀：「當此時，彭越數反梁地，絶楚糧食，項王患之。爲高俎，置太公其上，告漢王曰：『今不急下，吾烹太公。』漢王曰：『吾與項羽俱北面受命懷王，曰約爲兄弟，吾翁即若翁，必欲烹而翁，則幸分我一杯羹。』」以上二事喻指言不可信也。

〔九〕「直中有曲」二句：黄龍祖心禪師作黄龍慧南生日偈曰：「誰云秤尺平，直中還有曲。誰云物理齊，種麻還得粟。」惠洪智證傳曰：「夫窮子追之即躃地，常不輕直告之即被捶駡。是二者，不知直中有曲，種麻得粟者也。」窮子之事參見注〔一三〕，常不輕之事參見注〔一一〕。

〔一〇〕「是法平等」二句：語出金剛經：「是法平等，無有高下，是名阿耨多羅三藐三菩提。」

〔一一〕「定當作佛」四句：法華經卷六常不輕菩薩品：「爾時有一菩薩比丘名常不輕。得大勢！以何因緣名常不輕？是比丘，凡有所見，若比丘、比丘尼、優婆塞、優婆夷，皆悉禮拜讚歎，而作是言：『我深敬汝等，不敢輕慢。所以者何？汝等皆行菩薩道，當得作佛。』而是比丘，不專讀誦經典，但行禮拜，乃至遠見四衆，亦復故往禮拜讚歎而作是言：『我不敢輕於汝等，汝等皆當作佛。』四衆之中，有生瞋恚、心不淨者，惡口罵詈言：『是無智比丘，從何所來？自言我不輕汝，而與我等授記，當得作佛。我等不用如是虚妄授記。』如此經歷多年，常被罵詈，不生瞋恚，常作是言：『汝當作佛。』説是語時，衆人或以杖木瓦石而打擲之，避走遠住，猶高聲唱言：『我不敢輕於汝等，汝等皆當作佛。』以其常作是語故，增上慢比丘、比丘尼、優婆塞、優婆夷，號之爲常不輕。」

〔二〕「其珠圓徹」二句：珠指難信珠，照亮本心，圓明透徹。景德傳燈録卷六越州大珠慧海禪師：「初至江西参馬祖。……祖曰：『自家寶藏不顧，抛家散走作什麽？我這裏一物也無，求什麽佛法？』師遂禮拜，問曰：『阿那箇是慧海自家寶藏？』祖曰：『即今問我者是汝寶藏，一切具足，更無欠少，使用自在，何假向外求覓。』師於言下自識本心。……祖覽訖告衆云：『越州有大珠，圓明光透，自在無遮障處也。』」此借用其意。

〔三〕「自牖見子」四句：事見法華經卷二信解品：有人自幼捨父出走，長大生活極貧困，四處求衣食。其父在一城，家極富有。窮子流落至此城，因傭賃輾轉至父所，見此富長者有大勢力，心生恐怖，悔來至此。富長者與子離别五十餘年，見子便識，心大歡喜，欲將財物付與子。即遣人急追，强牽將還。窮子以爲被囚執必死，因惶怖而悶絶躄地。父遥見之，語使者放走窮子。窮子乃往貧里以求衣食。富長者密遣二人聘窮子爲傭工，雇其除糞，許以倍價。

「爾時窮子先取其價，尋與除糞。其父見子，愍而怪之。又以他日，於窗牖中遥見子身，羸瘦憔悴，糞土塵坌，污穢不淨。即脱瓔珞、細軟上服、嚴飾之具，更著麤弊垢膩之衣，塵土坌身，右手執持除糞之器，狀有所畏。語諸作人：『汝等勤作，勿得懈息。』以方便故，得近其子。後復告言：『……我如汝父，勿復憂慮。所以者何？我年老大，而汝少壯，汝常作時，無有欺怠瞋恨怨言，都不見汝有此諸惡，如餘作人。自今已後，如所生子。』即時長者，更與作字，名之爲兒。爾時窮子雖欣此遇，猶故自謂客作賤人。由是之故，於二十年中常令除糞。過是已後，心相體信，入出無難，然其所止猶在本處」。後富長者有病，自知不久將死，將財産全部贈與窮子，並當衆宣布窮子便是其失散多年之子。「是時窮子聞父此言，即大歡喜，得未曾有，而作是念：『我本無心有所希求，今此寶藏自然而至。』」解信品又曰：「大富長者則是如來，我等皆似佛子，如來常説我等爲子。世尊！我等以三苦故，於生死中受諸熱惱，迷惑無知，樂著小法。今日世尊令我等思惟，蠲除諸法戲論之糞，我等於中勤加精進，得至涅槃一日之價。」

聽瑩：亦作「聽熒」，惶惑。莊子齊物論：「是皇帝之所聽熒也，而丘也何足以知之。」成玄英疏：「聽熒，疑惑不明之貌。」

〔一四〕綱宗：指禪宗之綱要。本集卷二五題五宗録：「予所集五宗語要……書成於宣和元年（一一一九）正月。」由此可推知，惠洪始集五宗語要，當在重和元年十二月住谷山時。其書亦名五宗綱要旨訣，本集卷二三有五宗綱要旨訣序。

〔一五〕面壁而坐：指菩提達磨大師以終日默然之禪法啓悟慧可事。景德傳燈録卷三第二十八祖菩提達磨：「寓止於嵩山少林寺，面壁而坐，終日默然，人莫之測，謂之壁觀婆羅門。」注引別記云：「師初居少林寺九年，爲二祖説法，祇教曰：『外息諸緣，内心無喘，心如墻壁，可以入道。』慧可種種説心性，理道未契，師祇遮其非，不爲説無念心體。」

〔一六〕理鉏而扃：指麻谷寶徹禪師以荷鉏閉門啓悟良遂事。扃：閉門。汾陽無德禪師語録卷中頌古代別：「良遂座主初參麻谷，谷見來便去鋤草。良遂到，谷都不顧，便歸方丈，閉却門。良遂三日後去參，纔扣門，谷云：『阿誰？』云：『和尚莫謾良遂，若不來禮拜和尚，洎被經論賺過一生。』谷乃開門相見。」此公案亦見正法眼藏卷五：「良遂座主初參麻谷。谷見來，即荷鋤入園鋤草。遂隨到鉏草處，谷殊不顧，便歸方丈閉却門。遂次日復去，谷又閉門。遂乃敲門，谷問：『阿誰？』云：『良遂。』纔稱名，忽然契悟，乃云：『和尚莫謾良遂，良遂若不來禮拜和尚，洎被經論賺過一生。』」

〔一七〕鼻直眼横：法眼禪師語録卷上：「學云：『如何是境中人？』師云：『鼻直眼横。』」

〔一八〕「提婆祖以」四句：智證傳曰：「提婆菩薩，博識强記，才辯絶倫，名震五天。然猶以人不信用其言爲憂。天竺有大自在天人，身真金色，高二丈，人有所求，皆如所願。提婆造廟見之。……提婆曰：『神須何物？』大自在天人曰：『我缺左目，能施我乎？』提婆笑，即出自己目與之。愈出而愈不竭，自旦及暮，出目睛數萬。神讚曰：『善哉摩衲，真上施也。欲何所求？』提婆曰：『我稟明於心，不假外也。』予嘗笑提婆顛倒，既曰『稟明於心，不假外也』，則亦安用求神，欲人信用其言乎？方曰『不假於外』而求神，如醉夫謂人曰：『吾平生不解飲也。』」其事詳見鳩摩羅什譯提婆菩薩傳。景德傳燈録以提婆爲禪宗第十五祖，故曰「提婆祖」。

〔一九〕兩士：指菩提達磨與麻谷寶徹。

〔二〇〕華顛：白頭，指年老。

一麟室銘 并序〔一〕

南臺禪師昭公住山之明年〔二〕，新其丈室，而以「一麟」名之，使叢林想見哲人之遺風餘韻也〔三〕。甘露滅某爲銘曰〔四〕：

麒麟之性，不可縶羈。非如犬羊，可驅東西〔五〕。有大比丘，人類精奇。在驅烏中，服勤祖師。及其將化，使之尋思。賞其神駿，思則有辭。衆角一麟，遷其以之〔六〕。禪師昭公，來自大溈〔七〕。分空印燈（澄）〔八〕，名譽日馳。顧瞻山川，憮然嗟咨〔九〕。想其高風，屋宇故基〔一〇〕。以麟名室，非苟然爲。佳羽百鳥，宗教日衰。庶異人出〔一一〕，支此頽隳〔一二〕。耆闍倚天〔一三〕，勝氣華滋〔一四〕。當磨雲根〔一五〕，刻此銘詩。

【校記】

㊀燈：原作「澄」，誤，今改。參見注〔八〕。

【注釋】

〔一〕宣和元年（一一一九）春作於南嶽衡山南臺寺。本集卷一八衡山南臺寺飛來羅漢贊序曰：「宣和元年春，余與大梁郭中復彦從來游，彦從問像所從得，因爲叙之，而長老昭公請爲書之。」此銘爲南臺禪師昭公而作，當與飛來羅漢贊作於同時。

〔二〕南臺禪師昭公：即定昭禪師。本集卷二一潭州大溈山中興記稱溈山空印元軾禪師曰：「今嗣法者，自南臺定昭、了山法光而下，詵詵輩出，棋布名山，方進而未艾也。」南臺定昭爲空印元軾法嗣，屬雲門宗青原下一四世。僧傳、燈録失載。　住山：指住持南臺寺。

〔三〕哲人：指石頭希遷禪師，其「一麟」之稱參見注〔六〕。

〔四〕甘露滅：惠洪自號。

〔五〕「麒麟之性」四句：漢賈誼弔屈原文：「所貴聖人之神德兮，遠濁世而自藏。使騏驥可得係而羈兮，豈云異夫犬羊。」騏驥指駿馬，此以麒麟代之。

〔六〕「有大比丘」十句：事見景德傳燈録卷五吉州青原山行思禪師：「師既得法，住吉州青原山靜居寺。六祖將示滅，有沙彌希遷問曰：『和尚百年後，希遷未審當依附何人？』祖曰：『尋思去。』及祖順世，遷每於靜處端坐，寂若忘生。第一坐問曰：『汝師已逝，空坐奚爲？』遷曰：『我禀遺誡，故尋思爾。』第一坐曰：『汝有師兄行思和尚，今住吉州，汝因緣在彼。師言甚直，汝自迷耳。』遷聞語，便禮辭祖龕，直詣靜居。師問曰：『子何方而來？』遷曰：『曹谿。』師曰：『將得什麽來？』曰：『未到曹谿亦不失。』師曰：『恁麽用去曹谿作什麽？』曰：『若不到曹谿，爭知不失？』遷又問曰：『曹谿大師還識和尚否？』師曰：『汝今識吾否？』曰：『識又爭能識得？』師曰：『衆角雖多，一麟足矣。』」　驅烏：即驅烏沙彌，指七歲至十三歲之沙彌，此稱希遷。釋氏要覽卷一引僧祇律云：「佛制：年不滿十五，不應作沙彌。後在迦維衛國，阿難有親里二小兒孤露，阿難養育之。佛問：『何不出家？』阿難白佛言：『佛制不許度。』佛問：『是二小兒，能驅食上烏未？』答：『能。』佛言：『聽作驅烏沙彌。』最下七歲，至年十三者，皆名驅烏沙彌。」

〔七〕大溈：大溈山，在湖南寧鄉縣西一百五十里，山有密印禪寺。詳見潭州大溈山中興記。

〔八〕分空印燈：言昭公分空印禪師之燈而住持南臺。鍇按：禪宗以佛法爲燈，弟子於師之處繼承佛法，復以佛法傳授他人，謂之分燈。底本「燈」作「澄」，乃涉形近而誤，今改。

〔九〕憮然：驚詫貌。漢書韓信傳：「令其裨將傳餐，曰：『今日破趙會食。』諸將憮然，陽應曰：『諾。』」清王先謙補注引洪頤煊曰：「嘸與憮同。三蒼：『憮，怪愕之詞。』」

〔一〇〕屋宇故基：南嶽總勝集卷中：「南臺禪寺，在廟之北登山十里。梁天監中，高僧海印尊者喜其山秀地靈，結菴而居，號曰南臺。又至唐天寶初，有六祖之徒希遷禪師游南寺，見有石狀如臺，乃菴居其地，故寺號南臺。唐御史劉軻所撰碑並有焉。遷既歿後，遂塔于山之蹠，謚曰無際見相。二碑尚存。」

〔一〕庶：希望，但願。

〔二〕頽隳：敗壞。

〔三〕耆闍：衡山峰名。南嶽總勝集卷上：「耆闍峰，謂山形像與天竺國耆闍無異，故名之，西北有庵巖，基址尚存。」鍇按：天竺國有耆闍崛山，意譯爲鷲峰山、靈鷲山，以山頂形如鷲而名。相傳釋迦牟尼説法處。

〔四〕華滋：潤澤。參見前明白庵銘「草木之有華滋」。

〔五〕雲根：指山石。九家集注杜詩卷二七題忠州龍興寺所居院壁：「忠州三峽内，井邑聚雲根。」趙彦材注：「雲根，言石也。張協詩：『雲根臨八極。』蓋取五岳之雲觸石而出。則石者，雲之根也。唐人詩多指雲根爲石用之。」

宜獨室銘〔一〕

金沙僧道明，勤道如智海〔二〕，事師如小朗〔三〕。機陪清衆〔四〕，於宿德寮之後〔五〕，别開小室，僅可容膝〔六〕，日宴寂其中。昔偉禪師在黄檗，親老積翠，其静住政如此〔七〕。

人問其故，答曰聚語〔八〕。

【注釋】

〔一〕建炎元年（一一二七）十月作於蘄州蘄水縣。　鍇按：此文非韻文，疑銘文已佚，此僅存其序。

〔二〕金沙：寺名。本集卷二一資福法堂記稱「資福禪院在金沙斗方之北」，金沙或指金沙斗方寺。明一統志卷六一黄州府：「斗方山，在蘄水縣東五十里。舊有唐無著禪師古寺，宋佛印師嘗住此。」湖廣通志卷七八古蹟志蘄水縣：「斗方寺，在縣東北五十里。唐同光元年建，佛印了元禪師曾住此。」　僧道明：生平法系不可考。　勤道如智海：廓門注：「謂百丈懷海大智也。」洪州百丈山大智禪師語録：「師凡作務執勞，必先於衆。衆皆不忍，蚤收作具，而請息之。師云：『吾無德，爭合勞於人？』師既徧求作具不獲，而亦忘食。故有『一日不作，一日不食』之言流播寰宇矣。」

〔三〕事師如小朗：廓門注：「小朗謂振朗禪師也。」景德傳燈録卷一四長沙興國寺振朗禪師：「初參石頭，問：『如何是祖師西來意？』石頭曰：『問取露柱。』曰：『振朗不會。』石頭曰：『我更不會。』師俄然省悟。住後有僧來參，師乃召曰：『上坐。』僧應諾。師曰：『孤負去也。』曰：『師何不鑒？』師乃拭目而視之，僧無語。」注曰：「時謂小朗禪師。」

〔四〕機陪清衆：宋釋宗賾集重雕補注禪苑清規卷九訓童行：「陪衆第二：既已出家，參陪清衆，常念柔和善順，不得我慢貢高。大者爲兄，小者爲弟。徐言持正，勿宣人短。儻有諍者，兩相和合。但以慈心相向，不得惡語傷人。」

〔五〕宿德寮：禪院中耆年宿德之居所，即館老和尚處。

〔六〕容膝：僅能容納雙膝，極言容身之地狹小。語本陶淵明歸去來兮辭：「倚南窗以寄傲，審容膝之易安。」

〔七〕「昔偉禪師在黃檗」三句：禪林僧寶傳卷二四仰山偉禪師傳：「乃獨行詣黃檗，謁南禪師，依止二年。……時泐潭月禪師，與南公同坐夏積翠。月以經論有聲，偉嘗侍座，聽其談論。因讀小釋迦傳……月公稱善，偉亦以爲然。南公獨曰：『潙仰宗枝不到今者，病在此耳。』偉日夜究思，不悟其意。將治行而西，卜庵嵩少之下，爲粥飯僧。夜與一僧同侍座。僧問：『法華經言：得解一切衆生語言陀羅尼。何等語是陀羅尼？』南公顧香鑪，僧即引手，候火有無。無火，又就添以炷香，仍依位而立。南公笑曰：『是此陀羅尼。』偉驚喜，進曰：『如何解？』南公令僧且去，僧揭簾趨出。南公曰：『若不解，爭能與麽？』偉方有省。偉律身甚嚴，燕坐忘夜旦，占一室，謝絶交游。」　偉禪師，法名行偉，爲黃龍慧南禪師法嗣，惠洪師伯，屬臨濟宗黃龍派南嶽下十二世。　黃檗：山名，字亦作「黃蘗」。輿地紀勝卷二七瑞州：「黃蘗山，在新昌縣西一百里廣賢鄉，一名鷲峰山。」　老積翠：代指黃龍慧南。禪林僧寶傳卷二三黃龍南禪師傳：「住黃檗，結庵於溪上，名曰積翠。」廓門注：「仰山行偉嗣法於黃龍南，故曰積翠。」以積翠指仰山行偉，殊誤。　政：通「正」。

〔八〕聚語：語業之一種。大方等大集經卷五寶女品：「不説聚語，不説滅語，不説諍語，不説偏語。」十住毗婆沙論卷一二讚偈品：「二十八不樂説世間俗語，二十九遠離聚語。」

藏六軒銘 并序〔一〕

端首座從吾磊(磊)苴兄游有年㊀〔二〕，方埋光彩禪林，而學者已相仍矣〔三〕。開軒於室之後，乞名於余。余爲名曰藏六。且以諷後學事虚名爲實效者耳〔四〕。銘曰：

寡欲養心，以直養氣。抱其德全，龜以蟬蜕。情緣崢嶸，欲犬怒吠〔五〕。端方藏六，攫搏無地。學者闐門〔六〕，佇思擬議〔七〕。如大火聚，不宿蚊蚋〔八〕。我觀此老，非愚非慧。人趨所爭，師取其棄。

【校記】

㊀ 磊：原作「磊」，誤，今改。參見注〔二〕。

【注釋】

〔一〕政和五年(一一一五)秋作於靖安縣石門寶峰寺。時惠洪至寶峰拜師兄湛堂文準塔。

藏六：取義佛經中龜藏頭尾四肢之寓言，以喻修行。頭尾四肢喻人之六根，當修持防護，免受六境侵染。參見本集卷一四粹中自郴江瑩中與南歸時余在龍山容泯齋爲誦唐詩人郭隨緣住思山破夏歸之句爲韻十首注〔一五〕。

〔二〕端首座：法名志端，湛堂文準弟子。時爲寶峰寺首座。宋釋祖詠大慧普覺禪師年譜政和五年引張商英撰準禪師塔銘：「政和乙未七月二十二日，洪州寶峰住山準公入滅。闍維之，得五色舍利無數，目睛不壞。建塔於南山之陽。其徒志端、宗杲與同志李彭等相與議曰。」　藞苴兄：指文準禪師，自號湛堂。惠洪師兄。本集卷三〇泐潭準禪師行狀：「真淨罵曰：『此中乃敢用藞苴耶？』」宋黄文節公全集別集卷一一論俗呼字：「藞（郎假切）苴（音鮓），泥不熟也。中州人謂蜀人放誕不遵軌轍，曰『川藞苴』。」鍇按：文準爲興元府人，北宋興元府屬利州路，爲蜀地，故惠洪稱文準爲「藞苴兄」。禪門中有「川僧藞苴」之俗語，故禪籍常以「藞苴」稱蜀籍僧人。如禪林僧寶傳卷一一雪竇顯禪師傳：「嘗游廬山棲賢，時諟禪師居焉，簡嚴少接納，顯藞苴不合，作師子峰詩譏之。」補禪林僧寶傳五祖演禪師傳：「白雲端曰：『川藞苴，汝來耶？』演拜而就列。」雲卧紀談卷上：「黄龍死心禪師，因蜀僧泉法湧入室次，死心曰：『聞汝解吟詩，試吟一篇。』泉曰：『請師題目。』死心豎起拂子，泉曰：『一句坐中得，片心天外來。』死心曰：『川藞苴落韻了也。』」底本「藞」作「磊」，誤。

〔三〕相仍：相繼，相從。

〔四〕事虚名爲實效者：漢書王吉傳：「聖王不以名譽加於實效。」蘇軾策略五：「去苛禮而務至誠，黜虛名而求實效。」此反用其語。

〔五〕「情緣崢嶸」三句：喻貪念之心。宗鏡録卷三八：「法句經心意品云：昔佛在世時，有一道人，在河邊樹下學道，十二年中，貪想不除，走心散意，但念六欲，目色、耳聲、鼻香、口味、身受、心法。身靜意游，曾無寧息。十二年中，不能得道。佛知可度，化作沙門，往至其所，樹下共宿。須臾月明，有龜從河中出，來至樹下。復有水狗飢行求食，與龜相逢，便欲噉龜。龜縮其頭尾及其四脚，藏於甲中，不能得噉。水狗小遠，復出頭足，行步如故，不能奈何，遂便得脱。於是道人問化沙門：『此龜有護命之鎧，水狗不能得其便。』化沙門答言：『吾念世人，不如此龜，不知無常，放恣六情，外魔得便，形壞神去，生死無端，輪轉五道，苦惱百千，皆意所造。宜自勉勵，求滅度安。』於是化沙門即説偈言：『藏六如龜，防意如城。慧與魔戰，勝則無患。』是以意地若息，則六趣俱閑，一切境魔不能爲便。如龜藏六，善護其命。」此言「欲犬」，當出法句經之「水狗」，與雜阿含經之「野干」略異。唐釋玄應一切經音義卷二四：「野干，梵言悉伽羅。形色青黃，如狗羣行，夜鳴，聲如狼也。」

〔六〕闐門：猶言填門，充塞門庭，形容登門人多。

〔七〕擬議：揣度計議。

〔八〕「如大火聚」二句：喻禪家機鋒不可擬議思量。玄沙師備禪師廣録卷中：「若向句中作意，則没溺殺學人。若向外馳求，又落魔界。如如向上，没可安排，恰似焰爐不藏蚊蚋。此理本來平坦，何用剗除。」

俱清軒銘〔一〕

曉雲滅盡，羣山蒼然。倚杖凝睇，如開青蓮〔二〕。夜籟以寂，繞除流泉。曲肱而聽〔三〕，如鳴朱絃。有大禪衲，不礙見聞。以雲門印，印空成文〔四〕。對是淨境，深炷爐熏。人牛兩亡，蓑笠具存〔五〕。

【注釋】

〔一〕宣和二年（一一二〇）十一月作於潭州大溈山。銘當爲元軾禪師而作。

〔二〕青蓮：喻山。本集卷一十二月十六日發雙林登塔頭曉至寶峰寺見重重繪出庵主讀善財偏參五十三頌作此兼簡堂頭：「峰如青蓮花，千葉曉方吐。」

〔三〕曲肱：論語述而：「飯蔬食飲水，曲肱而枕之，樂在其中矣。」此借用其語。

〔四〕「有大禪衲」四句：大禪衲猶言大和尚，指元軾禪師，住持大溈山，爲秀州本覺寺法真守一禪師法嗣。元軾號空印，屬雲門宗青原下十三世，故曰「以雲門印，印空成文」。

〔五〕「人牛兩亡」二句：喻心法兩亡。語本禪宗十牛圖之義。參見本集卷九寄題行林寺照壁注〔三〕。

解空閣銘〔一〕

以色礙眼，鏟其雲山。以聲聒耳，惡禽間關〔二〕。有大開士〔三〕，倚欄微笑。以眼聞色，以耳觀鳥〔四〕。石屏玉立，泉以珮鳴。乃知解空，不離色聲〔五〕。

【注釋】

〔一〕政和五年（一一一五）三月作於南昌。本集卷一九另有解空居士贊，然此銘曰「有大開士」，乃爲僧人而作，非爲居士作。慧明禪師號解空，或以此閣名爲號。參見本卷墮庵銘注〔一〇〕。解空：解悟諸法之空相。佛弟子中以須菩提爲解空第一。

〔二〕間關：形容鳥聲婉轉。白居易琵琶行：「間關鶯語花底滑，幽咽泉流水下灘。」

〔三〕大開士：開悟之士，以法開導之士，本爲菩薩之德名，此用爲和尚之尊稱。

〔四〕「以眼聞色」二句：謂眼根、耳根互通，故眼可聞色，耳可觀聲。此即楞嚴經「六根互通」之義。參見本集卷一八漣水觀音像贊。

〔五〕「乃知解空」二句：解悟萬法皆空，然須知空即是色，色即是空。禪林僧寶傳卷一九餘杭政禪師傳載惟政禪師自贊曰：「貌古形疏倚杖梨，分明畫出須菩提。解空不許離聲色，似聽孤猿月下啼。」又見林間録卷上。

宜獨巖銘 并序〔一〕

余性喜笑傲，不了人之愛憎，比坐譁衆，人所鄙棄〔二〕。飯餘，曳杖山行，路窮則反。會意植杖〔三〕，莞然一笑〔四〕，響應山谷。谷之西崦㊀〔五〕，幽奇可愛，有巖西向，洞如側磬〔六〕，中有石碪〔七〕，僅容坐卧，而附巖左右，偏生脩竹，余每至此，終日忘歸。既久，因名其巖曰宜獨，乃爲之銘。銘曰：

幽巖如磬，側立山腹。中有石牀，砥平而緑〔八〕。我來忘歸，卧聽風竹。夫物得宜，如眉暎目〔九〕。幽居情閑，乃名宜獨。一頃之陂，清飲兩鵠〔一〇〕。得其所哉，此詩可録。

【校記】

㊀谷：原無，今據文意補。參見注〔五〕。

【注釋】

〔一〕建中靖國元年作於新昌縣洞山，時惠洪寓居於此。參見本集卷二一畫浪軒記。

〔二〕「余性喜笑傲」四句：此即本集卷一洞山祖超然生辰「我生癡魯人所棄」之意。

〔三〕植杖：倚杖，扶杖。

〔四〕莞然：莞爾，微笑貌。

〔五〕谷之西崦：底本作「之西崦」，語不通，「之」前當脱一「谷」字，今補。西崦：西山。

〔六〕「有巖西向」二句：此文所叙與洞山祖超然生辰相近，當作於同時。故疑「洞」特指洞山新豐洞。

〔七〕石碪：搗衣石。碪，同「砧」。

〔八〕砥平：平如磨刀石。

〔九〕暎：同「映」。

〔一〇〕「一頃之陂」二句：蘇軾夜飲忠玉有詩次韻答之：「故應千頃池，養此一雙鵠。」此點化其意。陂，池塘。

座右銘〔一〕

「行與邪分途，居與正爲鄰。於中有取捨，此外無疏親」〔二〕，此爲朝市者言之。「肥家以忍順，全交以簡恭，好學如不及，求名如儻來」〔三〕，此爲山林者言之。大丈夫當期出生死〔四〕，生死皆由心所造，心滅生死乃壞〔五〕。心滅則髑髏是水〔六〕，心生則瓜皮是罪〔七〕。淵乎妙哉〔八〕！一念不生，即入無垢三昧〔九〕。

【校記】

㊀瓜：原作「爪」，誤，今改，參見注〔七〕。

【注釋】

〔一〕作年未詳。

〔二〕「行與邪分途」四句：語見白居易續座右銘：「游與邪分歧，居與正爲鄰。於中有取捨，此外無疏親。」首句文字略異。

〔三〕「肥家以忍順」四句：語見新唐書柳玭傳，玭嘗述家訓以誡子孫，有曰：「肥家以忍順，保交以簡恭，廣記如不及，求名如儻來。」文字略異，當屬惠洪誤記。

〔四〕出生死：指超越生死之涅槃境界，不生不滅。

〔五〕「生死皆由心所造」二句：大乘起信論：「是故一切法，如鏡中像無體可得，唯心虚妄，以心生則種種法生，心滅則種種法滅故。」

〔六〕心滅則髑髏是水：林間録卷上：「唐僧元曉者，海東人。初航海而至，將訪道名山。獨行荒陂，夜宿冢間。渴甚，引手掬水于穴中，得泉甘凉。黎明視之，髑髏也，大惡之，盡欲嘔去。忽猛省，嘆曰：『心生則種種法生，心滅則髑髏不二。如來大師曰：三界唯心。豈欺我哉？』遂不復求師，即日還海東，疏華嚴經，大弘圓頓之教。予讀其傳至此，追念晉樂廣酒盃蛇影之事，作偈曰：『夜冢髑髏元是水，客盃弓影竟非蛇。箇中無地容生滅，笑把遺編篆縷斜。』」參見本集卷一五讀古德傳八首注〔六〕。

〔七〕心生則瓜皮是罪：唯識論：「又毗尼中有一比丘，夜蹈瓜皮，謂殺蝦蟇，死入惡道。是故偈言：『依種種因緣，破失自心識。』故『死依於他心，亦有依自心』者。」底本「瓜」作「爪」，誤。

〔八〕淵乎妙哉：語本蘇軾十八大阿羅漢頌：「我作佛事，淵乎妙哉！空山無人，水流花開。」

〔九〕無垢三昧：佛菩薩清淨正定之境。三昧，指禪定。大般涅槃經卷一三聖行品下：「得無垢三昧，能壞地獄有。」

【集評】

明唐時云：在患難恐怖中，尤宜時時念誦。（如來香卷一一釋德洪座右銘評語）

延福寺鐘銘　并序〔一〕

梁武帝假寶公神力，見地獄相，問：「何以救之？」寶公曰：「衆生定業，不可即滅。唯聞鐘聲，其苦暫息耳。」武帝於是詔天下佛廟擊鐘，當舒徐其聲，欲以停苦也〔二〕。宜豐李元與弟施延福院大鐘〔三〕，願資延母夫人周氏壽祺，且雪夙障〔四〕。余以謂李氏知所施矣。晉許遜白日僊去，天詔書曰：「赦汝不事先祖之罪，佳汝施藥呪水之功。」〔五〕夫施藥呪水，脱人於苦者也。唐崔祐甫本貴且壽，以任情殺戮，囚繫不釋，遂不壽〔六〕。因繫殺戮，置人於苦者也。嗚呼！壽固無象，脱人之苦則增，置人於苦則損。夫鐘之功利，博大昭著者也。以之爲施，周氏之皋滅壽延〔七〕，理有固然者矣。因爲銘曰：

衆生大夢營黑業〔八〕，玲瓏擊鐘與開睫。功德之大吾敢喋〔九〕，願移慈母離障結。如聲度垣即超越，孝哉伯仲俱勇決〔一〇〕！依仗佛力等痛切，如取寓物執券牒〔一一〕。願壽慈母春在頰，如鐘常撞無盡竭〔一二〕。政和甲午夏五月〔一三〕，誰爲銘之甘露滅〔一四〕。

【注釋】

〔一〕政和四年（一一一四）五月作於新昌縣。延福寺：江西通志卷一一一寺觀志一：「延福寺，在新昌縣南門外，宋治平間僧觀建。」

〔二〕「梁武帝假寶公神力」十二句：廓門注：「以上未知出處也。」錯按：廓門失考。宋釋宗鑑釋門正統卷四：「寶誌公以明帝太始二年初，顯化於金陵。齊初嘗制收付獄，而神變無方。梁武帝假其力，游於地獄，見其高祖受極重苦。帝問：『何以救之？』誌稱：『定業難逃，唯聞鐘聲，其苦暫息。』因詔天下寺院打鐘，當徐其聲。公天監十三年入滅。」又宋釋本覺釋氏通鑑卷五、元釋覺岸釋氏稽古略卷二亦載其事。

〔三〕宜豐：即新昌縣。本漢建城縣地，三國吴析置宜豐縣。隋省入建城縣，唐復置，尋省入高安。南唐以宜豐舊地爲鹽步鎮，宋以地廣勢險，又於宜豐故城置新昌縣。參見明一統志卷五七。故治在今江西宜豐縣。　李元：生平未詳。　延福院：即延福寺。

〔四〕夙障：前世之業障，業障乃指惡業之障礙正道者。

〔五〕「晉許遜白日僊去」四句：佛祖統紀卷三六：「豫章西山真君許遜拔宅升天。君生於吴，赤烏二年，師至人吴猛，傳神方，入西山修鍊。晉太康元年爲蜀郡旌陽令，民服其化，至於無訟。歲大疫，標竹江濱，置符水中，令病者飲之無不愈。及解官東歸。……是年有二仙自天而下，奉王皇命，授九州都仙，太史詔曰：『許遜，脱子前世貪殺不祀先祖之罪，録子今生符水治病罰惡之功，身及家口厨宅，凌空歸天。』二仙揖君升龍車，命陳勳、時荷、周廣、曾亨、黄仁覽、盱烈及其母（仙君之姊）部從仙眷四十二口，同時升天，雞犬亦隨飛騰。」

〔六〕「唐崔祐甫」四句：崔祐甫，字貽孫，唐長安京兆人。德宗初即位，拜門下侍郎，同中書門下平章事。嘗拔擢官員八百，推舉甚公，時稱盛事。卒年六十，贈太傅，謚曰文貞。新舊唐書有傳。錯按：崔祐甫爲唐代賢相，惠洪所言「任情殺戮，囚縶不釋」之事，未見史載，或出杜撰。

〔七〕辠：同「罪」。

〔八〕黑業：佛教指可感穢惡不淨之苦果者，與白業相對。大智度論卷九四：「黑業者是不善業果報，地獄等受苦惱處，是中衆生以大苦惱悶極，故名爲黑。」

〔九〕喋：多言，多嘴，猶喋喋。

〔一〇〕伯仲：廓門注：「伯仲，出詩經，謂兄弟也。」鍇按：詩小雅何人斯：「伯氏吹壎，仲氏吹篪。」此指李元與其弟。

〔一一〕券牒：契據，憑證。

〔一二〕如鐘常撞無盡竭：蘇軾祭龍井辯才文：「如不動山，如常撞鐘，如一月水，如萬竅風。」此借用其語。

〔一三〕政和甲午：即徽宗政和四年。

〔一四〕甘露滅：惠洪自號。

童髦竹銘 并序〔一〕

霜筠粉節，貫四時而不凋者，竹之性也〔二〕。然憐孝子之泣，則爲之冬茁〔三〕；憫忠臣之誓，則爲之倒植〔四〕。余聞心之精微，不可以言傳，而可以事著。是二者非忠孝之著乎？潛庵老人戲植獨竹於庵南之壁陰〔五〕，朞月而筍茁〔六〕。蓋老人以虚心集道〔七〕，以高節荷法，所致亦精誠之驗也。余以童髦名之，又爲之銘曰：

渭川千畝〔八〕，潛庵一竿。俯視盛衰，凜然歲寒。筍茁于夏，解籜穎異〔九〕，頎然扶疏〔一〇〕，如老攜稚〔一一〕。根豈終獨，乃生横枝〔一二〕。如其道茂，有子嗣之。高情不羣，安樂霜雪。風來有聲，是隨宜説〔一三〕。

【注釋】

〔一〕政和五年三月作於南昌。　童耄：兒童與老人。語出楞嚴經卷二：「佛言：『大王，如汝所説，二十之時衰於十歲，乃至六十。日月歲時，念念遷變，則汝三歲見此河時，至年十三，其水云何？』王言：『如三歲時，宛然無異，乃至于今年六十二，亦無有異。』佛言：『汝今自傷髮白面皺，其面必定皺於童年。則汝今時觀此恒河，與昔童時觀河之見，有童耄不？』」此借其語贊潛庵老人如竹之虚心高節，能俯視盛衰，童耄無異。

〔二〕「霜筠粉節」三句：禮記禮器：「其在人也，如竹箭之有筠也；如松柏之有心也。二者居天下之大端矣。故貫四時而不改柯易葉。」

〔三〕「然憐孝子之泣」三句：太平御覽卷九六三引楚國先賢傳曰：「孟宗，字恭武，至孝。母好食筍，宗入林中哀號，方冬，爲之出，因以供養。時人皆以爲孝感所致。」

〔四〕「憫忠臣之誓」二句：宋劉斧青瑣高議卷三寇萊公誓神插竹表忠烈：「寇萊公貶雷州司户參軍，道出公安，翦竹插於神祠之前，祝曰：『準之心若有負朝廷，此竹必不生。若不負國家，此枯竹當再生。』其竹果生。」宋王闢澠水燕談録卷八：「萊公貶死雷州，喪還，過荆南公安縣，民懷公德，以竹插地，挂物爲祭，焚之。後生筍成林，以爲神，因爲公立祠，目其竹爲相公竹。」二説不同。寇萊公，即寇準。參見本集卷七次韻漕使陳公題萊公祠堂注〔一〕。

〔五〕潛庵老人：即清源禪師，號潛庵，惠洪師叔。時居南昌上藍寺，其庵當即寺之東堂。參見本集卷二三潛庵禪師序。

〔六〕朞月：一整月。

〔七〕虚心集道：莊子人間世：「唯道集虚。虚者，心齋也。」郭象注：「虚其心，則至道集於懷也。」

〔八〕渭川千畝：史記貨殖列傳：「渭川千畝竹……此其人皆與千户侯等。」此借用其語。

〔九〕解籜：竹筍脱殼。廓門注：「籜，筍皮。」

〔一〇〕頎然：挺立修長貌。　扶疏：枝葉繁茂紛披貌。

〔一一〕如老攜稚：此申説竹名童耄之意。老即耄，稚即童。冷齋夜話卷二稚子：「老杜詩曰：『竹根稚子無人見，沙上鳧雛並母眠。』世或不解『稚子無人見』何等語。唐人食筍詩曰：『稚子脱錦棚，駢頭玉香滑。』則稚子爲筍明矣。」茅亭客話卷八滕處士：「園中有慈竹藂生，根不離母，故名之慈也。」

〔一二〕横枝：雙關語，以竹之横枝喻禪家旁出法嗣。東坡詩集注卷二一劉器之好談禪不喜游山山中筍出戲語器之可同參玉版長老：「叢林真百丈，法祠有横枝。」蘇軾自注：「玉版，横枝竹筍也。」趙次公注：「禪宇謂之法祠，而禪家旁出謂之横枝。傳燈録黄梅謂道信師曰『和尚他日横出一枝佛法』是也。」錯按：蘇詩「法祠」當從他本作「法嗣」。冷齋夜話卷七東坡戲作偈語引此詩作「嗣法有横枝」。景德傳燈録卷三第三十一祖道信大師：「（弘）忍曰：『莫是和尚他後横出一枝佛法否？』」「横出一枝」指道信旁出法嗣牛頭山法融禪師。

〔三〕「風來有聲」二句：山谷内集詩注卷一六題竹尊者軒：「平生脊骨硬如鐵，聽風聽雨隨宜説。」任淵注：「法華經曰：『諸佛隨宜説法，意趣難解。』」此借用其語意。

魯公玉器銘〔一〕

二乘馬麥，爲法忍饌〔二〕。我觀是法，縱横轉變。皆即一心，靈妙所現。覺知見聞〔三〕，一一成辨。色空明暗〔四〕，一一如幻。設物譬道，古聖所羨。初無大小，之與貴賤。是故此輪，真淨所建〔五〕。

【注釋】

〔一〕紹聖元年作於京師開封府。魯公：曾布（一〇三六～一一〇七），字子宣，江西南豐人。

與兄曾鞏同登嘉祐二年進士第。哲宗時知樞密院。徽宗時拜爲右僕射，獨當國。卒，贈觀文殿大學士，謚文肅。宋史有傳。楊時龜山集卷三一李子約墓誌銘曰：「曾魯公布帥青社，辟置公幕府。」青社，即青州。據續資治通鑑長編卷四五二，元祐五年（一〇九〇）十二月壬辰，曾布自知河陽徙知青州。程俱北山集卷三一承議郎信安江君墓誌銘曰：「方是時，曾魯公在相位，君爲一尉山谷間，樂職塵事，若將終身者。及魯公去位，遷衡陽，諸子逮捕下詔獄。」據宋史曾布傳，曾布建中靖國元年爲相，崇寧元年，責散官，衡州安置。又據近人周明泰曾子宣年譜稿，曾布嘗封魯郡侯。或以此故稱曾魯公。本集卷二七跋養直詩：「昔曾魯公問予曰：『蘇養直，聞齒少而詩老，恨未識之。子見其詩否？』予曰：『李太白詩語帶煙霞，肺腑纏錦繡。以予觀養直之詩，逮又過之。』魯公駭予此論。」冷齋夜話卷九三十六計走爲上計：「紹聖初，曾子宣在西府，淵材往謁之。論邊事，極言官軍不可用，用士爲良。子宣喜之。既罷，與余過興國寺，河上食素分茶，甚美。」惠洪謁見曾布，當在其知樞密院時。此銘亦當作於是時。

〔二〕「二乘馬麥」二句：謂馬麥爲大小二乘成就法忍之食糧。中本起經、興起行經等言，佛受阿耆達婆羅門王之請，安居彼國，與五百比丘共食三月馬麥。大寶積經卷一〇八大乘方便會曰：「善男子，若彼五百比丘共如來夏安居食馬麥者，有四百比丘多見淨故，生貪欲心，彼諸比丘若食細食，增益欲心；若食麤食，心則不爲貪欲所覆。彼諸比丘過三月已，離婬欲心，證阿羅漢果。善男子，爲調伏五百比丘度五百菩薩故，如來以方便力，受三月食馬麥，非是業報，是名如來方便。」馬麥：粗糧，喂馬之麥。法忍：忍耐違逆之境而不起瞋心。隋釋慧遠大乘義章卷九：「慧心安法，名之爲忍。」

〔三〕覺知見聞：即見聞覺知。指六識之用，眼識之用爲見，耳識之用爲聞，鼻、舌、身三識之用爲覺，意識之用爲知。

〔四〕色空明暗：眼根所見四種情況，楞嚴經卷二嘗細論之。參見本卷覺庵銘注〔七〕。

〔五〕真淨：指真淨克文禪師，即雲庵和尚。

李德茂家坐中賦諸銘〔一〕

阮咸銘〔二〕

有晉奇逸〔三〕，製爲此器。以姓名之，蓋琴之裔。物趣幻假，形因變遷。但餘至音，則無陳鮮。

琴銘

材出餘燼，桐生晚林〔四〕。見之意消〔五〕，矧聞其音〔六〕。朱絃發越〔七〕，夜堂秋深。如見古人〔八〕，如得我心。

鏡室銘〔九〕

種性清瑩〔一〇〕，出塵風度。開扉見之，真常流注〔一一〕。妍者所欣，媸者所惡。勿使癡兒，呵出昏霧〔一二〕。

端硯銘〔一三〕

破韜玉之蒼石㊀〔一四〕，出孕金之晴川〔一五〕。解碧谿之封裹〔一六〕，割紫雲之芳鮮〔一七〕。從連眉之僊子〔一八〕，供倒流之詞源〔一九〕。

【校記】

㊀韜：廓門本作「韞」。

【注釋】

〔一〕政和五年元月作於京師開封府。李德茂：筠州新昌人，生平不可考。本集卷二三李德茂書城四友序：「政和五年，余自太原還南州，過都下。上元夕，宿故人李德茂之館。德茂環積墳籍，名曰書城，日與筆硯紙墨爲四友。」諸銘亦當作於是時。

〔二〕阮咸：樂器名，古琵琶之一種，形略似月琴，柄長而直，四絃有柱。相傳晉阮咸創製並善彈此樂器，因得名。唐劉餗隋唐嘉話卷下：「元行沖賓客爲太常少卿，有人於古墓中得銅物，似琵琶而身正圓，莫有識者。元視之曰：『此阮咸所造樂具。』乃令匠人改以木，爲聲甚清雅，今呼爲『阮咸』是也。」宋高承事物紀原卷二：「阮：通典曰：秦琵琶也。武后時蜀人蒯朗於古墓中得銅器，似琵琶而圓，時人莫識之。元行沖曰：『此阮咸所造。』命匠人以木爲之。行沖以其形似月，聲合琴，名月琴。杜佑以爲晉竹林七賢圖阮咸所彈與此同，因謂之阮咸。李氏資暇曰：唐中宗朝，元行沖爲太常少卿，有人於古冢獲銅鑄樂，似琵琶而圓，獻於元公。元曰：『此阮仲容所造。』命工以木爲之，音韻清朗，頗難名之，權以仲容姓名呼焉。阮公昔賢，豈可以其名氏號樂器乎？元以其形似月，聲合琴，因是名月琴，自是知之者不以舊名呼。或謂咸豐肥，創此器以移琴聲，四絃十三柱，倚膝摐之，謂之璧，以代撫琴之艱也。今人但直曰阮也。」

〔三〕有晉奇逸：阮咸，字仲容，晉名士，尉氏人，阮瑀之孫，阮籍之姪，竹林七賢之一。任散騎侍郎。放達不拘，妙解音律，善彈琵琶。晉書有傳。

〔四〕「材出餘爐」二句：後漢書蔡邕傳：「吴人有燒桐以爨者，邕聞火烈之聲，知其良木，因請而裁爲琴，果有美音，而其尾猶焦，故時人名曰焦尾琴焉。」

〔五〕見之意消：謂一見便使人邪念消除。語本莊子田子方：「其爲人也真，人貌而天，虚緣而葆真，清而容物，物無道，正容以悟之，使人之意也消。」

〔六〕矧：況且。

〔七〕朱絃發越：禮記樂記：「清廟之瑟，朱絃而疏越，一倡而三嘆，有遺音者矣。」

〔八〕如見古人：范仲淹范文正公集卷二和楊畋孤琴詠：「愛此千年器，如見古人面。」此用其語意。

〔九〕鏡室：盛鏡之器，鏡奩之改裝。宋陶穀清異録卷下：「余取小薄鏡，捨奩，糊紙左右，掩爲鏡室，白牌題曰『光明夾』。」

〔一〇〕種性清瑩：蓋禪宗常以明鏡喻心性，所謂「心如明鏡臺」，故稱鏡之種性清瑩。種性：物種天生之本性。

〔一一〕真常流注：語本唐筠州洞山良价禪師寶鏡三昧歌：「宗通趣極，真常流注。」惠洪雲巖寶鏡三昧注曰：「圓覺經曰：『一切衆生，皆證圓覺。』逢善知識，依彼所作，因地法行，爾時修習，便有頓漸。若遇如來無上菩提，正修行路，根無大小，皆成佛果。將知天真而妙，不屬迷悟，日用皆證。特以依師尋求修習，便成頓漸。至其宗趣妙極，猶爲理障，礙正知見，故名真常流注。」景德傳燈録卷一一福州靈雲志勤禪師：「曰：『直得純清絶點時如何？』師曰：『猶是真常流注。』曰：『如何是真常流注？』師曰：『如鏡長明。』」此借用其語喻明鏡。

〔一二〕昏霧：雙關鏡面之蒙霧與心性之癡障。宋釋子和録、仲介重編黄龍晦堂心和尚語録：「欲得大用現前，但可頓忘諸見。諸見既盡，昏霧不生，大智洞然。」本集卷八寄南昌黄次山：「次山心地平如鏡，照海照毛無少賸。劉公呵之昏霧蒙，張公磨之復清瑩。」

〔一三〕端硯：廣東德慶縣端溪石所製之硯。宋朱翌猗覺寮雜記卷上：「唐人重端石硯，見劉夢得謝唐秀才惠端州紫石硯云：『端州石硯人間重。』李賀青花紫石硯歌云：『端州匠者巧如神，露天磨劍割紫雲。』柳公權論硯云：『端溪石爲硯至妙。』益墨，青紫色者可直千金。水中石其色青，山半石紫，山頂石尤潤，如豬肝色者佳，貯水處有赤白黄點，世謂鴝鵒眼，脈理黄者，謂之金線。相眼之法盡於此。李賀青花紫石，蓋硯之上品也。東坡論許敬宗硯，云是端石。敬宗，高宗時人，則唐重此硯，其來久矣。」

〔一四〕破韜玉之蒼石：謂工匠破石而取硯材。廓門本「韜」作「韞」，注曰：「東坡評淄端硯曰：『淄石號韞玉，發墨損筆。』」鍇按：蘇軾評淄端硯曰：「淄石號韞玉硯，發墨而損筆；端石非下嵒者，宜筆而褪墨。」可知「韞玉」者乃淄州石硯，非端州石硯。「韜」作「韞」者，乃廓門臆改。蓋「韜玉」語本唐張少博石硯賦：「當其山谷之側，沉奇未識，韜玉吐雲，懷珍隱德。」

〔一五〕出孕金之晴川：謂硯石出於端溪，以其上品價值千金，故稱端溪爲「孕金」。

〔一六〕解碧谿之封裹：宋蘇易簡文房四譜卷三硯譜：「世傳端州有溪，因曰端溪，其石爲硯至妙，益墨而至潔。其溪水出一草，芊芊可愛，匠琢訖，乃用其草裹之。故自嶺表迄中夏而無損也。」

〔一七〕割紫雲之芳鮮：李賀楊生青花紫石硯歌：「端州石工巧如神，踏天磨刀割紫雲。」

〔一八〕連眉之僊子：此喻指墨。蘇軾次韻答舒教授觀余所藏墨：「倒暈連眉秀嶺浮，雙鴉畫鬢香雲委。」以倒暈連眉狀墨，故此借喻之。太平御覽卷三六五引列仙傳：「陽都女生而連眉，衆以爲異。」此借用其語。

〔一九〕供倒流之詞源：杜甫醉歌行：「詞源倒流三峽水，筆陣獨掃千人軍。」

歙硯銘二首 并序〔一〕

東坡得唐林夫歙硯，絶妙，然其心甚隆。坡惜之，以向林夫曰：「琢硯者欲磨平其隆，百年之後用之，方爲妙耳。」〔二〕

外儼豐碩〔三〕，中含清堅。而質常潤〔四〕，如舌有泉〔五〕。滑足金光〔六〕，碧生霧曉。平其微隆，多年方妙。

體切玉潤〔七〕，膚刷絲文〔八〕。書城之友〔九〕，歙谿之珍。貌貴端重，德貴粹温〔一〇〕。是故覺範〔一一〕，於硯亦云。

【注釋】

〔一〕政和五年正月作於京師開封府。此銘之二有「書城之友」句，書城爲李德茂之書齋，參見前李德茂家坐中賦諸銘注〔一〕。歙硯：婺源縣歙溪石所製之硯。婺源屬歙州，故稱。

〔二〕「東坡得唐林夫歙硯」八句：見蘇軾書唐林夫惠硯：「行至泗州，見蔡景繁附唐林夫書信與余端硯一枚，張遇墨半螺。硯極佳，但小而凸，磨墨不甚便。作硯者意待數百年後硯平，乃便墨耳。一硯猶須作數百年計，而作事乃不爲明日計，可不謂大惑耶？」鍇按：唐林夫贈蘇軾者乃端硯，非歙硯，疑惠洪誤記。唐林夫：唐坰字林夫，詢子，錢塘人。熙寧初上書言青苗法不行，宜斬大臣異議如韓琦者數人，王安石喜，薦爲崇文校書，將用爲諫官。尋疑其輕脱，將背己立名，以本官同知諫院，坰果怒，凡上二十疏皆留中，扣陛請對，至詆安石爲李林甫、盧杞，忤上意，貶潮州別駕。後徙監吉州酒税，卒官。宋史有傳。

〔三〕外儼豐碩：謂此歙硯體大而厚，如人之外形豐滿壯碩。蘇轍鳳咮石硯銘叙曰：「然石性薄，厚者不及寸，最後得此長博豐碩，蓋石之傑。」據此，則石硯以厚重碩大爲美。

〔四〕而質常潤：歙硯多産於水中，故其質極温潤。宋唐積歙州硯譜稱其「温潤大過端溪」。此亦贊歙硯之質如玉潤。參見下文「體切玉潤」。

〔五〕如舌有泉：蘇軾孔毅父鳳咮石硯銘：「如樂之和，如金之堅，如玉之有潤，如舌之有泉。」此化用其語。

〔六〕滑足金光：杜甫石硯詩：「其滑乃波濤，其光乃雷電。」蘇軾書硯：「硯之美，止於滑而發墨，其他皆餘事也。」

〔七〕體切玉潤：爲歙硯之體可比德君子。春秋繁露執贄：「君子比之玉，玉潤而不污，是仁而至清潔也。」

〔八〕膚刷絲文：歙硯中石紋精細縝密如刷絲者，稱刷絲紋。苕溪漁隱叢話後集卷二九：「新安龍尾石，性皆潤澤，色俱蒼黑，縝密可以敵玉，滑膩而能起墨。以之爲研，故世所珍也。石雖多種，惟羅紋者、眉子者、刷絲者最佳。」

〔九〕書城之友：歙硯爲李德茂書城四友之一。李德茂書城四友序：「德茂環積墳籍，名曰書城，日與筆硯紙墨爲四友。」四友即所謂文房四寶。

〔一〇〕「貌貴端重」二句：硯外形豐碩，即端重之貌；其質地温潤，即粹温之德。

〔一一〕覺範：惠洪自稱。

五老硯銘 并序〔一〕

杜季楊奉使湘南〔二〕，過九江，見廬山而愛之。得拳石於九嶷山之下〔三〕，類五老峰〔四〕，有坳，其痕如硯〔五〕。季楊欣然置几案間，名之曰五老硯。余觀之於南楚門舟中〔六〕，爲之銘曰：

廬山五老，寒翠倚天。公嘗過之，望見垂涎。揭來幽夢〔七〕，時歷其顛㊀。九嶷之下，得石如拳。二三君子，聚首比肩〔八〕。豈其游戲，分身則然〔九〕。下有坳處，形如玉淵。疑有神龍，風雷播掀〔一〇〕。以當吾硯，刷其芳鮮。醉中落筆，粲然雲煙〔一一〕。我作銘詩，擘窠爲鐫〔一二〕。袖歸中朝〔一三〕，爲好事傳。

【校記】

㊀ 顛：武林本作「巔」。

【注釋】

〔一〕約宣和四年作於長沙。

〔二〕杜季楊：杜綰字季楊，慶曆辛相杜衍之孫。元陸友仁研北雜志卷下：「杜綰字季揚，嘗知英州，祁公其祖也。博識多聞，作雲林石譜三篇，流品皆牛奇章（僧孺）以來論石者所未及。」四庫全書總目卷一一五雲林石譜三卷提要曰：「宋杜綰撰，綰字季揚，號雲林居士，山陰人，宰相衍之孫也。是書彙載石品凡一百一十有六。……前有紹興癸丑闕里孔傳序。」杜綰奉使湘南，當在宣和年間。本集卷八有和杜撫勾古意六首，疑杜撫勾即杜綰。北宋添差勾當公事官，隸安撫司者，曰撫勾。宣和四年夏曾孝序爲荆湖南路安撫使知潭州，杜綰當爲其屬官。

「木」「扌」二偏旁常混用之故。

錯按：杜綰取名乃慕唐賢相楊綰，故以「季楊」字之，他書或作「季揚」，蓋因古籍中

〔三〕拳石：如拳之小石。蘇軾南都妙峰亭：「五老壓彭蠡，三峰照潼關。均爲拳石小，配此一掬慳。」

九嶷山：即九疑山，在湖南寧遠縣南。據史記五帝本紀，舜崩於蒼梧之野，葬於江南九疑。水經注卷三八湘水：「（營水）西流逕九疑山下，蟠基蒼梧之野，峰秀數郡之間。羅巖九舉，各導一溪，岫壑負阻，異嶺同勢。游者疑焉，故曰九疑山。」

〔四〕五老峰：廬山東南峰名。太平寰宇記卷一一一江南西道九江州：「五老峰，在（廬）山東，懸崖突出，如五人相逐羅列之狀。」

〔五〕「有坳」二句：集千家注杜工部詩集卷一二石硯：「聯坳各盡墨。」注：「詠曰：坳，硯穴也。聯坳，謂雙穴相並。」

〔六〕南楚門：建炎以來繫年要録卷三一建炎四年二月乙亥：「是日，金人陷潭州。……（向）子諲率官吏奪南楚門亡去，城遂陷。」宋米芾書史：「唐太宗率更令歐陽詢書荀氏漢書節楮册小楷，在潭州南楚門外胡世淳處。」可知南楚門在潭州長沙。

〔七〕朅來：猶爾來。

〔八〕「二三君子」二句：此擬人化描寫，謂五老硯如二三君子聚首排列，蓋二加三爲五。左傳昭公十六年：「宣子曰：『二三君子，請皆賦，起亦以知鄭志。』」此借用其語。

〔九〕「豈其游戲」二句：謂此拳石乃廬山五老峰分身所化而成。此借佛語而言之，蓋諸佛爲化導十方世界之衆生，而以方便力於各世界示現成佛之相，謂之分身。

〔一〇〕「下有坳處」四句：謂此拳石坳處如廬山玉淵潭。蘇詩補注卷二三廬山二勝棲賢三峽橋：「玉淵神龍近，雨雹亂晴晝。」查慎行注：「廬山紀事：棲賢寺東爲玉淵潭，在三峽澗中，諸水奔注潭中，驚涌噴空。潭上有白石横亘中流，故名玉淵。」宋張孝祥于湖集卷一二玉淵：「靈源直上與天通，借路來從五老峰。試向欄干敲拄杖，爲君唤起玉淵龍。」

〔一一〕「醉中落筆」二句：杜甫飲中八仙歌：「張旭三杯草聖傳，脱帽露頂王公前，揮毫落紙如雲煙。」此化用其意。

〔一二〕擘窠：书法之一种。大字分格書寫，點畫停匀，謂之擘窠書，古寫碑版或題額者多用之。參見本集卷一謁蔡州顔魯公祠堂注〔二九〕。

〔一三〕袖歸中朝：冷齋夜話卷五句中眼：「（東坡）又曰：『我攜此石歸，袖中有東海。』」此化用其意。中朝：朝廷，朝中。此預祝杜綰歸京師爲朝官。

王裕之求硯銘爲作此〔一〕

吾聞大梁之東郭，有硯臺焉〔二〕，而自然成坳淵。挽九江之水以爲滴〔三〕，聚桐柏之色以爲煙〔四〕，借温江卓筆之峰以蘸其尖〔五〕，展青天以爲紙〔六〕，書吾餞君之詩情，與曠野以相連。吾輩留滯南楚，思上國而未得以還轅〔七〕。雖然，會當與君握手，州橋踏月〔八〕，以話湘川。是時君必折蟾宫之桂〔九〕，我亦腰金紆紫，揖讓于人主之前〔一〇〕。此言蓋理有固然，非狂且顛也。

【注釋】

〔一〕約元符三年作於長沙。文中有「留滯南楚」之句，長沙有南楚門，南楚或代指其地。寂音自序曰：「年二十九乃游東吴，明年游衡嶽。」此銘當作於年三十游衡嶽經長沙時。王裕之：名不可考，生平未詳。本集卷一三有次韻王覺之裕之承務二首，可參見。

〔二〕「吾聞大梁之東郭」二句：廓門注：「大梁，開封府，郡名。硯臺無所見也。」鍇按：此想象之辭，非實有此硯臺。

〔三〕九江之水：極言水之多，以襯硯臺之大。方輿勝覽卷二二江州事要：「九江，晁氏志：太湖一湖而名曰五湖，昭餘祁一澤而名曰九澤，九江一水而名曰九江。」滴：硯滴，磨墨之水滴。廓門注：「滴，水滴也。」

〔四〕桐柏之色：指桐柏山所産松，其煙可製墨。宋晁季一墨經：「蓋西山之松與易水之松相近，乃古松之地，與黄山、黟山、羅山之松，品惟上上，遼陽山、竈君山、桐柏山可甲乙。」煙：

松之煙灰，可製墨。

〔五〕温江：永嘉江之别稱，即今甌江，流經温州。太平寰宇記卷九九江南東道十一温州：「永嘉江亦名温江，東自大海，西通處州青田溪。」　卓筆之峰：在温州樂清縣小雁蕩山。宋王十朋梅溪集前集卷四次先之過雁山韻：「欲向靈巖移卓筆，與君同掃萬人鋒。」又卷八度雁山：「石柱屹天外，卓筆書雲端。」參見浙江通志卷五〇。本集卷一〇張氏快軒：「欲傾鮫室瓊詞句，試借温江卓筆峰。」

〔六〕展青天以爲紙：唐裴説懷素臺歌：「我來恨不已，爭得青天化爲一張紙，高聲喚起懷素書，搦管研朱點湘水。」冷齋夜話卷五舒王山谷賦詩：「山谷在星渚賦道士快軒詩，點筆立成。其略曰：『吟詩作賦北窗裏，萬言不及一杯水，願得青天化爲一張紙。』想見其高韻，氣摩雲霄，獨立萬象之表，筆端三昧，游戲自在也。」本集卷一六世明九客同登滕王閣索詩口占：「秋天便是一張紙，寫取江南覺範詩。」

〔七〕上國：京師，此指開封府。　還轅：猶回車。史記司馬相如列傳：「結軌還轅，東鄉將報。」

〔八〕州橋踏月：王安石州橋詩曰：「州橋踏月想山椒，回首哀湍故未遥。今夜重聞舊嗚咽，却看山月話州橋。」此化用其意。　鍇按：汴京遺蹟志卷一三記「汴城八景」，有「州橋明月」。宋孟元老東京夢華録卷一河道：「次曰州橋（正名大漢橋），正對於大內御街。其橋與相國寺橋皆低平，不通舟船，唯西河平船可過。其柱皆青石爲之，石梁、石筍、楯欄，近橋兩岸皆石壁，雕鐫海馬、水獸、飛雲之狀，橋下密排石柱，蓋車駕御路也。」

〔九〕折蟾宮之桂：喻科舉及第。晉書郤詵傳：「武帝於東堂會送，問詵曰：『卿自以爲何如？』詵對曰：『臣舉賢良對策，爲天下第一，猶桂林之一枝，崑山之片玉。』」又相傳月宮中有桂樹，蟾宮即月宮，故唐以來牽合二事，稱科舉及第爲蟾宮折桂。

〔一〇〕「我亦腰金紆紫」二句：語本史記范雎蔡澤列傳：「蔡澤笑謝而去，謂其御者曰：『吾持粱刺齒肥，躍馬疾驅，懷黃金之印，結紫綬於要（腰），揖讓人主之前，食肉富貴，四十三年足矣。』」

詞

和陶淵明歸去來詞〔一〕

歸去來兮，是處有山皆可歸〔二〕。念纏綿其世故〔三〕，忽感悟而增悲。精誠炯而未泯〔四〕，齒髮逝而莫追〔五〕。想比鄰之驚愕，疑昔人而竟非〔六〕。逢斷橋而植杖〔七〕，涉淺瀨而揭衣㊀〔八〕。轉犖确之深壑〔九〕，聞（開）機杼於翠（尋）微㊁〔一〇〕。宿雨初霽，山氣如犇〔一一〕。紛然落葉，滿我衡門〔一二〕。少喜翰墨，餘習尚存〔一三〕。如撫無絃，如持空樽〔一四〕。有詩情以寄目，無憂色之在顔。皆遇緣而一戲，則何適而不安。顧風物之閑美〔一五〕，忻幽鳥之關關〔一六〕。撿殘書而意消〔一七〕，偶斂目而深觀。還諸緣以俱盡，廓然獲其無還〔一八〕。譬如人經故鄉，情戀戀而盤桓〔一九〕。歸去來兮，請畢生於此游。佳退藏於不言，使來者之自求〔二〇〕。如薪竭則火滅〔二一〕，知愛盡而無憂〔二二〕。雖鯤鵬之小，猶聽其自化〔二三〕，則此道其可以告於朋儔。笑我閲世，如川行舟〔二四〕。少折困於憂患，老安樂其林丘。嗟學者之畏影，蓋餘波之末流。苟就陰則影滅，安自釋而心休〔二五〕。已矣乎！吾吐斯言非其時，聞者聽瑩皆遲留〔二六〕，以鍼投水今無之〔二七〕。古人不可見，來哲亦難期〔二八〕。省雜念之妨道，如良苗之日耔〔二九〕。當閉關而觀壁〔三〇〕，盍捐書而止詩〔三一〕。不取於人而自信，如子得母復何疑〔三二〕！

【校記】

㊀ 搊：武林本作「搵」。

㊁ 聞：原作「開」，今從廓門本。　翠：原作「尋」，誤，今改。參見注〔一〇〕。

【注釋】

〔一〕作年未詳。此篇和陶淵明歸去來詞，乃次其韻。鍇按：宋晁説之嵩山文集卷一五答李持國先輩書：「建中靖國間，東坡和歸去來。初至京師，其門下賓客又從而和之者數人，皆自謂得意也。陶淵明紛然一日滿人目前矣。」宋邵浩編坡門酬唱集卷一六載蘇軾、蘇轍、秦觀、張耒、晁補之五人和陶淵明歸去來兮辭。僧寶正續傳卷二明白洪禪師傳稱惠洪「落筆萬言，了無停思，其造端用意，大抵規模東坡」。此亦其例。

〔二〕是處有山皆可歸：本集卷一四余游鍾山宿石佛峰下因上人自歸宗來贈之六首之五：「是處青山可老，何妨乘興爲家。」蘇軾予以事繫御史臺獄獄吏稍見侵自度不能堪死獄中不得一別子由故作二詩授獄卒梁成以遺子由二首之一：「是處青山可埋骨。」此化用其語意。

〔三〕纏綿其世故：糾纏於世間俗事。陶淵明祭從弟敬遠文：「余嘗學仕，纏綿人事。流浪無成，懼負素志。」蘇軾和飲酒二十首之一：「我不如陶生，世事纏綿之。」

〔四〕精誠烱而未泯：蘇軾到惠州謝表：「衰疾交攻，無復首丘之望；精誠未泯，空餘結草之忠。」此借用其語。烱：明亮。

〔五〕齒髮逝：指年老齒髮脱落。蘇軾問大冶長老乞桃花茶栽東坡：「江南老道人，齒髮日夜逝。」　鍇按：此二句，「精誠」乃就人之神而言，「齒髮」乃就人之形而言。

〔六〕「想比鄰之驚愕」二句：謂離鄉多年，比鄰見我應驚愕，蓋因人事變化，已非昔時之我。後秦僧肇肇論物不遷論：「是以梵志出家，白首而歸，鄰人見之曰：『昔人尚存乎？』梵志曰：『吾猶昔人，非昔人也。』鄰人皆愕然，非其言也。所謂有力者負之而趨，昧者不識。」此化用其事。

〔七〕植杖：倚杖，扶杖。

〔八〕淺瀨：淺而急之水流。鍇按：蘇軾初別子由至奉新作：「却渡來時溪，斷橋號淺瀨。」此用其語。　搦衣：束緊衣裳。

〔九〕犖确：山石凹凸不平貌。韓愈山石：「山石犖确行徑微，黄昏到寺蝙蝠飛。」蘇軾東坡：「莫嫌犖确坡頭路，自愛鏗然曳杖聲。」

〔一〇〕聞機杼於翠微：「聞」字底本作「開」，廓門本作「聞」，并注曰：「『尋微』當作『翠微』歟？」鍇按：廓門之説甚是，此句當點化僧道潛之詩。冷齋夜話卷四道潛作詩追法淵明乃十四字師號：「道潛作詩，追法淵明，其語逼真處……曰：『隔林仿佛聞機杼，知有人家住翠微。』時從東坡在黄州，京師士大夫以書抵坡曰：『聞公與詩僧相從，真東山勝游也。』坡以書示潛，誦前句，笑曰：『此吾師十四字師號耳。』」道潛詩見參寥子詩集卷二東園三首之二。

〔一一〕犇：同「奔」。

〔一二〕衡門：横木爲門，指簡陋之屋。詩陳風衡門：「衡門之下，可以棲遲。」朱熹集傳：「衡門，横木爲門也。門之深者，有阿塾堂宇，此惟横木爲之。」

〔一三〕「少喜翰墨」二句：本集卷二六題自詩與隆上人：「余少狂，爲綺美不忘情之語。年大來，輒自鄙笑。」又題自詩：「予始非有意於工詩文，夙習洗濯不去，臨高望遠，未能忘情，時時戲爲語言，隨作隨毀。」卷二次韻汪履道：「老來漸覺朋儕少，夜室孤禪還自照。惟詩垢習未全除，賴有汪郎恰同調。」次韻君武中秋月下：「嗟予禿鬢欲逃名，揭來百慮霜雪凝。世間垢習揩磨盡，但餘猿鶴哀吟聲。」卷五次韻思禹思晦見寄二首之二：「多生垢習消磨盡，一念定光空五蘊。尚能弄筆戲題詩，如鐘殷牀有餘韻。」卷一三立秋日偶書：「平生垢習消磨盡，只有文章氣吐虹。」均可見惠洪少喜翰墨，至老不衰。

〔一四〕「如撫無絃」二句：謂作詩文如撫弄無絃琴，持空酒樽，聊以寄意而已。白居易詠慵：「有酒慵不酌，無異樽長空；有琴慵不彈，亦與無絃同。」無絃、空樽皆本南朝梁蕭統陶靖節傳：「淵明不解音律，而蓄無絃琴一張，每酒適，輒撫弄以寄其意。」又曰：「性嗜酒，而家貧，不能恒得。」故白居易春寒詩稱「靖節先生樽長空」。

〔一五〕風物之閑美：陶淵明遊斜川詩序曰：「辛丑正月五日，天氣澄和，風物閑美，與二三鄰曲同遊斜川。」此借用其語。

〔一六〕忻：同「欣」，喜悦。　關關：鳥和鳴之聲。詩周南關雎：「關關雎鳩，在河之洲。」孔穎達疏：「關關，和聲也。」

〔一七〕揜：通「掩」，關閉，合上。　意消：謂邪念消除。語本莊子田子方，參見本卷李德茂家坐中賦諸銘注〔五〕。

〔一八〕「還諸緣以俱盡」二句：謂諸緣各有所還，若諸緣盡，則心性本妙明淨，更無所還。蓋諸緣指色香等百般世相，此種種世相皆爲我心識所攀緣，非我本心，故諸緣還盡則本心無還。此意出楞嚴經卷二：「阿難言：『若我心性各有所還，則如來説妙明元心，云何無還？惟垂哀愍爲我宣説。』佛告阿難：『且汝見我，見精明元。此見雖非妙精明心，如第二月非是月影。……吾今各還本所因處。云何本因？阿難，此諸變化，明還日輪。何以故？無日不明，明因屬日，是故還日。暗還黑月，通還户牖，擁還牆宇，緣還分別，頑虛還空，鬱㶿還塵，清明還霽。則諸世間一切所有，不出斯類。汝見八種見精明性，當欲誰還。何以故？若還於明，則不明時，無復見暗。雖明暗等種種差別，見無差別，諸可還者，自然非汝。不汝還者，非汝而誰？則知汝心本妙明淨。汝自迷悶喪本受輪。於生死中常被漂溺。是故如來名可憐愍。』」

〔一九〕盤桓：徘徊，逗留。　廓然：空曠無礙貌。

〔二〇〕來者：來日。陶淵明歸去來兮詞：「悟以往之不諫，知來者之可追。」

〔二一〕薪竭則火滅：佛經以「薪盡火滅」喻指涅槃境界，此喻指煩惱永盡之境界。法華經卷一序品：「佛此夜滅度，如薪盡火滅，分布諸舍利，而起無量塔。」

〔二二〕愛盡而無憂：大寶積經卷四四菩薩藏會之十尸羅波羅蜜品：「夫涅槃者，無有思慮，我當除滅如是貪愛，貪愛盡，故名得涅槃。」南朝梁釋寶亮等大般涅槃經集解卷三〇聖行品：「僧亮曰：生爲五陰之本，愛是衆結之本。引先偈爲證，羅漢所以無憂無畏者，以愛盡故也。」

〔二三〕「雖鯤鵬之小」二句：謂鯤之小而能化爲鵬之大，無非適其性分，聽其自化，而非人爲使之化。莊子逍遥遊：「北冥有魚，其名爲鯤。鯤之大，不知其幾千里也。化而爲鳥，其名爲鵬。」郭象注：「鵬鯤之實，吾所未詳也。夫莊子之大意，在乎逍遥遊放，無爲而自得，故極小大之致，以明性分之適。」清郭慶藩集釋：「方以智曰：『鯤本小魚之名，莊子用爲大魚之名。』其説是也。爾雅釋魚：『鯤，魚子也。』凡魚之子名鯤。」禪林僧寶傳卷六澧州洛浦安禪師：「莊子曰：『北溟有魚，其名曰鯤，化而爲鵬，九萬里風斯在下。』然聽其自化也。使之化，則非能鵬也。」

〔二四〕「笑我閲世」二句：此即本集卷一大雪戲招耶溪先生鄒元佐所言「先生行世如行川，虚舟觸人無怨言」之意。莊子山木：「方舟而濟於河，有虚船來觸舟，雖今有惼心之人不怒。……人能虚己以遊世，其孰能害之？」此化用其意。

〔二五〕「嗟學者之畏影」四句：莊子漁父：「人有畏影惡迹而去之走者，舉足愈數，而迹愈多，走愈疾，而影不離身。自以爲尚遲，疾走不休，絶力而死。不知處陰以休影，處静以息迹，愚亦甚矣。」此用其意批評當時之學禪者，謂若處静息迹，則妄想自會消釋。

〔二六〕聽瑩：亦作「聽熒」，疑惑不明貌，語本莊子齊物論。已見前注。

〔二七〕以鍼投水：此乃提婆菩薩之事，喻知幾察微，欣然契會。大唐西域記卷一〇：「龍猛菩薩止此伽藍。時此國王號娑多婆訶，珍敬龍猛，周衛門廬。時提婆菩薩自執師子國來，求論義，謂門者曰：『幸爲通謁。』時門者遂爲白。龍猛雅知其名，盛滿鉢水，命弟子曰：『汝持是水，示彼提婆。』提婆見水，默而投針。弟子持鉢懷疑而返。龍猛曰：『彼何辭乎？』對曰：『默無所説，但投針於水而已。』龍猛曰：『智矣哉！若人也。知幾其神，察微亞聖，盛德若此，宜速命入。』對曰：『何謂也？無言妙辯，其在是歟？』曰：『夫水也者，隨器方圓，逐物清濁，彌漫無間，澄湛莫測。滿而示之，比我學之智周也。彼乃投針，遂窮其極。此非常人，宜速召進。』」景德傳燈録卷二亦載其事：「第十五祖迦那提婆者，南天竺國人也，姓毗舍羅。初求福業，兼樂辯論。後謁龍樹大士，將及門，龍樹知是智人，先遣侍者以滿鉢水置於坐前。尊者覩之，即以一鍼投之而進，欣然契會。龍樹即爲説法。」龍樹即龍猛。

〔二八〕「古人不可見」二句：陳子昂登幽州臺歌：「前不見古人，後不見來者。」此化用其意。

〔二九〕「省雜念之妨道」二句：謂時時警醒愛欲等雜念妨害修道，如日日鏟除雜草，爲良苗培土。出曜經卷一八雜品：「愛欲意爲田者，猶如荒田穢地，不數修治，萱草競生，傷害良苗。穀子不滋，時不豐熟，人染著愛欲亦如是。」　耔：爲禾苗之根壅土。詩小雅甫田：「今適南畝，或耘或耔。」毛傳：「耔，雝本也。」雝，通「壅」。

〔三〇〕觀壁：即面壁而觀。景德傳燈録卷三第二十八祖菩提達磨：「寓止於嵩山少林寺，面壁而坐，終日默然，人莫之測，謂之壁觀婆羅門。」

〔三二〕盍：何不。　捐書：棄書。

〔三三〕「不取於人而自信」二句：景德傳燈録卷三〇南嶽石頭和尚參同契：「四大性自復，如子得其母。」黄庭堅莊子内篇論：「有德者之驗，如印印泥。射至，百步力也；射中，百步巧也。箭鋒相直，豈巧力之謂哉！子得其母，不取於人而自信，故作德充符。」惠洪智證傳：「石頭參同契曰：『四大性自復，如子得其母。』傳曰：『此語之妙，學者罕能識之。蓋子之得其母，則不假取於人而自信者也。』」

潙山空印禪師易本際庵爲甘露滅以書招予歸隱復賦歸去來詞〔一〕

歸去來兮！潙山有人呼我歸。碧暮雲之凝合〔二〕，空夜鶴之怨悲〔三〕。省一念之有差，雖百悔其何追。探蟻穴之意適，俄夢覺而知非〔四〕。幸牛羊之弗踐，有墜露之霑衣〔五〕。恨無前知之明，及未著而知微〔六〕。緬懷萬峰，如蹲如犇。而煙霏開，窈窕其門〔七〕。東庵西井，古迹猶存。俯拾枯松，旋安茶樽。竝兩山之寒翠〔八〕，煮萬仞之潺顔㊀〔九〕。想插（鍤）鍬之寂子㊁〔一〇〕，對牧牛之懶安〔一一〕。妙機鋒之雖觸〔一二〕，無生死之相關。挹前輩之宏規〔一三〕，揆今事而默觀〔一四〕。唯空印之中興，取高風而追還〔一五〕。耿終力之弗痳，心欲絶而桓桓〔一六〕。歸去來兮！永結無情之游〔一七〕。蓋大欲之已去〔一八〕，復於世而何求。笑朝三而莫四，紛衆狙之喜憂〔一九〕。愛芙蓉之倚天〔二〇〕，勢獨立而無疇㊂〔二一〕。昔尚反顧，今則覆舟〔二二〕。弓精盡於九年〔二三〕，履考祥於一丘〔二四〕。卷正宗而懷之〔二五〕，悲末學之横流〔二六〕。如韓信之已死，而其心豈真休〔二七〕。已矣乎！潙山吾歸今其時，如魚縱壑不可留〔二八〕，而今不歸欲何之。行以到爲是，食以飽爲期。雖靈根之深密，護空慧以培耔〔二九〕。聽耆年之夜語㊃〔三〇〕，誦諸衲之清詩〔三一〕。知沙囊（纕）之非飯㊄，情斷意訖復何疑〔三二〕。

【校記】

㊀煮：武林本作「睹」，誤。　潺：武林本作「孱」。

㊁插：原作「鍤」，天寧本作「偛」，均誤，今改。參見注〔一〇〕。

㊂疇：武林本作「儔」。

㊃語：四庫本作「話」。

㊄囊：原作「纕」，四庫本作「壤」，均誤，今改。參見注〔三二〕。

【注釋】

〔一〕宣和二年作於長沙水西南臺寺。此亦次韻陶淵明歸去來詞。　潙山：唐靈祐禪師道場。

在湖南寧鄉縣西一百四十里。已見前注。空印禪師：法名元軾。見前圓同庵銘注〔二〕。本際庵：潙山密印禪寺庵名。甘露滅：惠洪自號，亦齋名。見前甘露滅齋銘序。

〔二〕碧暮雲之凝合：南朝梁江淹擬休上人怨別：「日暮碧雲合，佳人殊未來。」此點化其語。

〔三〕空夜鶴之怨悲：南朝齊孔稚珪北山移文：「蕙帳空兮夜鶴怨，山人去兮曉猿驚。」此化用其語。

〔四〕「探蟻穴之意適」二句：唐李公佐南柯記略云：淳于棼居廣陵郡，所居宅南有大古槐一株。貞元七年，夢槐安國王來邀爲駙馬，領南柯郡。既覺，尋槐下穴，有蟻數斛，中有大蟻處之，是其王矣，即槐安國都也。又穿一穴，直上南枝，亦有羣蟻，即生所領南柯郡也。

〔五〕「幸牛羊之弗踐」二句：詩大雅行葦：「敦彼行葦，牛羊勿踐履。」蘇軾黄泥坂詞：「草爲茵而塊爲枕兮，穆華堂之清晏。紛墜露以濕衣兮，升素月之團團。感父老之呼覺兮，恐牛羊之予踐。」此化用其語。本集卷一五合妙齋二首之一：「露眠不管牛羊踐，我是鍾山無事僧。」冷齋夜話卷六鍾山賦詩亦標舉之。此即其意。

〔六〕「恨無前知之明」二句：本卷明白庵銘序曰：「恨識不知微，道不勝習。」

〔七〕窈窕：此處爲屋宇深邃貌。

〔八〕竝兩山之寒翠：謂採兩山寒翠之色爲茶葉。而本集卷二六題浮泥壁：「空印禪師以宣和二年十二月，偕余謁從禪師於芙蓉峰……余二人杖屨，下危峰，自關山谷中，並澗行十餘里，兩山爭倚天，煙霏層疊，自獻部曲。」兩山當指大潙山與芙蓉山。參見注〔二〇〕。杜甫九日藍天崔氏莊：「玉山高並兩峰寒。」此化用其語。

〔九〕煮萬仞之潺顔：謂煮萬仞澗中之水爲茶湯。潺顔，猶潺湲，水緩流貌。此代指潙水。

〔一〇〕插鍬之寂子：指唐仰山慧寂禪師，韶州懷化人，俗姓葉氏。參潙山靈祐禪師，靈祐呼爲「寂子」。盤桓潙山前後十五載，後遷止袁州仰山。景德傳燈録卷一一袁州仰山慧寂禪師：「祐忽問師：『什麽處去來？』師曰：『田中來。』祐曰：『田中多少人？』師插鍬而立。祐曰：『今日南山大有人刈茅在。』師舉鍬而去。」後「仰山插鍬」爲禪門著名公案，歷代禪師多有拈古頌古，評唱其事。　插：底本作「鍤」，天寧本作「臿」，皆誤。蓋鍤爲鐵鍬，臿爲皮皺。據景德傳燈録當作「插鍬」，且與下文「牧牛」對仗，今據改。

〔一一〕牧牛之懶安：唐福州長慶大安禪師，號懶安，潙山靈祐之師弟。景德傳燈録卷九福州大安禪師：「同參祐禪師創居潙山也，師躬耕助道。及祐禪師歸寂，衆請接踵住持。師上堂云：『……安在潙山三十來年，喫潙山飯，屙潙山屎，不學潙山禪。只看一頭水牯牛，若落路入草，便牽出。若犯人苗稼，即鞭撻。調伏既久，可憐生，受人言語。如今變作個露地白牛，常在面前，終日露迥迥地，趁亦不去也。』」參見前懶庵銘注〔七〕。

〔一二〕妙機鋒之雖觸：機鋒喻指難以觸摸之玄言，機爲弩機，鋒爲箭鋒，蓋以弩機一觸即發，故無從觸摸；箭鋒鋭利無比，故觸之即傷。蘇軾金山妙高臺：「機鋒不可觸，千偈如翻水。」此反其意而用之。

〔一三〕挹前輩之宏規：謂元軾依其前輩大師建寺規模而興修之。潙山密印禪寺乃潙仰宗之祖庭，規模宏大。本集卷二一潭州大潙山中興記：「昔大圓禪師（靈祐）開法此山也，有衆千人，碩大而秀出者，有若大仰寂子、香嚴閑禪（智閑）。建兩堂爲學者燕閑之私，而名其東曰香嚴，名其西曰大仰。」　挹：通「揖」，拜揖，推崇。

〔一四〕揆今事而默觀：謂元軾考慮信衆之現狀而設淨土觀法。潭州大潙山中興記：「方欲廣攝異根，則修淨土觀法，不以宗門爲嫌。」　揆：揣度。　默觀：元釋普度編廬山蓮宗寶鑑卷二攝心念佛三昧調心法門：「默觀鼻端，想出入息，每一息默念南無阿彌陀佛。……乃至深入禪定，息念兩忘。」此即淨土觀法之一。

〔一五〕「唯空印之中興」二句：潭州大潙山中興記：「潙山自其（空印）始至，中而還，八年之間，百廢具興，非乘願力何以臻此？雪竇、天衣之道，至師大振，叢林歸心焉。」

〔一六〕桓桓：坦然貌。曾鞏朝中祭錢純老文：「利害之際，人鮮能安。彼爲惴惴，公獨桓桓。」

〔一七〕永結無情之游：語本李白月下獨酌之一：「永結無情游，相期邈雲漢。」

〔一八〕大欲：謂世間之各種慾望。禮記禮運：「飲食男女，人之大欲存焉。」

〔一九〕「笑朝三而莫四」二句：莊子齊物論：「勞神明爲一，而不知其同也，謂之朝三。何謂朝三？

狙公賦芧，曰：『朝三暮四。』衆狙皆怒。曰：『然則朝四而暮三。』衆狙皆悦。名實未虧，而喜怒爲用，亦因是也。」莫：通「暮」。

〔二〇〕芙蓉：山名。太平寰宇記卷一一四潭州寧鄉縣：「芙蓉山，在縣西，舊名青羊山。」名勝志：芙蓉山與大潙山相接，其中有芙蓉洞。」潭州大潙山中興記歌辭曰：「芙蓉峰峻潙水長。」參見前注〔八〕。

〔二一〕無疇：謂無山可與其相匹配。疇，古同「儔」。國語齊語：「人與人相疇，家與家相疇。」韋昭注：「疇，匹也。」

〔二二〕「昔尚反顧」二句：謂昔如夾山禪師遲疑反顧，今則如船子和尚毅然向没蹤跡處藏身。宋釋宗杲集正法眼藏卷二之下載華亭船子和尚傳法夾山善會之公案：「船子曰：『……汝向去直須藏身處没蹤跡，没蹤跡處莫藏身。吾二十年在藥山只明斯事，汝今既得，他後不得住城隍聚落。但向深山裏钁頭邊，覓取一個半個接續，無令斷絶。』夾山乃辭行，頻頻回顧。船子遂喚：『闍梨！闍梨！』夾山回首。船子豎起橈云：『汝將謂别有？』乃覆船入水而逝。」廓門注：「禮記月令曰：『命舟牧覆舟，五覆五反。』注：『五覆五反，所以詳視其罅漏傾側之處也。』」似非此二句之出處。

〔二三〕弓精盡於九年：謂精神已死，心意已絶。文選注卷三一鮑明遠擬古三首之一「石梁有餘勁」句，李善注引闞子曰：「宋景公使工人爲弓，九年乃成。公曰：『何其遲也。』工人對曰：『臣不復見君矣，臣之精盡於此弓矣。』獻弓而歸，三日而死。景公登虎圈之臺，援弓東面而射之，矢逾於西霜之山，集于彭城之東，其餘力益勁，猶飲羽于石梁。」又見酈道元水經注卷二四睢水注引闞子。

〔二四〕履考祥於一丘：謂考其行履之大吉，乃在於歸隱一丘一壑之間。易履卦：「上九，視履考祥，其旋元吉。」王弼注：「禍福之祥，生乎所履。處履之極，履道成矣，故可視履而考祥也。居極應説，高而不危，是其旋也。履道大成，故元吉也。」孔穎達疏：「視履考祥者，祥謂徵祥。上九處履之極，履道已成，故視其所履之行善惡得失，考其禍福之徵祥。其旋元吉者，旋謂旋反也。上九處履之極，下應兑説，高而不危，是其不墜於履，而能旋反行之，履道大成，故元吉也。」

〔二五〕卷正宗而懷之：論語衛靈公：「君子哉，蘧伯玉！邦有道則仕，邦無道則可卷而懷之。」邢昺疏：「此其君子之行也。國若有道，則肆其聰明而在仕也；國若無道，則韜光晦知，不與時政，故亦常柔順，不忤逆於人，是以謂之君子也。」此借用其語意，謂將佛法正宗卷而懷之，韜光晦知。宋釋契嵩嘗作傳法正宗記並圖，以禪門爲正宗。

〔二六〕悲末學之横流：本集卷二三臨平妙湛慧禪師語録序：「近世禪學者之弊，如碔砆之亂玉，枝詞蔓説似辯博，鈎章棘句似迅機，苟認意識似至要，懶惰自放似了達。始於二浙，熾於江淮，而餘波末流，滔滔汩汩於京洛、荆楚之間，風俗爲之一變，識者憂之。」

〔二七〕「如韓信之已死」二句：謂今之宗師不能斷絶參學者之欲念。蓋學者雖出家而猶存欲念，如韓信雖死而心不甘。本集卷二三昭默禪師序：「今之學者多不脱生死者，正坐偷心不死耳。然非學者過也。如漢高帝詔韓信以殺之，信雖死，而其心果死乎？今之宗師爲人多類此。」鍇按：史記淮陰侯列傳：「信入，吕后使武士縛信，斬之長樂鍾室，信方斬，曰：『吾悔不用蒯通之計，乃爲兒女子所詐，豈非天哉！』」

〔二八〕如魚縱壑：喻歸隱正適其性，所至如意。漢書王褒傳載褒作聖主得賢臣頌：「翼乎如鴻毛遇順風，沛乎如巨魚縱大壑。」蘇軾游廬山次韻章傳道：「野性猶同縱壑魚。」此兼用其語意。

〔二九〕「雖靈根之深密」二句：謂須以萬法皆空之智慧，育心性靈苗之根。禪林僧寶傳卷一七浮山遠禪師傳載大陽警延禪師付法偈曰：「楊廣山前草，憑君待價焞。異苗翻茂處，深密固靈根。」此借用其語。　護：護持，保持。　培耔：爲根培土。

〔三〇〕耆年：老年人，此指老和尚。

〔三一〕誦諸衲之清詩：冷齋夜話中多載僧詩，如道潛、惠詮、景淳、可遵、清順、懷璉、無可、靚禪師諸僧詩，又載嘗誦智覺禪師詩。

〔三二〕「知沙囊之非飯」二句：釋延壽宗鏡録卷七三：「一切生死，盡是疑情。但了唯心，自然無咎。若疑蛇得病，豈有實境居懷；猶懸砂止飢，但是自心想起。……又律中四食章古師義門手鈔云：思食者，如饑饉之歲，小兒從母求食，啼而不止。母遂懸砂囊誑云：『此是飯。』兒七日諦視其囊，將爲是食。其母七日後解下視之，其兒見是砂，絶望，因此命終。方驗生老病死，皆是自心；地水火風，終無別體。」又其注心賦卷一亦載此說。　囊：底本作「纕」，四庫本作「壤」。錯按：「纕」、「壤」均誤，當從宗鏡録、注心賦作「囊」。

賦

王舍人宏道家中蓄花光所作墨梅甚妙戲爲之賦〔一〕

水蒼茫而春暗㈠，村窈窕而煙暮〔二〕。忽微霰之濺衣〔三〕，驚一枝之當路。蔕團紅膏之蠟〔四〕，色染薔薇之露〔五〕。柔風飄其徐來，暗香滅而復著〔六〕。待黄昏之雪消，看東南之月吐。何嬋娟之殷勤〔七〕，獻清妍之風度。方其開也，如華清之出浴，矯風神其轉顧〔八〕。蓋天質之自然，宜鉛華之不御也〔九〕。及其落也，如朝陽之奏曲〔一〇〕，學回雪而起舞〔一一〕。乃僊風之體自輕，非臭夷之藥能舉也㈡〔一二〕。怪老禪之游戲〔一三〕，幻此華於縑素〔一四〕。疑分身之藏年〔一五〕，每開卷而奇遇。如行孤山之下〔一六〕，如入輞川之塢〔一七〕。念透塵之種性〔一八〕，含無語之情緒〔一九〕。豈君王寵我太甚，致我不得僊去者耶〔二〇〕？

【校記】

㊀ 茫：天寧本作「芒」。

㊁ 臭：清康熙御定歷代賦彙卷一〇二引此賦作「外」。

【注釋】

〔一〕宣和七年夏作於湘陰縣。　王舍人宏道：見本集卷九王舍人路分生辰注〔一〕。　花光：即衡州花光山妙高寺仲仁禪師。見本集卷一華光仁老作墨梅甚妙爲賦此注〔一〕。

〔二〕窈窕：深邃貌。

〔三〕忽微霰之濺衣：蘇軾王伯敭所藏趙昌花四首梅花：「行人已愁絶，日暮集微霰。」此化用其意。　霰：雪珠。詩小雅頍弁：「如彼雨雪，先集微霰。」鄭玄箋：「將大雨雪，始必微温，雪自上下，遇温氣而摶，謂之霰，久而寒勝，則大雪矣。」

〔四〕蔕團紅膏之蠟：宋何薳春渚紀聞卷七王林梅詩相類：「王舒公嘗賦梅花詩云：『鬚裊黄金危欲墜，蔕團紅蠟巧能粧。』與林和靖所賦一聯極相似，林云：『蕊訝粉綃裁太碎，蔕凝紅蠟綴初乾。』或謂移林上句合王下句，似爲全勝。」此點化其語。　蔕：同「蒂」。

〔五〕色染薔薇之露：山谷内集詩注卷五戲詠蠟梅二首之二：「體薰山麝臍，色染薔薇露。」任淵注：「楊文公談苑云：『金陵宫中人挼薔薇水染生帛，一夕忘收，爲濃露所漬，色倍鮮翠。』按今嶺南薔薇露染衣輒黄。」

〔六〕暗香：幽香。林逋山園小梅：「疏影横斜水清淺，暗香浮動月黄昏。」後暗香遂成梅之代稱。黄庭堅戲詠蠟梅二首之二：「披拂不滿襟，時有暗香度。」

〔七〕嬋娟：姿態美好貌，此指美人，喻梅花。王安石與微之同賦梅花得香字三首之三：「嬋娟一種如冰雪，依倚春風笑野棠。」　鍇按：下文擬梅爲楊玉環、洛神、趙飛燕，均由「嬋娟」生發而出。

〔八〕「如華清之出浴」二句：以楊玉環出浴擬梅瓣之白皙豐腴。白居易長恨歌：「春寒賜浴華清池，温泉水滑洗凝脂。」

〔九〕「蓋天質之自然」二句：以洛神之不施鉛粉擬梅之天然麗質。文選注卷一九曹子建洛神賦：「延頸秀項，皓質呈露。芳澤無加，鉛華弗御。」李善注：「楚辭曰：『紛白黛黑施芳澤。』鉛華，粉也。博物志曰：『燒鉛成胡粉。』張平子定情賦曰：『恐在面爲鉛華兮，患離塵而無光。』」

〔一〇〕如朝陽之奏曲：洛神賦：「遠而望之，皎若太陽升朝霞。」

〔一一〕學回雪而起舞：洛神賦：「髣髴兮若輕雲之蔽月，飄颻兮若流風之回雪。」

〔一二〕「乃僊風之體自輕」二句：謂梅如趙飛燕，其體自輕，飄飄欲仙，非依仗夷人之藥。事本漢伶玄趙飛燕外傳：「帝於太液池作千人舟，號合宫之舟，池中起爲瀛洲，榭高四十尺。帝御流波文縠無縫衫，后（趙飛燕）衣南越所貢雲英紫裙，碧瓊輕綃。廣榭上，后歌舞歸風送遠之曲，帝以文犀簪擊玉甌，令后所愛侍郎馮無方吹笙，以倚后歌。中流歌酣，風大起，后順風揚音，無方長嘯細嫋與相屬。后裙髀曰：『顧我，顧我！』后揚袖曰：『僊乎！僊乎！去故而就新，寧忘懷乎！』帝曰：『無方爲我持后。』無方捨吹持后履，久之，風霽。后泣曰：『帝恩使我僊去不得。』悵然曼嘯，泣數行下。……后貴寵，益思放蕩，使人博求術士，求久安却老之方。時西南北波夷致貢，其使者舉茹一飯，晝夜不卧偃。典屬國上其狀屢有光怪。后聞之，問：『何如術？』夷人曰：『吾術天地平，生死齊，出入有無，變化萬象，而卒不化。』后令樊嫕弟子不周遺千金，夷人曰：『學吾術者要不淫與謾言。』后遂不報。他日，樊嫕侍后浴，語甚讙，后爲樊嫕道夷言，嫕抵掌笑曰：『憶在江都時，陽華李姑蓄鬭鴨水池上，苦獺齧鴨。時下朱里芮姥者求捕獺狸獻。姥謂姑曰：是狸不他食，當飯以鴨。姑怒，絞其狸。今夷術真似此也。』后大笑曰：『臭夷何足污吾絞乎！』」

〔一三〕老禪：指仲仁禪師。

〔一四〕幻：以作畫爲幻出。本集卷一仁老以墨梅遠景見寄作此謝之二首之二：「道人三昧力，幻出隨意現。」　縑素：作書畫之細絹。

〔一五〕疑分身之藏年：謂此墨梅好似真梅分身而化成，能藏匿年歲而不老。意即真梅化爲藝術品而不朽。　分身：諸佛能以方便力於各世界呈現成佛之相，謂之分身。見前五老硯銘注〔九〕。　藏年：藏匿年歲，指長生。唐徐凝寄玄陽先生：「顔貌只如三十，道年三百亦藏年。」白居易照鏡：「皎皎青銅鏡，斑斑白絲鬢。豈復更藏年，實年君不信。」

〔一六〕如行孤山之下：詩話總龜卷二一詠物門引冷齋夜話：「衡州花光仁老，以墨寫梅花，魯直歎曰：『如嫩寒春曉行孤山籬落間，但欠香耳。』」

〔一七〕如入輞川之塢：新唐書王維傳：「別墅在輞川，地奇勝，有華子岡、欹湖、竹里館、柳浪、茱萸沜、辛夷塢，與裴迪游其中，賦詩相酬爲樂。」

〔一八〕念透塵之種性：謂墨梅種性爲真香，能穿透塵勞，超越煩惱污染。　黄庭堅白蓮庵頌：「入泥出泥聖功，香光透塵透風。君看根元種性，六窗九竅玲瓏。」惠洪嘗爲花光仲仁墨梅賦長短句曰：「入骨風流國色，透塵種性真香。」見詩話總龜卷二一引冷齋夜話。

〔一九〕含無語之情緒：王安石與微之同賦梅花得香字三首之三：「向人自有無言意，傾國天教抵死香。」此化用其意。　詩人常以美人爲「解語花」，故亦可謂梅花爲「無語人」。　廓門注：「無語，謂畫也。」其説亦通，蓋宋人稱畫爲「不語詩」或「無聲詩」。

〔二〇〕「豈君王寵我太甚」二句：見前注〔一二〕引趙飛燕外傳：「后泣曰：『帝恩使我僊去不得。』」

龍尾硯賦 并序〔一〕

予所蓄龍尾硯，比他硯最賢。龔德莊從予乞曰〔二〕：「此石宜宿玉堂〔三〕，豈公所當有耶？」既以與之，又戲爲之賦。其詞曰：

柳子嘗有言曰：「硯之美者，唯青石最賢，而絳石次焉。」〔四〕自絳青而下，蓋亦不數〔五〕，而世亦無傳。何温然之子石，出高要之晴川〔六〕。方其始造也，祠中牢以匄祐〔七〕，犯驚湍之洄漩。探萬仞之崖腹，取勁石之堅圓。裹碧草以徑出〔八〕，割紫雲之明鮮〔九〕。縈金縷於廓岸，張鴝目於坳淵〔一〇〕。於是房以玉室，而綈以錦衣〔一一〕。名以虛中，而以居默字之〔一二〕。適風櫺之春晝，偶莫逆於書幃〔一三〕。管城子方蒙茸而落帽〔一四〕，燕客儼峩峩之豐頤〔一五〕，愛知白之盡展其底藴〔一六〕，而看君答煙霞之譚詞〔一七〕。粲古今於立頃，而觀者若未始與聞而有知〔一八〕。以其有是之德，故君子見録而不遺也〔一九〕。蓋嘗罥網而出鯉〔二〇〕，昭以佳瑞而生芝（之）㊀〔二一〕。涸於順山而鴿致〔二二〕，浴於越池而水緇〔二三〕。姿端重而有墨侯之封〔二四〕，腰微坳而作郎官之狀〔二五〕。逸于（干）闐青鐵之羣㊁〔二六〕，秀蟾蜍玉器之上〔二七〕。又嘗污盧攜之怒裾〔二八〕，印太真之醉掌〔二九〕。泮紫金於藥鼎〔三〇〕，鏘（鎗）清聲於書幌㊂〔三一〕。殆其棄而弗用也，猶隳餘骸於弟子㊃〔三二〕，瘞朽骨於草莽〔三三〕。而狂生乃以鐵竊其名〔三四〕，而市工仍以瓦肖其像〔三五〕。由此硯之難致，故紛謬僞之欺誑也。顧予此硯之清堅，出於歙溪之湄水〔三六〕。乃陋南荒之皛肝〔三七〕，而竊自比於龍尾。勻數寸之秋光〔三八〕，温一片之和氣。疑初得於魯祠，何朴美之如此〔三九〕。從予游亦有年，愛其忍垢之類己〔四〇〕。嗟所值之不遭，紛白眼之相視〔四一〕。獨一龔之可人〔四二〕，輒傾蓋而見喜〔四三〕。將提攜而去歸，置玉堂之棐几〔四四〕。稔亨奮而逃窮〔四五〕，脱怒駡之焚毀〔四六〕。終未免腹洞於暮年，而猶勝支牀於壯歲〔四七〕。子行勉矣，予將覯子與管城輩，耕於無所不知之鄉〔四八〕，而至豐年之義理也已〔四九〕。

【校記】

㊀ 芝：原作「之」，誤，今改。參見注〔二〇〕。

㊁ 于：原作「干」，誤，今據廓門本、天寧本、四庫本、武林本改。

㊂ 鏘：原作「鎗」，據四庫本改。

㊃ 隳：四庫本作「爈」，誤。

【注釋】

〔一〕政和七年春作於新昌縣。鍇按：惠洪平生三度與龔端相交，一爲少時元祐至元符年間在新昌，二爲政和元年在京師，三爲政和七年在新昌。此賦稱龍尾硯「從予游亦有年，愛其忍垢之類已。嗟所值之不遭，紛白眼之相視」，絶非作於少時，亦非作於政和元年得志之時，而當作於流放海南之後。姑繫於此。

龍尾硯：歙硯之上品。一説産於歙州（宣和三年改徽州）婺源縣龍尾山上，謂之龍尾石，其石黑。宋蘇易簡文房四譜卷三硯譜：「今歙州之山有石，俗謂之龍尾石。匠製之，其硯色黑，亞於端。若得其石心，則巧匠就而琢之，貯水之處圓轉如渦旋，可愛矣。」一説産於婺源縣龍尾溪中，一種石理有星點，謂之龍尾。杜綰雲林石譜卷中婺源石：「徽州婺源石，産水中者皆爲硯材，品色頗多。一種石理有星點，謂之龍尾，蓋出於龍尾溪，其質堅勁，大抵多發墨，前世多用之。」此賦蓋兼采二家之説。

〔二〕龔德莊：龔端，字德莊，筠州新昌人。參見本集卷一次韻龔德莊顔柳帖注〔一〕。

〔三〕玉堂：宋學士院之代稱。

〔四〕「柳子嘗有言曰」四句：文房四譜卷三硯譜：「柳公權常論硯言：『青州石爲第一，絳州者次之。』殊不言端溪石硯。」鍇按：蘇軾書青州石末硯：「柳公權論硯，甚貴青州石末，云『墨易冷』。世莫曉其語。此硯青州甚易得，凡物耳，無足珍者。蓋出陶竈中，無澤潤理。」歐陽修歐陽文忠公集外集卷二二硯譜：「青州、濰州石末硯，皆瓦硯也。其善發墨，非石硯之比。然稍麤者損筆鋒。石末本用濰水石，前世已記之。故唐人惟稱濰州。今二州所作皆佳，而青州尤擅名於世矣。」又曰：「青州紫金石，文理麤，亦不發墨，惟京東人用之。」又曰：「絳州角石者，其色如白牛角，其文有花浪，與牛角無異。然頑滑，不發墨，世人但以研丹耳。」雲林石譜卷中絳州石：「絳州石出土中，其質堅礦，色稍白，紋多花浪，頗類牛角，土人謂之角石。堪琢爲硯，惟可研丹砂，滑而不發墨。」可知至北宋，青州、絳州石已不甚貴。

〔五〕不數：無數。漢王符潛夫論思賢：「近古以來，亡代有三，穢國不數。」

〔六〕「何温然之子石」二句：歐陽修硯譜：「端石出端溪，色理瑩潤，本以子石爲上。子石者，在大石中生，蓋精石也。而流俗傳訛，遂以紫石爲上。」文房四譜卷三硯譜：「或云端州石硯匠識山石之文理，鑿之五七里得一窟，自然有圓石青紫色，琢之爲硯，可直千金，故謂之子石。硯窟雖在五十里外亦識之。」蘇軾陳公密子石硯銘：「公密躬自採石巖下，獲黄卵，剖之得紫硯，銘曰：孰形無情，石亦卵生。黄胞白絡，孕此黝賴。已器不死，可候雨晴。天畀夫子，瑞其家庭。」　温然：和潤貌。唐張少博石硯賦：「温潤稱珍，騰異彩而玉色。」蓋石之美者如玉温然。　高要：郡名，端州即高要郡，治高要縣。

〔七〕祠中牢以匄祐：文房四譜卷三硯譜：「昔人採石爲硯，必中牢祭之，不爾，則雷電勃興，失石所在。」　祠：祭祀。　中牢：豬羊二牲。漢書昭帝紀：「有不幸者，賜衣被一襲，祠以中牢。」顔師古注：「中牢即少牢，謂羊豕也。」　匄祐：乞求保佑。匄：同「丐」。

〔八〕裹碧草以徑出：文房四譜卷三硯譜：「世傳端州有溪，因曰端溪，其石爲硯至妙，益墨而至潔。其溪水出一草，芊芊可愛，匠琢訖，乃用其草裹之。故自嶺表迄中夏而無損也。」

〔九〕割紫雲之明鮮：李賀楊生青花紫石硯歌：「端州石工巧如神，踏天磨刀割紫雲。」參見前端硯銘「割紫雲之芳鮮」。

〔一〇〕「縈金縷於廓岸」二句：言端硯之品以金線文與鴝鵒眼爲貴。文房四譜卷三硯譜：「其貯水處有白赤黄色點者，世謂之鴝鵒眼；或脈理黄者，謂之金線文，尤價倍於常者也。」

〔一一〕「於是房以玉室」二句：文房四譜卷三硯譜：「西京雜記云：『天子玉几，冬加綈錦其上，謂之綈几。以象牙火籠籠其上，皆散華文。後宫則五色綾紋，以酒爲書滴，取其不冰。』以玉爲硯，亦取其不冰。」

〔一二〕「名以虚中」二句：文房四譜卷三硯譜載文嵩即墨侯石虚中傳曰：「石虚中，字居默，南越高要人。天性好山水，隱遁不仕，因採訪使遇之於端溪，謂曰：『子有樸質沉厚之德，兼有奇相，體貌紫光，嘘呵潤澈，頗負材器，但未遇哲匠琢磨耳。禮不云乎：「玉不琢，不成器；人不學，不知道。」子其謂矣。今明天子御四海，六合之内，無不用之材，無不成之器。我今奉命巡察天下風俗，採訪海内遺逸，安敢輒忘厥職，見賢不薦者歟？子無戀溪泉，自取沉棄耳。』虚中曰：『僕生此南土，遠在峽隅，自不知材堪器用，既辱採顧，敢不唯命是從。』採訪使遂命博士金漸之規矩磨礱，不日不月，果然業就。虚中器度方員，皆有邊岸，性格謹默，中心坦然，若汪汪萬頃之量也。採訪使以聞於省，有司考試之，與燕人易玄光研覈合道，遂爲雲水之交。有司以薦於上，上授之文史，登臺省，處右職。上利其器用，嘉其謹默，詔命常侍御案之右，以備濡染。因累勛績，封之即墨侯。虛中自歷位，常與宣城毛元鋭、燕人易玄光、華陰楮知白，常侍上左右，皆同出處，時人號爲相須之友。史臣曰：衛有大夫石碏，其先顓帝之苗裔也。出靖伯之後曰甫，甫生石仲，仲之後曰碏，春秋時仕衛，世爲大夫焉。即墨侯石氏，與衛大夫族不同也，蓋出五行之精，八音之靈，嶽結而生，禀質而名，懷寶爲玉，吐氣爲雲，發硎利刃，與天地常存者也。」宋高似孫硯箋卷四載此文，題爲唐李觀即墨侯石虛中傳。此蓋以人擬硯，寓言寫物，硯之中微坳，故謂虛中；硯之坳承墨，爲墨居所，故字居默。「默」與「墨」諧音。

〔一三〕莫逆於書幃：謂與龍尾硯在書房結爲莫逆之交。莊子大宗師：「四人相視而笑，莫逆於心，遂相與爲友。」　莫逆：彼此同心相契，無所忤逆。

〔一四〕管城子：筆之代稱。韓愈毛穎傳：「毛穎者，中山人也。秦始皇時，使蒙將軍恬南伐楚，次中山，將大獵以懼楚。遂獵圍毛氏之族，拔其毫，載穎而歸，獻俘於章臺宮，聚其族而加束縛焉。秦皇帝使恬賜之湯沐，而封諸管城，號管城子。」文房四譜卷二筆譜下載文嵩管城侯傳：「毛元鋭，字文鋒，宣城人。天子因覽前代史，嘉其述美惡不隱，文簡而事備，拜左右史，以積勞累功，封管城侯。」本集卷二三李德茂書城四友序：「管城子，吾益友也，直諒而多聞，每與之語，娓娓不倦。」　蒙茸而落帽：黃庭堅客有和予前篇爲猩猩解嘲者復戲作詠：「明窗脱帽見蒙茸，醉著青鞋在眼中。」此化用其語。蒙茸：蓬鬆貌，形容毛筆。帽：筆帽。

〔一五〕燕客：墨之代稱。文房四譜卷五墨譜載文嵩松滋侯易玄光傳曰：「易玄光，字處晦，燕人也。其先號青松子，頗有材幹，雅淡清貞，深隱山谷不仕，以吟嘯煙月自娱。常謂門生邴炎曰：『余青山白雲之士，去榮華，絶嗜欲，修真得道，久不爲寒暑所侵，壽且千歲，然猶未離五行之數，終拘有限。予漸覺形神枯槁，是知老之將至矣。今他日必爲風雨所躓，後因子熾盛，余當神化爲雲氣之狀，升霄漢矣。其留者號玄塵生，徙居黔突之上，必糜膠水之契。隃糜處士煎鹿角，和丹砂，麝香數味，遺而餌之。』其後果然，門生皆以青松子前知定數矣。塵生餌藥得道，自黄帝時蒼頡比鳥跡爲文，以代結繩之政，玄塵便與有功焉。其後子孫皆傳其術，以成道易水之上，遂爲易氏焉。玄光即玄塵曾孫也，家世通玄處素，其壽皆永。嘗與南越石虚中爲研究雲水之交，與宣城毛元鋭、華陰楮知白爲文章濡染之友。明天子重儒玄，慕其有道，世爲文史之官，特詔常侍御案之右，拜中書監、儒林待制，封松滋侯。」易玄光爲燕人，故稱「燕客」，亦稱「燕卿」。李德茂書城四友序：「燕卿，吾德友也，氣清而骨輕，知白而守黑，固膠漆之義，熏知見之香。」　儼：昂立。　峩峩：高貌。

〔一六〕知白：即楮知白，紙之代稱。文房四譜卷四紙譜載文嵩好時侯楮知白傳略曰：「楮知白，字守玄，華陰人也。其先隱居商山。……殷太戊失德於時，與其友桑同生入朝直諫，拱於庭七日。太戊納其諫而修德，以致聖敬日躋，因賜邑於楮，其後遂爲楮氏。二十二代祖支，因後漢和帝元興中下詔，徵巖穴隱逸，舉賢良方正之士。中常侍蔡倫搜訪，得之於耒陽，貢於天子。天子以其明白方正，舒卷平直，詩所謂『周道如砥，其直如矢』者也，用造史官，以代簡册。尋拜治書侍御史，奉職勤恪，功業昭著，帝用嘉之，封好時侯。……知白家世自漢朝迄今千餘載，奉嗣世官，功業隆盛，簿籍圖詩，布於天下，所謂日用而不知也。知白以爲不失先人之職，未嘗輒伐其功，與宣城毛元鋭、燕人易玄光、南越石虚中爲相須之友，每所歷任，未嘗不同。」　盡展其底藴：語本新唐書魏徵傳：「徵亦自以不世遇，乃盡展底藴，無所隱。」

〔一七〕李德茂書城四友序：「楮先生，吾畏友也，悃愊無華，見地明白，吾見之未嘗不展盡底藴。」煙霞之譚詞：指美麗之辭章。蘇軾贈詩僧道通：「語帶煙霞從古少，氣含蔬筍到公無。」自注：「李太白云：『他人之文如山無煙霞，春無草木。』」本集卷二七跋養直詩：「李太白詩語帶煙霞，肺腑纏錦繡。」

〔一八〕觀者若未始與聞而有知：宋無名氏歙硯説：「按圖經，龍尾山在婺源縣長城里。唐開元中，葉氏得其地，嘗取石爲硯，不見稱於世，故無聞焉。」

〔一九〕君子見録而不遺：惠洪之前，歙硯已見著録，如太宗朝蘇易簡文房四譜卷三硯譜已著歙州龍尾石之名，謂「亞於端」，英宗朝唐積歙州硯譜論之尤詳，而徽宗朝米芾硯史亦録「歙硯婺源石」。

〔二〇〕罥網而出鯉：文房四譜卷三硯譜：「常有蟻爲精，爲王者游獵於儒士之室。儒士見之，甚微且顯，乃於几案之上硯中施罥網，獲魴鯉甚多。」

〔二一〕昭以佳瑞而生芝：文房四譜卷三硯譜：「魏有芝生銅硯。」硯箋卷三：「東魏孝靜帝芝生銅硯。」　鍇按：古以芝爲瑞草，故「昭以佳瑞」必爲「生芝」。底本作「之」，誤。

〔二二〕涸於順山而鴿致：文房四譜卷三硯譜：「藍田玉順山悟真寺有高僧寫涅槃經，群鴿自空中銜水添硯，水竭畢至。曾聞彼山僧傳云，亦見於白傅百韻詩。」　鍇按：白居易游悟貞寺詩一百三十韻略云：「階前石孔在，欲雨生白煙。往有寫經僧，身淨心精專。感彼雲外鴿，羣飛千翩翩。來添硯中水，去吸巖下泉。一日三往復，時節長不愆。經成號聖僧，弟子名揚難。」

〔二三〕浴於越池而水緇：文房四譜卷三硯譜：「越州戒珠寺即羲之宅，有洗硯池，至今水常黑色。今金州廉使錢公言。」　緇：黑色。

〔二四〕姿端重而有墨侯之封：本卷歙硯銘二首之二：「貌貴端重，德貴粹温。」端重爲硯之美德。又前引文嵩即墨侯石虚中傳稱硯「有樸質沈厚之德」，「器度方圓，皆有邊岸」，「因累勛績，封之即墨侯」。　墨侯：即墨侯之簡稱。

〔二五〕腰微坳而作郎官之狀：文房四譜卷三硯譜論硯之形製曰：「腰半微坳，謂之郎官樣者。」

〔二六〕于闐青鐵：晉王嘉拾遺記卷九：「(張華)撰博物志四百卷，奏於武帝。帝詔詰問……即於御前賜青鐵硯。此鐵是于闐國所獻，而鑄爲硯也。」文房四譜卷三硯譜：「王子年拾遺云：張華造博物志成，晉武帝賜青鐵硯。此鐵于闐國所貢，鑄爲硯也。」

〔二七〕蟾蜍玉器：蟾蜍形玉製硯滴，即貯水滴入硯之器。晉葛洪西京雜記卷六：「晉靈公冢甚瑰壯……其餘器物皆朽爛不可別，唯玉蟾蜍一枚大如拳，腹空，容五合水，光潤如新，王取以爲書滴。」文房四譜卷三硯譜：「昔有人盜發晉靈公冢，冢甚魁壯，四角皆以石爲玃犬捧燭，石人四十人，皆立侍，屍猶不壞。九竅之中皆有金玉，獲蟾蜍一枚，大如拳，腹容五合水，潤如白玉，取爲盛滴器。」或指蟾蜍形玉製硯臺。唐常袞晚秋集賢院即事寄徐薛二侍郎：「綴簾金翡翠，賜硯玉蟾蜍。」杜甫贈李八秘書別三十韻：「御鞍金騕褭，宮硯玉蟾蜍。」春渚紀聞卷九玉蟾蜍研：「吴興余拂君厚家所寳玉蟾蜍研，其廣四寸，而長幾倍。中受墨處獨不出光，云是南唐御府中物。」

〔二八〕污盧攜之怒袪：文房四譜卷三硯譜：「僖宗時，鄭畋、盧攜同爲相，不協，議黄巢事，忿爭於中書堂，盧拂衣而起，袂染於硯而投之。」舊唐書鄭畋傳：「攜怒，拂衣而起，袂染於硯，因投之。」舊唐書盧攜傳：「盧攜字子升，范陽人。……乾符初，以本官召充翰林學士，拜中書舍人。乾符末，加户部侍郎學士承旨，四年以本官同中書門下平章事，累加門下侍郎，兼兵部尚書、弘文館大學士。……與同列鄭畋爭論，投硯於地，由是兩罷之，爲太子賓客分司。」

〔二九〕印太真之醉掌：文房四譜卷三硯譜：「開元傳信記云：玄宗所幸美人，忽夢人邀去，縱酒密會，因言於上，上曰：『必術人所爲也，汝若復往，宜以物誌之。』其夕熟寐，飄然又往，半醉，見石硯在前，乃密印手文於曲房屏風上。悟而具啓，乃潛令人訪之於東明觀，見其屏風手文尚在，所居道人已遯矣。」惠洪此乃徑指玄宗所幸美人爲太真，即楊玉環者。

〔三〇〕泮紫金於藥鼎：文房四譜卷三硯譜：「宣室志云：有蔣生者，好道之士也。逢一貧窶人，自稱章全素，自役使來，怠墮頗甚，蔣生頻檟楚之。忽一日語蔣生曰：『君几上石硯，某可點之爲金。』蔣生愈怒其詆誕。時偶蔣生忽出，迨歸，章公已死矣，然失几上之硯。因窺藥鼎中有奇光，試探得硯，而一半已爲紫磨金矣。蔣因歎憤終身也。」泮：融解。

〔三一〕鏘清聲於書幌：文房四譜卷三硯譜：「鄭朗以狀元及第，覆落，甚不得志。其几案之硯，忽作數十聲，鄭愈不樂。時洪法師在座，曰：『硯中作聲，有聲價之象。』朗後果入臺輔，斯吉兆也明矣。今直閣范舍人杲言：頃自大著直館於史閣中，與諸學士清話間，范公几案之上所用硯忽作一十五聲，丁丁然，甚駭之。范獨内喜。迨半月，有朱衣銀魚之賜，亦異事也。」鏘：金石清脆之聲。蘇軾龍尾硯歌：「君看龍尾豈石材，玉德金聲寓於石。」書幌：即書帷，代指書齋。

〔三二〕猶賸餘骸於弟子：文房四譜卷三硯譜：「古人有學書於人者，數年，自以其藝成，遂告辭而去。師曰：『吾有一篋物，可附於某處。』及山之下，絕無所附，又封題亦甚不密，乃啓之，皆磨穴者硯數十枚。此人方知其師夙之所用者也，乃返山，服膺至皓首，方畢其藝。是知古人工一事，必臻其極焉。」

〔三三〕瘞朽骨於草莽：韓愈瘞硯銘：「隴西李觀元賓，始從進士貢在京師，或貽之硯。既四年，悲歡窮泰，未嘗廢其用。凡與之試藝春官，實二年。登上第，行於褒谷間，役者劉胤誤墜之地，毁焉，乃匣歸，埋於京師里中。昌黎韓愈，其友人也，贊且識云：土乎質，陶乎成器。復其質，非生死類。全斯用，毁不忍棄。埋而識之，仁之義。硯乎硯乎！與瓦礫異。」

〔三四〕狂生乃以鐵竊其名：指以鐵爲硯者。硯譜曰：「青州熟鐵硯甚發墨，有柄可執。晉桑維翰鑄生鐵硯。」

〔三五〕市工仍以瓦肖其像：指以瓦爲硯者。文房四譜卷三硯譜：「魏銅雀臺遺址，人多發其古瓦，琢之爲硯，甚工，而貯水數日不燥。世傳云：昔人製此臺，其瓦俾陶人澄泥，以絺濾過，加胡桃油，方埏埴之，故與衆瓦有異焉。即今之大名、相州等處土人，有假作古瓦之狀硯，以市於人者甚衆。」

〔三六〕出於歙溪之湄水：歙硯説：「景祐中，校理錢仙芝守歙，始得李氏取石故處。其地本大溪也，常患水深，工不可入。仙芝改其流，使由别道行，自是方能得之。其後縣人病其須索，復溪流如初，石乃中絶。後邑官復改溪流，遵錢公故道，而後所得盡佳石也，遂與端石並行。」湄：水濱。

〔三七〕乃陋南荒之彘肝：謂龍尾硯視端州紫石硯爲陋。歐陽修硯譜：「端溪以北巖爲上，龍尾以深溪爲上。較其優劣，龍尾遠出端溪上，而端溪以後出見貴爾。」南荒：端州在嶺南，古人視爲南荒之地。彘肝：豬肝。文房四譜卷三硯譜：「或云水中石，其色青，山半石，其色紫，山絶頂者，尤潤，如豬肝色者佳。」

〔三八〕匀數寸之秋光：指硯中磨匀之墨水。清王琦李長吉歌詩彙解卷三楊生青花紫石硯歌：「乾膩薄重立脚匀，數寸秋光無日昏。」注曰：「言以墨磨其上，則乾處、膩處、薄處、重處，其墨脚皆匀静。數寸中光色皎潔，如秋陽之鏡，白無纖毫昏翳，言其發墨也。」唐吴融古瓦硯賦：「陶甄已往，含古色之幾年；磨瑩俄新，貯秋光之一片。」　鍇按：廓門注曰：「秋光謂筆。」不確。

〔三九〕「疑初得於魯祠」二句：文房四譜卷三硯譜：「伍緝之從征記云：『魯國孔子廟中有石硯一枚，製甚古朴，蓋夫子平生時物也。』」　鍇按：廓門注曰：「魯祠謂祭。」失考。

〔四〇〕忍垢之類己：謂硯之貯墨積水類己之含垢忍恥。本集卷一一李師尹以端硯見遺作此謝之：「忍垢風櫺應有夢，夢隨筆陣掃煙雲。」

〔四一〕「嗟所值之不遭」二句：本集卷四余自太原還匡山道中逢澤上人與至海昏山店有作：「凶衰不祥憂患變，卧念餘生真自厭。向時衣裓識天香，揭來唾痕餘瘴面。故人訶譏豈忍聞，新交推擠不容喘。」

〔四二〕一龔：指龔端。　可人：稱心意之人。

〔四三〕輒傾蓋而見喜：謂龔端一見龍尾硯，便生喜愛之意。傾蓋指初次相逢。史記鄒陽列傳載獄中上梁王書：「諺曰：『有白頭如新，傾蓋如故。』何則？知與不知也。」

〔四四〕棐几：棐木所作之几案。棐通榧。

〔四五〕稔亨奮而逃窮：謂硯可隨龔端稔熟富貴亨通，而逃離窮困。亨奮：猶言高升。宋陸佃陶山集卷一三回文及甫謝館職啓：「龍蛇之蟄，亨奮可期。」

〔四六〕脱怒駡之焚毁：謂硯可隨龔端逃脱遭怒駡焚毁之命。晉書陸機傳：「弟雲嘗與書曰：『君苗見兄文，輒欲燒其筆硯。』」

〔四七〕「終未免腹洞於暮年」二句：謂龍尾石最終雖不免腹部鑿洞製爲硯臺，然亦勝似作支牀之石。杜甫季秋江村：「登俎黄柑重，支牀錦石圓。」蘇軾龍尾硯歌：「錦茵玉匣俱塵垢，擣練支牀亦何有。」

〔四八〕耕於無所不知之鄉：莊子逍遥遊：「今子有大樹，患其無用，何不樹之於無何有之鄉？」又列禦寇：「彼至人者，歸精神乎無始，而甘冥乎無何有之鄉。」此仿擬其喻，謂筆硯爲學習積累知識之工具，故無所不知。

〔四九〕而至豐年之義理也已：世説新語賞譽：「凡此諸君，以洪筆爲鉏耒，以紙札爲良田，以玄默爲稼穡，以義理爲豐年。」此化用其意。